A LUTA PELA LIBERDADE

A LUTA PELA LIBERDADE

KIRSTY MOSELEY

Tradução Lavínia Fávero

V&R
EDITORAS

TÍTULO ORIGINAL *Fighting to be Free*

EDIÇÃO Paola Oliver
EDITORA-ASSISTENTE Natália Chagas Máximo
PREPARAÇÃO Luciana Soares da Silva
REVISÃO Juliana Bormio de Sousa
DIREÇÃO DE ARTE Ana Solt
PROJETO GRÁFICO E DIAGRAMAÇÃO Juliana Pellegrini
CAPA Elizabeth Turner
IMAGEM DE CAPA Shutterstock

Dados Internacionais de Catalogação na Publicação (CIP)
(Câmara Brasileira do Livro, SP, Brasil)

Moseley, Kirsty

A luta pela liberdade / Kirsty Moseley ; tradução Lavínia Fávero -- São Paulo : Vergara & Riba Editoras, 2016.

Título original: Fighting to be free.

ISBN 978-85-507-0065-6

1. Ficção erótica 2. Ficção norte-americana I. Título.

16-08034 CDD-813

Índices para catálogo sistemático:

1. Ficção : Literatura norte-americana 813

VERGARA & RIBA EDITORAS S.A.
Rua Cel. Lisboa, 989 | Vila Mariana
CEP 04020-041 | São Paulo | SP
Tel.| Fax: (+55 11) 4612-2866
vreditoras.com.br
editoras@vreditoras.com.br

Para Lee.
Seu apoio não tem limites,
e, definitivamente, não te mereço.

PRÓLOGO
Jamie

Existem momentos significativos na vida, que moldam a maneira como você se vê. Uma espécie de mudança na harmonia das coisas, um desequilíbrio. Momentos nos quais, ao olharmos para trás, é possível identificar exatamente quando as coisas mudaram, para melhor ou pior. Este era o meu momento. Estava tudo em suspenso. Tudo era incerto, indefinido, indeterminado.

Era minha segunda chance, minha oportunidade de sair da escuridão e ir para a luz. Eu estava lutando para me libertar dessa vida com cada célula do me corpo, mesmo que isso acabasse me matando.

O problema é que isso não dependia de mim. Eu podia dar o meu melhor e, mesmo assim, não ser aceito. Talvez eu jamais seja bom o bastante. A sociedade tem seus ideais, e uma pessoa como eu não se encaixa em nenhum deles.

Vira e mexe, acontece alguma coisa que acende o desejo de ser a pessoa que você almeja, aquela pessoa melhor. Quando me livrei de tudo, arranquei todas as camadas sujas, machucadas e estragadas, só restou esperança. Esperança de uma vida melhor, de um futuro melhor. Esperança de ter outra oportunidade, nada mais.

De repente, esse fogo na boca do estômago faz um "e se" transformar-se em possibilidade. E se você jogasse seus ideais pela janela? E se deixasse para trás tudo o que sabe? E se o malvado pudesse ser o herói da história, só para variar?

Acho que, no fim, tudo se resume a isto: meu nome é Jamie Cole, e sou um assassino.

Respirei fundo e pisei, hesitante, na soleira da porta, deixando para trás aquele lugar ao qual jurei jamais voltar. Estava livre, finalmente, após ter ficado mais de quatro anos no reformatório juvenil.

Estava livre para recomeçar. Bem fundo em meu bolso, para não perder, tinha quase dois mil dólares: minha renda por ter trabalhado na cozinha enquanto cumpria minha sentença. Ao lado do dinheiro, estava o endereço da pensão que meu oficial da condicional havia arrumado para eu ficar, tipo uma casa de reabilitação para ex-presidiários de merda, um bloco de apartamentos, pelo que eu entendi.

Quando a porta começou a se fechar atrás de mim, entrei em pânico por um segundo, porque não tinha cem por cento de certeza de que queria ser livre. Mas foi aí que eu vi, lá fora, não o pátio de exercícios, o único "lá fora" que eu normalmente via, mas a liberdade. O sol de janeiro brilhava, não havia nenhum muro com arame farpado em cima, só uma vista aberta e clara de uma rua e um táxi amarelo parado a uns cem metros, obviamente esperando para me levar até minha casa nova. Uma animação misturada com nervosismo começou a apertar meu estômago.

Pus minha sacola no ombro, com minhas únicas posses: algumas peças de roupa e uma foto de Sophie, minha irmãzinha. À medida que fui dando os primeiros passos para longe do portão, meu coração quase saiu pela boca. Era estranho me afastar daquele lugar que havia sido o meu lar nos últimos anos. Fiquei esperando os alarmes tocarem e que alguém viesse me atirar no chão e me acertar com um cassetete. Ninguém apareceu. Andei depressa até o táxi. Não olhei para trás. Nunca mais olharia para trás. Aquele era o meu recomeço. Aquele lugar havia me salvado, e eu esperava que tivesse mudado minha vida e, pelo menos, me dado mais uma chance de lutar. Não queria voltar para a vida que levava antes de tudo aquilo acontecer, não podia mais viver daquele jeito. Estava determinado a mudar.

– Ei, Pirralho! – alguém gritou, bem na hora em que eu abri a porta do táxi.

CAPÍTULO 1

Jamie

Virei para trás e senti um aperto no coração ao ver uma figura conhecida sair de um Mercedes preto novinho em folha, estacionado do outro lado da rua, um pouco mais para a frente.

– Ed?

Eu não via o sujeito desde que fui preso e não queria vê-lo naquele momento.

Ed correu até mim, me abraçou e ficou dando tapinhas entusiasmados nas minhas costas.

– Que bom te ver – disse, todo feliz.

Ed não tinha mudado nada. Ainda era o mesmo cuzão puxa-saco e engomadinho.

– O que você está fazendo aqui? – perguntei, olhando em volta, nervoso. Não queria ser visto na companhia desse tipo de pessoa de novo.

– O chefe quer te ver.

Ed inclinou a cabeça na direção de seu carro, que estava a uns dez metros do táxi no qual eu queria desesperadamente entrar.

– Agora eu não posso, preciso fazer o *check-in* na pensão em que vou morar – recusei, tentando pensar numa desculpa melhor. Mas tinha certeza de que não ia adiantar nada. Se Brett Reyes queria me ver, me veria, estivesse eu consciente ou inconsciente.

Ed sorriu.

– O chefe quer te ver agora, Pirralho. Você pode ir para a sua casa nova depois – concluiu. Então se virou e andou na direção do carro, sem olhar para trás.

Fiz careta sem querer. Odeio que me chamem de Pirralho. Todos me chamavam assim quando comecei a trabalhar com Brett. Provavelmente porque, quando comecei a trabalhar para ele, eu era um pirralho mesmo. Tinha 11 anos a primeira vez em que fiz um serviço para aquele sujeito: jogar um envelope pardo cheio de dinheiro pela janela de uma viatura da polícia. Dinheiro de suborno. A polícia fechava os olhos para as atividades de Brett e, em troca, recebiam um belo pagamento. Perfeito.

Fechei os olhos e soltei um suspiro desanimado. Depois me abaixei e dei um sorriso envergonhado para o taxista.

– Desculpe, não vou precisar de seus serviços.

Não esperei a resposta, só bati a porta, fui atrás de Ed e sentei no banco do passageiro da Mercedes.

Fiquei enjoado. Não tinha como fugir daquela situação. Provavelmente, até o fim do dia não estaria mais vivo. O recomeço que eu tanto queria já era. Não veria nem o pôr do sol. Dizer que a minha vida era uma merda naquele momento seria o eufemismo do século.

Apoiei a cabeça no couro daquele assento caro e olhei pela janela, observando as ruas mudarem e ficarem mais "urbanas" à medida que nos aproximávamos de Nova York. Pelos meus cálculos, íamos em direção ao Queens, onde Brett costumava cuidar de seus negócios. Soltei um suspiro disfarçado e fiquei me perguntando por que tinha ousado ter esperança de que as coisas seriam diferentes. Brett não ia me deixar viver de jeito nenhum, eu sabia coisas demais sobre ele. O que eu sabia podia mandá-lo para a cadeia por vários anos, mas jamais contaria nada. A promotoria me ofereceu uma delação premiada várias vezes quando fui preso: sentença menor, ir para um reformatório modelo, em vez do buraco para o qual me mandaram, até um empreguinho legal enquanto cumprisse minha pena. Mas jamais considerei a hipótese de me tornar testemunha de acusação e me virar contra Brett, nunca.

Uns quarenta minutos depois, paramos na frente do galpão onde tinha passado boa parte da minha adolescência. O lugar continuava igualzinho. Senti um aperto no estômago ao pensar no que iria me acontecer quando pisasse lá dentro. Apenas rezei para ser rápido e indolor. Achei que Brett, pelo menos, me respeitava a esse ponto.

– Anda, Pirralho. Vamos lá – Ed me apressou, saindo do carro.

O ruído dos rebarbadores e das soldas na oficina que funciona no galpão era uma música conhecida dos meus ouvidos. Passei muitas horas da minha infância ali, aprendendo a remover números de série e de chassis para que pudéssemos vender os carros que roubava sob encomenda. Eu era o melhor ladrão de carros da organização de Brett. As pessoas faziam encomendas, Brett encontrava os carros, e eu roubava. Facinho. Nunca chegaram nem perto de me pegar no flagra. Só que a gente não roubava qualquer carro velho, não: tinha que ser *top* de linha. Não passávamos a mão em nada que valesse menos de cem mil dólares.

– Ê, Pirralho. Há quanto tempo... – alguém falou.

Virei o rosto e vi Ray levantar a máscara de soldador. Foi ele quem me ensinou tudo o que sei sobre carros. Cheguei perto e lhe dei um abraço sem jeito, e ele ficou dando uns tapinhas afetuosos nas minhas costas.

– E aí, Ray? Como vão as coisas? – perguntei, olhando discretamente para o Porsche 911 que estava na rampa.

– Tudo ótimo. Tenho uma filha – respondeu, todo orgulhoso, tirando uma das grossas luvas de couro e passando a mão no cabelo castanho suado.

– Ah, fala sério. Parabéns!

– Obrigado. Ela se chama Tia. Está com 2 anos – vangloriou-se, dando um sorrisão.

Dei um tapinha em seu ombro. Ele sempre cuidou de mim, seria um ótimo pai.

– Isso é demais, cara, muito legal.

Ray merecia ser feliz. Era uma das melhores pessoas que já conheci.

– Valeu. Como é que você anda? – perguntou, passando os olhos em mim lentamente, por certo à procura de cortes e machucados.

Encolhi os ombros e respondi:

– Estou bem. Vou trocar uma ideia com Brett. Depois a gente se fala. De repente saímos para tomar uma...

Eu estava tentando me endireitar, não queria ter mais nada a ver com ninguém daquele mundo, mas Ray era uma exceção. Para mim, ele era como um irmão mais velho, e eu adoraria manter contato com ele. Bom, isso *se* eu sobrevivesse aos próximos minutos, o que era muito pouco provável.

– Com certeza. Vem cá, vou te dar meu telefone. Me liga que a gente marca. Já tem onde ficar? Pode ir lá para casa, morar comigo e Samantha, ela não liga. E aí você conhece a Tia – sugeriu, já anotando o número do telefone em um pedaço de papel e me dando.

Enfiei o papel no bolso e disse:

– Tranquilo, cara. Já tenho onde morar. Mas, mesmo assim, obrigado.

– Anda, Pirralho. Você sabe que o chefe não gosta de esperar – Ed gritou atrás de mim.

Dei um suspiro profundo, mais um abraço em Ray e fui atrás de Ed. Parecia que eu estava fazendo uma longa caminhada em direção à minha própria morte.

Subi a escada enquanto pensava na minha vida. Meus 18 curtos anos de vida. Desperdiçados. Um monte de merda. Por que eu me dava ao trabalho de me importar com ela? Para ser sincero, durante 15 desses anos eu quis morrer mesmo, então aquele resultado nem era tão ruim. Pelo menos eu não precisaria tentar mudar. Mudar seria difícil. Provavelmente, a coisa mais difícil que faria na vida. Talvez eu devesse dar graças a Deus por estar prestes a bater as botas.

Parei na frente da porta do escritório e fiquei esperando. Ed bateu na porta.

– Entra – Brett gritou lá do outro lado.

Meus ombros ficaram tensos ao ouvir sua voz grave e rouca. Ed sorriu e girou a maçaneta.

– Até mais, Pirralho. A gente tem que pôr a conversa em dia – comentou. Em seguida, abriu a porta e deu um tapinha em meu ombro.

– Sem dúvida, Ed. Pode crer – respondi, desconversando e revirando os olhos. Não consegui entender por que ele agia como se não soubesse o que ia me acontecer.

Segurei a respiração e me obriguei a ficar calmo. Passei os olhos pelo amplo escritório. Ainda era muito bem decorado, exatamente como eu me lembrava. A mesa de carvalho antiga e enorme ainda ocupava o lugar de honra, bem no meio da sala. Atrás dela, havia um monte de estátuas e vasos caros. Até as plantas em cima da mesa pareciam caras. Brett Reyes gostava do bom e do melhor, sempre gostou.

Ele ficou de pé atrás da mesa, com um terno cinza sob medida e caro, e me deu um sorriso afetuoso.

– Oi, Pirralho! Bom te ver – falou. Depois deu a volta na mesa e me abraçou com força.

– É... Bom te ver também – menti, tentando controlar o leve tremor da minha voz. Sabia como aquilo ia terminar e apenas rezei para o sujeito gostar de mim o bastante e fazer o que ia fazer de maneira rápida. Um belo tiro na cara ou, melhor ainda, na nuca, assim eu nem veria a bala.

Brett se afastou e sorriu de novo. Seus olhos azuis tinham uma expressão doce e simpática. Ele havia envelhecido bastante durante a minha ausência. Sua testa estava cheia de rugas, e seu cabelo loiro acinzentado havia ficado mais ralo. Apesar disso, não aparentava a idade que tinha. Brett devia ter bem uns 50 e muitos, mas todo mundo acha que ele estava com 40 e poucos.

– E então, como foi? – perguntou, segurando meu ombro com força.

– Foi tudo bem.

Olhei em volta e vi dois homens sentados no sofá que fica encostado em uma parede lateral da sala. O mais velho, de cabelo preto, não reconheci. Mas o outro eu sabia quem era, do reformatório: Shaun. Uma figura bem desagradável. Vi com meus próprios olhos ele transformar a vida de várias pessoas em um inferno durante o ano em que ficou lá dentro. Eu mesmo tive alguns desentendimentos com o sujeito, e o último acabou comigo socando a cara dele na mesa, pouco antes de ele ser solto. Tive que me segurar para não gemer.

– E aí, Shaun? – cumprimentei, tenso.

Brett deu um sorriso sarcástico e um tapão em meu ombro, então voltou para o outro lado da mesa.

– É, ouvi dizer que vocês dois tiveram uns probleminhas lá na cadeia – debochou, rindo. – Quem sabe precisam dar um beijinho para fazer as pazes?

Bufei e respondi:

– Esse sujeito pode beijar meu cu o quanto quiser.

E fiquei olhando para a cara de poucos amigos de Shaun. Ele levantou e ficou me olhando feio.

– Seu bostinha... Juro por Deus que vou...

Mas Brett o interrompeu, levantando a mão.

– Chega! Não quero que vocês dois briguem. Shaun, faz três anos que você trabalha aqui, conheço suas manhas. Pode acreditar, você não vai querer arrumar encrenca com o Pirralho – alertou.

Cerrei os dentes. Não queria brigar, mas sabia me defender se fosse preciso. Sempre cuidei muito bem de mim mesmo. Provavelmente porque aprendi a bloquear a dor. É claro que ainda a sentia, mas simplesmente não ligava. A dor fortalece, significa que você ainda está vivo. A dor pode ser sua amiga quando você acha que está morto por dentro.

Lancei um sorriso desafiador ao Shaun, provoquei o sujeito, queria vê-lo desobedecer as ordens de Brett. Ele me olhou com desdém, mas se sentou, e concentrei minha atenção em Brett.

– Então, Pirralho. Arrumei um apartamento para você. Achei que ia gostar de ter uns dias de folga para se readaptar antes de voltar ao trabalho, na sexta à noite – disse, remexendo a primeira gaveta da mesa. Ele pegou um molho de chaves, atirou na minha direção e completou: – Toma, tem dois quartos. A gente acerta o aluguel e o resto das coisas depois.

Coloquei as chaves sobre a mesa, sacudindo a cabeça, e respondi:

– Obrigado por ter todo esse trabalho por minha causa, Brett, mas não posso aceitar. Não quero mais fazer isso. Vou levar uma vida direita daqui para a frente.

Ele ficou visivelmente decepcionado com as minhas palavras.

– *Preciso* de você aqui, Pirralho. Ninguém puxa um carro como você.

Pela pulsação do músculo de seu maxilar, dava para ver que Brett estava ficando bravo.

– Desculpa, Brett, desculpa mesmo. Mas não tenho mais aquela motivação de antes. Não vou mais fazer esse tipo de merda – respondi, bem sério. Eu estava decidido. Das duas, uma: ou levava uma vida direita ou ele ia ter que me matar. Não precisava mais daquilo. Os motivos que tinha para levar aquela vida morreram no dia em que me tornei um assassino. Tudo mudou naquele dia: minha perspectiva de vida, minhas prioridades, tudo.

Brett deu um soco na mesa. As plantas sacudiram com a pancada, e o porta-lápis tombou, espalhando canetas por todo lado.

– Acha que pode simplesmente virar as costas e ir embora? Cuidei de você por três anos, eu te mostrei como o meu negócio funciona! Passei três anos te treinando, e você acha que pode virar as costas e ir embora, fácil assim? Não pode, não! – esbravejou. Sua voz alta ecoava entre as quatro paredes.

– Quero sair dessa vida, Brett. Só quero ser um cidadão de bem. Não quero fazer isso, me desculpa.

Sacudi a cabeça e olhei bem nos olhos dele, queria mostrar que não ia mudar de ideia.

Brett soltou um suspiro, o músculo de seu maxilar ficou tenso de novo, e aí ele fez um sinal com a cabeça para os dois sujeitos que estavam atrás de mim. Fechei os olhos e esperei a morte. Em perfeita sincronia, os dois puxaram meus braços para trás e espremeram minha cara na mesa. Alguém apoiou o braço na minha nuca, dificultando minha respiração.

Não abri os olhos quando senti algo duro encostar nas minhas têmporas. Ouvi o clique da trava de segurança e fiquei esperando minha vida passar como um filme diante dos meus olhos. Aquela epifania que, dizem, você tem logo antes de morrer. Mas não vi nada, e a arma pressionou minha pele com mais força. Meu maxilar começou a doer.

– Você conhece as leis, Pirralho. Se quer sair, tem de *fazer por merecer*. Ainda está me devendo pelo tempo que investi em você – Brett rugiu, furioso.

Eu me obriguei a abrir os olhos e vi que ele é quem estava apontando a arma para mim, inclinado por cima da mesa, me olhando feio. Não me dei ao trabalho de tentar me soltar. De um jeito ou de outro, eu já estava morto mesmo, não ia ter como sair dali.

– Me mata logo, se você quiser, porque eu não vou fazer isso – falei, sacudindo a cabeça de um jeito bizarro.

– Não quero te matar, Pirralho. Você é incrível no que faz. O melhor que já vi. Seria um desperdício – Brett disse, com uma expressão esperançosa.

O braço na minha nuca apertou mais forte, tive que soltar um gemido e quase fiquei sem ar.

– Não! – falei, meio engasgado.

Brett uivou de frustração.

– Preciso que você faça um trabalho. São apenas cinco carros, uma noite. Só um trabalhinho, e você pode cair fora.

Só um trabalhinho? Será que a coisa ia parar por aí? A emoção de puxar carros era um barato viciante. Se eu começasse de novo, será que conseguiria parar? Não estava convencido disso.

– Não posso – respondi, ignorando o gosto metálico do meu

próprio sangue, porque tinha mordido a bochecha. Eu sabia o que ia acontecer, e não seria indolor.

Mas, em vez da morte lenta e brutal que eu havia imaginado, Brett tirou a arma da minha cabeça e deu um passo para trás.

– Você devia pensar na sua mãe, Pirralho. Ela está péssima. Perder a filha daquele jeito, assassinada. Ver o filho parar na cadeia. Ela meio que bateu o pino. Tenho cuidado dela para você. Seria uma pena se algo terrível acontecesse com a sua mãe depois de tudo o que ela passou.

E aí Brett encolheu os ombros, todo casual, como se estivesse falando do clima.

"Por acaso o filho da puta está ameaçando a minha mãe?"

Me sacudi, consegui soltar um dos braços e tentei me levantar. Mas, antes que minha tentativa surtisse resultado, me jogaram de novo contra a mesa, com força.

– Nem ouse, caralho! – gritei, revoltado.

Brett deu uma risadinha.

– Eu gosto dela, Pirralho. Gosto mesmo. Não quero ser obrigado a fazer mal à sua mãe. Só mais um trabalhinho, e deixo sua mãe em paz – barganhou.

Espremi os olhos. Por mais que eu odiasse aquela mulher, ela ainda era, no fim das contas, a minha mãe e não queria que sofresse. Principalmente o tipo de sofrimento que eu já tinha visto Brett infligir a tantas pessoas.

Meio sem jeito, balancei a cabeça, concordando. O ar voltou a preencher meus pulmões, e fiquei de pé outra vez, porque alguém me puxou para cima pela camiseta. Shaun me deu um sorriso maligno e um tapinha na cabeça.

– Bom menino – debochou, de um jeito condescendente.

Cerrei os dentes, tentando ficar sem reação.

Brett bateu palmas e esfregou as mãos animado.

– Ótimo! O trabalho será daqui a três dias. Olha, pega este celular que vou te ligar para passar os detalhes, já deixei tudo certinho. E fica com o apartamento também – ordenou. Depois jogou o celular e as chaves em cima da mesa.

Peguei o celular e enfiei no fundo do bolso da minha calça *jeans*.

– Já tenho onde ficar. Combinamos que eu só faria um trabalho, não preciso do apartamento. Obrigado, mesmo assim – falei, tentando ser educado quando, na verdade, queria era trucidar o desgraçado.

– Tudo bem, Pirralho. Você é que manda.

Quando me virei para ir embora, vi Shaun me dar um sorrisinho afetado e arrogante. Sem me dar conta, levantei o braço e dei um soco no meio da cara dele. O "créc" que o nariz dele fez ao quebrar me deu tanta satisfação que não controlei o sorriso. O sangue começou a jorrar imediatamente de suas narinas. Ele berrou, chocado, e pôs a mão no nariz para tentar estancar o sangue.

– Nunca mais encosta em mim. Bom menino meu cu – gritei, raivoso, repetindo suas palavras. Me virei, fui desfilando até a porta e saí, ignorando as gargalhadas de Brett.

CAPÍTULO 2

Jamie

– Chegamos – o taxista anunciou. Ao parar na frente do bloco de apartamentos dilapidado e com jeito de imundo, trancou a porta do carro com o cotovelo.

Tentando não torcer o nariz para o lugar que o Estado havia arranjado para eu ficar depois de sair do reformatório, entreguei o dinheiro da corrida ao motorista e saí do carro. No mesmo instante, o doce aroma de maconha queimada invadiu meu nariz, vindo do lado de fora, onde vários homens reunidos fumavam seus baseados em plena luz do dia. O taxista pisou no acelerador quase no mesmo instante em que fechei a porta do carro, me largando ali com aquela gente de quinta categoria, que me olhava com jeito de quem queria me bater e me estuprar até minha vida ficar por um fio.

Atravessei a calçada e cheguei à frente do prédio. Uma menina que mal devia ter 18 anos apareceu e pôs a mão em meu peito. Estava com os olhos injetados, o cabelo todo bagunçado e parecia fazer uma semana que não lavava nem trocava aquela roupa praticamente inexistente.

– Oi, bonitão. Está procurando alguém? – ronronou.

– Não, obrigado – respondi, rapidamente, me desvencilhando de sua mão e indo até a porta.

Entrei e fui até a pequena recepção. Meus pés grudavam no piso de azulejos quebrados a cada passo que eu dava. Tive que rir quando me dei conta de que o sujeito da recepção estava sentado atrás de uma grade bem grossa, com um vidro que parecia à prova de balas. Havia até um revólver em cima da mesa.

Ele me olhou com desdém quando me aproximei.

– Sim? – grunhiu. Depois tirou o som da TV.

– Oi. Meu nome é Jamie Cole. Falaram que tinha um quarto reservado para mim aqui.

– Cole? Deixa eu ver...

Ele se remexeu na cadeira, que guinchou com a pressão, e começou a folhear uns papéis.

Sutilmente, me virei para ver todo o corredor e garantir que ninguém me observava pelas costas. Sou adepto a ficar longe de encrenca. Se a gente consegue ver a encrenca se aproximando, pelo menos dá para encarar ou virar as costas e fugir.

– É, seu nome está aqui.

O sujeito ticou meu nome em uma espécie de lista, depois fungou e limpou o nariz nas costas da mão. Aí se levantou da cadeira giratória e se arrastou até um armarinho preso na parede. Pegou um molho de chaves e voltou cambaleando, depois se jogou em cima da cadeira. Tudo parecia ser um esforço muito grande para ele. Havia 25 quilos de pura gordura em volta de sua cintura. Não é de espantar que a vida dele seja um fardo.

Ele atirou uns formulários e uma caneta em uma gavetinha de metal e a empurrou com tanta força que a coisa foi parar do outro lado de sua bolha protetora.

– Assine no pé da página, e tudo isso será seu – instruiu, quando peguei os formulários da gaveta.

Escrevi meu nome e devolvi os papéis.

Ele mal olhou para os papéis antes de jogá-los para o lado.

– Ok. Bom, aqui não tem muitas regras. É só você tentar não se meter em encrenca. Não esqueça de trancar a porta, mesmo quando estiver em casa. Leve tudo o que tiver de valor quando sair ou guarde em um dos cofres aqui do escritório – aconselhou, apontando a mão gorducha para uma fileira de cofres pequenos presos na parede.

Balancei a cabeça, e ele continuou:

– Você tem a chave da porta da frente. A porta é trancada às dez da noite. Depois disso, você mesmo precisa abri-la. O seu quarto é o 234.

Aí empurrou a gaveta na minha direção de novo.

Peguei as chaves e troquei a bolsa de ombro.

– No segundo andar, vire à esquerda e boa sorte – completou.

Ele deu um sorrisinho afetado, e fiquei em silêncio ao perceber seu tom jocoso.

– Certo – resmunguei.

A caminho do quarto, evitei tocar nos corrimões e nas paredes, cobertas com sujeira e limo de anos. Se Brett não me matasse, provavelmente eu morreria de alguma infecção incurável que pegaria naquele lugar. Dava para sentir o gosto dos germes a cada vez que eu respirava.

Achei o quarto com facilidade, passei a chave e abri a porta. O lugar não tinha nada, a não ser um ou dois móveis. A parte de cima do colchão parecia limpa, e os lençóis empilhados em cima dele estavam com jeito de novos. Pelo menos eu não ia precisar dormir em cima da sujeira de outra pessoa.

No canto, ao lado de uma porta, havia uma pia pequena. Fui até a porta, abri e encontrei a menor privada e o menor box que já tinha visto na vida. "Eu ia poder matar dois coelhos com uma cajadada só e tomar banho mijando. Isso sim é que é poupar tempo!". Bufei e caí na gargalhada, pensando na minha desgraça. O lugar era tão horrível que me deu vontade de voltar para o reformatório. Pelo menos lá era um lugar limpo e conhecido.

Joguei a sacola no chão, me atirei na cama e fiquei olhando o teto. Só dava para ouvir gritos e brigas vindos do outro lado da parede, e gente esmurrando a porta do quarto ao lado. Fechei os olhos e pensei em tudo o que havia acontecido. Eu precisava arrumar um emprego, precisava de um carro e depois precisaria sair daquele lugar, caramba! Fazer um trabalho para Brett garantiria a segurança da minha mãe. Depois disso, eu poderia retomar meus planos.

Quando comecei a ouvir gemidos de mulher e uma cabeceira batendo na parede do quarto ao lado, levantei da cama e resolvi que era melhor começar a buscar emprego naquele mesmo instante.

Saí da pensão bem animado e comecei a entrar nas lojas dos arredores e a perguntar se alguém estava contratando. Umas duas pessoas me pareceram interessadas, até eu contar onde morava. Elas desistiram na mesma hora. Óbvio que todo mundo sabia que tipo de gente morava naquele lugar: o lixo do universo, vagabundos assassinos, exatamente como eu. Comecei a mentir e a falar que eu estava prestes a me mudar. Mas, mesmo assim, não consegui arranjar uma entrevista de emprego.

Um pouco fora do bairro, um ferro-velho me chamou a atenção. Pensei em completar minha segunda tarefa: arranjar um carro.

Comecei a caminhar em direção ao pequeno *trailer* branco que servia de escritório, mas um homem me parou no meio do caminho.

– Ei, o que você procura? – perguntou, educadamente, limpando as mãos sujas de graxa em um pano.

Ele usava um macacão cinza manchado de óleo, e um boné dos Yankees cobria seu cabelo preto. Não devia ser muito mais velho do que eu.

– Ah, oi. Ãhnn... Não sei direito. Você tem algum carro que esteja precisando de um trato para poder andar? Algum do qual você queira se livrar e que seja barato? – perguntei.

Um sorriso se esboçou em seus lábios.

– Você entende de carro?

– Entendo. Um pouco – respondi. Há pouca coisa que eu não saiba quando o assunto é carro, para falar a verdade.

– Ok. Bom, vou te mostrar o que eu tenho. Mas nenhum está funcionando.

Ele encolheu os ombros e foi para trás do *trailer*. Fui atrás dele, mal conseguindo controlar minha animação. Fazia uma eternidade que eu não punha as mãos no motor de um carro.

O sujeito parou atrás do escritório.

– Destes aqui a gente tira umas peças. Os outros a gente compacta. Estão bons, mas não funcionam. E agora nenhum está inteiro. Você pode montar um carro com partes deles e com peças que a gente tem aqui no ferro-velho – declarou, inclinando a cabeça na direção de uns dez carros detonados, arranhados e enferrujados.

– Posso dar uma olhada? – perguntei, indo na direção do primeiro da fila. Desisti no mesmo instante, porque o chassi estava enferrujado demais. Odeio soldar. Depois de olhar mais alguns, me decidi por uma picape que, provavelmente, deve ter começado a vida sendo verde-escura. Estava sem rodas e sem para-lamas, mas esses pedaços deviam estar jogados em algum lugar do ferro-velho.

– Esse aqui parece legal. Posso testá-lo?

O homem sorriu e balançou a cabeça, obviamente me achando um louco ao me ver pular atrás do volante todo animado.

A chave estava na ignição. Liguei o motor, pisei no acelerador e fiquei ouvindo os gemidos e um ruído parecido com um tique--taque. Era perfeito. Pelo barulho, o problema devia estar no alternador, fácil de consertar, *se* eu conseguisse encontrar as peças em algum lugar do ferro-velho. Abri o capô e saí do carro para dar uma olhada no motor. Quando prendi a tampa, dei um sorriso. Não parecia nada mau. Só precisava de uma limpeza e de algumas peças novas. Tudo o que aquela belezinha precisava era de amor e cuidado. Pus a mão em um dos lados e puxei o cabo do alternador.

– Você tem um pano para me emprestar?

O sorriso do sujeito ficou maior, e ele me jogou o pano em que havia limpado as mãos. Limpei o cabo e peguei uma pedra do chão, raspei de leve na ponta do cabo, para ter um pouco de fricção, e o coloquei de volta no lugar.

– Você pode ligar o motor para mim? – perguntei.

Ele caiu na gargalhada.

– Olha, cara. Faz quase um ano que esta picape está aqui, deve estar toda enferrujada. Já tentei fazê-la funcionar, não pode ser só o alternador.

Encolhi os ombros.

– Mas vale tentar, não vale? É só um conserto temporário, vou precisar mudar a maioria das peças, mas deve dar certo.

O homem revirou os olhos e entrou no carro. Pela sua expressão, ele achava que não ia acontecer nada, era óbvio. Ao virar a chave, a picape pegou por uma fração de segundo, depois morreu. O motor fazia um barulhão, mas funcionava perfeitamente. O sujeito saiu do carro boquiaberto.

– Então, quanto você quer por ele? Vou precisar de umas peças também. Rodas e para-lamas. E vou ter que trocar todos os plugues, conectores e cabos – afirmei, dando mais uma olhada no motor.

O dono do ferro-velho apertou os lábios, pensativo.

– Vamos fechar por... duzentas pratas?

Levantei uma sobrancelha.

– Duzentos é meio tenso. Você mesmo falou que não conseguia fazê-la funcionar. Eu levo o carro, mais as peças, por 150 – barganhei, sabendo que, mesmo que pagasse os duzentos, sairia muito barato.

Ele revirou os olhos.

– Cento e setenta e cinco?

Balancei a cabeça.

– Cento e setenta e cinco, então. Você acha que dá para eu consertá-la aqui? Não vou incomodar, não vou ficar no caminho, prometo. É só porque não tenho onde fazer isso...

O que era mentira. Eu podia muito bem levar a picape para o armazém do Brett, mas não queria ficar lhe devendo favor.

– Claro. Por que não? – ele concordou.

– Sensacional. Aliás, meu nome é Jamie – falei, estendendo a mão.

– Connor – respondeu, apertando minha mão.

Depois de pagar pela picape, combinei de ir lá no dia seguinte e começar o conserto. Na volta para aquele buraco do inferno que eu estava chamando de casa, peguei um sanduíche no mercadinho da esquina. Ao entrar no prédio, fiz questão de não atrapalhar o traficante e as duas prostitutas que haviam montado acampamento na porta.

Os dias seguintes passaram rapidamente. Com exceção de uma visita curta que fiz ao agente da condicional, no dia após a minha soltura, passei a maior parte do tempo no ferro-velho. Estava indo extremamente bem com o carro. Connor era um sujeito simpático e tinha 21 anos, quase a minha idade, como eu havia imaginado. Seu pai era dono do ferro-velho, e ele cuidava do negócio a maior parte do tempo. O dia em que, finalmente, terminei de consertar a picape, fiquei muito orgulhoso de mim mesmo.

Connor saiu calmamente do escritório, com duas xícaras de café fumegante nas mãos.

– Não acredito que você conseguiu. Eu já tinha tentado consertar essa picape. Sou bem bom com os carros, mas esse aí estava morto.

Dei um gole no café e me encolhi todo, porque queimei a língua.

– Sabe, posso dar uma olhada nos outros, se você quiser. Quem sabe posso consertá-los para você vender – sugeri. – Tenho pensado muito nisso ultimamente.

Ele franziu a testa, com uma expressão cética.

– É mesmo? E o que você ganharia com isso?

Encolhi os ombros.

– Quanto você ganharia com eles neste estado?

Connor apertou os lábios, pensativo.

– Não sei. Quase nada. Ninguém é louco de comprar um carro que não funciona. Menos você, é claro – brincou, dando risada.

– Ok. Que tal assim: eu conserto, você vende, e eu fico com metade do lucro – sugeri.

– Metade? – Connor repetiu.

– Só metade do lucro – expliquei. – Por exemplo, se você comprar um carro por cem e vender por duzentos, eu fico com cinquenta. Desse jeito, você ainda ganha mais do que ganharia, e eu também levo algum. Além disso, o carro não irá valer só duzentos quando eu consertar. Você, provavelmente, vai vendê-lo por quatrocentos ou quinhentos dólares.

– Ãhnnnn... Não sei, não, Jamie. Gosto da ideia, mas não sei se dá para pôr em prática. A gente nunca vendeu carros que funcionam, apenas peças.

– Que tal um *test drive*? – perguntei. Olhei em volta e apontei para o carro que, na minha opinião, daria menos trabalho para consertar e completei: – Deixa eu passar uns dois dias trabalhando nele. Se eu conseguir, de repente você pode colar no leilão da semana que vem e ver o que rola.

Connor franziu a testa de novo.

– Sei lá. Não sei se o meu pai vai topar.

Encolhi os ombros e insisti:

– O que você tem a perder? Se não vender, não vendeu.

Ele ficou mordendo o lábio, era óbvio que estava pensando no que fazer. Então finalmente balançou a cabeça e me estendeu a mão.

– Tudo bem. Fechado.

Dei um sorriso e apertei sua mão.

– Fechado!

Torci com todas as minhas forças para isso dar certo. Eu ia poder consertar carros e ganhar dinheiro ao mesmo tempo.

– Quer sair para tomar alguma coisa hoje? – Connor convidou, bebericando o café.

– Claro, adoraria.

Era legal ter alguém para conversar, e eu bem que estava precisando de uma companhia para beber.

Bem na hora em que a gente ia combinar, meu celular tocou. Além de Connor, só mais duas pessoas tinham o número: Brett e Ray. Tirei o telefone do bolso de qualquer jeito, rezando para que a chamada fosse de Ray. Infelizmente, não era.

– E aí, Brett? – respondi, me obrigando a ser educado.

– E aí, Pirralho? Vou te mandar a lista de amanhã à noite. Esteja no galpão às nove. Já fiz o levantamento, vai ser fácil.

– Claro. Até amanhã – respondi, terminando a ligação e xingando o sujeito entredentes.

– Algum problema? – Connor perguntou.

Sacudi a cabeça rapidamente.

– Nada que eu não possa resolver.

Eu tentava desesperadamente não ficar animado com a noite seguinte, mas não conseguia me controlar. A ideia de roubar carros me atraía cada vez mais. O barato que tinha quando roubava era um dos poucos prazeres que eu conhecia na vida, e estava sentindo falta.

O celular apitou, eu havia recebido uma mensagem. Abri, ansioso para ver a lista de carros que iria roubar. Fiquei olhando a tela em estado de choque. A animação que eu estava tentando manter sob controle veio com tudo.

1. Audi R8 Spyder
2. Alfa Romeo 8C Competizione
3. BMW Z4
4. Porsche Carrera GT
5. Bugatti Veyron

Dei risada. Não dava para acreditar naquilo. Eu estava muito ferrado. O Bugatti Veyron era um carro incrível. Ao pensar no preço, minhas pernas tremeram. Ele custava 1,7 milhão de dólares. Mesmo o Alfa Romeo era bem difícil de encontrar. Aquele roubo ia ser incrível. Já conseguia me ver de volta àquela vida, só de pensar em dirigir aqueles carros.

Mais tarde, saí para beber com Connor. Foi legal relaxar um pouco. Mas, quando ele encontrou uns conhecidos e tentou me arranjar com uma amiga, inventei uma desculpa e fui embora, voltei para o quarto vazio que chamava de lar. Não que eu não me interesse por mulheres, mas não queria me envolver com ninguém. De novo.

Tive uma experiência, uma experiência bem considerável, antes de ser preso. Apesar de só ter 14 anos, pus o olho em Estrela – sem dúvida não era seu nome verdadeiro, mas era assim que ela gostava de ser chamada. A menina era mais velha do que eu e gostava de ficar lá pelo galpão, dando em cima dos empregados de Brett. Tem mulher que é simplesmente atraída por *bad boys*. Pelo menos, foi o que ela me disse. Estrela tinha 17 anos. Ela me pegou pela mão e me ensinou o certo e o errado do sexo. Para ela, havia muito mais certo do que errado. Como eu era um pirralho de 14 anos, cheio de hormônios e turbinado com o barato de roubar carros, acabei ficando com a menina... várias vezes. Foi bom por um tempo, até que, um dia, sem querer ouvi Estrela falar sobre o meu corpo com as amigas, as quais ficaram especulando sobre o que teria acontecido comigo. As mulheres sabem ser muito cruéis. Graças à Estrela e às vacas das amigas dela, minha autoestima, que sempre foi baixa, foi parar no chão, e resolvi que nunca mais voltaria a passar por aquela experiência humilhante.

Para mim, foi o fim. Nada de envolvimento. Ponto-final.

Dali em diante, repeli todos os avanços do sexo feminino para cima de mim e jurei agir sempre assim, porque meu passado está estampado na minha pele, e não quero que ninguém mais o veja ou faça perguntas. Ninguém sabia o que havia acontecido de verdade, eu queria que continuesse assim.

CAPÍTULO 3

Jamie

Na noite seguinte, quando cheguei ao galpão, estava fervendo por dentro de tanta animação. Assim que entrei, vi Shaun sentado com outro sujeito que eu conhecia do tempo em que trabalhava para Brett.

– E aí, Enzo? – cumprimentei, simpático. Enzo já havia me acompanhado em muitos esquemas.

– E aí, Pirralho? – respondeu, depois levantou e me deu um tapinha nas costas. Era incrivelmente fácil me enturmar com aquelas pessoas, porque ninguém ali se importava com o que eu tinha feito nem por onde tinha estado. Era aceitação pura e simples.

– É você que vai comigo hoje? – perguntei, olhando em volta se havia mais alguém.

– Vou. Eu dirijo, e Shaun, José, Aaron e Steve vão com você – respondeu, esfregando as mãos empolgado.

“Shaun vai comigo? Que ótimo, a noite será bem divertida...”

Olhei para Shaun. Estava com um corte na ponta do nariz e os dois olhos roxos cicatrizando bem onde ele havia levado meu soco.

– Demais. O que aconteceu com a sua cara, Shaun? Isso aí está bem feio – provoquei, com um sorrisinho malicioso.

Ele levantou, me olhando com jeito de poucos amigos.

– Com esta foram duas, Pirralho. Não vai haver uma terceira.

– Ah, pode acreditar. Você não vai querer uma terceira.

Bufei, encolhi os ombros e me afastei de Shaun. Se ele quisesse me atacar, não seria por trás. Essa era uma das regras do nosso código de honra. Se você quiser puxar briga, tem que ser homem e fazer isso olhando nos olhos.

– Ei, cadê meu *kit*? – gritei para Ray.

Ele apontou a mesa. Fui até lá e peguei um envelope pardo. Abri e sentei para ler as instruções.

O envelope continha todos os detalhes do esquema: a localização de cada carro, a rotina de seu dono e todos os dispositivos de segurança visíveis que o veículo poderia ter, assim como alarmes e sistemas de trava do motor. E fotos. Fiquei parado, apenas olhando a foto do Bugatti, incrível. Minhas mãos começaram a suar só de pensar nele. Era lindo também, preto com portas vermelhas. Não era nem um desses carros de *showroom*, feitos em série. Era personalizado. Até o Porsche era irado, classudo, devia custar mais de quatrocentos mil.

– Você viu esta lista? – perguntei a Ray.

Ele deu um sorrisão.

– Caramba, vi, sim. Mal posso esperar, caralho. Não me arranha aquele Bugatti, Pirralho. Quero vê-lo em toda a sua magnífica perfeição. Nunca vi um desses de verdade – revelou.

– Pode deixar. O que você acha que eu sou, um imbecil de miolo mole feito o Shaun? – retruquei, sorrindo. Ray riu.

Pelo canto do olho, eu conseguia ver Shaun me encarando com jeito de quem queria arrancar minha cabeça.

Às nove em ponto, Brett desceu e passou o braço em meu ombro.

– Que bom que você topou, Pirralho. A gente não puxava uns carros desde que você foi embora. Essa é uma jogada extremamente grande, como você deve ter visto pela lista – falou, apertando meu ombro de um jeito afetuoso.

– Sem dúvida, Brett. Mas é a última, certo? – chequei. O celular dele tocou bem na hora em que ele ia me responder, e ele se virou para atender a chamada, falando rápido. Franzi a testa, esperando que Brett cumprisse com sua palavra e me deixasse ir embora depois daquele esquema.

Ele se virou na minha direção um minuto depois.

– Bom, rapazes, vamos nessa. Podem pegar os carros na ordem que quiserem. Não ligo, desde que todos venham para cá hoje. Já tenho dois transportadores marcados para buscá-los às seis da manhã – instruiu. Depois me deu um tapinha no ombro e subiu a escada.

– Você ainda tem minhas coisas Ray? – perguntei.

Ele balançou a cabeça e foi até sua bancada. Puxou a sacola cinza que continha o que podemos chamar de "meu *kit* de roubar carros". Conferi a sacola, para ver se estava tudo ali, e balancei a cabeça para Enzo, que nos levou até seu carro. Pulei no banco da frente, obrigando Shaun, José, Aaron e Steve a se espremerem no banco de trás.

– Então, qual vai ser a ordem? – Enzo perguntou, ligando o motor.

Encolhi os ombros.

– Vamos logo para o que está mais perto. Desde que o Bugatti seja o último, não ligo.

Odiei o fato de estar tão empolgado em voltar a roubar carros.

Enzo saiu do galpão e foi até o veículo mais próximo, o BMW Z4. Parou um pouco longe, e me virei para trás.

– Vou levar o BMW umas quadras mais à frente. Shaun, você pode ir dirigindo até o galpão – ordenei.

Ele franziu a testa, era óbvio que não havia gostado de receber ordens minhas.

– Quero o Alfa Romeo – retrucou, com um tom bravo.

Levantei uma sobrancelha, irritado com sua atitude.

– Não ligo um caralho para o que você quer. Não quero mais que você fique perto de mim. Dá pra sentir a sua estupidez diminuindo meu QI a cada segundo que passa. Preciso que você saia de perto o mais rápido possível, antes que eu me esqueça como é amarrar um sapato – falei, com um sorrisinho malicioso. Enzo e Aaron caíram na risada.

– Seu bostinha convencido – Shaun resmungou.

Apenas o ignorei e saí do carro, olhando em volta, com cautela, para a rua deserta e escura. Fiz o máximo de silêncio possível, fui até o Z4, enfiei o pé de cabra ao lado do vidro e consegui prender a tranca. Depois puxei com todo o cuidado. Meu coração estava saindo pela boca, e eu não conseguia parar de sorrir. Entrei no carro e tirei a barra de segurança rapidinho. Também tinha uma trava no volante. Peguei minha chave de impacto e mandei ver, bati a mão na ponta para soltar a trava. Quando ela se abriu, a tirei do volante, joguei no banco do lado e arranquei a coluna de direção. Os alicates de cortar cabo acabaram rapidinho com o protetor de plástico que cobria a fiação interna, e foi só juntar as fibras de metal para o carro pegar, com um ronquinho sensual.

Assim que o motor ronronou, minha empolgação foi às alturas. Tinha sentido tanta falta disso: do barato, da adrenalina, de saber que eu tinha tanta habilidade em algo que jamais me pegariam. Aquele carro era uma beleza, mas, no *ranking* dos que eu ia roubar naquela noite, provavelmente ficava em quinto lugar. E é por isso que dei o BMW para Shaun. Sabia que ele queria um dos carros melhores, e eu só queria encher um pouco mais o saco dele.

Saí da garagem e, por segurança, liguei os faróis apenas quando já havia saído da rua. Parei uns dois minutos depois. Deixei o motor ligado, saí e observei Shaun sair do carro de Enzo.

– Cuidado para não arranhar – provoquei, voltando, todo convencido, ao outro carro.

Sentei no banco do passageiro, e José sorriu para mim.

– Tinha esquecido como você manda bem nessa parada, Pirralho. Foi incrível. Tirar a trava do motor *e* a trava do volante em menos de um minuto – elogiou, me olhando com admiração.

Encolhi os ombros, ignorando a emoção que corria em minhas veias.

– Vamos ao próximo – falei.

Arrombar o segundo e o terceiro carros foi como o primeiro: sem grandes surpresas, facinho. Steve e José levaram os dois para o galpão. O quarto carro foi sopa no mel, porque a equipe havia descoberto o Número de Identificação do Veículo e comprado uma chave nova de um dos seus contatos na concessionária Porsche da cidade. Foi quase um desperdício do meu tempo, porque qualquer um poderia ter puxado esse sozinho.

Era pelo quinto veículo que eu esperava. O carro dos meus sonhos.

Enzo parou na frente do galpão onde o Bugatti estava guardado, me olhou e desligou o motor.

– Até depois. Boa sorte.

Coloquei luvas de látex e subi o capuz da jaqueta, para cobrir o rosto. Ali tinha câmeras de segurança que eu precisava desligar. Aquele carro daria muito mais trabalho do que os outros, mas nada que eu não tivesse feito muitas e muitas vezes.

– Não preciso de sorte – respondi, confiante. – Espera até eu sair, aí a gente se encontra no galpão do Brett.

Pendurei a sacola no ombro, saí rapidamente do carro e corri até a caixa de força do outro lado da rua. Enfiei meu alicate de pressão na trava da caixa e puxei. A trava saltou e foi parar em meus pés, fazendo um “pang”. Depois de retirar a tampa protetora de metal, olhei dentro da caixa. Centenas de fios se cruzavam, ligados por pequenos conectores. Aquela caixa, sozinha, controlava a eletricidade de umas quatro quadras.

Joguei minha sacola no chão e peguei um desenho detalhado do interior da caixa. Brett tinha contatos por todos os cantos, era fácil para ele pôr as mãos em coisas como aquela. Depois de verificar a planta baixa da caixa, foi moleza encontrar os fios que controlavam o galpão do outro lado da rua e cortá-los. Olhei para cima bem na hora em que as luzes se apagaram no estacionamento e dois minutos antes de o gerador começar a funcionar. Pus a tampa de volta na caixa e bati na lateral com uma chave de fenda, dobrando o metal, para que ficasse no lugar e não caísse.

Corri até a cerca e olhei a câmera de segurança, rezando para que estivesse desligada. Como o aparelho não girava lentamente em volta do estacionamento, como deveria, e a luzinha vermelha não piscava, tive certeza de que a barra estava limpa. Dei um sorriso triunfante. “Fácil demais, porra.” Fui até a porta do galpão, enfiei a chave de impacto no cadeado e o arranquei, deixando-o cair no chão de concreto. Não precisava tomar muito cuidado ali, mas precisava ser rápido. Assim que entrei, pus o facho da lanterna no sistema de alarme preso na parede. Cortei os fios e liguei o aparelhinho que descobre a senha. Bati com os dedos dos pés no chão, contando os segundos, enquanto a maquininha checava milhares de combinações até encontrar a senha de seis dígitos correta. Precisava da senha para abrir a porta da garagem. Senão, quando eu a levantasse, os alarmes acordariam a vizinhança inteira, e o caldo ia entornar.

Enquanto esperava, fiquei olhando em volta do galpão, balançando a lanterna para conseguir enxergar. Havia carros novinhos em folha por todos os lados, mas eu não conseguia tirar os olhos do Bugatti. A luz refletiu na pintura personalizada vermelha e preta, e o facho brilhou ao atingir o vidro. Era realmente uma beleza. Minhas mãos suavam dentro das luvas de borracha. Eu estava desesperado para tocar no Bugatti, sentir seu cheiro de carro novo e deslizar minha bunda pelo assento de couro luxuoso.

Finalmente, a maquininha descobriu a senha. Digitei o código, e a luzinha ficou verde. Fui até a porta de enrolar e a levantei para tirar o carro dali. Segurei a respiração e corri até o Bugatti tão empolgado, que senti uma pontada no estômago, de nervosismo e expectativa. Não consegui resistir à vontade de tocá-lo. Tirei uma das luvas e passei a mão pelo capô com carinho, sentindo a pintura primorosa na ponta dos dedos. Era uma perfeição.

Me obriguei a parar de admirar o carro e enfiar o pé de cabra na janela. Consegui destravar a porta facilmente e entrei. Depois de desligar o alarme, tirei a tampa de plástico do painel, com um alicate, e cortei os fios expostos com todo o cuidado. Pus a mão no bolso, peguei o aparelhinho que descobre senhas e liguei nos fios. O motor do Bugatti era acionado por um botão que só pode ser ativado quando a porta do carro é aberta com um cartão especial, com *chip*, o que, obviamente, eu não tinha. Sem ativar a ignição, aquele carro de 1,7 milhão de dólares virava um monte de metal inútil. Deixei o aparelhinho trabalhando e tentei encontrar um botão de parada de emergência. Olhei o relógio, nervoso. Pelos meus cálculos, eu tinha uns trinta segundos até o gerador começar a funcionar, e as câmeras de segurança voltarem a filmar. Quando, finalmente, o aparelho encontrou a senha certa, apertei o botão da ignição e ouvi o ronronar do motor.

Gritei de alegria, feito criança, e fui para o banco do motorista. Soltei o ar com um gemido de satisfação e pus as mãos no volante de couro. Hesitante, pisei no acelerador. O carro deu um soco para a frente, e os cabelinhos da minha nuca ficaram arrepiados, porque a força fez meu corpo ir para trás, se encostando na maciez do assento. Logo que saí da garagem, parei e desci do carro. Corri até a porta e a fechei. Assim, quando as câmeras voltassem a filmar, os guardas que tinham acesso aos vídeos não dariam falta de nada, e só notariam que o carro havia sumido na manhã seguinte.

Entrei no carro novamente e saí correndo pela rua, sem me dar ao trabalho de esperar por Enzo. Ele ia me encontrar no galpão do Brett de qualquer jeito mesmo...

– Ah, caralho! Sim! – gritei, todo empolgado.

O interior do carro era forrado de couro vermelho. Seu cheiro era inebriante. Passei as mãos pelo volante com todo o carinho enquanto dirigia. O trajeto de quarenta minutos era curto demais, na minha opinião, e fiquei arrasado ao parar em frente ao galpão.

Ray praticamente pulava em um pé só, enquanto olhava para o carro com os olhos cheios de lágrimas. Ele passou as mãos pelo capô e murmurou:

– Ah, neném. O papai te ama tanto...

Eu e os outros rapazes caímos na risada. Ray é quase tão louco por carros quanto eu.

Brett me deu um tapinha nas costas, todo radiante e orgulhoso.

– Você ainda manda bem, Pirralho.

– É, ainda mando bem, sim – admiti. Eu sabia que era bom naquilo. Ninguém precisava me falar. Eu tinha certo talento para roubar carros. Ray já me chamou, brincando, de "encantador de carros", porque sei convencer as máquinas a funcionarem como ninguém. É claro que tenho orgulho de ser tão bom em algo que todos reconhecem. É daí que tiro a maioria das minhas alegrias.

Nunca fui bom em mais nada. Mas, pelo jeito, estava predestinado a roubar carros.

– Toma.

Brett me entregou um envelope pardo que devia conter cinco mil dólares, meus honorários por uma noite, como nos velhos tempos.

– Valeu.

Balancei a cabeça, virei o envelope e fiquei sentindo seu peso, satisfeito.

– A grana não te deixa tentado a voltar? – perguntou, com um sorriso de predador.

Sacudi a cabeça, encolhi os ombros e respondi:

– Grana é grana. Não significa mais merda nenhuma para mim.

Brett apertou meu ombro e me olhou de um jeito como se eu tivesse perdido a cabeça.

– Olha, Pirralho, você não sabe se vai conseguir emprego agora, não é mesmo? Este é o lance, esta é a sua vida, e você é muito bom nisso. Tem certeza de que quer deixar tudo para trás?

Não, aquela não era a minha vida. Aquela vida tinha acabado há quatro anos. Aquela era a minha segunda chance. Eu só precisava me manter firme.

– Tenho certeza, sim.

Saí de perto de Brett, na esperança de que ele mantivesse sua palavra e me deixasse sair daquela vida, agora que eu havia cumprido minha tarefa.

Ele soltou um suspiro profundo.

– Bom, se você mudar de ideia, sabe onde me encontrar. Quem sabe você não faz um trabalhinho aqui, outro ali?

Adoraria fazer isso, mas sabia que, se continuasse, não conseguiria parar. Já estava me sentindo atraído por aquela vida.

– Acho que não – respondi. Peguei o celular que Brett havia me dado e lhe estendi.

Ele sacudiu a cabeça.

– Pode ficar. Tenho um monte de celulares. Assim posso te ligar de vez em quando e ver como você anda. Por que você não dá uma passada na boate amanhã à noite? A primeira rodada de bebidas é por conta da casa.

– Claro. Vai ser demais – concordei.

Depois de me despedir de todo mundo, voltei para casa. Já eram quatro da manhã. Minha cama parecia tão incrivelmente convidativa que me joguei nela. A exaustão tinha tomado conta de mim. Nem me dei ao trabalho de trocar de roupa ou tirar o sapato. O roubo tinha sido feito, minha dívida estava paga, e agora eu estava livre para recomeçar, com a bênção de Brett. Mas peguei no sono sem conseguir parar de pensar se seria realmente livre um dia. Será que a descarga de adrenalina que esses esquemas me proporcionavam me atrairiam para sempre? Será que a gente pode desafiar nosso próprio destino? Não sabia as respostas, mas que eu ia tentar, ia.

Na noite seguinte, aceitei o convite de Brett para tomar umas bebidas de graça em sua boate e me encontrei com Ray lá. Eu já tinha feito um *tour* pelo lugar e estava mandando a quinta dose para dentro quando Ray me deu uma cotovelada nas costelas.

– Caramba, olha isto! – sussurrou, olhando para algo atrás de mim.

Virei e vi uma bela loira, com pernas extremamente compridas, de saia curta.

Dei risada e falei:

– Ela é muito nova para você, homem casado.

Ray revirou os olhos.

– É sim, mas é perfeita para você – respondeu, entusiasmado.

– Nããããão, não faz meu tipo. De jeito nenhum – retruquei, encolhendo os ombros.

Para ser bem sincero, tento não olhar muito para as mulheres. Não quero nem começar a pensar no que estou perdendo.

– Sério, Pirralho. Você precisa ir lá e ficar com essa menina, porque, uau, sério, *uau*.

Ray não parava de olhar para ela, estava comendo a mulher com os olhos.

– Não é tão gata assim – falei, dando mais uma olhada nela e um gole na minha bebida.

A loira estava de pé, rindo com outra garota. Quase engasguei quando vi sua amiga. Uma ruiva de cabelo comprido, com um rosto perfeito. Ela revirava os olhos, franzindo o nariz e empurrando a amiga de brincadeira. A menina era linda de morrer. O vestidinho preto que usava ficava justo em seu corpo perfeitamente esculpido, valorizando todas as suas curvas, mas de um jeito elegante, que me deu água na boca. Minha mão ficou coçando de vontade de passar em sua perna.

Ela, *sim*, era *gata*!

Não consegui mais tirar os olhos da ruiva. Nunca quis tanto uma mulher na minha vida.

CAPÍTULO 4

Ellie

Olhei meu reflexo no espelho, espremendo os olhos para dissipar a nuvem de álcool que enevoava meu cérebro. A menina que me olhava parecia acabada, mesmo para os meus olhos. Inclinei o corpo, molhei as mãos na água gelada e passei os dedos frios nas bochechas, tentando me acalmar um pouco. Minha cabeça girava, e meu estômago ainda se revirava, por mais que eu tivesse posto tudo para fora na privada atrás de mim.

Quando meu coração voltou a bater em seu ritmo normal, olhei de novo para o espelho e passei o dedo embaixo dos meus olhos cinzentos para limpar os borrões de rímel. Minha pele, que já é branca, parecia ainda mais branca sob a luz fluorescente do banheiro da boate. A única coisa decente que eu conseguia enxergar em mim era o cabelo. De algum jeito, mesmo depois de ficar na fila, no vento gelado, por quase uma hora, e de ter rebolado outras tantas horas na pista de dança, os cachos soltos que eu tinha feito com *babyliss* ainda estavam intactos.

Solucei e fui logo segurando a respiração, achei que fosse vomitar de novo. Sou fraca para bebida e, mesmo sem ter idade para entrar naquela boate, havia sido arrastada por Stacey e mais duas amigas, que viram ali uma excelente oportunidade para testarmos as identidades falsas que havíamos comprado recentemente.

De acordo com elas, o momento era perfeito também porque eu precisava sair com as amigas e curar meu coração partido. Bom, todas *achavam* que eu estava de coração partido. Elas estavam mais chateadas com o fim do meu namoro do que eu.

Tentei não pensar em Miles, mas não consegui evitar. Quando vi o vestidinho preto e justo que Stacey insistiu em me emprestar, fiquei me perguntando mentalmente o que ele diria se me visse. Sem dúvida, ia me dizer o de sempre. Para falar a verdade, ele teria feito questão que eu mudasse de roupa e dito que eu parecia uma puta.

Mas as coisas nem sempre foram assim entre a gente. No começo do namoro, que durou dois anos e meio, ele era carinhoso e fazia de tudo para eu dar risada. Infelizmente, as coisas mudaram depois de um tempo. Miles começou a se preocupar mais com *status* e a própria imagem e foi se distanciando cada vez mais do menino fofo por quem eu havia me apaixonado. Lá pelo fim do nosso relacionamento, eu tinha certeza absoluta de que não passava de um troféu para ele, alguém que ele podia pendurar no braço para impressionar os outros. Eu representava tudo o que a sociedade – e os pais dele – achavam que ele precisava para ser completo. Visto de fora, nosso relacionamento era perfeito, o amor dos sonhos de qualquer jovem. De perto, não era bem assim.

Sendo bem sincera, Miles era um grande cuzão quando não tinha ninguém olhando. Com um ano de namoro, o menino fofo, atencioso e meio magrinho se transformou em um capitão do time de futebol superprotetor e possessivo, que todas as meninas desejavam. Acho que ele não tinha consciência de que estava sendo controlador e possessivo comigo. Quando me menosprezava, eu achava que ele não fazia por mal, que era apenas seu jeito. Ele queria ser respeitado, admirado, e isso significava que todo mundo precisava se encaixar em seu conceito de perfeição.

A reputação era tudo para Miles. Mas, finalmente, eu havia me cansado daquilo no dia anterior. Quando ele me acusou de ter dado em cima de um de seus colegas de time em uma festa pós-jogo, gritando comigo na frente de vários convidados e acabando com sua fachada perfeitamente esculpida, aproveitei a oportunidade e terminei com ele na frente de todos. Sabia que a história ia se espalhar feito fogo em palha pelo colégio, e que ninguém me pressionaria para voltar com ele.

Foi um alívio. Era exaustivo pisar em ovos o tempo todo, tentando ser a menina perfeita que ele queria e não o decepcionar. Na verdade, eu não poderia estar mais feliz por ter terminado o namoro. Desde meus 15 anos, não fui nada além de metade do "Supercasal Miles e Ellie", e mal podia esperar para descobrir como era ser apenas Ellie.

Sorri para meu reflexo bem na hora em que a porta do banheiro se abriu. A música alta tomou conta do ambiente por alguns segundos, até a porta se fechar de novo. Olhei para trás, pelo espelho, e sorri outra vez para Stacey, que fez careta.

– Ellie Pierce! Estava te procurando por todos os lados – falou, com a língua enrolada e um tom de acusação.

Dei uma risadinha e revirei os olhos. Virei de frente para minha amiga sem me soltar da pia, caso meu estômago resolvesse se revoltar de novo.

– É mesmo? E eu não estava dentro da boca daquele cara?

Stacey também riu, meio envergonhada.

– Surpreendentemente, não, mas procurei bem direitinho.

Minha amiga piscou para mim. Sacudi a cabeça, de um jeito afetuoso. Stacey adora ficar com um monte de rapazes quando está solteira. Eu, por outro lado, fiquei apenas com Miles e nunca beijei mais ninguém.

– Acabei de vomitar – admiti, engolindo em seco só de lembrar.

– Eca! Toma uma balinha de hortelã – disse. Ela riu e me ofereceu uma latinha. Peguei uma bala, agradecida, na esperança de tirar aquele gosto horrível da boca. – Anda, vamos dançar. Acho que você precisa ficar com alguém hoje para tirar Miles da sua cabeça. Vou te ajudar a esquecer esse sujeito – falou com compaixão.

Soltei um suspiro. Como nunca contei a ninguém como Miles é de verdade, todo mundo achava que formávamos o par perfeito. Para Stacey, eu estava mesmo arrasada com o fim do namoro. E era mais fácil deixar que ela acreditasse nisso do que explicar que Miles não era quem todo mundo pensava.

– Tudo bem, eu danço. Mas não vou ficar com ninguém.

– Beleza. Estou com sede, vamos pegar mais uma bebida. Depois a gente procura as meninas.

Stacey segurou minha mão, e saímos do banheiro.

Assim que abrimos a porta, a música *dance* a todo volume fez minha cabeça latejar. O lugar era escuro, abafado e extremamente lotado. Não dava para ver direito aonde eu estava indo, no meio daquela massa de corpos espremidos. Deixei Stacey me levar e rezei para que ela se lembrasse da configuração do espaço, porque eu já tinha esquecido. Por fim, depois de tomar dois beliscões no traseiro e ouvir um comentário grosseiro e sugestivo, conseguimos atravessar a multidão e chegar ao bar. Senti que podia respirar de novo.

Stacey me deu um sorrisinho malicioso e se virou para o balcão.

– Oi, você pode me dar quatro doses de vodca? – gritou para o *barman*, que estava total dando em cima dela.

Stacey é o que a gente pode chamar de "deusa". Tem cabelo loiro natural comprido, olhos azuis e umas pernas que parecem não ter fim. Faz uns bicos de modelo e, na verdade, ganha um bom dinheiro com isso.

– Posso te dar o que você quiser – o *barman* respondeu, com um sorrisinho. Minha amiga se debruçou no balcão de um jeito sugestivo e começou a paquera.

Como não estava muito a fim de observar o desenrolar daquilo, me virei e olhei para a boate lotada. Ela já tinha me deixado sozinha três vezes, para ficar com três garotos diferentes. Eu sabia como aquela conversa ia terminar. Mas não liguei, ela era uma ótima amiga, de verdade, e não a trocaria por nada neste mundo. Stacey tinha um namoro que ia e voltava. Quando estava na fase do "ia", ela se soltava e ficava com todo mundo mesmo.

Senti uma cutucada no braço. Virei, e Stacey me entregou dois copinhos de bebida. Como não queria ficar segurando os dois, virei um para dentro na mesma hora e me encolhi toda, porque o líquido incolor queimou minha garganta. Tremi toda, fazendo careta por causa do gosto terrível.

– Tomara que você não faça essa cara na hora do sexo – ouvi alguém ronronar em meu ouvido.

Virei a cabeça, e meus olhos se encontraram com os de um rapaz que devia ter quase 30 anos. Era bem bonito – para quem gosta de homens mais velhos.

– Bom, você nunca vai saber – respondi, tentando pegar na mão de Stacey. Queria arrancar minha amiga dali, mas ela estava ocupada demais dando em cima do *barman*.

– Prazer, Sam. Não esquece esse nome, porque você vai gritá-lo mais tarde.

O sujeito deu um sorrisinho malicioso e piscou para mim, cheio de autoconfiança. Então pôs a mão nas minhas costas e se inclinou por cima de mim. Dava para sentir seu bafo de álcool.

"Eca. Até parece!"

– Acho que não.

Afastei meu corpo de sua mão, recuperando um pouco de espaço.

Ele deu risada, e seus olhos azuis brilharam.

– Como você se chama? – perguntou, com um sorriso amarelo. Era óbvio que não sabia reconhecer uma indireta.

– Olha, não estou interessada. Pode achar outra mulher para dar em cima, ok? – sugeri, franzindo a testa. Eu não precisava mesmo daquilo naquele momento. Tudo o que eu queria era uma linda cama bem confortável e, quem sabe, aquela pizza que Stacey tinha prometido mais para o fim da noite.

O sr. Não-Sei-Reconhecer-uma-Indireta riu e chegou mais perto de mim. Fui obrigada a dar um passo para trás, para não encostar nele.

– Não seja assim. Posso fazer você se sentir melhor – arriscou, com os olhos fixos em meu peito. Olhei em volta, toda sem jeito, tentando pensar em um plano de fuga, mas Stacey continuava debruçada no balcão, falando com o *barman* na maior animação.

De repente, senti um braço pesar em meu ombro.

– Oi, amor. Te achei. Desculpa o atraso.

Era um braço masculino, definitivamente masculino. Com uma voz bem *sexy* para completar.

Olhei para cima, em estado de choque, porque fiquei grudada a um desconhecido. Assim que pus os olhos nele, meu coração quase saiu pela boca. O recém-chegado era o tipo mais maravilhoso que eu já tinha visto na vida. Fiz uma estimativa rápida e concluí que ele deveria ter uns 21 anos. Tinha cabelo castanho raspado, um queixo esculpido, lábios perfeitamente beijáveis e olhos castanho-escuros com um brilho misterioso. Grudada no corpo dele, dava para sentir seus músculos bem definidos e durinhos. Tentei assimilar tudo aquilo depressa e a única palavra em que consegui pensar foi: "uau".

Com a boca seca, tentei lembrar como se faz para combinar as palavras em uma frase coerente.

– Ãhnnn, é, sem problemas. Agora você está aqui – resmunguei, entrando na brincadeira.

Não conseguia tirar os olhos dele, que virou para o lado, sorriu e estendeu a mão ao sujeito que estava dando em cima de mim.

– Prazer, eu sou o Jamie. Você é amigo da minha namorada? – perguntou.

Pelo canto do olho, vi Sam dar um passo para trás e sacudir a cabeça. Mas eu não conseguia tirar os olhos daquele homem lindo que continuava me segurando a seu lado.

– Não, cara. A gente só estava conversando. Preciso achar meus amigos – disse, rapidinho. E sumiu no meio da multidão.

Quase na mesma hora, o rapaz tirou o braço do meu ombro e sorriu, me mostrando uma fileira de dentes brancos e perfeitos. Seu sorriso era incrivelmente *sexy*, fazia uma covinha em sua bochecha direita. Tive que me segurar para não passar o dedo nela.

Sorri para ele, com uma expressão agradecida.

– Valeu.

– De nada. Você parecia estar com problemas para se livrar dele – falou, simples assim. – Prazer, Jamie.

Ele se inclinou de leve para falar comigo. Foi aí que me dei conta de como ele era alto. Devia ter, fácil, 1,85 m, muito mais alto do que eu, que tinha 1,65 m. Estava com um salto oito e, mesmo assim, ele era muito mais alto do que eu. Meio que gostei de como ele me fazia sentir pequena.

– Prazer, Ellie – murmurei, tentando tirar meus olhos de seu rosto.

– O que você está bebendo, Ellie? – perguntou, inclinando a cabeça para o meu corpo.

– Ãhnnnn... Acho que vodca.

Franzi a testa, com cara de desgosto. Ele deu aquele sorriso com a covinha de novo e segurou meu cotovelo, me puxando com delicadeza até o bar, e pediu mais duas doses de vodca. Me encolhi toda, sabendo que teria de beber a dose que já estava na minha mão, para não bancar a mal-educada e recusar a bebida que ele havia me oferecido. Segurei a respiração, mandei a vodca que Stacey havia comprado para dentro e pus o copinho no balcão.

Jamie se virou e me entregou mais uma dose do líquido incolor. Levantou seu copo na minha direção em um brinde silencioso e secou o conteúdo. Engoli em seco e fiz a mesma coisa com o meu. Não queria mesmo beber mais. Já estava me sentindo meio zonza, ou seja, acordaria com a cabeça latejando. Rezei para não vomitar de novo.

Atrás de Jamie, Stacey me observava, de olhos arregalados. Ela abanou o rosto de um jeito dramático e pronunciou "gato", sem falar de verdade, inclinando a cabeça para as costas do rapaz. Dei uma risadinha e balancei a cabeça, concordando com ela.

Jamie sorriu e chegou mais perto de mim. Senti seu hálito quente em meu rosto.

– Quer dançar?

Não precisei nem pensar na resposta. Era óbvio que eu queria dançar com ele. Seria a oportunidade perfeita para tocar em seu corpo sem parecer uma pervertida maluca que fica passando a mão em tudo que é cara gato da boate.

– Claro. Por que não?

Olhei para aquele gato por baixo dos meus cílios, dando em cima dele descaradamente.

Ele sorriu e pôs a mão em cima da minha. Sua mão era quente e meio áspera, como se ele tivesse um trabalho braçal. Sem falar mais nada, se virou, me puxou para perto de suas costas e começou a atravessar a multidão.

A pista estava lotada de corpos por todos os lados, extremamente quente e úmida. Ele se aproximou de mim. Seu cheiro inundou meus sentidos: masculino, rústico e meio amadeirado. Meus olhos conferiram o material quando começamos a dançar. Jamie vestia uma calça *jeans* rasgada, de cintura baixa, e uma camisa vermelha xadrez levemente aberta em cima e embaixo, com as mangas dobradas até os cotovelos. Senti alguém dançando perto das minhas costas, mas, antes que eu pudesse reagir, Jamie segurou meu quadril e me puxou para perto de seu corpo. Fez uma careta, ainda com as mãos em meu quadril, me segurando de um jeito quase possessivo. Olhei rápido para trás e vi um sujeito dançando atrás de mim, com os olhos colados na minha bunda. Em pensamento, xinguei aquele vestido emprestado.

Começou a tocar outra música e, quando me dei conta de qual era, senti um sorriso se esboçar em meus lábios. A batida tomou conta de mim, me enfeitiçando. Fechei os olhos, comecei a dançar direito, me esfregando em Jamie e balançando os quadris no ritmo sensual da canção conhecida. Meu peito roçava no dele, senti um arrepio no couro cabeludo e um frio na barriga. Jamie tirou as mãos dos meus quadris e as colocou nas minhas costas, descendo uma delas sorrateiramente até meu traseiro. Aproveitei a oportunidade para encostar o rosto em seu pescoço e sentir seu cheiro delicioso. Ele tinha um cheiro tão bom que dava vontade de comer.

Me afastei um pouco e olhei para ele. As luzes verdes piscantes da boate dançavam em seu rosto, tornando-o bonito de um jeito inumano, com aqueles olhos escuros e pensativos fixos nos meus. Eu bem que poderia estar sonhando, porque aquele homem era lindo demais para ser verdade.

Lentamente, ele foi chegando o rosto no meu, roçando de leve seus lábios nos meus, para falar a verdade, tão de leve que eu mal senti. Depois se afastou e me olhou com curiosidade, como se estivesse esperando minha permissão para continuar. O desejo estava estampado em sua cara. E meu corpo ardia só de olhar. Senti mais um frio na barriga. Devia ser a primeira vez que eu ficava tão excitada com alguém. Com Miles eu nunca havia me sentido desse jeito. Era como se eu não conseguisse me controlar, como se uma força estranha me dominasse, me obrigando a chegar mais perto dele, a passar as mãos em seu peito musculoso e a segurar seu pescoço. Mas, claro, eram apenas meus hormônios em fúria, descontrolados.

Quando passei a mão em seu cabelo curto, a sensação de maciez sedosa me fez soltar um gemido abafado. Na hora, tive certeza de que poderia passar a noite toda fazendo aquilo, sem jamais me cansar. Ele tremeu ao meu toque. Seu movimento me deixou sem ar e puxei sua boca contra a minha, ávida.

Quando seus lábios tocaram os meus, senti algo em minhas entranhas: uma necessidade ardente e ansiosa, que foi se espalhando por todo o meu corpo à medida que o beijo se intensificava. Jamie beijava de um jeito dominador, perfeito, sensual demais. Eu já estava a fim dele, e naquele momento fiquei ainda mais.

Mas ele parou de me beijar antes do previsto.

– Quer ir para algum lugar? – perguntou, com a voz rouca.

A pergunta deixou meu corpo todo tenso. Havia terminado meu longo namoro no dia anterior. Não podia dar uma trepadinha sem compromisso com um desconhecido sensual. Poderia? Olhei para ele e tive uma vontade absurda de fazer isso. Era a minha chance, a oportunidade perfeita para fazer uma loucura pela primeira vez na vida, fazer algo que eu queria, em vez do que todo mundo esperava que eu fizesse. Meus hormônios estavam me implorando para seguir em frente.

"Será que devo?"

Pelo jeito, Jaime percebeu minha indecisão e sacudiu a cabeça, com um sorriso envergonhado.

– Desculpa, não deveria ter feito essa pergunta.

Ele tirou a mão da minha bunda e subiu até as minhas costas, me segurando como se eu fosse lhe dar um tapa e sair correndo a qualquer momento.

Antes que eu pudesse falar ou pensar no que queria dizer, ele me beijou outra vez, pondo a mão em meu cabelo e me puxando para perto de seu corpo.

Meu corpo estava prestes a entrar em combustão instantânea... e minha mente já havia se decidido. Eu seria ousada pela primeira vez na vida, em vez da menina certinha que sempre era. Parei de beijá-lo e dei um passo para trás. Peguei sua mão e comecei a andar em direção à saída. Desde o começo, tive grandes expectativas em relação àquela noite. Um segundo depois, ficou óbvio que ele havia entendido quais eram as minhas intenções. Ele mexeu a mão, entrelaçando os dedos nos meus de um jeito mais íntimo. Me dirigi à porta, tirei o celular do peito e já fui ligando para Stacey. Tinha certeza de que ela ia atender. Era uma das nossas regras para sair juntas. *Temos* que pôr o celular no peito para sentir o aparelho vibrar se alguma de nós precisar falar com a outra.

– E aí, gata? Onde é que você está? – gritou.

Sorri, sabendo que minha amiga ia surtar a qualquer momento.

– Estou indo embora, depois a gente se fala. Fica aqui com as meninas, Stacey, e, pelo amor de Deus, não dirige.

Ela soltou um suspiro de surpresa.

– Você está indo embora? Com aquele gato incrível?

– Estou. Depois te conto – respondi. Então desliguei e dei um sorriso de orelha a orelha, de tanta empolgação e desejo que ferviam dentro de mim.

Jamie apertou minha mão e me fez parar na frente da chapelaria. Entregou a ficha. Segundos depois, a senhora lhe entregou uma jaqueta de couro preta.

– Você deixou seu casaco aqui? – perguntou, apontando para o balcão.

Sacudi a cabeça. Nenhuma das meninas havia trazido casaco. Uma das minhas amigas teve a infeliz ideia de dizer que nossas identidades falsas funcionariam melhor se a gente deixasse um pouco de pele à mostra... E eu ia sofrer as consequências daquela decisão. Jamie franziu a testa, mas não disse nada. Apenas se virou e me guiou até a saída. Quando chegamos ao lado de fora, o vento gelado da meia-noite chicoteou meu corpo, me fazendo tremer. Na mesma hora, ele pôs sua jaqueta em meus ombros, e seu cheiro me engoliu de novo. Dei um sorriso agradecido.

Como tinha um ponto de táxi na esquina da boate, fomos até lá e ficamos esperando. Ainda bem que éramos os únicos da fila. Assim que um táxi parasse, poderíamos entrar e sair daquele vento.

– Podemos ir para a sua casa? – ele perguntou, me puxando para perto e esfregando meus braços para me esquentar.

"Para a minha casa? De jeito nenhum, meus pais vão arrancar nossa pele!"

Sacudi a cabeça.

– Não dá, tenho uma irmã pequena – falei, tentando desesperadamente pensar em outro lugar para ir.

Ele ficou pensativo por alguns instantes, depois se encolheu todo e inclinou a cabeça para o lado.

– Podemos ir para a minha, mas não é um lugar legal, mesmo. É, tipo, uma pensão. Faz uma semana que estou lá.

Ele encolheu os ombros, todo envergonhado e sem jeito.

– Tudo bem, beleza.

Com toda a sinceridade, desde que eu pudesse fazer algumas das safadezas que passavam pela minha cabeça naquele momento, eu iria para qualquer lugar. Puxei Jamie para perto de mim e o beijei. O beijo foi ficando cada vez mais ardente, mas, para minha irritação, um táxi parou no ponto bem nessa hora, interrompendo a intensa sessão de amassos. Jamie se afastou, sorriu e abriu a porta do carro.

– Primeiro as damas – sugeriu, fazendo sinal para eu entrar.

O gesto de cavalheirismo me deixou toda derretida. Entrei no táxi e fui para o meio do banco, mas, de propósito, não deixei muito espaço para Jamie sentar. Assim, eu ainda podia me agarrar nele.

Ele sorriu, e aquela covinha apareceu. Jamie entrou e se inclinou para a frente, passando o endereço ao motorista. Quando ele se acomodou no banco, também sorri, na esperança de ser sedutora e tentadora. Ele mordeu o lábio com aqueles dentes perfeitos e retinhos e, ao se aproximar de mim, senti um frio na barriga. Jamie ficou com os olhos fixos nos meus, deixando suas intenções bem claras.

Mas, antes de nossos lábios se juntarem, ele se afastou abruptamente e arregalou os olhos.

– Ah, merda. Não tenho nada. Você tem?

– Tenho o quê? Tipo, doença sexualmente transmissível ou algo do gênero? – perguntei, em estado de choque.

– Camisinha – explicou, sorrindo, obviamente segurando o riso.

Caí na gargalhada e fiquei corada com a minha estupidez vergonhosa.

– Ah, bom, não, não tenho *nada* – respondi, com ênfase na última palavra, dando a ela um duplo sentido.

Jamie também riu e sacudiu a cabeça. Depois se inclinou para a frente e passou mais algumas instruções ao motorista.

Pouco tempo depois, o táxi parou em um posto de gasolina. Jamie saiu e comprou camisinhas, presumi. Ao voltar, passou o braço em meu ombro.

– Então, nunca tinha te visto naquela boate. Você vai muito lá? – ele perguntou, inclinando a cabeça para o lado com um ar de curiosidade, simplesmente adorável.

Sacudi a cabeça.

– Não, não tenho idade para entrar. Minhas amigas me arrastaram para lá hoje porque, ao que parece, preciso curar meu coração partido – respondi, revirando os olhos.

Não me dei conta imediatamente, mas Jamie pulou para longe de mim como se eu tivesse confessado ter peste bubônica. Ficou me observando de olhos arregalados e horrorizados. Eu não fazia ideia do que podia ter dito para causar aquela reação.

– Que foi? Não se preocupa. Não tenho coração partido coisa nenhuma. Não que isso tenha alguma importância para você, mas, pelo menos, vamos ter uma bela noite de sexo vingativo, certo? – falei, com uma risadinha, porque aquelas eram palavras de uma vagabunda. Jamie ficou apenas me encarando, imóvel. – Que foi?

Ele se encolheu perto da porta e ficou passando a mão trêmula pela nuca.

– Você não tem idade para entrar na boate? Por favor, me diz que você não tem, tipo, 13 anos.

Dei um sorriso malicioso, finalmente entendendo por que ele havia ficado horrorizado.

– Tenho 17. Faço 18 daqui a dois meses.

Jamie deu um sorriso bem grande, parecendo extremamente aliviado.

– Graças a Deus. Quando você falou... eu achei que... Ah, deixa para lá.

– Bom, quantos anos *você* tem?

Ele devia ter pelo menos 21 para conseguir entrar naquela boate, mas não diria que era muito mais velho do que isso. Talvez tenha até usado uma identidade falsa, como eu.

– Tenho 18 – respondeu, sorrindo e puxando minha mão para seu colo.

– Sério? Parece mais. Aposto que um monte de gente te diz isso, né?

Jamie brincou com meus dedos, encolheu os ombros e respondeu:

– De vez em quando. Mas nunca ouvi essa de alguém tão linda quanto você.

Ele se inclinou e encheu meu pescoço de beijinhos.

Depois desse galanteio, não consegui controlar o riso.

– Jamie, você me enfiou dentro desse táxi, acabamos de parar para comprar camisinha, e você ainda está tentando me impressionar com essas cantadas cafajestes? Pode acreditar: não tem necessidade.

Ele riu baixinho.

– Quem sabe estou tentando testar minhas melhores cantadas com você – sussurrou, perto da minha pele ardente. Meu coração derreteu e senti um frio na barriga, de novo.

– Uau! Essa é a sua melhor cantada? Sério, pegador? Jesus, essa foi a coisa mais cafajeste que eu já ouvi – debochei, dando risada.

Ele se fingiu de magoado, afastando-se e pondo a mão no coração.

– Ai, Ellie. Essa doeu. Estou me esforçando de verdade aqui!

Dei uma risadinha e cheguei mais perto dele. Jamie também riu, e aquela covinha fofa apareceu de novo em sua bochecha.

Quando o táxi parou na frente de um prédio todo detonado, e Jamie se inclinou para pagar a corrida, fui logo pegando meu celular e mandando um torpedo para Stacey com o endereço. Eu até podia estar bancando a ousada e a destemida, mas nem por isso ia bancar a imbecil.

Jamie saiu do táxi e abriu a porta para mim. Tentei não esboçar nenhuma reação ao lugar onde ele morava. O prédio era um lixo, e eu sabia que aquele bairro não era dos melhores. Havia pixações em quase tudo e papelão nas janelas, em vez de vidro. Engoli em seco e olhei em volta. Umas mulheres estavam paradas na esquina, fazendo olhinhos sedutores para ele. Ele também olhou em volta, com ar cauteloso. Afastou-se do táxi com ombros tensos, me puxando e andando depressa. Parecia não querer ficar muito tempo lá fora.

Quando entramos, as coisas foram de mal a pior. As paredes eram rachadas, pixadas com frases que eu não ousaria repetir na frente da minha mãe. Tinha até um morador de rua dormindo no chão todo encardido e manchado do corredor.

Me encolhi toda, grudada em Jamie. Óbvio que aquela não tinha sido a mais brilhante das minhas ideias.

– Achei que você tinha dito que não morava em um lugar legal – brinquei.

Ele deu uma risadinha e subiu a escada correndo. Fui ficando mais nervosa a cada degrau. Comecei a me sentir meio imbecil de ter ido parar naquele bairro para transar com um completo desconhecido. Aquilo não tinha nada a ver comigo. Nunca tinha feito nada imprudente na vida, sempre fui a sensível da turma.

Jamie parou na frente de uma porta e pôs a chave na fechadura. Quando a porta se abriu, ele me fez entrar primeiro. Não ligou as luzes mas, para ser bem sincera, não precisava. Tinha um poste de luz bem na sua janela, que banhava o quarto com um brilho enevoado e fraco, fornecendo a claridade perfeita para enxergarmos. Espremi os olhos ao ver melhor o lugar que ele chamava de casa. Era um quarto completamente vazio. Ele não tinha nada além de uma cadeira, uma cama, uma mesinha de cabeceira e uma cômoda. Não havia uma única foto, um único objeto pessoal que desse a entender que alguém vivia ali. A porta se fechou com um clique, e virei bem na hora em que ele nos trancou lá dentro com três fechaduras. Engoli em seco e não consegui evitar o arrepio que percorreu todo o meu corpo.

"É, sua imbecil. Você está prestes a ser assassinada, espancada e usada... Não necessariamente nessa ordem."

Jamie se virou para mim. Eu não sabia direito o que minha expressão revelava, mas, mesmo naquela luz escassa, dava para ver a tristeza e a decepção estampadas no rosto dele.

– Você quer ir embora? A gente não precisa fazer isso. Posso chamar um táxi – disse, baixinho, sem chegar perto de mim, tirando o celular do bolso.

Pensei nas minhas opções rapidamente. Se ele estava me dizendo que eu podia ir embora, talvez não fosse o malvado que minha imaginação descontrolada estava pensando. Aquele lugar, todo sujo e assustador, não tinha nada a ver com o menino fofo e meloso que tinha dado em cima de mim dentro do táxi. Fiquei observando seu rosto, seus ombros fortes, seu peito e seus braços bronzeados e torneados. Definitivamente, queria ficar com ele.

Dizer que aquele garoto não me deixava excitada de um jeito agudo seria uma mentira deslavada.

Antes que eu perdesse a coragem, dei um passo em sua direção. Ele ficou apenas me observando, com ar desconfiado, sem se mexer. Pensando bem, seu rosto demonstrava que ele também estava incrivelmente nervoso. Isso me fez recobrar um pouco da minha autoconfiança. Cheguei bem perto e encostei meu corpo no dele.

– Não quero ir embora, só não quero que você me machuque e tal – falei, em tom de brincadeira, mas com toda a seriedade.

Jamie sorriu e segurou meu rosto.

– Não vou te machucar, prometo – respondeu, roçando de leve seus lábios nos meus.

Assim que ele me beijou, meu corpo começou a desejá-lo de novo, ainda mais do que lá na boate. Passei os braços em seu pescoço, e ele me empurrou contra a parede com delicadeza, passando as mãos por meu corpo. Parecia que minha pele estava elétrica, e meu couro cabeludo formigava. Quando ele chegou à bainha do meu vestido e começou a levantar o tecido devagarinho, gemi com a boca colada na dele. Seus dedos foram deixando uma trilha ardente pela minha pele, à medida que ele tirava meu vestido. Ouvi meu celular cair no chão, mas estava excitada demais para dar importância. Jamie jogou meu vestido no chão, grudou seu corpo no meu e me beijou intensamente, acariciando minha pele bem devagar. Fiquei ardendo de tesão e me esfreguei nele. Quando ele chegou bem perto de mim, percebi que o garoto estava tremendo.

Enquanto Jamie beijava meu pescoço e apertava minha bunda, eu desabotoei sua camisa e a tirei pelos ombros, deixando-o apenas com uma camiseta branca bem justa, que destacava os músculos definidos de seus ombros e pescoço. Sua boca prendeu a minha em um beijo tão ardente que fiquei surpresa de a gente não pegar fogo. Ele gemeu baixinho e me abraçou, me prendendo contra a parede com seu corpo musculoso. O álcool ainda inundava meu sistema nervoso, me implorando para fazer algo que eu nunca tinha feito, algo que não ousaria fazer se não tivesse enchido a cara.

"Foda-se. Você nunca mais vai ver esse sujeito mesmo, não tem a menor importância se você pagar o maior mico de todos os tempos."

– Tem como a gente ouvir música? – perguntei, enquanto ele lambia o meu pescoço.

Senti Jamie sorrir com a boca encostada na minha pele.

– Na verdade, não. Só tenho um rádio.

Sem se afastar de mim, ele pegou um controle remoto na cômoda e apertou alguns botões.

Sorri ao ouvir o baixo pesado da música que começou a tocar. De um jeito violento, fiz ele se sentar na cadeira e imediatamente comecei a dançar na sua frente. Fui me aproximando para poder me esfregar nele. Ele enfiou o lábio inferior na boca e espremeu os olhos, com uma expressão de quem gostava do que via.

"E não é que eu vou fazer uma dança do colinho para esse cara? Isso não tem nada a ver comigo mesmo!"

Para minha surpresa, eu estava gostando e, pelo visto, ele também.

– Ah, meu Deus – grunhiu, quando me abaixei na sua frente, encostando o traseiro em seu rosto e rebolando de um jeito sedutor, até me levantar de novo.

Jamie levantou a mão, apertou minha bunda e ficou me olhando com uma cara de dor e tesão.

Ri e tirei sua mão de mim, balançando o dedo e o repreendendo.

– Não é permitido tocar nas dançarinas. Regra da casa – brinquei.

– Então não põe essa bunda gostosa na minha cara – ele resmungou, com a voz rouca.

Dei uma risadinha, sentei em cima dele e comecei a me esfregar em seu colo. Eu passava os dedos em seu peito e sentia seus músculos definidos, escondidos debaixo da camiseta. Meus dedos chegaram à calça, e fui abrindo a fivela de seu cinto bem devagar. Jamie gemeu e afundou a cabeça em meu pescoço, enchendo-o de beijos, enquanto eu baixava o zíper de sua calça. De repente, ele segurou meus quadris e afundou meu corpo em seu colo.

– Não aguento mais – sussurrou, me dando um beijo apaixonado.

Perdi a vontade de provocá-lo assim que seus lábios tocaram os meus. Enrosquei os braços e as pernas nele, apertando meu corpo contra seu peito. Jamie se levantou e foi em direção à cama.

– Você não vai acender a luz? – murmurei, com os lábios colados nos dele.

Ele sorriu e sacudiu a cabeça.

– Nããão, assim é mais romântico. A luz do poste é quase tão boa quanto a luz de velas. É para você nunca dizer que não sei ser romântico – brincou. Depois baixou a cabeça e me beijou outra vez. Dei mais uma risadinha, apertando-o ainda mais contra meu corpo. Ele me sentou na cama e se ajoelhou no colchão. Com um sorriso de excitação, segurei a bainha da camiseta que ele usava e puxei o tecido até tirá-la completamente.

Tive a impressão de que Jamie se encolheu, que seus músculos ficaram tensos, como se eu tivesse feito alguma coisa errada.

Mesmo naquela penumbra, meus olhos praticamente devoraram seu corpo. Também fiquei de joelhos e desci a mão por seu peito, até sentir os músculos torneados de sua barriga tanquinho. Ele ficou todo tenso e segurou a respiração quando meus dedos curiosos encontraram outra coisa, várias outras coisas, para falar a verdade. Cicatrizes. Espalhadas por todo seu peito e abdômen. Passei os dedos nelas, olhando, mas sem conseguir enxergá-las direito naquela semiescuridão.

Jamie ficou bem quieto. Ele observava meu rosto, parecendo extremamente inseguro, por algum motivo.

Sorri para acalmá-lo, tentando imaginar por que ele estaria tão tenso. Segurei seus ombros e o puxei para perto de mim, depois o beijei de novo. Ele saiu de seu estado de estátua imediatamente e nos deitou, ficando por cima de mim.

Seu corpo cobria o meu e me pressionava contra o colchão, fazendo as molas da cama guincharem a cada movimento. Suas mãos percorriam meu corpo, como se quisessem tocar cada centímetro dele. Finalmente, ele mexeu nas minhas costas, soltando meu sutiã e o tirando bem devagar. Seus olhos foram direto para meus peitos, depois voltaram para meu rosto, e ele deu o sorrisinho fofo, de menininho, com aquela covinha. Também sorri e me apertei mais contra seu corpo. Levantei a cabeça e o beijei de novo. O fato de ele parecer meio inseguro e nervoso era muito fofo e cativante. Dava para saber que a noite ia ser boa.

Jamie deu vários beijinhos em meu pescoço e depois começou a lamber e a chupar meus peitos. Fiquei sem ar. Parecia que meu corpo inteiro se incendiava a cada toque seu. Com Miles eu nunca havia me sentido daquele jeito. Enfiei a mão no bolso da calça de Jamie e puxei o pacote de camisinhas, depois joguei na mesinha de cabeceira, para ficarem à mão quando precisássemos. Ele me dava vontade de rebolar debaixo de seu corpo, um desejo incontrolável de ficar cada vez mais perto, de senti-lo cada vez mais, de ser completamente possuída por ele.

Desci as mãos para a parte de trás da sua calça e a puxei para baixo até a altura dos quadris. Ele entendeu a indireta e se livrou dela. Eu estava ofegante, meu coração já estava saindo pela boca. Jamie foi me beijando mais para baixo, mordiscando minha barriga e tirando minha calcinha. Meu corpo estava cozinhando em fogo brando, ondas de prazer irradiavam de cada ponto em que ele me tocava.

Um pouco hesitante, Jamie enfiou dois dedos em mim. Arqueei as costas e soltei um gemido ofegante. Não vi, mas senti que ele sorriu com a boca grudada na minha barriga, depois se mexeu, encostando a boca no meio das minhas pernas enquanto ainda brincava com os dedos. Meus gemidos já chegavam a um nível obceno, mas, quando ele começou a usar a língua, ficaram ainda mais altos. Fechei os olhos com força e fiquei passando a mão em seu cabelo curto, macio e sedoso. Meu corpo ia cada vez mais para a frente, eu não conseguia parar quieta. Fiquei rebolando e gemendo como uma louca. Do nada, senti meu corpo explodir e cheguei ao clímax, gritando o nome de Jamie, ofegante. Ele deu uma risadinha e foi me beijando até chegar na minha boca. O meu gosto em sua boca deixou esse beijo dez vezes mais excitante e erótico. Puxei sua cueca samba-canção para baixo com força e olhei para ele. Queria aquele homem dentro de mim naquele exato momento, não podia mais esperar, a expectativa estava quase me matando. Tateei a mesinha, peguei o pacote de camisinhas e rasguei o envelope para abri-la. Tirei uma delas o mais rápido que consegui e ofereci a Jamie.

– Será que alguém aqui está meio apressadinha? – sussurrou, com a boca colada em meu ouvido, mordiscando minha orelha.

– Jamie, anda logo, por favor – falei, quase sem ar.

Ele apenas riu e beijou meu pescoço.

– Tenha paciência, Ellie – murmurou, perto da minha pele.

– Por favor, Jamie – implorei, de novo, acariciando suas costas. Senti que ali ele tinha as mesmas cicatrizes que no peito. Meu corpo doía de tanto desejo, de uma maneira desagradável e carente.

Jamie me olhou com uma expressão de pura excitação, se afastou de mim e se ajoelhou na cama. Tentou abrir o pacotinho de alumínio com as mãos trêmulas, todo atrapalhado. Alguns segundos depois, desistiu e o rasgou com os dentes – o que eu achei incrivelmente sensual. Deslizou a camisinha pelo membro, de um jeito dolorosamente vagaroso. Quando terminou, deitou em cima de mim de novo, abrindo mais minhas pernas. Levantei os quadris de um jeito convidativo.

– Caralho, você é tão gostosa – murmurou, enfiando a cabeça em meu pescoço e roçando os dentes em minha garganta. Quando meteu em mim, soltei um grito e enterrei as unhas em seus ombros, porque o prazer percorreu meu corpo todo. A sensação de completude era inacreditável. Enrolei as pernas em sua cintura e puxei seu corpo mais para perto do meu, fazendo-o entrar por inteiro em mim. Ele sussurrou meu nome, enterrou o rosto em meu pescoço, cerrou os punhos e ficou sem se mover.

Fechei os olhos lentamente e fiquei subindo e descendo os dedos por suas costas, ouvindo sua respiração ofegante. Quando Jamie finalmente mexeu os quadris, nós dois gememos. Então ele foi para trás, com os olhos fixos nos meus. Ele me beijou de leve e começou a se mover em um ritmo constante. Meu corpo era uma avalanche de sensações. Parecia que todas as minhas terminações nervosas estavam vivas e pulsando de prazer. Levantei os quadris para acompanhar seus movimentos, seguindo seu ritmo metida a metida. A expressão de seu rosto, enquanto nos movíamos em perfeita sincronia, era completamente adorável e empolgada.

Levantei as pernas até seu torso, tirando a bunda do colchão. A nova posição permitiu que ele fosse ainda mais fundo e me fez revirar os olhos de tanta luxúria. Jamie rosnou. Ele metia com tanta força que nossos corpos batiam um no outro. E os rangidos que o colchão fazia a cada movimento só aumentavam a sensualidade do momento. Senti que estava quase lá, chegaria logo ao clímax, o orgasmo estava crescendo dentro de mim.

Jamie fez que ia parar de me beijar, e segurei seu lábio inferior entre os meus dentes, mordendo-o e enterrando as unhas em suas costas, puxando-o mais para perto. Ele gemeu dentro da minha boca e me beijou de um jeito quase desesperado. Seus movimentos estavam se tornando mais frenéticos, quase corcoveantes, e sua respiração, cada vez mais ofegante. Sabia que ele também estava quase chegando lá.

Então ele deslizou uma mão entre nós dois e esfregou de leve meu clitóris. Quase perdi a cabeça. Meu corpo estava enlouquecendo, formigando de cima a baixo, eu não conseguia respirar direito. Sussurrei seu nome, e meu corpo teve uma convulsão: o clímax havia passado por cima de mim como um caminhão. Apertei as pernas em volta de seu corpo, e meus quadris subiram ao encontro dos seus de um jeito brusco. Ele gemeu, espremeu os olhos, apertou o maxilar, beliscou minha pele, deu mais umas duas metidas suaves e ficou completamente parado. Depois se jogou em cima de mim, me prensando contra a cama com seu peso. Dei um sorriso exausto, e ele beijou meu pescoço. Nossos corpos suados escorregavam um no outro. O cheiro de sexo pairava no quarto abafado e mal ventilado.

Abracei Jamie quase sem forças. Estava me sentindo completa e absolutamente acabada. Meus músculos tremiam diante da menor tentativa de movimento. Ficamos os dois ali, parados, enroscados um no outro, tentando recuperar o fôlego.

Pouco mais de um minuto depois, ele se afastou, me beijou de leve e saiu de dentro de mim. Tirou a camisinha e a jogou no cesto de lixo ao lado da cama. Rolou para o lado, esticou o braço e me puxou para perto dele. Depois ficou acariciando minhas costas bem devagar.

– Isso foi incrível, Ellie – murmurou, dando um beijinho em meu nariz. Então sorriu de orelha a orelha e ficou passando os dedos em meu rosto.

Sorri e soltei um suspiro satisfeito.

– É, foi, sim.

Tinha sido mesmo. Tinha sido incrível. Ele foi gentil e carinhoso, parecia que suas mãos queriam explorar cada centímetro do meu corpo enquanto o levava ao paraíso repetidas vezes. Jamie me abraçou, me puxou ainda mais para perto, enroscou as pernas nas minhas e ficou observando cada traço do meu rosto com um sorrisinho satisfeito nos lábios.

– Você não tem muitas coisas – declarei, depois de a gente passar uns minutos agarradinhos em silêncio.

Ele franziu a testa.

– Ãhnnn, não mesmo. Não faz nem uma semana que me mudei para cá.

– E onde você morava antes? – questionei, querendo ouvir o som sensual de sua voz outra vez. Jamie se mexeu na cama, sem jeito, e reconheci a indireta de que ele não queria falar sobre isso. – Tudo bem, não precisa me contar.

Rolei para o lado até ficar sentada em cima dele, de costas. Ele subiu as mãos pelas minhas coxas, pousou-as em meus quadris e ficou apenas me olhando, com um sorriso satisfeito nos lábios.

Soltei um suspiro. Estava na hora de ir embora. E era aí que as coisas ficavam meio esquisitas. O que eu deveria dizer? "Valeu, tchau"?

– Então, acho que preciso ir nessa. Você chamaria um táxi para mim? – perguntei, saindo de cima dele e procurando minhas roupas espalhadas pelo quarto.

Ouvi a cama ranger atrás de mim.

– Você vai embora? Por quê?

Nem precisei olhar para saber que ele devia estar franzindo a testa. Dava para sentir o tom chocado de sua voz.

Olhei para trás e sorri. Jamie estava sentado na cama, fazendo beicinho e observando cada movimento que eu fazia.

– Bom, eu nunca tinha tido uma trepadinha sem compromisso antes, e achei que era assim que as coisas funcionavam. Você transa e vai embora – brinquei, vestindo a calcinha.

Jamie sacudiu a cabeça.

– Não. Quer dizer, por que você tem que ir embora agora? Pode dormir aqui. Te levo para casa de carro amanhã de manhã.

– Você quer que eu durma aqui? – perguntei, sem acreditar no que tinha ouvido.

Ele se levantou da cama e se aproximou de mim, glorioso em sua nudez. Eu não conseguia tirar os olhos de seu corpo.

– É, quero que você durma aqui – confirmou, dando aquele sorrisinho *sexy* que me dava um frio na barriga.

"Ah, eu podia muito bem dormir aqui!"

Balancei a cabeça, aceitando e rezando para não parecer muito carente. Não queria que Jamie pensasse que sou dessas que não desgruda e fica perseguindo os homens.

– Ok. Só vou mandar uma mensagem e avisar minha amiga. Teoricamente, eu ia dormir na casa dela.

Peguei meu celular do chão, onde eu o havia abandonado em um ataque de paixão, e mandei um torpedo rápido para Stacey. Disse que ia para a casa dela de manhã e pedi para minha amiga deixar a janela destravada. Assim eu não precisaria entrar de fininho pela porta da frente e me arriscar a dar de cara com os pais dela.

Enviei a mensagem e joguei o celular na mesinha de cabeceira. Jamie estava sentado na beira da cama, me olhando com uma expressão cheia de cobiça. Fiquei corada quando me dei conta de que estava só de calcinha. Ele deu um tapinha no colchão. Eu sorri e fui para o lado dele, mexendo os quadris de um jeito sedutor. Um sorriso foi se esboçando em seus lábios lentamente. Então, ele me agarrou pela cintura, me puxou para seu colo, me fez cócegas. Dei risada e me contorci toda. Ele me grudou na cama e me beijou com vontade, depois recomeçou de onde a gente havia parado.

CAPÍTULO 5

Ellie

Acordei no dia seguinte com a cabeça meio zonza do álcool e o corpo todo dolorido das atividades da noite anterior. Jamie era muito divertido na cama, nada parecido com meu ex. Miles era sério e dominador, do tipo "deita de costas e abre as pernas". Nunca quis trocar de posição. Se eu sugeria ficar por cima, ele se recusava terminantemente e me olhava como se eu tivesse me transformado em um monstro de duas cabeças.

Jamie, por outro lado, parecia topar todas, experimentava diferentes ângulos e posições. Não era nada sério, mas sedutor e brincalhão, e batia papo entre uma sessão e outra. Depois de transar pela terceira vez, finalmente pegamos no sono.

Ele ficou com o braço em cima das minhas costas, me prendendo no colchão. Uma pressão agradável. Foi a primeira vez que dormi com um homem. Todas as vezes que eu e o Miles transamos, era uma rapidinha em algum lugar, e depois cada um ia para a sua casa. Ele nunca passou a noite comigo, e o fato de nós dois morarmos com os nossos pais tornava impossível ter privacidade de verdade.

Rolei na cama com cuidado e olhei para Jamie, rezando para a vodca do dia anterior não voltar. Soltei um suspiro de alívio quando vi que ele era tão maravilhosamente gato quanto eu me lembrava.

Cheguei mais perto e senti seu braço me apertar inconscientemente, me segurando com firmeza a seu lado. Era uma sensação gostosa. Quando olhei para seu corpo, minha respiração ficou trêmula. As cicatrizes que eu tinha tateado e visto vagamente na escassa luz do quarto, com a cara cheia de álcool, eram bem visíveis à luz do dia. Eram muitas, tantas que perdi a conta. Estavam espalhadas por todo seu tronco. A maioria era pequena, mas havia algumas compridas e altas, meio franzidas, parecia que os machucados tinham sido profundos. Também havia umas marquinhas redondas, que pareciam queimaduras de cigarro antigas ou algo assim.

Passei os dedos nelas com ternura. Quando cheguei à grande cicatriz que ia do lado direito de seu quadril até metade da barriga, me encolhi toda e tentei não pensar na dor que devia ter lhe causado. Sem conseguir me controlar, abaixei a cabeça e a beijei de leve, com lágrimas nos olhos.

– Hmmm, bom dia – ele murmurou, sonolento.

Fiquei de frente para ele, torcendo para não chorar. De repente, Jamie soltou um suspiro profundo e rolou para cima de mim.

– Acho que você vai me fazer perguntas sobre isso, né? – falou, em tom triste e resignado.

– Quero perguntar, sim. Mas, se você não quiser me contar, não tem problema – disse, baixinho.

– Você quer a versão verdadeira ou a falsa?

– A falsa – sussurrei, subindo as mãos por suas costas e o puxando mais para perto mim. Toquei as cicatrizes que ele tinha ali também, imaginando como aquele menino lindo podia ter sofrido tanta dor.

– Sou desengonçado, caio muito – declarou, beijando meu pescoço.

– Então agora me fala a verdade.

Segurei a respiração, sem ter certeza se queria mesmo saber.

Jamie soltou um suspiro, levantou um pouco e me olhou com uma expressão cansada.

– Não tive uma infância agradável, Ellie. As pessoas que deveriam cuidar de mim não cuidaram – falou, simples assim. Dava para sentir a raiva em seu tom de voz.

Uma única lágrima escapuliu de meu olho, por mais que eu estivesse tentando controlar o choro e não tornar aquela situação ainda mais difícil para ele. Fiquei de coração partido, e não sabia direito o que dizer. Então, apenas puxei seu rosto e o beijei, abraçando-o bem apertado, como se pudesse salvá-lo daquela lembrança. Jamie me beijou com vontade e parou bem na hora em que comecei a ficar sem ar.

– Não precisa ter pena de mim. Isso foi há muito tempo. Não preciso da sua compaixão. Está tudo certo – falou, baixinho, beijando meu pescoço e indo mais para baixo, com óbvias segundas intenções.

Quando deu um beijo melado bem embaixo de meu umbigo, segurei seu rosto com as duas mãos e virei sua cabeça, obrigando-o a me olhar.

– Acabaram-se as camisinhas – provoquei, com um sorrisinho malicioso.

Um sorriso demoníaco se esboçou em seu rosto.

– É, eu sei. Mas isso não significa que não possa te fazer gritar.

Ele levantou a sobrancelha, com ar brincalhão, e voltou a beijar meu corpo.

Mais ou menos uma hora depois, eu já estava vestida com a roupa da noite anterior e me olhava no espelho sem gostar do que via. Aquele vestido era curto demais e justo demais. Me encolhi toda, tentando puxá-lo para baixo e deixá-lo mais comprido, como em um passe de mágica.

Jamie riu baixinho, tirou uma camiseta de uma das gavetas e a atirou na minha direção.

– Toma. Pode pôr por cima se quiser.

– É tão óbvio assim que eu pareço uma vagabunda desqualificada? – perguntei, rindo, toda sem jeito.

Antes que eu conseguisse me mexer, ele segurou minha cintura, me levantou e me grudou em seu corpo.

– Acho que você está linda. Ainda mais linda do que ontem, sem maquiagem. E isso quer dizer muita coisa, porque ontem você me deixou sem fôlego – ele murmurou e em seguida me deu um beijo repleto de paixão.

"Ai, meu Deus! Esse menino é muito fofo. Cafajeste, mas fofo."

Dei um empurrão nele e tive que rir.

– Você e suas cantadas cafajestes... Acabaram as camisinhas, me cantar não vai te levar a lugar nenhum – provoquei, vestindo a camiseta por cima daquele vestido sumário.

– Bom, será que pelo menos vou te convencer a me dar seu telefone? – perguntou, meio nervoso.

Meu telefone? Ele não me via como uma trepadinha sem compromisso?

– Ãhnnn... Olha, Jamie, você parece ser uma pessoa incrível, a noite passada foi sensacional, mas eu acabei de terminar um relacionamento. Não estou a fim de começar nada neste momento.

Aquela experiência com ele havia sido a melhor que tive na companhia de um homem até então, mas eu não podia lidar com nada sério, não depois de ter namorado Miles. Só queria ficar sozinha por um tempo, fazer minhas coisas sem precisar me preocupar com ninguém, nem pedir a permissão de ninguém.

– Ah, tá certo, tudo bem, sem problemas.

Ele ficou pulando de um pé para o outro, sem me olhar, pegou outra camiseta da gaveta e vestiu.

– Então, vamos. Vou te levar para casa – falou, baixinho, meio que me empurrando para fora do quarto. Na rua, ele me levou um pouco para frente, até uma picape velha e detonada.

– Desculpa. Meio patético, né? – disse, envergonhado. Depois abriu a porta para mim. – Ok, para onde vamos? – perguntou, sentando no banco do motorista.

Dei o endereço de Stacey, porque era lá que eu deveria ter dormido.

Quando ele parou na frente da casa da minha amiga, sorri nervosa.

– Bom, obrigada pela carona.

Fiquei me remexendo no banco, sem saber o que dizer. Tinha acabado de dar uma trepadinha sem compromisso. Euzinha, Ellie Pierce.

– De nada. Toma.

Jamie me entregou um pedaço de papel com um número de telefone escrito com uma letra extremamente feia. Olhei para ele, confusa. Ele encolheu os ombros.

– Se um dia você precisar de alguma coisa. Sei lá, andar em uma picape tosca e tal... Pode me ligar.

Ele se inclinou e encostou os lábios nos meus. Retribuí o beijo na mesma hora, porque aquele garoto beijava que era uma coisa de outro mundo. Se eu pudesse, viveria para sempre naquele momento e não me mexeria nunca mais.

Mais ou menos um minuto depois, me afastei e sorri.

– É melhor eu entrar. Obrigada por ontem à noite. Foi muito divertido.

– Tchau, Ellie.

Fechei a porta do carro, acenei para ele e fui de mansinho até a lateral da casa. Para minha sorte, o quarto de Stacey fica no térreo e, além disso, seu namorado que vai e volta usa muito a janela e pôs uma pedra embaixo para facilitar a entrada. Subi na janela sem fazer barulho. Stacey ainda estava dormindo, apesar de serem dez da manhã. Deitei a seu lado e me enrosquei para tirar uma deliciosa soneca de uma hora.

Senti uma cutucada no braço.

– Acorda!

– Ai, Stacey, para de me cutucar, você sabe que eu fico toda cheia de roxos – resmunguei.

Minha amiga riu e continuou me cutucando até eu abrir os olhos.

– E aííííííííí? – perguntou, arrastando bem a palavra, com os olhos brilhando de empolgação e curiosidade.

– E aí o quê? – perguntei, com ar inocente.

– E aí que aquele cara era muito gato! Foi bom para você? Usou camisinha? Aonde você foi? Como você chegou em casa? Você vai vê-lo de novo? – emendou uma pergunta na outra.

Sentei e me espreguicei, bocejando.

– Ai! Você está usando a camiseta dele! – balbuciou, fazendo uma expressão de "ai, que fofo". – Anda! Quero saber de todos os detalhes. Quero saber de *tudo*.

– Caramba, Stacey. Calma! Sim, ele era insanamente gato. Fomos para a casa dele. Ele foi incrível. Me trouxe para cá e, não, não vou vê-lo de novo. Faltou alguma coisa? – perguntei com um sorriso.

Minha amiga estava com cara de mãe orgulhosa que via o filho andar pela primeira vez.

– Você deu uma trepadinha sem compromisso! Foi sua primeira. Estou tão orgulhosa! E, uau, como ele era gato, eu teria um orgasmo só de pensar nele.

Stacey riu, abanando o próprio rosto e me fazendo cair na gargalhada.

A gente se arrumou e resolveu passar um tempinho no *shopping*. Era legal ter o dia só para mim mesma, pela primeira vez na vida, e fazer o que realmente queria fazer. Antes, eu passava quase todos os domingos com Miles, na casa dele ou na minha. Era maravilhoso fazer algo normal, como ir ao *shopping*. Fizemos umas comprinhas e paramos em um café para comer. Pedimos café e *muffins* de mirtilo.

– Ei, quer ir ao cinema hoje à noite? Você bem que podia dormir na minha casa de novo. Você já está com a mochila do colégio mesmo – Stacey sugeriu.

Balancei a cabeça.

– Claro. Mas preciso ligar para a minha mãe e avisar.

Peguei a bolsa e procurei o celular, mas o aparelho não estava lá dentro. Procurei no casaco, mas os bolsos estavam vazios.

– Que foi? – minha amiga perguntou.

– Não acho meu celular. Devo ter deixado na sua casa.

Encolhi os ombros e continuei comendo.

Ela pegou o próprio celular e ligou. Alguns segundos depois, arregalou os olhos e deu um sorriso malicioso.

– Ah, oi. Quem é?

Franzi a testa, com cara de ponto de interrogação, imaginando com quem ela estaria falando.

– Certo. Não, não é Ellie. É Stacey. Obviamente, você está com o celular dela – disse. – Tenho certeza de que ela vai adorar te ver hoje à noite para jantar e pegar o celular de volta, Jamie.

Stacey me deu um sorrisão enquanto falava com ele. Soltei um suspiro de surpresa e tentei arrancar o telefone de sua mão, sacudindo a cabeça com veemência. Não queria encontrar Jamie. O sorriso de Stacey ficou ainda maior, e ela levantou o dedo, fazendo sinal para eu parar de falar.

– Sim, ela te encontra lá às oito, então. Ok.

Minha amiga riu e desligou, sorrindo de orelha a orelha de tanta satisfação.

Resmunguei e segurei o rosto com as duas mãos.

– Eu não quero ter um encontro com ele, Stace. Não posso ficar solteira por um tempinho sem ter que sair com um homem? Que fim levou o nosso momento das meninas?

– Ah, fala sério. Vai ser divertido. Além do mais, você disse que ele manda bem na cama.

Minha amiga subiu e desceu as sobrancelhas de um jeito sugestivo. Soltei um suspiro de derrota. Não tinha como negar aquele fato: ele era *mesmo* demais.

– Você vai, sim – Stacey insistiu.

Resmunguei outra vez. Acho que teria de ir. Precisava do meu celular.

– Tudo bem, beleza.

Stacey bateu palmas, toda animada.

– A gente precisa comprar uma roupa nova para você – murmurou.

Tentei ignorar o entusiasmo de minha amiga. Mas, enquanto fiquei ali sentada, ouvindo seus planos de arrumar meu cabelo e me maquiar, me dei conta de que, estranhamente, eu estava animada para ver Jamie de novo.

CAPÍTULO 6

Jamie

Quando desliguei o telefone, após falar com a amiga de Ellie, sorri para mim mesmo. Fiquei secretamente feliz ao descobrir que Ellie havia esquecido o celular na minha casa. Era uma desculpa para vê-la de novo. Mal podia esperar aquela noite chegar.

Mas, antes, tinha uma coisa que eu precisava fazer.

Havia enrolado a semana inteira, mas não podia mais adiar.

Parei no estacionamento da igreja, saí da picape e peguei as flores que havia comprado. Olhei em volta, completamente perdido, porque não sabia onde era seu túmulo.

Um zelador idoso estava varrendo com um ancinho as folhas mortas da entrada da igreja. Limpei a garganta para chamar sua atenção.

– O senhor pode me ajudar a encontrar alguém que está enterrado aqui? – perguntei, com a voz trêmula, rezando para ele não notar. Não gosto de demonstrar minhas emoções. Emoções são uma fraqueza, permitem que as pessoas tenham poder sobre você, e nunca mais quero que ninguém tenha poder sobre mim.

O zelador olhou para cima, tirou um lenço vermelho do bolso e passou na sobrancelha.

– Claro. Vamos até o escritório, dar uma olhada nos registros.

Ele me deu um sorriso gentil e inclinou a cabeça na direção da igreja.

Entrei atrás dele e o segui até uma salinha, lá no fundo.

– Qual é o nome da pessoa que você está procurando? – perguntou, indo em direção a um arquivo.

– Sophie Cole.

Dói até para dizer seu nome, me senti tão culpado que minhas mãos tremiam. Ele remexeu o arquivo e tirou um livro lá de dentro, que então folheou.

– Certo. Encontramos. Ela está enterrada no setor C, túmulo 258. Quer que eu lhe mostre?

– Ãhnnn. Sim, seria ótimo. Valeu – respondi, com um sorriso agradecido.

Fui atrás dele em silêncio até o outro lado do cemitério. A cada passo que eu dava, a dor em meu coração aumentava. O vento sacudia as folhas secas à nossa volta, fazendo-as rodopiar pelos túmulos, como se dançassem. Respirei profundamente, tentando controlar meu sofrimento enquanto seguia o velho, que mancava.

Alguns minutos depois, ele parou na frente de uma lápide pequena e cinza.

– Chegamos. Se precisar de alguma coisa, estarei lá na frente.

– Obrigado – murmurei, baixinho.

Esperei o homem ir embora para olhar a lápide de mármore. Coloquei as flores no chão e li a inscrição. Tinha apenas seu nome, a data de nascimento e de morte. Nenhuma epígrafe ou despedida amorosa, como as lápides vizinhas. Minhas flores ficaram ali, jogadas na grama amarelada e cheia de falhas, parecendo tão solitárias quanto eu me sentia. Eu não sabia o que dizer.

Engoli em seco, tentando me livrar do caroço que se formava rapidamente em minha garganta.

– Espero que você esteja em um lugar melhor, Soph. Sinto muito, muito mesmo.

Minha voz falhou ao dizer as palavras que sempre vinham à minha cabeça quando eu pensava em minha irmãzinha. Quando meus olhos começaram a arder, fui logo dando meia-volta e corri até a picape.

Eu não estava preparado para aquilo. De manhã, achei que estivesse, mas me dei conta de que não estava nem perto de conseguir esquecê-la.

Respirei fundo algumas vezes, para me acalmar, e olhei o relógio. Não faltava muito para a hora em que eu havia combinado de encontrar Ellie. Não ia dar tempo nem de tomar banho. Voltei para casa, com a tristeza pela minha irmã me comendo por dentro, subi até meu quarto e procurei uma camiseta limpa na gaveta.

Tirei a camiseta que estava usando e bati os olhos no espelho. Meu corpo me enojava. Eu o odiava, e ele fazia com que eu também me odiasse. Não podia nem olhar, não sem pensar no passado, e me recusava a fazer isso. O passado já era.

Passei o dedo na cicatriz maior – aquela que Ellie havia beijado – e comecei a pensar em como aquilo tinha acontecido. De repente, senti tanta raiva que, sem perceber, soquei o espelho, ignorando a dor nos nós dos dedos.

– Merda! – resmunguei, olhando meus dedos vermelhos e me dando conta de que um deles sangrava. Por que tinha feito aquilo? Estava prestes a sair para encontrar uma mulher, caralho. Imbecil! Me xingando mentalmente, fui até o banheiro lavar a mão.

Quando consegui estancar o sangue, levantei a tampa da caixa acoplada da privada. Pus a mão lá dentro e tirei o saco plástico no qual guardava meu dinheiro. Peguei cem dólares, pus o resto de volta no saco e coloquei o pacote logo acima do nível da água. Peguei minha jaqueta, o celular de Ellie e saí.

Eu parei no caminho para comprar uma única rosa vermelha.

A menina não ia querer passar a noite carregando um monte de flores, mas achei que uma só não tinha problema. Torci para o gesto ser romântico, por mais que eu não fizesse a menor ideia de como *ser* romântico. Aquele era meu primeiro encontro de verdade. Não sabia direito o que fazer ou dizer.

Fiquei esperando na frente do restaurante – o qual escolhi porque Ellie havia comentado na noite anterior que sua comida preferida era a mexicana – e me xingando por não ter combinado de passar para buscá-la, assim ela não precisaria andar sozinha à noite.

Não demorou muito, um táxi parou, e ela saiu lá de dentro parecendo uma deusa. Ela usava calças pretas justas, que faziam suas pernas parecerem compridas e perfeitas, e um cinto ajustava a blusa branca em sua cintura fininha. Gemi baixinho e pensei que não devia ser uma boa ideia encontrá-la de novo. Era uma tortura querer ficar com aquela menina sabendo que ela não estava a fim. Era tanta areia para o meu caminhãozinho que não conseguiria carregar nem com mil viagens. Apesar disso, nunca havia desejado nada tanto quanto a desejava. Queria estar à sua altura, queria que ela me quisesse.

– Oi – disse, com um sorriso nervoso.

– Ãhnnn. Oi. Você está... ãhn... você está... uau. Quer dizer, você está simplesmente... é, simplesmente... uau – gaguejei.

"É, você acabou de ser um imbecil de primeira. Jamie, você é tão bom de papo que chega a ser surreal."

Ela riu, ficou corada e olhou para o chão. Com as bochechas vermelhas, ficava ainda mais linda.

– Ãhn, valeu. Você também está bonito.

Gemi em pensamento de novo. Ellie estava toda arrumada, e eu usava uma camiseta cinza lisa. Eu estava mesmo dando um passo maior que a perna. Meu coração ficou tão apertado que chegou a doer.

– Olha, seu celular – murmurei.

– Obrigada.

– Também te trouxe isto.

Ofereci a rosa, me sentindo um imbecil sem noção completo.

Ellie arregalou os olhos.

– Sério? Obrigada.

Ela me olhou, com um sorriso agradecido, e ficou passando os dedos nas pétalas.

"Ok, pelo menos com essa marquei um ponto!"

Os olhos de Ellie têm a cor mais estranha que já vi. São meio cinzas, mas têm um toque de azul em volta da íris, simplesmente lindos e indescritíveis.

– Tomara que você esteja com fome – falei, sem jeito, inclinando a cabeça na direção da porta do restaurante.

Ela deu um sorrisão e balançou a cabeça com entusiasmo.

– Estou morrendo de fome. E amo comida mexicana.

– Eu sei – respondi, meio convencido, adorando o brilho de satisfação em seus olhos por eu ter lembrado de algo que ela havia dito altas horas da noite. Abri a porta e fiz sinal para Ellie entrar primeiro. Não pude evitar olhar discretamente para a sua bunda quando ela passou por mim.

Fomos para a mesa e pedimos as bebidas. Comecei a me acalmar. O nervosismo foi passando à medida que eu me lembrava da noite anterior e de como a conversa com Ellie fluía naturalmente.

– Sabe de uma coisa, não perguntei em que você trabalha – ela disse, enquanto olhávamos o cardápio.

"Droga, e agora?"

– Ãhnn... Trabalho com carros. Atualmente, conserto carros em um ferro-velho, para serem vendidos em leilões – menti. Bom, não era cem por cento mentira. Esse era meu plano, só não estava garantido ainda.

– Você conserta carros? Bom saber. Quando meu avô morreu, há dois anos, deixou o carro dele para mim. É velho e está sempre dando problema, mas é meu bebê – contou. Ela riu e completou: – Não uso muito. É mais fácil usar táxi ou metrô.

– Que bom que você tem meu telefone, então, hein? – Eu tentava dar em cima de Ellie, mas não sabia se estava funcionando. Não era muito bom nisso. – E você? Está no último ano do Ensino Médio, imagino. Quer fazer faculdade depois?

A menina balançou a cabeça e encolheu os ombros, desanimada.

– É, estou, sim. Ainda não sei direito que faculdade fazer. Nunca tive nenhum interesse específico. Minha mãe vive no meu pé para escolher um curso, mas eu não ligo. Acho que preferia viajar.

Ri da sua resposta.

– Bom, quem não prefere viajar a estudar?

A garçonete apareceu e anotou nosso pedido. Quando ela se afastou, Ellie sorriu e perguntou:

– Então, Jamie. Qual sua série preferida?

Vasculhei meu cérebro em busca de uma resposta. No reformatório, a gente não tinha muita escolha.

– Não assisto muita TV – admiti, encolhendo os ombros. – Qual a sua?

Ela apertou os lábios e ficou pensativa.

– *Game of thrones* ou *Sons of anarchy*. Você gosta?

Sacudi a cabeça.

– Eu li *Game of thrones*, mas não assisti. Os livros são incríveis.

O reformatório não tinha muito a oferecer em termos de TV, mas tinha uma biblioteca do caralho.

Ellie levantou a sobrancelha e comentou:

– Você gosta de ler?

Balancei a cabeça. Ela riu, com um brilho nos olhos.

– Homem gato que lê. Legal. Sabe, tem todo um movimento nas redes sociais dedicado aos rapazes gatos que leem. Acho que vou tirar uma foto sua e postar – brincou.

Dei uma risadinha e sacudi a cabeça. Redes sociais. Mal sabia o que isso significava, nem estava por dentro dos movimentos que rolavam por lá. Certamente vivíamos em mundos diferentes.

– Beleza – falei, com um sorriso de orelha a orelha. – Ok, vamos parar de falar de como sou gato – disse, todo convencido. – Me fala algo aleatório sobre você que ninguém mais sabe.

Ellie se recostou na cadeira, mexendo no copo com o canudinho, de um jeito casual. Depois de pensar por um minuto, respondeu:

– Eu amava observar as estrelas. Meu pai me deu um telescópio em meu aniversário de 8 anos, e a gente passava horas e horas no pátio, tentando encontrar constelações.

– Ah, então quer dizer que você é *nerd*? – brinquei, rindo. Ellie pôs o canudo dentro do copo e jogou gotinhas de limonada em mim. – Mas uma *nerd sexy* – completei, e nós dois rimos.

A comida chegou, e isso significou parar a brincadeira por um tempo. Mas conversamos tranquilamente o restante do jantar, sobre os lugares que tínhamos vontade de conhecer e o porquê, sobre livros e as coisas que gostamos de fazer. Provavelmente, aquela foi a conversa mais tranquila que já tive na vida. Sem perceber, agia normalmente quando estava com Ellie, sendo eu mesmo, sem bancar o durão, como sempre fazia. Quando a conversa enveredava pelo meu passado, eu desconversava, mudando de assunto. Não queria que a menina fizesse perguntas sobre meu passado, onde eu morava, minha família. Não queria mentir para ela como mentia para todo mundo.

– Ainda são nove e meia. Quer ir ao cinema ou fazer alguma outra coisa? – sugeri, quando terminamos de comer.

– Ah, quero, claro.

Sorri e puxei o dinheiro para pagar pelo jantar.

– Deixa que eu pago – Ellie protestou, pegando a bolsa.

– Deixa comigo.

Segurei sua mão e a ajudei a se levantar. No caminho, peguei minha jaqueta, que estava pendurada em um gancho, perto da mesa. Quando saímos do restaurante, pus a jaqueta em seus ombros e, discretamente, deixei meu braço ali. Como Ellie não reclamou da minha jogada de quinta categoria, sorri orgulhoso e a levei ao cinema.

O único filme que estava para começar em até uma hora parecia horrível, sobre um cantor que vivia em um *trailer* e tentava fazer sucesso. Entramos na sala e, literalmente, éramos os únicos lá dentro.

Depois de uns dez minutos daquele filme péssimo, fiquei completamente entediado e comecei a fazer brincadeiras com os personagens. Ellie deu risada. Acabamos desistindo do filme e começamos a conversar.

– Por que você terminou com seu namorado? – perguntei. Segurei sua mão e torci para ela não se importar.

Ellie até deu um sorriso, mas seus olhos diziam outra coisa.

– Sei lá, ele era meio possessivo. Não gostava que eu conversasse com outros garotos. Não que eu fosse traí-lo nem nada, mas simplesmente não confiava em mim. Acabei me cansando.

– Quando você terminou com ele?

– Sexta-feira à noite – ela respondeu. Depois olhou para as nossas mãos. Fiquei brincando com seus dedos.

Após essa revelacão, me encolhi todo. Tinha transado com ela no sábado. Não era à toa que ela achava cedo demais para se envolver com alguém.

– Então você não quer mesmo se envolver com ninguém agora? – perguntei, cruzando os dedos mentalmente, na esperança de ela não se opor à ideia de ter um relacionamento.

Ellie se remexeu na cadeira, toda sem jeito.

– Só quero ficar sozinha por um tempo, ser eu mesma sem me preocupar em ser a namorada de alguém. Nunca fiz isso de verdade. Comecei a ficar com Miles quando tinha 15 anos, e foi isso – explicou, encolhendo os ombros.

Ok, isso foi um "não estou a fim, por favor não pergunte de novo, Jamie". Não consegui controlar a decepção. Aquela menina era mesmo incrível.

Balancei a cabeça e mudei de assunto, comecei a perguntar sobre suas amigas. Era óbvio que Ellie ficava sem jeito de falar nesse tal de Miles.

Ela ficou falando sobre Stacey, uma amiga que acha linda e que faz uns bicos como modelo.

– Ai, eu morreria para ser bonita como ela – contou, com um tom de inveja.

– Você só pode estar brincando! Por que você quer ter outra aparência que não a sua, caramba? Você é a mulher mais linda que eu já vi.

Fiquei sacudindo a cabeça, o que Ellie tinha dito era um absurdo.

– De novo com essas cantadas cafajestes? – ela debochou, ficando corada.

– Não é uma cantada, Ellie.

Ela se mexeu e encostou de leve os lábios nos meus. O beijo foi doce, delicado, simplesmente incrível. Quando ela se afastou de mim, eu a beijei de novo, porque não queria que aquilo terminasse. Ellie pôs os braços em volta de meu pescoço, me puxou para perto e me beijou, com vontade... Não foi um beijo doce como o primeiro, foi ardente e sensual. Adorei.

Precisava sentir seu corpo perto do meu e a puxei para meu colo. Beijei Ellie desesperadamente, saboreando cada segundo, caso não fosse beijá-la nunca mais.

De repente, do nada, alguém limpou a garganta bem alto. Larguei Ellie na mesma hora, abri os olhos e virei para trás. Um lanterninha apontava uma luz para nós, franzindo a testa, com ar de reprovação. Ellie enterrou o rosto em meu pescoço, e pus a mão em sua nuca, tentando escondê-la.

– Desculpe. Já paramos – falei, sorrindo para o sujeito, que não parava de sacudir a cabeça. Ellie pulou de volta na cadeira, virando o rosto para o lanterninha. Eu não conseguia parar de rir de sua cara vermelha e envergonhada.

– Quer ir embora? – sussurrou, toda sem jeito.

– Quero, claro – concordei, me segurando para não rir de novo.

A menina estava com tanta vergonha que até suas orelhas tinham ficado cor-de-rosa, mas, para mim, isso só tornava as coisas ainda mais engraçadas. Ela ficou de pé imediatamente e começou a andar pelo corredor. Quando chegou ao fim, parou e ficou me esperando. Eu a alcancei e passei o braço por sua cintura, e ela escondeu o rosto em meu ombro de novo para sairmos da sala de cinema.

Apenas quando entramos no *hall* superiluminado Ellie tirou os olhos do chão.

– Urgh! Isso foi muito constrangedor – resmungou, olhando para trás, hesitante.

– Tudo bem, vai, foi engraçado. Só estávamos dando uns amassos – respondi, ainda rindo em segredo.

Ellie deu um tapa em meu peito e sacudiu a cabeça com ar de reprovação, mas um sorriso se esboçou em seus lábios.

– Você acha isso engraçado? – brincou.

Balancei a cabeça. De repente, ela apertou minha mão e me arrastou até o banheiro feminino.

– Vamos ver se você vai achar engraçado se nos pegarem aqui dentro – completou, se debruçando na porta e me dando um sorriso malicioso.

– Hmmm. Quem sabe em nosso segundo encontro a gente possa ser pego dando uns amassos no parque ou coisa parecida? – sugeri, torcendo para isso acontecer.

Ellie se encolheu toda.

– Não posso, Jamie, desculpa. Você é incrível, de verdade, mas eu só quero ter liberdade para ficar sozinha por um tempo.

Seu olhar de pesar me deu um aperto no peito.

– Certo, é... claro. Quer dizer, você já disse isso, tudo bem. Foi só uma sugestão – falei, retirando logo o que havia dito.

Cheguei mais perto dela e notei que a garota ficou sem ar. Seus olhos brilhavam de empolgação, e eu também fiquei sem ar.

Ellie inclinou a cabeça para o lado, parecia pensar no que ia dizer.

– Jamie, eu não quero ter um relacionamento agora, mas isso não significa que não quero ficar com você – ronronou, com a voz toda rouca e *sexy*.

– E o que isso significa? – perguntei, porque precisava que ela fosse mais clara. Não me sentia confiante para dar o primeiro passo, se ela ia me cortar de novo.

Ela sorriu e lambeu o lábio bem devagar.

– A gente pode ser amigo e se divertir de vez em quando, tipo... foda amiga – sugeriu, levantando a sobrancelha.

– Gostei do "foda" – admiti.

Não ia desperdiçar aquela oportunidade de jeito nenhum. Aquela menina era incrível demais para eu dizer "não". Sem dúvida ia aceitar o que ela podia me dar.

– Aposto que sim – falou, me olhando com desejo e mordendo o lábio.

"Como é que essa mulher pode me olhar desse jeito tendo visto meu corpo?"

Mas não era hora nem lugar para questionar como nem por quê. Ela tinha acabado de me fazer uma oferta que eu não podia recusar.

Dei um sorrisinho e a beijei, prensando-a de leve contra a parede e passando as mãos em seu corpo até chegar à bunda, completamente maravilhado com sua perfeição. O beijo se intensificou e virou algo apaixonado e animalesco. Eu a levantei do chão. Ellie enroscou as pernas na minha cintura, se segurando bem apertado em mim. Sorri com os lábios colados nos seus e a prensei ainda mais contra a parede, para soltar uma das mãos e conseguir tocá-la. Ela parou de beijar minha boca e começou a beijar meu pescoço. Depois virou a cabeça para o lado e a bateu no batente da porta.

– Ai! – sussurrou, esfregando a cabeça.

– Que merda. Você está bem?

Ellie balançou a cabeça, deu uma risadinha e me beijou na boca de novo. Eu a beijei de um jeito ávido, segurei sua blusa e comecei a puxá-la para baixo. Mas, como o espaço do banheiro feminino era limitado, bati o cotovelo em uma máquina de vender camisinhas. O som da pancada ecoou pelo banheiro vazio.

Ela caiu na gargalhada e sacudiu a cabeça.

– Isso não está dando certo mesmo.

Sorri.

– Não está, não – admiti, tirando o cabelo de seu rosto. – Quer dormir na minha casa hoje?

Adoraria acordar com ela ao meu lado de novo.

Ela me pareceu dividida.

– Tenho aula amanhã.

Não consegui controlar a animação ao perceber seu tom de decepção. Parecia que ela queria muito ficar comigo, mas não podia.

– Isso não foi um "não" – provoquei, baixando a cabeça e beijando seu pescoço. Desci a mão até sua bunda outra vez, mexendo seus quadris para nossas partes íntimas se esfregarem.

Ellie soltou um suspiro ofegante e me olhou bem nos olhos. Dava para ver o desejo estampado neles.

– Você me leva para o colégio amanhã de manhã?

– Levo – murmurei, indo mais para a frente. Grudei os lábios em seu pescoço, que chupei de leve, deixando um roxo. Queria deixar minha marca naquela pele tão branquinha. Se aquela era a última vez que eu faria isso, queria que ela se lembrasse de mim e de como era bom ficar comigo. Queria que Ellie pensasse em mim, por mais que tenha dito que não queria me namorar. Queria ser inesquecível para ela.

Ellie soltou um gemido e afundou os dedos em meus ombros.

– Ok – concordou. Me revirei por dentro de tanta animação. – Então vamos, pegador, antes que eu morra de expectativa.

Ela tirou uma perna da minha cintura. Dei um beijinho de leve nela e pus todas as moedas que eu tinha na máquina de camisinhas. Ellie riu e encostou o rosto nas minhas costas, segurando meus quadris. Era óbvio que ela havia ficado envergonhada de novo.

Quando parei perto do meu prédio, olhei para todos os lados antes de abrir a porta, para me certificar de que não havia nenhum perigo. Não tinha ninguém por perto aquela noite, nem as prostitutas que costumam ficar ali na frente.

Subimos e paramos na frente da minha porta. Ellie passou os braços na minha cintura, me puxou para perto e apertou seu corpo magnífico contra o meu. Baixei a cabeça e beijei sua boca, depois desci as mãos até seu quadril, a levantei e grudei na parede. Suas pernas compridas se enrolaram na minha cintura imediatamente, apertando ainda mais meu corpo contra o dela.

O tesão estava dominando a situação, uma necessidade primitiva tomava conta de mim, tensionando meus músculos e fazendo meu pau doer, mas eu tinha toda a consciência de que ainda estávamos naquele corredorzinho de merda, e que aquele não era um lugar seguro. Sabia que era capaz de protegê-la, mas não queria que Ellie testemunhasse uma cena dessas, então estiquei a mão e pus a chave na fechadura. Estava tão excitado que nem parecia real. Mas, quando minha mão encostou na porta, uma fresta se abriu. Franzi a testa, confuso, porque tinha certeza de tê-la trancado antes de sair. Abri a porta e pus um pé na soleira. Congelei e arregalei os olhos, em estado de choque. Minhas coisas estavam todas reviradas, minhas roupas, atiradas no chão, os móveis, de cabeça para baixo. Alguém havia arrombado meu quarto.

Ellie me beijou na boca outra vez, mas eu precisava ter certeza de que não tinha mais ninguém ali.

– Se abaixa, já! – ordenei, segurando seu peso com um dos braços e soltando suas pernas da minha cintura com o outro.

– Oi?

Peguei sua mão e a obriguei a ficar atrás de mim, enquanto olhava em volta, para aquela bagunça. Com cuidado, a encostei na parede e fui até o banheirinho, queria ter certeza de que quem entrou em meu quarto já tinha ido embora.

Pus os olhos na caixa da privada e percebi que a tampa não estava bem encaixada.

"Ah, merda. Por favor, diz que não levaram meu dinheiro!"

– Ai, meu Deus. O que foi que aconteceu? Assaltaram a sua casa? – Ellie perguntou, ofegante. Ela havia percebido o estado do quarto. Não respondi. Fui direto para a privada e levantei a tampa da cisterna. Não tinha nada lá dentro. O saco plástico onde eu havia guardado todo o meu dinheiro havia sumido.

– Vou chamar a polícia – Ellie foi logo dizendo.

Sacudi a cabeça. A polícia não podia entrar ali. Provavelmente alguém do prédio me mataria por ter ligado para eles.

– Não, Ellie, está tudo bem. Não levaram nada, só fizeram essa bagunça, só isso. Não precisa chamar a polícia – respondi, depressa.

Curvei os ombros, me sentindo derrotado. Não tinha mais nada. Só uns 25 dólares e uns 40 centavos no bolso. E o aluguel da próxima semana venceria em dois dias.

– Como você sabe que não levaram nada? – Ellie perguntou.

Voltei para o quarto, ela ainda estava encostada na parede, no mesmo lugar onde a tinha deixado, de olhos arregalados e com uma expressão de medo.

– Não tenho nada de valor. Só umas roupas, que estão todas espalhadas pelo chão.

Encolhi os ombros, tentando não demonstrar que estava completamente fodido. Quando a manhã de terça-feira chegasse, e eu não tivesse o dinheiro do aluguel, não ia mais ter nem aquele teto de merda para morar. Aquilo, sim, era um pensamento deprimente.

– Não sumiu nada? – ela perguntou de novo, olhando em volta, como se tivesse certeza de que faltava alguma coisa.

Sacudi a cabeça e segurei sua mão.

– Vem, vou te levar para a casa da Stacey – falei.

Puxei Ellie até a porta. Óbvio que ali não era um lugar seguro, e eu não queria que aquela menina chegasse nem perto do perigo.

Ellie soltou a mão e fraziu a testa.

– Quê? Não seja imbecil – falou. Depois se abaixou, pegou umas roupas do chão e jogou na cama.

Fiquei só olhando, sua atitude me deixou confuso.

– Anda, Ellie. Vou te levar para a casa da sua amiga. Não quero que você fique aqui se for perigoso.

Ela apenas sacudiu a cabeça e continuou juntando as roupas do chão e jogando em cima da cama. Quando terminou, tirou os sapatos, sentou na cama com as pernas cruzadas e começou a dobrar as roupas, fazendo uma pilha com elas. Meu coração se derreteu todo só de olhar, de ver o quanto ela era atenciosa. Aquela menina era realmente incrível. Sendo bem sincero, nunca tinha conhecido ninguém assim na vida. Ela era tão inocente em certos aspectos, tão desavisada do perigo daquele lugar e das pessoas que moravam ali. Suspirei, olhando para ela, abismado com aquela mulher e sua generosidade.

– Bom, não fica aí parado me olhando. Já que você não precisa chamar a polícia, precisa arrumar o quarto – ordenou, fazendo sinal com a cabeça para os móveis que estavam revirados no chão. Voltei à realidade, levantei a cômoda, as gavetas e as coloquei de volta no lugar. Ellie logo terminou de dobrar minhas roupas e me ajudou a guardá-las.

– Ah, não. Rasgaram sua foto – disse, de repente, parando para pegar algo no chão.

“Que foto? Ah, merda, não pode ser a foto da Sophie!”

– Quê? Não! – gritei, furioso.

Ellie me entregou os dois pedaços da foto. Fechei os olhos. Estava com tanta raiva que nem conseguia falar. Era a única foto que eu tinha da minha irmãzinha, a única coisa com a qual eu realmente me importava. Não cheguei a pensar em levá-la comigo; estava tão preocupado e nervoso de encontrar Ellie que nem lembrei.

– Quem é essa menininha? – Ellie perguntou, pondo a mão em meu braço.

– É a Sophie, minha irmãzinha. Ela já morreu – respondi, baixinho, porque não estava muito a fim de falar sobre ela.

Ellie soltou um suspiro de surpresa.

– Ah, Jamie. Sinto muito. Como?

Respirei fundo e coloquei a foto rasgada na mesinha de cabeceira.

– Ela foi assassinada, há quatro anos – falei, enquanto olhava para Ellie e via seu queixo cair e seus olhos se arregalarem de choque.

Ela me deu um abraço apertado.

– Sinto muito, muito mesmo. Isso é horrível. O que foi que aconteceu?

Soltei um suspiro profundo.

– Não quero falar sobre isso, Ellie. Sério, você precisa ir embora. Não é seguro ficar aqui.

Abracei a garota e fiquei curtindo o fato de estar perto dela. A última coisa que eu queria era colocar aquela menina em perigo, mas era isso mesmo que tinha feito até então, levando-a para aquele lugar de merda. Resolvi não convidá-la mais para ir à minha casa. O assalto só tinha provado que Ellie era boa demais para estar em um lugar como aquele, com um sujeito como eu.

– Não quero ir embora – disse. Depois se afastou e me olhou, com uma expressão séria e confiante.

– Sério, Ellie, eu acho que... – tentei falar, mas ela pousou a mão na minha boca para me impedir de continuar.

– Você quer que eu vá embora e está fingindo preocupação? É uma desculpa para me expulsar? – perguntou.

Dei um sorriso triste e tirei sua mão de cima da minha boca.

– Não quero que você vá embora. Só acho que uma menina como você não deveria estar em um lugar destes. Eu jamais deveria ter te trazido aqui, deveria ter pensado antes.

Eu estava incrivelmente bravo comigo mesmo por ter colocado Ellie em risco daquela maneira, por interesse próprio.

Ela encostou os lábios nos meus, silenciando minhas palavras.

– Estou aqui, então que tal a gente parar de falar? – sussurrou, descendo as mãos por meu peito e prendendo os dedos nos passantes de cinto da minha calça.

Tremi todo só com aquele leve toque. Não fazia a menor ideia de como aquela menina conseguia fazer aquilo comigo, já que nunca me interessei em namorar ninguém. Que loucura, uma menina conseguir, sozinha, estilhaçar tudo o que eu pensava saber da vida.

Ellie mordeu o lábio e me olhou com desejo. Senti ondas elétricas percorrendo meu corpo quando ela se afastou de mim, me arrastando pelos passantes de cinto. Parou quando suas pernas encostaram na cama, deixando claro que a decisão final era minha.

Tomar aquela decisão foi fácil. Sorri, empurrei Ellie para cima da cama e subi nela. Precisava muito daquela menina. Ela já tinha me enfeitiçado completamente. Mesmo que eu quisesse, não ia conseguir parar.

CAPÍTULO 7

Jamie

Acordei com o rostinho lindo de Ellie a poucos centímetros do meu. Ela estava apoiada em meu braço. Sorrindo, cheguei mais perto e peguei meu telefone na mesinha de cabeceira para ver as horas. Eram apenas seis e meia, ou seja, tinha pelo menos mais umas duas horas com ela.

Soltei um suspiro e passei os olhos por seu corpo. Ellie me fazia esquecer de todas as coisas ruins que já me aconteceram. Fazia eu ter vontade de ser alguém melhor para estar à sua altura.

Ela se remexeu e apertou o rosto contra meu peito, ainda dormindo, resmungou algo ininteligível, depois suspirou e se aninhou em mim. Passei os dedos em seu cabelo e lhe dei um beijinho na testa. Fiquei ali deitado, sem conseguir parar de pensar na grande merda que era minha vida naquele momento. Aquele seria um dia incrivelmente difícil. Eu tinha que arranjar 25 dólares em algum lugar para conseguir pagar o aluguel na manhã seguinte. O carro que eu tinha consertado só iria a leilão na quarta-feira, isso *se* desse algum lucro. Tinha sido tão tolo... Passei a semana inteira fazendo algo que podia nem dar certo, atrás de um sonho inalcançável, quando deveria ter procurando uma renda mais garantida.

Eu me recusava a pedir dinheiro a Brett, a dever qualquer coisa para alguém. Se tem uma coisa que aprendi nesta merda de vida é que a gente só pode depender da gente mesmo. Precisava arrumar aquele dinheiro, arrumar um emprego, sair daquela cabeça de porco do caramba e me tornar uma pessoa melhor. Quem sabe então mereceria ficar com aquela menina linda que estava em meus braços. Porque, naquele momento, não merecia, de jeito nenhum.

Tirei o cabelo do rosto da garota e o ajeitei no ombro, para ver o chupão que tinha deixado em seu pescoço. Sorri orgulhoso, abaixei a cabeça e beijei aquele ponto, mas fui logo me afastando quando ela se mexeu de novo.

– Oi, que horas são? – murmurou, dando um beijinho em meu peito.

Franzi a testa, enojado. Como Ellie conseguia fazer isso com todas aquelas cicatrizes em meu corpo? Mas, pelo jeito, elas não a incomodavam nadinha.

– Umas quinze para sete.

Ellie sorriu, me puxou mais para perto e me beijou de leve.

– Bom dia – sussurrou, com os lábios colados na minha pele.

– Bom dia. Dormiu bem? – perguntei, torcendo para ela não ter ouvido a briga do vizinho, lá pelas três da manhã.

Ela balançou a cabeça, bocejou e respondeu:

– Ãhn-hãn, você acabou comigo. Dormi como uma pedra.

– Bom, eu também dormi como uma pedra – menti.

Com toda a sinceridade, mal tinha pregado o olho. Fiquei de vigília até o sol raiar, prestando atenção em todos os ruídos. Se alguém entrasse de novo no quarto, eu poderia protegê-la. Um pouquinho de cansaço não era nada se a ideia era garantir sua segurança.

Ela me puxou mais para perto e passou as mãos por minhas costas, traçando minhas cicatrizes com os dedos. Como a curiosidade estava estampada em seu rosto, beijei sua boca antes que ela pudesse perguntar alguma coisa. Não queria falar daquelas cicatrizes. Com ninguém.

Uma hora e meia depois, estávamos vestidos e prontos para sair. Ellie se abaixou e começou a arrumar minha cama. Fiquei só olhando.

– Por que você está arrumando minha cama, Ellie?

Ela encolheu os ombros e terminou de ajeitar os travesseiros.

– Acho que é força do hábito. É uma das regras da minha mãe, precisa arrumar a cama, precisa deixar o quarto um brinco, blá, blá, blá – imitou, sacudindo a mão.

Dei risada, a agarrei e pulei com ela na cama.

– Bom, eu gosto de uma cama desarrumada. Quer me ajudar a bagunçá-la de novo? – falei, com um sorrisinho sugestivo, adorando sentir seu corpo debaixo do meu. Só conseguia pensar em tocar e beijar aquela mulher. Estava quase virando um vício.

Ellie sorriu e segurou meu pulso, olhou o relógio e sacudiu a cabeça.

– Preciso ir para a aula, desculpa. Quem sabe outro dia? – sugeriu, levantando a sobrancelha.

Meu corpo se animou todo por dentro, feliz porque eu a veria de novo. O combinado foi: sexo sem envolvimento. Que homem recusaria uma proposta dessas vinda de uma mulher como Ellie?

Soltei um suspiro dramático.

– Então vamos, garotinha, vou te levar para a aula – falei, ajudando-a a ficar de pé. Ellie sorriu e me deixou arrastá-la do quarto até a picape. Como todo mundo naquele bairro dorme até a metade da manhã, não havia ninguém na rua.

Paramos no estacionamento de sua escola. Ellie tirou o cinto e se aproximou de mim. Depois se inclinou e me beijou. Pus a mão em sua nuca para que ela não conseguisse se soltar. Beijá-la era uma coisa incrível, e eu faria isso o dia inteiro, na maior felicidade, se ela permitisse.

Parei de beijá-la quando nós dois ficamos sem ar. Dei apenas um beijinho na ponta de seu nariz.

– E aí, será que nesta manhã consigo seu telefone? – perguntei, esperançoso. Ela balançou a cabeça e esticou a mão, para pegar meu celular. Passei o aparelho a ela e, enquanto ela digitava, não consegui controlar meu sorriso convencido.

Ellie guardou meu celular de volta no bolso, com umas batidinhas provocantes.

– Prontinho, pegador. Agora você pode me ligar para dar uma trepadinha sempre que quiser – disse. Depois piscou, saiu do carro e começou a andar pelo estacionamento.

Assim que Ellie apareceu, um monte de gente correu para perto dela, implorando sua atenção. Meninos, meninas, todo mundo queria falar com ela. Só que Ellie não parecia muito à vontade em receber toda aquela atenção. O sorriso espontâneo que passou a manhã inteira em seu rosto havia sido substituído por outro, falso. A julgar pelo jeito que os outros alunos a rodeavam, parecia que ela era a rainha da escola.

Franzi a testa, muito surpreso de Ellie querer que eu a levasse para a escola naquela bosta de picape tendo uma imagem a zelar. Quando dei partida no carro, ela acenou para mim. Sorri sem querer só porque a menina tinha admitido que me conhecia na frente dos amigos.

Passei o dia perambulando atrás de emprego. Entrei em todas as lojas, nos bares, restaurantes e escritórios, em busca de qualquer coisa. Mas não encontrei nada, nem vaga para limpar privada. À medida que o dia foi se arrastando, minha preocupação foi aumentando.

Sentei no parque e considerei minhas opções limitadas. Não consegui pensar em outra solução. Não podia perder o lugar onde estava morando. Tudo bem que era úmido e sujo, mas era melhor do que dormir na picape. Cerrei os dentes, indignado, peguei o celular e liguei para Ray.

– E aí, Pirralho?

Segurei o rosto com as duas mãos e fechei os olhos, bem forte. Aquilo precisava ser feito.

– E aí, Ray? Escuta, estou precisando de uma ajuda.

– Que foi?

– Preciso de grana.

– Claro. De quanto? – perguntou.

– Não quero pedir dinheiro emprestado, Ray. Não faço ideia de quando vou poder pagar. Mas preciso pôr as mãos em alguma grana. Já.

– Eu te empresto, não precisa se preocupar em me devolver. Paga quando puder – ofereceu.

Sacudi a cabeça. Não podia dever para ninguém. Isso não era ter uma vida direita, aos meus olhos. Até dever a Ray me parecia uma dívida. Eu precisava resolver aquilo sozinho.

– Ray, não quero dinheiro emprestado. Na verdade, estava pensando se você podia falar com Jensen e me arrumar um esquema para hoje à noite.

Ele soltou um suspiro de surpresa.

– De jeito nenhum, Pirralho! Caralho, não vou fazer isso, não. As coisas mudaram muito desde sua última vez. De jeito nenhum. Não mesmo!

Eu sabia que Ray teria essa reação. Jensen, primo dele, tinha um clube da luta ilegal que funcionava todas as noites. As pessoas apostavam, e os lutadores eram pagos para lutar. Só de participar já conseguiria pagar o aluguel. Não precisava nem vencer, só apanhar muito por alguns minutos.

– Ray, estou precisando muito. Ele ainda tem o clube ou não?

– É sério, Pirralho. Você sabe que eu sempre odiei esse negócio. As lutas agora são brutais, não é mais meia dúzia de caras querendo ganhar um troco extra. Quem participa está *muito* a fim, quer ganhar. Deixa eu te emprestar a grana que você precisa – protestou.

– Olha, obrigado pela oferta, mas você pode, por favor, falar com Jensen? Preciso que esse esquema role hoje, se ele ainda estiver mexendo com isso. Se você não ligar para ele, vou ter que encontrar o sujeito sozinho. Anda, Ray, faz isso por mim?

Fiquei passando a mão, todo nervoso, em meu cabelo raspado. Como não fazia a menor ideia de como encontrar Jensen, rezei para Ray me ajudar a entrar no esquema.

– Você sabe que vai se foder, né, Pirralho?

Franzi a testa.

– É, eu sei. Vou me foder completamente. Quanto eles estão pagando? Ainda são trinta contos por luta durante a semana?

Pena que não era fim de semana. Aí os apostadores são mais *top* e pagam bem melhor, mas eu estava aceitando qualquer coisa.

– Acho que agora são cinquenta. As regras mudaram: não há mais regras – falou, baixinho.

Eu me encolhi todo. Aquilo não parecia nada bom. Antes tinha a história de "não bater nas bolas". Gostava dessa regra.

– Ok. Você liga para ele e pergunta se eu posso entrar?

"Por favor diz 'sim', por favor diz 'sim'."

Ray soltou um suspiro e ficou um tempo em silêncio antes de responder:

– Tá, tudo bem. Já te ligo.

Soltei um suspiro de alívio.

– Valeu, cara.

Meu amigo desligou e me recostei no banco do parque. Meus músculos tensos começaram a relaxar.

Já eram umas quatro da tarde, e resolvi mandar uma mensagem para Ellie.

Oi! Teve um bom dia de aula?

Ela respondeu um minuto depois.

Tive. Apesar de ser obrigada a ver meu ex. Aff. Como foi seu dia? Descobriu alguma coisa sobre quem arrombou sua casa? Bj.

Dei um sorriso quando vi o "bj", adorando o fato de ela se importar comigo a ponto de perguntar como tinha sido meu dia. Mandei uma mentirinha rápida, dizendo que meu dia havia sido bom. Fui para casa e me joguei na cama. Fiquei esperando o celular tocar e Ray me dar boas notícias sobre a luta daquela noite.

Umas quinze para as dez, Ray veio me buscar. Foi comigo com a desculpa de que queria ver o primo, mas, para ser bem sincero, deve ter sido para poder me levar para casa se por acaso eu ficasse mal a ponto de não conseguir dirigir. Passou o trajeto inteiro tentando me convencer a desistir, mas eu simplesmente ignorei e tentei mudar de assunto com todas as minhas forças.

Chegamos ao lugar, uma garagem subterrânea, e fui atrás de Ray. Precisava que ele me apresentasse ao primo. Só tinha visto Jensen uma vez, ele não devia lembrar de mim. Cresci bastante desde que o conheci.

Ray parou ao lado de Jensen e lhe deu um abraço. Mal reconheci o sujeito. Os dois ficaram falando umas amenidades, e Jensen me apontou:

– É este aqui o seu Pirralho? – perguntou.

Ray balançou a cabeça e apertou meu ombro, com uma cara de quem estava sofrendo por permitir que eu fizesse aquilo.

– É este aqui o Pirralho, sim. Se chama Jamie Cole.

Um sorrisinho malicioso se esboçou no rosto de Jensen.

– Eu lembro de você. Só tinha 13 anos quando te deixei lutar. Ganhei uma fortuna por sua causa naquela noite. Todo mundo apostou contra você, e faturei uma grana alta porque você encheu o cara de porrada – disse, esticando a mão para eu apertar.

Balancei a cabeça. Também precisava de dinheiro naquela noite. Por outros motivos, mas também estava sem opção.

– É. Valeu por me deixar participar hoje. Obrigado mesmo.

Tinha sido de última hora. Normalmente, quem quer participar põe o nome na lista e espera ser chamado. Tive certeza de que Ray cobrou um favor do primo por minha causa.

– Sem problemas. Então, sabe que agora não há mais regras, né? Vale tudo. A luta termina quando você bater na lona pedindo para sair ou ficar inconsciente. São oito caras, quatro lutas. Cada um dos vencedores vai para a semifinal. Se chegar à semi, leva cem dólares. Os dois vencedores dessa rodada vão pra final. Se perder, leva duzentos. Se ganhar, quinhentos. E fique à vontade para apostar em si mesmo – Jensen explicou, encolhendo os ombros.

Meu coração deu pulinhos dentro do peito.

– Então, só de participar eu ganho cinquenta, mas se vencer as três lutas, levo quinhentos? – esclareci.

Se vencesse a final, não me preocuparia com o aluguel por um bom tempo, mesmo se o lance do ferro-velho não desse certo.

– Isso. Te interessa?

"Claro que me interessa, caramba!"

Meu plano era participar, perder e levar os cinquenta. Mas quinhentos dólares me pareciam a salvação naquele momento.

Balancei a cabeça com entusiasmo.

– Interessa muito. Então, com quem eu vou lutar? – perguntei, olhando quem estava lá esperando as lutas começarem. A maioria estava ali para apostar. Dava para ver quem tinha ido lutar, porque era gente que estava meio de lado, se concentrando.

Jensen apontou um loiro, até que bem musculoso, que estava sentado em uma cadeira, com os olhos espremidos, completamente focados, bem sérios. Estava a fim de ganhar.

– Aquele ali, o Kurt. Ele sempre participa, é bem durão. Acha que consegue derrotá-lo? – Jensen quis saber.

Examinei Kurt de novo, avaliando, pesando minhas opções. Pelo modo como ele estava sentado, dava para ver que era arrogante, convencido e que confiava demais no próprio taco. Ele achava que ia ganhar sem problemas. Devia saber artes marciais, a julgar pela tatuagem de dragão em seu braço.

Mas dava para encarar.

– Consigo – respondi confiante, vendo um sorrisinho se esboçar nos lábios de Jensen.

Ellie

Quando saí da picape de Jamie, ainda conseguia sentir o gosto doce de sua língua. Para falar a verdade, eu nem queria sair, queria passar mais tempo com ele.

Fechei a porta do carro, respirei fundo e comecei a atravessar o estacionamento, em direção ao prédio da escola. Procurei Stacey, porque precisava pegar meu material, que estava com ela. Era o primeiro dia de aula desde que eu tinha terminado com Miles, e eu não estava nada a fim de vê-lo de novo. Vários meninos e meninas vieram falar comigo na mesma hora, querendo saber se era verdade, se a gente tinha terminado, se ia voltar, se eu queria sair... era interminável. Estampei um sorriso falso no rosto e, em segredo, quis voltar para a picape de Jamie. Tudo fluía tão naturalmente com ele. Quando sua picape roncou atrás de mim, me virei e acenei para o garoto, depois fiquei acompanhando com os olhos ele desaparecer rua acima.

Stacey chegou e já foi me abraçando, toda animada.

– Se divertiu, mocinha? – provocou, com um sorriso sugestivo e, em seguida, me entregou os livros e a mochila que eu havia deixado na sua casa.

– Muito, para falar a verdade – confirmei.

Minha amiga pendurou o braço no meu e foi me guiando pela multidão que ainda queria saber das fofocas sobre Miles. Sorri agradecida e fomos até meu escaninho, fingindo não ver nem ouvir as pessoas sussurrando coisas a meu respeito.

– E aí, você vai encontrá-lo outra vez? – perguntou, quando ficamos fora do alcance dos ouvidos alheios.

Dei risada e balancei a cabeça.

– Mas sem compromisso. Falei que não estou interessada em começar um relacionamento e, por ele, tudo bem.

– Como assim, sem compromisso? – Stacey quis saber.

– Sem compromisso, sem namoro, só sexo.

Sorri de orelha a orelha e mordi o lábio. Sempre fui *a* certinha, sempre fiz o que esperavam de mim – de um jeito simplório, até –, mas aquilo era completamente diferente. Meu acordo casual com Jamie era emocionante, e fazia muito tempo que eu não me sentia tão viva.

Stacey soltou um gritinho, depois teve um ataque de riso.

– Você? Sério, isso é muito engraçado! A Senhorita Inocente fazendo sexo sem compromisso? – disse, quase engasgando de tanto rir. Balancei a cabeça, rindo com ela. Falando daquele jeito, era mesmo meio estranho. – Claro que ele gostou da ideia. Que tipo de homem se recusa a fazer sexo casual? – provocou. – Então, quando é que vocês vão se encontrar de novo? – insistiu. Era óbvio que ela queria saber mais sobre mim e Jamie.

– Não tenho a menor ideia. Trocamos telefones. Talvez ele nem me ligue...

Interrompi a frase no meio, franzindo a testa, decepcionada ao pensar nessa possibilidade.

– Tá brincando? Pode acreditar: ele vai ligar! Mudando de assunto, me dá seu celular. Tenho que te mostrar uma música que você vai amar – disse, estendendo a mão.

Obedeci, peguei o aparelho no bolso e coloquei em sua mão.

Stacey sempre mandava músicas para o meu celular. Como não temos exatamente os mesmos gostos, para mim é apenas brincadeira na maior parte do tempo. De repente, senti um braço pesar em meu ombro. Dei um pulo, olhei para cima e vi Miles, que se abaixou e me deu um beijo na bochecha. Senti que todos os olhos tinham se voltado para mim de novo. Parecia que todos os alunos da escola haviam ficado em silêncio ao mesmo tempo, observando atentamente o que ia acontecer.

Stacey me lançou um sorriso compreensivo.

– Te vejo na aula. Vou deixar vocês dois conversarem.

Me segurei para não gemer e fiquei olhando Stacey se afastar, fazendo sinal para todo mundo sair dali e entrar na sala de aula. Quando ficamos a sós, sacudi os ombros discretamente querendo tirar o braço dele de cima de mim e dei um passo para trás.

– Fiquei com saudade – Miles falou, baixinho. – E você não retornou minhas ligações o fim de semana inteiro.

Ele inclinou a cabeça para o lado, esticou o braço e tirou o cabelo que estava em meu rosto. De repente, tive um *flashback* de Jamie fazendo a mesma coisa e lembrei de como ele tinha sido fofo e gentil na noite anterior.

Levantei a sobrancelha e disparei:

– Miles, eu já te disse na sexta-feira: acabou.

Ele sacudiu a cabeça e se aproximou, me segurou pelos quadris e me puxou para perto dele.

– Não faz assim, amor. Foi só uma briguinha. Já aconteceu tantas vezes...

– É sério, Miles. Não posso namorar alguém que não confia em mim.

Apoiei as mãos em seu peito e fui para trás, na tentativa de recobrar meu espaço.

Quando me afastei, Miles juntou as sobrancelhas e me olhou com uma expressão dura.

– Foda-se, Ellie! Eu te amo. Você não pode terminar comigo só porque a gente teve uma briguinha, caramba!

Sacudi a cabeça e declarei:

– Faz muito tempo que isso acontece, Miles, mas nenhum de nós dois quer admitir. Cansei de perder tempo e de aturar seu comportamento de merda. Acabou.

E dei as costas para ir embora. Nosso relacionamento tinha morrido fazia tempo, tinha se rompido e se transformado em uma coisa destrutiva não era de hoje. Começou mais ou menos no momento em que Miles passou a dar prioridade a sua imagem e seu *status* e não para mim e passou a acreditar que eu era sua posse, não sua parceira. Nosso namoro havia se estragado tanto que não tinha conserto e, naquele momento, eu finalmente tinha forças para admitir que merecia coisa melhor.

Miles segurou meu pulso, me impedindo de fugir.

– De jeito nenhum, porra! Estamos juntos há dois anos e meio, Ellie. Você não pode simplesmente virar as costas e ir embora.

Como ele ficou me olhando com ar de súplica, virei o rosto. Aquele relacionamento não era bom nem para mim nem para ele. Miles tinha que enxergar isso.

– Sinto muito, muito mesmo – sussurrei.

De repente, Miles soltou meu pulso, deu um passo para trás e começou a sacudir a cabeça.

– Não acabou. Não mesmo – afirmou, confiante, passando a mão no cabelo para se certificar de que estava perfeito como sempre. Ele tinha muito orgulho daquele penteado.

– Vou jantar na sua casa com os meus pais hoje, esqueceu? Isso vai passar, eu juro. Te amo, meu amor.

Ele me deu um beijo na bochecha, se virou e começou a andar na direção contrária, me deixando ali, completamente sem palavras.

Tinha esquecido que ele ia jantar na minha casa. Nossos pais são amigos, costumam se encontrar e fazer jantares finos com um papo muito chato. Meus pais idolatram Miles, assim como todo mundo no colégio, provavelmente porque ele não mostra seu lado dominador e raivoso. Ele, sem dúvida, sabe ser simpático quando quer.

Fui para a sala de aula gemendo de frustração. Só precisaria me preocupar com aquele jantar mais tarde. Talvez, quando eu lembrasse meus pais que a gente tinha terminado, eles cancelassem. Mas, bem lá no fundo, eu tinha certeza de que não era assim que as coisas funcionavam.

O dia passou exatamente como eu tinha imaginado. As meninas ficaram me consolando, perguntando se eu estava bem. Os meninos ficaram me convidando para sair, já que estava solteira. E eu só queria voltar para casa e ficar em posição fetal. Mas, é claro, não podia fazer isso. Tinha uma imagem a zelar. As pessoas se espelhavam em mim. Eu era a chefe das líderes de torcida e precisava mostrar aos outros que ainda era a mesma Ellie Pierce, com ou sem Miles Barrington.

Para minha supresa, não houve mais nenhum incidente com Miles. Para falar a verdade, nem o vi mais naquele dia.

Quando finalmente cheguei em casa, depois da aula e do treino das líderes de torcida, fui direto para meu quarto. Abri o *laptop* e revirei a mochila à procura da foto rasgada que tinha roubado de Jamie enquanto ele tomava banho. Ele não falou muito a respeito, mas percebi como havia ficado chateado na noite anterior. Jamie ficou arrasado ao ver que a foto da irmã tinha sido rasgada. E foi aí que bolei meu plano.

Bem na hora em que terminei de escanear as duas metades da foto e salvar os arquivos, meu celular apitou. Era uma mensagem de Jamie, perguntando como havia sido meu dia. Seu gesto atencioso trouxe um sorriso a meus lábios. Mandei uma resposta rápida e abri o Photoshop.

Quando terminei, sorri orgulhosa do meu trabalho. Eu não era nenhum mago do Photoshop, e a foto não havia ficado perfeita, de jeito nenhum, mas esperava que Jamie gostasse. Imprimi uma cópia e salvei o arquivo em um *pendrive* que encontrei na gaveta. Assim, ele poderia imprimir quantas fotografias quisesse. Depois disso, fui para o banho.

Saí, me sequei, pus uma calça *jeans* rasgada e uma blusa preta justinha de manga comprida. Deixei o cabelo solto, para secar naturalmente. E não me dei ao trabalho de me maquiar. Não precisava impressionar ninguém naquela noite. Desci para ajudar minha mãe a preparar o jantar.

– Você não vai se trocar, Ellison? – minha mãe perguntou, com um tom de reprovação.

É claro que ela ia pedir para eu me trocar. Minha mãe só se importa com aparência, dinheiro e *status*. Acredita que você precisa estar sempre bem arrumada. Ela não faz nem faxina sem estar toda maquiada. Esse era um dos motivos pelo quais minha mãe aprovava meu namoro com Miles: o pai dele era um advogado famoso, e ela gostava do fato de o nosso relacionamento lhe proporcionar contato com pessoas de outra classe. Minha mãe era superficial, e eu fazia de tudo para não ser como ela.

Meu pai, por outro lado, era incrível e me apoiava de todo o coração. Sempre fui a queridinha do papai. A seus olhos, eu jamais poderia fazer algo de errado. A atenção que recebia dele compensava os anos de olhares de reprovação que minha mãe me dava toda vez que subia em alguma árvore ou jogava futebol com os meninos, em vez de brincar de casinha com minhas bonecas.

– Não, estou bem assim. Quer ajuda? – perguntei, com educação, ignorando seu olhar de reprovação.

– Pode picar isto para mim?

Minha mãe suspirou e apontou para uns legumes.

– Você sabe que a família Barrington vai chegar dentro de uma hora, não? – perguntou, friamente.

"Droga."

– Sei, sim. E a senhora sabe que eu e Miles terminamos, não sabe? – retruquei, tentando imitar seu tom de frieza, mas fracassando terrivelmente.

Ela sacudiu a mão, dando a entender que não era nada.

– Vocês dois vão voltar.

Não falei nada. Deixei ela pensar o que quisesse. Aquela noite seria terrivelmente esquisita. Miles sempre soube como me dobrar e me obrigar a fazer exatamente o que ele queria. Só rezei para ter forças de, desta vez, conseguir dizer "não".

CAPÍTULO 8

Ellie

Uma hora depois, quando a campainha tocou, senti um aperto no coração. Em segredo, torci para Miles desmarcar, mas esperança nunca levou ninguém a lugar nenhum. Como meu pai havia chegado em casa há uns dez minutos e ainda estava se trocando no quarto, minha mãe me olhou com expectativa.

– É melhor eu atender a porta, então? – perguntei, revirando os olhos e indo em direção à porta sem esperar por sua resposta.

Abri e vi a família Barrington parada na minha frente, com seus sorrisos educados, segurando uma garrafa de vinho que parecia ser bem cara e uma cesta de frutas. Os pais de Miles são extremamente ricos e deviam sofrer ao pensar que o filho namorava uma menina como eu. Não que a gente fosse pobre, nem nada. Para falar a verdade, meu pai se deu muito bem na vida. É consultor financeiro, é claro que dinheiro não nos falta. Mas, comparada aos Barrington, a nossa família deve parecer um bando de mendigos.

– Boa noite, Ellie. Como você está? – Susan perguntou, toda educada.

"Como estou? Sem jeito, envergonhada, assediada e irritada."

– Bem, obrigada, sra. Barrington. E a senhora? – respondi, sorrindo e ignorando o jeito como ela media minhas roupas casuais.

– Estamos muito bem – ela respondeu, com um sorriso sem jeito.

– Que ótimo. Entrem, o jantar está quase pronto – convidei, abrindo mais a porta e tentando não cruzar os olhos com os de Miles.

Os três entraram no corredor, e me arrependi de ter escolhido a roupa que estava vestindo. Estavam todos com roupa social. Susan, mãe de Miles, estava com um vestido curto vermelho impecável, que devia ter custado milhares de dólares. Miles e o pai usavam ternos na cor cinza feitos sob medida – a diferença era que Miles havia optado por não usar gravata. Claro que me senti mal arrumada. Ainda bem que minha mãe apareceu quase na mesma hora e me desvencilhou deles, levando-os até a sala e servindo drinques. Peguei os casacos de todos e fui pendurá-los no armário do corredor.

Miles veio atrás de mim, como eu bem esperava, e me abraçou por trás enquanto eu pendurava os casacos.

– E aí, já me perdoou?

Dei uma cotovelada em seu estômago e me soltei de seus braços.

– Sério, Miles, para com isso! Já te disse que eu não quero...

Só que ele me interrompeu segurando meu quadril e me virando de frente para ele. Nem tive tempo de pensar no que ia acontecer, porque ele foi logo abaixando a cabeça e me dando um beijo na boca. Suspirei surpresa, em estado de choque por ele ter tido coragem de me beijar depois de eu ter dito que estava tudo terminado entre nós. Joguei a cabeça para trás, enfiei os braços entre a gente e o empurrei com toda a força que consegui reunir.

– Você está começando a me encher a paciência, de verdade! Para de achar que vou mudar de ideia, porque não vou, não! – sussurrei, baixinho, para os nossos pais não ouvirem.

Na mesma hora, Miles fez cara de súplica e se aproximou de mim outra vez.

– Por favor, Ellie. Eu já pedi desculpas, o que mais você quer? O que eu posso fazer? Faço qualquer coisa. Você quer que eu implore? Eu imploro – disse, ajoelhando-se no chão e segurando minha mão. – Por favor, Ellie – sussurrou, beijando as costas da minha mão.

Senti um arrepio por dentro e me encolhi toda, de tanta vergonha e desconforto. Se ele fosse o tempo todo assim, as coisas certamente seriam diferentes, mas não era o caso.

– Gostou da minha blusa, Miles? – perguntei, levantando a sobrancelha.

Ele odiaria se eu saísse daquele jeito. Era só uma blusinha preta e justa normal, mas tinha um decote "V" profundo que deixava um pouco a mais do meu colo à mostra do que ele costumava tolerar.

Ele baixou os olhos para o meu peito, e uma ruga se formou em sua testa.

– Gostei, é legal – respondeu de imediato. Mas dava para ver que estava mentindo pelo tique quase imperceptível em seu olho.

– É? Tenho uma branca também. Vou para a aula com ela amanhã, com aquela saia *jeans*, aquela curta, que você não gosta... – falei, com um sorriso meigo.

Foi o que bastou. Miles ficou de pé, me olhando feio.

– Não vai, não, porra! Você não pode aparecer no colégio assim, vai parecer uma vagabunda, e todos vão achar que você é fácil. Não ouse, caralho! – gritou, furioso.

"Agora sim. Esse é o sujeito com quem eu terminei!"

– Obrigada. Você acabou de tornar minha noite muito mais fácil – falei. Em seguida puxei minha mão, dei as costas e fui logo embora, antes que ele pudesse me impedir.

Durante todo o jantar, ignorei Miles mexendo em meu cabelo e acariciando minha nuca. Sorri quando devia sorrir e falei quando me dirigiram a palavra. Quando entraram no assunto da nossa ida para a faculdade, cerrei os dentes. É claro que ele não tinha contado para os pais que havíamos terminado.

– Então, é óbvio que vocês dois vão se candidatar a uma vaga na mesma faculdade. Vão passar muito tempo juntos. Você acha que vão tentar morar juntos? –o pai de Miles perguntou.

Quase me engasguei com a água. Ele virou para meu pai e deu um sorrisinho malicioso.

– O que você acha, Michael? Esses dois vão viver em pecado por um tempo ou você faz questão de um pedido de casamento?

Miles riu e respondeu antes mesmo de eu abrir a boca.

– De repente a gente pode dividir uma casa. Fica mais fácil se alugarmos juntos. E não me oponho ao casamento – falou, sorrindo e ignorando minha tentativa de matá-lo com meu olhar gélido.

Agora as coisas tinham ido longe demais. Só que, por mais que Miles estivesse me irritando, não tive coragem de constrangê-lo na frente de seus pais.

Fiquei de pé, peguei meu prato e o de meu pai.

– Miles, que tal você me ajudar a servir a sobremesa? – perguntei, entredentes, tentando fazer cara de paisagem.

Ele se levantou e tirou os pratos da minha mão, com um sorriso doce nos lábios.

– Claro, amor.

Fui até a cozinha pisando firme, respirando fundo, tentando acalmar meus nervos à flor da pele. Assim que entramos na cozinha, pus Miles contra a parede.

– O que foi aquilo, caramba? Você não ouviu o que eu disse? Acabou! Você precisa parar com isso. Quero que vá embora, neste exato momento. Fala para os seus pais que está se sentindo mal ou qualquer outra coisa e vai embora! – sussurrei, furiosa.

Miles fechou a porta da cozinha e sacudiu a cabeça.

– Você não está falando sério, amor. Eu te amo, e você me ama – disse. Ele me abraçou de novo, me deixando encurralada contra seu peito musculoso.

– Se você não sair já de cima de mim, vou gritar – avisei.

Ele sorriu, me olhando todo convencido.

– Não vai, não. Você não gosta de ceninha, odeia ser o centro das atenções – sussurrou, abaixando a cabeça e me dando um beijo no pescoço.

De repente, Miles se afastou, boquiaberto, em estado de choque.

– O que é isto, porra? – falou, entredentes, com um tom tão furioso que me encolhi toda.

– Isto o quê?

– *Isto!* – repetiu, apontando para a minha nuca com uma expressão de acusação. – Você está com um chupão, porra! Não fui eu que fiz isso! Onde foi que você arrumou isso, caramba? – esbravejou. Eu estava com um chupão no pescoço? Fiquei toda tensa. Devia ter sido Jamie, e nem percebi. – E? – Miles quis saber.

– A gente terminou – retruquei, como se isso respondesse sua pergunta.

Miles bateu a mão espalmada na tampa do balcão ao meu lado.

– Não. Terminamos. Não! – gritou, pronunciando cada palavra bem devagar. – Não vou deixar você ficar com ninguém, Ellie. Você é minha!

– Vai se foder! Cansei dessas suas merdas. O que você vai fazer, hein, Miles? Nada. É isso que você vai fazer. Vamos lá terminar de jantar, aí você pode ir embora. Estou de saco cheio de você – disparei, levantando os ombros para tentar parecer mais confiante do que estava me sentindo.

Dei as costas a Miles, mas ele segurou meu pulso, me impedindo de sair dali.

– Quem foi? Quem você anda deixando pôr as mãos em você? – insistiu, me segurando com tanta força que começou a doer.

– Você está me machucando! – berrei, girando o braço para ele me soltar. – Não é da sua conta, a gente terminou. Me solta.

Miles chegou mais perto, com as narinas abertas de raiva. Seus olhos furiosos se fixaram nos meus, e ele baixou a cabeça até nossos narizes quase se tocarem.

– Quando eu descobrir quem é esse cara, ele vai morrer. Você é minha, uma hora ou outra vai se dar conta disso.

Sem dizer mais uma palavra nem pedir desculpas por ter me machucado, ele virou as costas e foi para a sala. Fiquei piscando, chocada com seu ataque de raiva. A pele dos meus pulsos ardia, mas Miles não tinha apertado a ponto de deixar marcas. Ele nunca havia me agredido fisicamente nem me assustado antes. Eu não sabia como lidar com o que tinha acabado de acontecer.

Ainda bem que, antes que eu ficasse completamente absorvida, na tentativa de processar o que havia ocorrido, a porta da cozinha se abriu, e minha mãe entrou estressada.

– Você vai ou não vai levar a sobremesa? As pessoas estão esperando! – disparou, indo em direção à geladeira. Balancei a cabeça, dei um sorriso forçado e fui ajudá-la, rezando para aquela noite terminar logo.

Jamie

– Sério, Pirralho. Ainda dá tempo de você cair fora – Ray disse, me olhando preocupado.

– Vai dar tudo certo, mesmo. Preciso fazer isso – falei. Peguei meus últimos 25 dólares e entreguei a Jensen. – E aí, quais são minhas chances?

Ele sorriu, tirou um bloquinho do bolso e anotou minha aposta.

– Kurt é bem barra-pesada, então acho que está 4 para 1. Ninguém quer apostar em você. O sujeito ganhou as três últimas competições e, sem querer ofender, Pirralho, mas você não parece muito forte – respondeu.

Ray remexeu os bolsos e tirou um maço de dinheiro.

– Quero lucrar com essa também. Põe toda a minha grana no Pirralho – falou. Depois deu um tapão nas minhas costas e sorriu.

Como eu era o terceiro da lista, minha luta só ia começar dali a meia hora. Eu e Ray fomos para as laterais e assistimos as duas primeiras lutas. Meu amigo tinha razão: o lance era brutal, nunca tinha visto nada parecido. Aquilo ia doer muito. Mas eu nem ligava. Em certo sentido, eu até via a dor com bons olhos, senti-la me ajudava a refletir. Aprendi a pensar assim, e isso me ajudou a sair de muitas situações difíceis.

Fiquei observando Kurt com o canto do olho. Ele estava incrivelmente focado durante o aquecimento e o alongamento. A única coisa que eu teria a meu favor era seu excesso de autoconfiança. Ele achava que seria fácil vencer. Só que eu não ia facilitar as coisas para ele, não. Precisava demais daquela grana.

Finalmente, anunciaram a minha luta. Sorri confiante para Ray. Ele estava roendo as unhas, que já eram curtas. A área da luta não era encordoada nem nada, só um espaço livre, delimitado pelo público que ficava de pé em um grande círculo, esperando para torrar seu dinheiro. Em princípio, você poderia apostar em qualquer coisa, mas eu só estava interessado em apostar no resultado, não em quão fodido eu ia ficar naquele processo.

O público abriu espaço para eu passar. As pessoas me mediam descaradamente e sussurravam, se colocando de lado para eu conseguir entrar no "ringue". De repente, começaram a gritar. Berravam suas apostas para Jensen, sacudindo o dinheiro no ar enquanto ele recolhia a grana e anotava no caderninho, anunciando o retorno das apostas, que calculava de cabeça. Sorri ao ouvir um cara dizer que eu ia pedir para sair em um minuto, e outro apostou que a primeira parte do meu corpo que sangraria seria o nariz.

Kurt me deu um sorrisinho convencido quando entrou no ringue. Seus olhos verdes brilhavam, cheios de autoconfiança.

– Vou te foder tanto que você vai se arrepender de ter saído da cama hoje – esbravejou, com a voz grave e ameaçadora.

Fiz que nem liguei para a ameaça.

– Olha, cara, nós dois estamos aqui pela grana. Não precisamos ficar falando merda um para o outro – respondi, achando engraçado ele levar aquilo tão a sério. A julgar por sua expressão, ele realmente estava se achando o Tyler Durden, do filme *Clube da luta.*

– Vou abrir um cu novo em você – gritou.

Revirei os olhos.

– Sério? Dá para parar com as amenidades? Caramba, você fala mais que prostituta.

– Vou te machucar tanto que até seus netos vão sentir – esbravejou, furioso.

Depois dessa, caí na gargalhada.

– Ah, que merda. Para de fazer rir, cara. A luta é séria.

Quando Jensen apitou dando início à luta, eu ainda estava rindo.

Kurt veio imediatamente para cima de mim, com um *jab* de

direita. Pulei para o lado. Ele se virou e veio para cima de mim outra vez. Estava com jeito de quem queria me matar, e meu corpo entrou no piloto automático. Kurt levantou o pé para me chutar. Me abaixei, apoiando um joelho no chão, e lhe dei um soco no saco bem forte.

Na mesma hora, ele soltou um gemido gutural e deu alguns passos cambaleantes para trás, com os olhos cheios de água.

– Ui, que merda. Isso doeu, né? Sinto muito – falei, entredentes. Vi Ray e Jensen darem uma risadinha maldosa no canto do ringue.

– Filho da puta! – Kurt urrou, se endireitando e vindo para cima de mim de novo.

Ele ficou mesmo furioso, e me arrependi imediatamente de ter usado o soco nas bolas tão cedo.

Para ser sincero, Kurt era um lutador muito bom e conseguiu acertar alguns socos em mim que, sem dúvida, iam doer quando a adrenalina baixasse, logo mais. Mas ele não era muito bom de defesa. Assim que deixou o rosto desprotegido, dei uma cotovelada em seu nariz e um chute bem forte na coxa. A perna dele bambeou. Em seguida, ele caiu de joelhos, e enfiei o pé em sua cara, nocauteando-o completamente.

Olhei ele cair de cara no concreto duro. Ele não se mexia, e fiquei encarando seu corpo inerte em estado de choque. Será mesmo que eu tinha acabado de vencer? Ondas de alívio percorreram meu corpo. Eu já tinha dinheiro para pagar o aluguel.

Jensen se aproximou de mim e levantou meu braço no ar, triunfante.

– Aplausos para o Pirralho Cole – gritou, todo entusiasmado.

Algumas pessoas bateram palmas e deram vivas, mas a maioria ficou xingando Kurt, que continuava inconsciente no chão.

– Bom trabalho – Jensen me parabenizou, sorrindo de orelha a orelha.

– Valeu.

Meu maxilar começou a latejar. Os médicos vieram dar uma olhada em Kurt, que estava recobrando a consciência, e fui falar com Ray. Ele puxou uma cadeira para mim, e me joguei nela, agradecido. Movimentei as juntas com cuidado, para ver se tinha algum estrago. Minha barriga doía um pouco, mas nada que eu não pudesse aguentar. De resto, tudo bem. Até onde dava para ver, não havia nenhum estrago permanente... ainda.

Ray sorriu e me ofereceu uma garrafinha de água.

– Pirralho, isso foi muito engraçado. Não conseguia parar de rir depois que você pediu desculpa por ter acertado ele no saco – falou, morrendo de dar risada e me dando vontade de rir também.

Jensen chegou uns dois minutos depois.

– Beleza, você vai lutar contra o vencedor da próxima rodada – avisou, inclinando a cabeça na direção de dois sujeitos musculosos que entravam no ringue.

– Ah, que ótimo. Bom, espero que o menor ganhe – brinquei.

Jensen me entregou os 125 dólares que eu tinha ganho até então.

– E como estão as apostas para a minha próxima luta? – perguntei.

Ele deu um sorrisinho e respondeu:

– Depois do espetáculo que você deu com Kurt, eu diria que estão mais a seu favor agora: 2 para 1.

– Põe tudo em mim, então – respondi, estendendo o dinheiro a ele.

Ele sorriu outra vez e balançou a cabeça, anotando minha aposta no bloquinho.

– Vou lá dar início à próxima luta. Boa sorte – falou, balançando a cabeça para mim.

Eu não precisava de sorte. Mesmo que perdesse a luta seguinte, já levaria cem dólares por ter chegado àquela rodada, o que pagaria meu aluguel. Se vencesse, ganharia duzentos por ter chegado à final, mais 375 por ter apostado em mim mesmo.

Ray se encolheu todo vendo os dois grandalhões se enfrentarem. Ambos eram bem fortes e musculosos.

– De quanta grana você precisa? Por que não quer parar por aqui? – sugeriu, quase implorando.

– Preciso do máximo de grana que conseguir.

Não queria ter que fazer nada parecido com aquilo de novo. Ainda que fosse dez vezes melhor do que trabalhar para Brett, não era exatamente o que eu tinha em mente quando pensava em levar uma vida honesta. Quanto mais dinheiro eu ganhasse naquela noite, mais aliviaria a pressão, e menores seriam as chances de eu ter que passar por aquilo de novo.

Meu celular apitou. Tirei o aparelho do bolso e li a mensagem de Ellie:

Valeu por me deixar com marcas, pegador. Acabei de me meter em encrenca por sua causa! Bj.

"Deixá-la com marcas? Ah, o chupão!" Ela finalmente havia percebido. Ri sem a menor vergonha. Não me senti culpado: adorei aquela marca que deixei em sua pele. Minha próxima luta começaria a qualquer instante. Respondi rápido:

Ops. Vou me redimir. Prometo. Bj.

– Quem era? – Ray perguntou.

– Uma amiga – respondi, com um sorrisinho sugestivo.

– Ah é? É a ruiva da boate? – insistiu, de olhos arregalados.

– É, sim – declarei, todo orgulhoso.

Ray bateu nas minhas costas sem perder o sorriso, me dando os parabéns.

Após três lutas, fiquei exausto. Meu corpo inteiro estava dolorido e machucado – mas havia vencido. Sentei com todo cuidado em uma cadeira, tentando não fazer movimentos bruscos. Devia ter quebrado umas duas costelas.

Jensen veio falar comigo logo depois que terminei a luta.

– Você foi incrível! Quer fazer parte da equipe permanente? A gente bem que precisa de alguém como você para atrair o público. Todo mundo vai sair daqui falando de você – comentou, com um sorriso satisfeito. – Obrigado por trazer esse garoto, Ray – completou, segurando o ombro do meu amigo com um olhar agradecido.

Sacudi a cabeça, ignorando a dor que fazia meu ombro arder.

– Não, valeu, Jensen. Hoje foi a primeira e última.

Ele soltou um suspiro triste.

– Ah, tudo bem. Se quiser voltar, é só me avisar. Você não precisa ficar na fila de espera – falou. Então tirou do bolso um maço de dinheiro enrolado, preso com um elástico. – Então, tá. Incluindo tudo, as lutas e o que você apostou, te devo...1.625 dólares – disse, contando as notas com atenção antes de entregá-las a mim.

"Me dei bem!"

Enfiei o dinheiro no bolso e, quando as notas roçaram em meus dedos, sussurrei entredentes:

– Droga, acho que também quebrei um ou dois dedos.

– Então pronto. Vamos para o hospital, Pirralho? – Ray perguntou, me olhando de cima a baixo bem devagar.

– Nããããão. Não está tão ruim assim, já estive pior. Não é nada demais.

Encolhi os ombros e me levantei da cadeira. Ray suspirou, foi até o carro dele e abriu a porta para mim. Sorri agradecido, afundei no assento de couro e fechei os olhos, enquanto ele me levava para o meu prédio.

– Não faz isso de novo, por favor. Não quero que você se machuque – implorou, quando chegamos.

– Não vou fazer, não. Obrigada por ter arrumado o esquema de hoje, por ter me trazido para casa e tudo mais.

Dei um abraço tímido em meu amigo. Ele deu uma batidinha em minhas costas, e tive que cerrar os dentes, porque senti uma pontada nas costelas.

Saí do carro, entrei no prédio, subi a escada mancando e me atrapalhei todo com a chave, porque meus dedos estavam machucados. Entrei, me encostei na porta e fechei os olhos com força. Minhas costelas estavam me matando, sentia dor cada vez que eu respirava. Minhas mãos ardiam. Olhei os nós dos dedos, vermelhos e inchados, e cerrei os punhos. A dor piorou, e soltei o ar entredentes. Fui até o banheiro, abri a água fria e pus as duas mãos debaixo dela, na tentativa de acalmá-las.

Nada grave, apenas muitos machucados, umas duas costelas e uns dois dedos quebrados. Mas eles cicatrizariam sozinhos. Depois de engolir dois comprimidos para dor e lavar o rosto com água fria, voltei para o quarto, tirei a roupa, tentando não me ver no espelho partido, mas não conseguia enxergar muita coisa mesmo. Estava com o lábio rachado, um machucado bem feio se formando no maxilar e, provavelmente, quando acordasse, estaria com o olho roxo.

Apesar do sofrimento em que eu me encontrava, deitei na cama sorrindo. Eu tinha conseguido, sem precisar recorrer a Brett.

Estendi a mão para pegar a foto de Sophie na mesinha de cabeceira, mas ela não estava lá. Devia ter caído no chão. Eu estava tão exausto que não tive forças para me levantar e procurá-la. Quando os remédios fizeram efeito, e consegui dormir, já eram quase duas da manhã.

CAPÍTULO 9

Jamie

Dor. Em todos os lugares ao mesmo tempo. Comecei a gemer antes mesmo de abrir os olhos. Meus dedos estavam duros, meu peito e as laterais do meu corpo latejavam. Parecia que um caminhão havia passado por cima de mim. Apoiei a mão na cama para me levantar e suspirei entredentes, porque uma dor aguda subiu por minhas costas, causada por uma joelhada no rim que alguém havia me acertado na noite anterior.

Peguei o celular para ver as horas: era pouco mais de oito da manhã. Não precisava fazer nada naquele dia. Como o carro que havia consertado no ferro-velho iria a leilão no dia seguinte, só saberia na quinta-feira se Connor e o pai dele iam me contratar para consertar outros carros.

Resolvi ligar para Ellie e descobrir se ela ainda queria falar comigo depois de ter se metido em encrenca por causa do chupão que deixei em seu pescoço.

Tocou algumas vezes, e ela atendeu rindo.

– E aí, pegador? – falou, se engasgando de tanto rir.

Dei um sorriso.

– O que é que tem de tão engraçado? – perguntei, passando a língua de leve em meu lábio machucado.

– Minha amiga Stacey pôs um *ringtone* em meu celular para

quando você me ligar, eu não tinha me dado conta. Achei engraçado, só isso – admitiu, ainda gargalhando.

– Ah é? Qual? – perguntei, enquanto me acomodava na cama, adorando ouvir sua voz sensual.

– Nenhum, vou tirar. É constrangedor.

– Constrangedor, é? Ah, agora preciso muito saber qual é – provoquei, imaginando suas bochechas rosadas.

– Não, de jeito nenhum. Vou tirar assim que terminar esta ligação – respondeu, rindo.

Soltei um suspiro e desisti.

– Tudo bem, então não me conta. Só liguei para saber como você está e ver se não está puta comigo por causa daquele chupão.

– Não estou puta, apesar de que vai levar séculos para sair. Você é um chato – ela respondeu, em tom de brincadeira. Ainda bem que, pela voz, não parecia brava por causa daquilo, e consegui o efeito desejado: ela ficou pensando em mim!

– Seus pais te encheram o saco por causa do chupão?

– Não foram meus pais, não. Miles, meu ex-namorado, viu e surtou – resmungou.

Franzi a testa.

– Como assim, surtou? O que isso quer dizer? Ele não te agrediu ou algo do gênero, né?

Se ele tivesse machucado Ellie, eu seria obrigado a machucá-lo.

– Não, nada disso. Ele só ficou bravo. Exigiu que eu contasse quem tinha me dado o chupão. Não tem problema, tudo bem, não é mais da conta dele – Ellie respondeu, desconversando.

Relaxei de novo.

– Ok. Bom, eu prometi que ia me redimir. Que tal eu te levar para sair no fim de semana? – perguntei, cruzando os dedos para ela dizer "sim".

– Para falar a verdade, queria saber se você pode me encontrar hoje. Tenho uma coisa para você.

Fiz careta. Não podia vê-la porque precisava de mais uns dias para os machucados na minha cara sararem.

– Ãhnnn... É que eu não estou me sentindo muito bem hoje, Ellie. É melhor a gente não se ver por uns dias, só para garantir que não vou te passar meus germes – menti, rezando para ela acreditar.

– Você está doente? O que foi? – perguntou preocupada. Sorri de tão fofa que ela foi.

– Acho que estou ficando gripado ou algo assim. Minha cabeça está latejando – menti outra vez. Bom, não foi uma mentira completa. Minha cabeça estava *mesmo* me matando.

– Ah, tá. Bom, então nos vemos no fim de semana. Olha, preciso me arrumar para ir à aula – falou chateada. Na mesma hora, fiquei irritado comigo mesmo por ter recusado seu convite.

– Te ligo mais para o fim de semana. Bom dia, Ellie.

Não consegui evitar o sentimento de decepção por ter que esperar a semana inteira para vê-la. Seria uma eternidade.

– Tá, melhoras.

Ellie desligou. Me obriguei a levantar da cama e fui tomar um banho demorado e doloroso. Doía até quando a água encostava na minha pele.

Em seguida, fui pagar o aluguel, todo orgulhoso, ignorando a expressão de desprezo no rosto do zelador. Não podia culpá-lo. Afinal de contas, eu era *mesmo* um ex-presidiário de merda com uma cara péssima. Não merecia muito respeito.

Após o arrombamento, resolvi ser mais cauteloso e aluguei um cofre para guardar meu dinheiro e meus objetos de valor, para nunca mais ter que passar por aquilo. Ray me ligou, para ver se eu estava bem e tentou me convencer de novo a ir ao hospital. Só que eu não queria gastar todo o meu suado dinheirinho com despesas médicas por causa de uns machucados que, de qualquer jeito, iriam sarar sozinhos.

Como passei o dia inteiro sem energia para sair, fiquei no quarto, lendo o jornal do dia anterior. Decidi que, no dia seguinte, se eu estivesse bem para dar uma volta, compraria um livro para passar o tempo.

Pouco depois das três da tarde, alguém bateu na minha porta. Levantei da cama e atendi. Abri e vi Ellie, parada ali olhando o chão, com o corpo todo tenso.

Fui tomado pelo pânico, porque alguém podia machucá-la se a visse ali sozinha. Os sujeitos que ficam na frente do prédio matariam para pôr as mãos em uma mulher como ela.

– Caramba, o que você está fazendo aqui? – falei, com um tom de repreensão, segurando seu braço e a puxando logo para dentro do quarto. Será que aquela menina não tinha nenhum senso de autopreservação?

Ela me olhou e soltou um suspiro de surpresa, com os olhos cheios de lágrimas.

– O que...? O que foi que aconteceu? Você está bem?

– Estou, sim. Por que você está chorando? – perguntei, afastando-a da porta para poder ir atrás de quem a tinha deixado chateada.

– A sua cara! Jesus Cristo, Jamie – sussurrou, estendendo a mão e tocando em meu lábio, hesitante.

Ellie estava chorando porque eu estava machucado? Quando me dei conta disso, senti um aperto no coração. Segurei sua mão e trancei meus dedos nos dela.

– Estou bem, sério. Deve parecer pior do que é – garanti,

encolhendo os ombros e ignorando a pontada de dor que senti ao fazer isso.

– O que foi que aconteceu? – ela perguntou, com os lábios tremendo.

Dei um passo para a frente e sequei suas lágrimas com minha mão livre.

– É sério, Ellie. Não venha aqui de novo, está me entendendo? Você não deveria estar aqui.

Eu era um imbecil de um egoísta por me infiltrar na vida daquela menina. Tentei desesperadamente não pensar em tudo o que os escrotos que moravam naquele prédio poderiam fazer com uma mulher linda como ela.

– Só quis dar uma passadinha para ver se você estava bem. Te trouxe remédios e comida, caso você não conseguisse sair da cama para comprar – falou, mostrando um saco de papel pardo para provar.

Fiquei sem ar.

– Sério? Foi muito legal da sua parte. Obrigado. Mas você não deve nunca vir aqui sozinha. Não quero que venha aqui nem quando estou junto. Não é um lugar legal – falei, abaixando o tom de voz.

– O que foi que aconteceu? – ela perguntou outra vez. Então virou minha mão e olhou para os nós dos meus dedos inchados e doloridos.

– Uma briga – confessei, porque não queria mentir para Ellie. Talvez eu devesse assustar aquela menina, mostrar quem eu era de verdade, para ela não querer mais sair comigo.

Ellie arregalou os olhos.

– Bom. E você está bem? O que o médico disse? E por que você me falou que estava doente? – perguntou, acariciando meus dedos com cuidado.

– Não queria que você me visse desse jeito e, sim, estou bem. O médico disse que estou bem. São só alguns machucados e umas fraturas pequenas – respondi, desconversando.

Ela se encolheu toda.

– Como assim, fraturas? Tipo osso quebrado? Onde? Caramba!

– Uns dois dedos e umas duas costelas, só isso. Vão sarar sozinhos, não é nada demais.

Ellie se aproximou e ficou na ponta dos pés para me beijar mas, mesmo assim, não me alcançou. Sorri e rocei de leve meus lábios nos dela. Aquela menina tinha um gosto delicioso. Era uma tortura. Desejei, com todas as minhas forças, ser uma pessoa diferente, merecer sua atenção e compaixão, mas não era o caso.

Ela parou de me beijar uns dois segundos depois.

– Você está bem mesmo? – sussurrou. Balancei a cabeça. – Tem alguma coisa que eu possa fazer? – perguntou, passando os dedos de leve em meu rosto.

– Não, está tudo bem, juro – respondi, fechando os olhos e aproveitando sua carícia.

– Ah, tá. Esquece, então. Eu ia me oferecer para te dar um beijinho para sarar, mas se você está bem, não precisa – disse, com um sorriso brincalhão.

– Bom, está doendo um pouquinho – admiti, entrando na brincadeira.

Ellie sorriu, me levou até a cama e me ajudou a sentar na beirada. Então segurou a bainha da minha camiseta, que levantou com todo cuidado, até tirá-la pela minha cabeça. Quando viu meu corpo, suspirou surpresa. E ficou com os olhos cheios de lágrimas outra vez.

– Que horrível, Jamie! O médico disse mesmo que está tudo bem com você? – perguntou, obviamente horrorizada. Ela se sentou ao meu lado, na cama. Olhei meu corpo. Os machucados tinham piorado desde o momento em que eu havia me vestido, de manhã. Quase todo o meu tronco estava coberto por tons de vermelho e roxo. Ellie foi olhar minhas costas e soltou um gemido. – Caramba, Jamie. Suas costas estão ainda piores – falou, baixinho.

Então se aproximou mais e deu um beijinho de leve nas minhas costas. Fechei os olhos. Era tão bom receber sua atenção que esqueci da dor. Só que aí ela começou a acariciar minhas cicatrizes, e fui tomado por um sentimento de repulsa. Ellie beijou uma delas. Me afastei e peguei minha camiseta, enojado comigo mesmo.

– Desculpa. Te machuquei? – perguntou, toda sem jeito.

Sacudi a cabeça, franzindo a testa.

– Você não me machucou, não. Mas não quero que você se sinta obrigada a fazer isso, não é legal para você.

Aquela boquinha linda não devia chegar nem perto do meu corpo nojento.

Ellie fez careta e pegou minha camiseta bem na hora em que eu ia vesti-la.

– Não entendi. Do que você está falando? Das suas cicatrizes? – perguntou, em voz baixa.

Soltei um gemido. Não queria ter aquela conversa.

– Olha, Ellie. Esquece isso, tá?

Ela sacudiu a cabeça, arrancou a camiseta das minhas mãos e atirou na cadeira. Pôs a mão em meu ombro e me puxou de leve, revelando suas intenções. Suspirei e deixei que ela me puxasse até ficar deitado de costas na cama. Ellie ficou de joelhos e se sentou em cima de mim com todo cuidado, para não encostar em mim nem me machucar. Ela se inclinou, apoiando os antebraços ao lado da minha cabeça, com o rosto a poucos centímetros do meu.

– Eu sei que você não quer falar sobre isso. Dá para perceber. Tudo bem. Mas você não deveria pensar que tem alguma coisa errada com seu corpo, Jamie. Você é muito gato – falou, olhando bem em meus olhos.

"Só que ela não pode estar pensando isso de verdade. Ninguém em sã consciência olharia para aquela coisa e acharia bonito."

– Ellie, sei que não sou... – disse. Mas ela me interrompeu, colocando a mão sobre a minha boca.

– Você não está me ouvindo. Estas cicatrizes – disse, levantando e passando os dedos de leve em meu peito – fazem parte de você. Não sei o que aconteceu, como você ficou assim, mas você ainda é você. Sobreviveu a tudo isso, que o tornou quem você é hoje. Nada disso te venceu, pelo contrário: deve ter te fortalecido. As cicatrizes não te tornam menos atraente. Pode acreditar em mim, pegador. Cada centímetro do seu corpo me deixa com água na boca.

Quando terminou de falar, Ellie ficou vermelha e começou a morder o lábio.

Olhando em seus olhos, dava para ver que dizia a verdade. Minhas cicatrizes não a incomodavam nadinha. Meu coração acelerou de tão incrível que ela era. Segurei seu rosto com as duas mãos, a puxei para perto e beijei sua boca. Ela se afastou logo em seguida, começou a beijar meu pescoço e foi descendo por meu peito, até chegar na minha barriga, passando a língua em minhas cicatrizes. Fechei os olhos, absorvendo seu carinho. Meu corpo inteiro estava repleto de sensações e, para ser bem sincero, nunca, na minha vida patética, havia me sentido tão feliz.

Estava com tanto tesão por aquela menina que não dava nem para acreditar. Ellie se afastou e deitou ao meu lado.

– Está se sentindo melhor? – perguntou, levantando a sobrancelha e fazendo cócegas de leve em meu peito.

Balancei a cabeça. Ah, sim, estava me sentindo bem melhor. O fato de ela ter me aceitado como sou significou muito para mim.

– Estou. Valeu.

Tirei o cabelo de seu rosto, pus atrás de sua orelha e fiquei olhando para ela, maravilhado com sua pele perfeita e sua compaixão. Ela ter me trazido comida e remédios por achar que eu estava doente foi a coisa mais legal que alguém já tinha feito por mim. Fazia só três dias que eu conhecia aquela menina!

– E aí, você tirou o *ringtone* que sua amiga Stacey colocou para mim?

Ela riu, sacudindo a cabeça.

– Ainda não, mas vou tirar.

– Então vamos ouvir – sugeri, sorrindo e pegando meu celular na mesa de cabeceira. Liguei para o número de Ellie, que suspirou surpresa e tentou tirar o aparelho da minha mão. Segurei seu pulso, e ela fechou a mão sobre a minha, tentando encerrar a ligação. Encostei meus lábios nos dela, que riu, esperando a música começar.

– E-e-e-e-e-u vou sacudir sua cama – começou a tocar alto em sua mochila.

Caí na gargalhada, porque ela tirou o travesseiro debaixo de sua cabeça e escondeu o rosto nele, abafando o riso enquanto a música continuava a tocar no último volume.

– Eu vou sacudir sua cama? – perguntei, com um sorrisinho malicioso. Só tinha ouvido aquela música uma vez, acho que a banda se chamava Young Money, ou algo do gênero.

– O refrão é ainda pior – choramingou, tirando o travesseiro do rosto, que estava com um tom encantador de vermelho. Não consegui resistir à vontade de baixar a cabeça e segurar seus lábios com os meus enquanto a banda continuava cantando ao fundo. Dizendo algo tipo "meu quarto é um ponto G" e "me chama de Fred Flintstone".

Ficamos dando uns amassos por uma meia hora, então Ellie suspirou, fez beicinho e disse:

– Tenho que ir, meus pais devem estar estranhando minha ausência.

– Então, você está livre sexta à noite? – perguntei, esperançoso.

Ela franziu o nariz.

– Não, sexta é dia de jogo.

– Como assim? – perguntei, imaginando qual esporte Ellie praticava.

– Sou a chefe das líderes de torcida do time de futebol americano – falou, encolhendo os ombros.

– Espera, só um pouquinho... Estou trepando com uma líder de torcida? – soltei um gemido, imaginando mil coisas safadas com ela em seu uniformezinho. – Você usa uniforme?

Fiquei excitado só de pensar.

Ela balançou a cabeça e revirou os olhos.

– Por que vocês homens ficam assim quando pensam nos uniformes das líderes de torcida? – debochou, dando beijinhos em meu rosto.

– Sério, Ellie. Você usa aqueles *shortinhos* embaixo da saia? – perguntei, cheio de tesão.

Ela riu, com os lábios em meu pescoço.

– Uso. E eles se chamam "*spankies*", não "*shortinho*".

– De que cor?

Segurei ela ainda mais apertado. Ela tentou se levantar, mas não deixei. Ignorei a dor que estava sentindo nas mãos.

– Bom, por que você não vai assistir ao jogo de sexta? Quem sabe eu deixo você ver meu *spankies* de pertinho – ronronou.

– Sério? Eu adoraria ver você remexendo... os pompons – respondi, na mesma hora.

Ela deu uma risadinha e se soltou de mim, depois se abaixou para pegar a mochila.

– Tenho que ir. A gente se vê na sexta, então. O jogo começa às sete, no campo da minha escola. Estarei nas laterais do campo, se você quiser me dar um "oi".

– Vou com você até o carro.

De repente, ela suspirou surpresa e arregalou os olhos, toda entusiasmada.

– Ah, espera. Quase esqueci do porquê eu queria te ver hoje! – declarou. Observei, confuso, Ellie remexer a mochila. – Roubei uma coisa sua ontem.

Como assim, roubou? E eu lá tenho alguma coisa que valha a pena roubar? Ellie tirou da mochila a minha foto que haviam rasgado.

– Por que você pegou isto? – perguntei, engolindo o caroço que se formou em minha garganta ao ver a foto rasgada da minha irmã.

– Eu precisava, para fazer isto.

Ela sorriu e me estendeu um envelope branco.

– O que é isto?

– Abre para você ver – falou, sacudindo o envelope, insistindo para eu pegá-lo.

Tirei o envelope de sua mão e fui logo abrindo, curioso. Quando vi o que tinha lá dentro, meu coração quase saiu pela boca. Era a foto de Sophie. Senti um aperto no peito e fiquei sem ar. Aquela foto era a única coisa no mundo com a qual eu me importava, a única coisa de valor que eu tinha. Vê-la rasgada tinha sido como perder minha irmã de novo.

Como é que uma menina que eu conhecia há três dias podia

fazer uma coisa dessas por mim? Ela mal me conhecia e, mesmo assim, havia se dado àquele trabalho. Ellie me deixava boquiaberto e sem palavras.

Ela apontou um de seus dedos fininhos para o rosto de Sophie.

– Não consegui completar toda esta linha, e esse buraco aí embaixo ficou meio... estranho – disse, baixinho.

Passei os olhos pela foto lentamente. Parecia quase perfeita.

– Como é que você fez isso? – perguntei, quase sussurrando.

– No Photoshop – respondeu, encolhendo os ombros, como se não fosse nada demais. Como se fazer a coisa mais legal que alguém já tinha feito por mim não fosse grande coisa.

Nunca ninguém tinha pensado em mim daquele jeito e, para ser bem sincero, não soube o que fazer ou dizer. Não estava acostumado a ser bem tratado.

– Muito obrigado – falei. Mas as palavras não me pareceram suficientes. Meus olhos começaram a pinicar, e virei o rosto. Eu nunca choro. Provavelmente, não chorava desde que tinha uns 7 anos. Chorar não leva ninguém a lugar nenhum. A gente tem que engolir os sapos e lidar com os problemas da vida.

– De nada. Deu para ver que você havia ficado chateado. Tem um *pendrive* no envelope, também. Você pode imprimir mais cópias se quiser – Ellie disse, mordendo o lábio, como se estivesse insegura. – Talvez a gente se veja na sexta, então?

Em seguida, virou as costas e segurou a maçaneta, para ir embora.

Meu coração acelerou só de pensar em ela sair naquele bairro sozinha.

– Espera! Não vai lá fora sozinha. Vou com você até o carro – falei, esticando o braço para manter a porta fechada.

Ellie revirou os olhos e sorriu.

– Olha, que cavalheiro.

– Não sou cavalheiro, não. Só não quero que você seja agredida palos escrotos que moram neste prédio.

Vesti a camiseta depressa e calcei os tênis. Peguei a chave, pus a foto no bolso e peguei na mão de Ellie.

Saímos do prédio, e olhei feio para um sujeito que, na mesma hora, começou a olhá-la, conferindo o material. E a puxei mais para perto quando uma prostituta ficou de pé e me lançou um sorriso sedutor.

– Não, obrigado – falei, sacudindo a cabeça antes que ela pudesse me fazer uma proposta.

Ellie riu e foi comigo até um Fusca antigo verde-limão.

– É este o carro que seu avô te deixou e vive dando problema? – perguntei, sorrindo.

– É. Amo meu carro, mas não é muito legal quando ele se recusa a pegar – Ellie respondeu, dando uma batidinha carinhosa no teto do veículo.

– Bom, por acaso sou muito bom em todo tipo de mecânica. É só me ligar. Aceito pagamento em espécie – disse, com tom sugestivo, empurrando Ellie contra o carro delicadamente e encostando meu corpo no seu. Um sorriso se esboçou em seus lábios, e ela desceu a mão da minha cintura até minha bunda, me puxando mais para perto. – Obrigado pela foto.

– Não foi nada.

Ellie sorriu, levantando o rosto em um óbvio convite para um beijo. Obedeci, grudando minha boca na sua e beijando-a intensamente. Tudo o que eu mais queria era levá-la no colo até meu quarto, trancar a porta e não sair nunca mais... Mas isso não era possível. Seus pais ficariam preocupados se ela não chegasse em casa logo. Com um suspiro, me afastei e abri a porta do carro para ela.

– Ellie, promete que você nunca mais vai vir aqui – pedi. Ela revirou os olhos, obviamente sem entender de que modo aquele bairro era perigoso. – Estou falando sério. Isso é importante. Não volta aqui, sério mesmo!

Olhei bem em seus olhos, para ter certeza de que ela havia entendido.

– Tudo bem, Jamie. Você é que manda – ela respondeu, ficando na ponta dos pés e dando um beijinho em meu maxilar machucado antes de entrar no carro.

Fechei a porta para ela, fui para trás, e Ellie deu partida no carro. Teve que acelerar bastante para fazê-lo pegar. Observei ela ir rua acima e desaparecer do meu campo de visão, sem conseguir conter o sorriso. Nunca tinha sido feliz daquele jeito, e era tudo por causa daquela menina.

CAPÍTULO 10

Jamie

Passei a quarta-feira do mesmo jeito que a terça. Não fiz muita coisa, apenas descansei o máximo que pude para, se eu tivesse que trabalhar na quinta, não sofrer demais. Com uma fita adesiva, juntei meus dois dedos quebrados, que pararam de latejar tanto, graças a Deus.

Na quinta de manhã, fui até o ferro-velho, rezando para aquele esquema dar certo. Entrei no escritório, Connor se virou para mim e sorriu. Mas seu queixo caiu quase que imediatamente quando ele me viu: o garoto arregalou os olhos e ficou boquiaberto.

– Uau. Caralho, o que aconteceu com você?

Já tinha resolvido que iria mentir e tentar fingir que não era culpa minha, na esperança de que nosso combinado continuasse de pé.

– Fui assaltado. Estou bem – menti, encolhendo os ombros.

– Puxa. Prenderam o sujeito? – perguntou, puxando uma cadeira para eu me sentar.

Sacudi a mão, tentando desconversar.

– Vou ficar de pé, estou bem assim. Não prenderam, não.

– Que azar. Levaram alguma coisa? – perguntou, preocupado.

– Só minha carteira – menti, de novo.

– Tem uma porção de cuzões por aqui agora. Este bairro era tão bom... – comentou, soltando um suspiro.

– E então, como foi o leilão? – perguntei ansioso, louco para mudar de assunto.

Connor sorriu, voltou para trás da mesa e se sentou.

– Foi ótimo, sabia? Vendemos o carro por quase oitocentos dólares. Só pagamos cinquenta por ele, então... – Connor sorriu de novo, pôs a mão embaixo da mesa e pegou um cofrinho. Abriu e começou a contar as notas. – Aqui estão 350 para você. Meu pai adorou a ideia e quer saber quando você pode consertar outro carro.

Resisti ao impulso de sair pulando e gritando de tanta empolgação.

– Com certeza consigo entregar outro até quarta-feira – respondi extasiado. Pelo jeito, estava tudo dando certo.

– Ótimo. O que você acha de fazer uma experiência de um mês? Se der certo, eu te contrato – propôs.

– Sim, você que manda – concordei, ainda com um sorriso de orelha a orelha. Se eu desse duro, conseguiria entregar uns dois carros por semana. Se conseguisse vendê-los pelo mesmo preço, ganharia uma boa grana.

– Ótimo. Foi mesmo uma boa ideia, obrigado por dar esse toque para nós. Meu pai ficou todo empolgado com o resultado.

Balancei a cabeça e enfiei o dinheiro no bolso.

– Acho melhor começar a trabalhar já, hein? Valeu, Connor, e agradeça a seu pai por mim. – Parecia que meu corpo começava finalmente a relaxar. Quem sabe, ia tudo dar certo, afinal de contas. – Ei, quer sair hoje para beber e comemorar?

– Já fui – Connor respondeu, imediatamente.

Fui escolher o próximo carro para consertar e não consegui controlar meu sorriso de orgulho.

Na sexta-feira, parei no estacionamento do colégio de Ellie todo animado, porque ia vê-la de novo. A gente tinha trocado umas mensagens nos últimos dois dias, mas não se falava mesmo desde terça, quando combinamos aquele encontro. Bom, tecnicamente, não dava para classificar aquilo como um encontro, já que Ellie não queria me namorar.

Saí da picape e respirei fundo, para me acalmar. Eu estava um caco, disso eu sabia. Ellie provavelmente ia me olhar, me ver todo machucado, de camiseta preta lisa e *jeans*, e fingir que não me conhecia na frente dos amigos. Por um lado, eu torcia para que ela fizesse isso mesmo, porque, quanto mais tempo eu passava com aquela menina, mais eu gostava dela, e isso não podia acabar bem. Ellie não estava interessada em ter um relacionamento comigo. E, mesmo que estivesse, eu não estava à sua altura.

Suspirei e segui a multidão até o grande campo de futebol americano que ficava atrás da escola. As arquibancadas dos dois lados lotavam rapidamente. Pelo jeito, a escola inteira estava lá, e os pais também.

Fui até a linha de 50 jardas, tentando encontrar um lugar para me sentar onde pudesse ter uma boa visão da Ellie remexendo sua linda bunda.

Depois de alguns minutos, as líderes de torcida entraram correndo, pulando e gritando, para animar o público. Meus olhos foram direto em Ellie, de sainha vermelha e *top* vermelho e branco, que era justo nos peitos e deixava sua barriga lisinha à mostra. Ela estava de cabelo preso, com um coque bem feito, segurando pompons vermelhos e brancos. Arregalei os olhos. O uniforme era mais *sexy* do que eu havia ousado imaginar.

As líderes de torcida formaram um círculo e conversaram por um tempo antes de se separarem e se espalharem pelo campo, começando a coreografia muito bem ensaiada. Fiquei assistindo, abismado, Ellie dar todo tipo de chutes e piruetas. As meninas dançavam e se atiravam no ar.

Gostaria de poder dizer que assisti Ellie sacudir os pompons, mas, para ser bem sincero, não teria percebido se ela tivesse deixado os dois caírem no chão. Os pompons não eram o foco da minha atenção, não *mesmo*.

Quando os jogadores, finalmente, deram o ar da graça, um deles deu um tapa na bunda de Ellie ao passar por ela. Que olhou feio para o sujeito, com uma expressão bem brava. Durante todo o jogo, observei a garota. Ela não estava nada interessada no futebol americano. Só ficava de olho no jogo para saber quando tinha que vibrar e gritar. As líderes de torcida faziam a coreografia e gritavam "vai, time; vai, time" sempre que necessário.

Um pouco antes da metade do jogo, ela se virou e olhou para o público. Quando pousou os olhos em mim, um sorriso se esboçou lentamente em seu rosto. Ellie, definitivamente, ficou feliz em me ver.

– Oi – falei, sem produzir som.

– Oi – disse ela, do mesmo modo.

Ela olhou para os lados, deu um sorriso sedutor e levantou a parte de trás da saia, mostrando rapidamente seu shortinho vermelho de líder de torcida. Engoli em seco e tentei desesperadamente não pensar naquele shortinho. Estava ficando tão excitado que mal conseguia parar quieto.

Depois do jogo, vi os jogadores apertarem as mãos uns dos outros e comemorarem. O time de Ellie, definitivamente, tinha vencido. Dava para saber pelos sorrisos estampados no rosto dos jogadores, mas eu não fazia ideia de quanto tinha sido o placar. Não tinha conseguido tirar os olhos daquela ruiva gata na lateral do campo por tempo suficiente para dizer que havia assistido ao jogo.

Ellie atravessou a multidão e subiu na arquibancada, até onde eu estava.

– Correspondeu às suas expectativas? – perguntou, dando uma pirueta.

– Correspondeu muito. Caramba, sem dúvida isso vai fazer parte das minhas fantasias daqui para a frente – respondi, tentando fazer parecer brincadeira, quando era a mais pura verdade.

Ela levantou a sobrancelha e perguntou:

– Ah é? E por acaso *eu* farei parte das suas fantasias ou só meu uniforme?

Tive que dar um sorriso.

– Ah, garotinha. Tenho um pressentimento de que você vai fazer parte das minhas fantasias por muito tempo.

Ellie sorriu triunfante.

– É mesmo? Você tem uma quedinha por *spankies*?

– Bem pequena, respondi, com uma piscadinha. – E aí, você quer sair ou... – interrompi a frase na metade, olhando para ela, todo esperançoso.

– Não posso. Combinei de ir a uma festa com minha amiga Stacey. Ela terminou de novo com o namorado e, pelo jeito, precisa de colo – respondeu, revirando os olhos.

– Você não parece muito animada.

Ellie encolheu um ombro só e disse:

– Stacey e Paul estão sempre terminando. Vão voltar na festa, e eu vou ficar segurando vela. – De repente, ela ficou com uma expressão animada e falou: – Ei, quer vir com a gente? Quando Stacey me largar para voltar com Paul, podemos ficar juntos. Haverá um monte de quartos vazios, caso você queira ver meu *spankies* de perto.

"Ai, caralho..."

– Sério? Você vai continuar com ele? – perguntei, com uma voz que nem parecia a minha, de tão rouca e cheia de tesão.

Os olhos de Ellie brilharam.

– Se você quiser...

– Bom, eu adoraria vê-lo de perto.

Desci a mão por seu corpo, até os quadris, depois por sua perna despida. Ellie tremeu, e tive que me segurar para não ficar excitado demais ali no meio da arquibancada cheia de gente. Subi a mão por sua perna e passei o dedo no contorno de seu *spankies*. Ellie congelou e se aproximou mais de mim. Eu estava com tanto tesão que mal conseguia lembrar de respirar.

Perdido em seus olhos, só percebi que um dos jogadores havia subido a escada correndo quando ele segurou seu pulso e a puxou para longe de mim. Era o mesmo sujeito que tinha dado um tapinha na bunda de Ellie no começo do jogo.

– Que porra você acha que está fazendo? – ele disparou, furioso.

Meu corpo foi para perto dela em um movimento brusco. Se aquele garoto machucasse Ellie, eu ia arrancar a cabeça dele. Só podia ser Miles, o ex-namorado. Dava para ver pelo jeito possessivo com que ele a virou e tentou se enfiar entre nós dois. Era o típico estereótipo do atleta: ainda estava com a camisa suada do uniforme. Ele era um pouco mais baixo que eu, devia ter 1,75 m, bem musculoso, mas não era páreo para mim. Não representava nenhuma ameaça. Deu para sacar em menos de um segundo. Sempre meço as pessoas. Tive que aprender a fazer isso, vindo de onde eu vim.

Ellie se soltou do braço do sujeito e olhou feio para ele.

– Vai embora, Miles! – com a voz firme, mas baixa, como se não quisesse que os outros ouvissem.

Ele bufou.

– Foda-se! Quem é esse cara? – esbravejou, inclinando a cabeça na minha direção.

– Não é da sua conta – Ellie retrucou, se afastando dele. Não queria me meter entre os dois, a não ser que ela me pedisse. Ellie já sabia que eu tinha me metido em uma briga, não queria que ela pensasse que sou um brutamontes ou algo do gênero.

O tal Miles enrijeceu os ombros e olhou para ela soltando fogo pelas ventas.

– Vai se trocar, a gente conversa no carro – mandou, ficando entre nós dois de novo.

Cerrei os dentes. A raiva estava tomando conta de mim, mas não podia condenar o garoto, para ser bem sincero. Era óbvio que ele ainda era apaixonado por Ellie e a queria de volta. Devia ser difícil vê-la com outro homem. Se ela fosse minha, eu nunca ia querer largá-la.

Ellie ficou olhando Miles fixamente, meio pasma.

– Como assim no carro? Você está de brincadeira? Miles, a gente terminou, pelo amor de Deus. Não vou para a festa com você!

Ele ficou com rugas de preocupação e disse:

– Nós sempre vamos juntos para as festas.

– Íamos, porque a gente namorava. Mas não estamos mais namorando, então... – ela falou, encolhendo os ombros.

Ele a abraçou pela cintura e a puxou para perto, até seu peito encostar no dela.

– Agora chega, amor. Eu já entendi. Preciso de você. Vamos esquecer disso tudo e recomeçar do zero, por favor? Me dá uma chance? – perguntou, dobrando os joelhos para olhá-la nos olhos.

Meu sangue ferveu de ciúme. Tive vontade de arrancar os braços dele.

Ainda bem que Ellie continuou com a expressão bem séria e começou a sacudir a cabeça.

– Já te dei chances demais – declarou.

Ela tirou os braços de Miles da sua cintura e foi embora sem dizer mais nada.

O sujeito espremeu os olhos, ameaçador, e voltou a atenção para mim:

– Acho bom você não estar dando em cima da minha namorada! – berrou, se aproximando de mim. Estava com cara de quem queria me matar.

– Ela não é mais sua namorada, cuzão. Caramba, você não sabe ouvir direito, né? – debochei, levantando as sobrancelhas.

O músculo do maxilar de Miles começou a pulsar.

– Fica longe dela. Ela é minha, areia demais para o seu caminhãozinho, seu merda. Se você chegar perto dela de novo, a coisa vai ficar feia – declarou, me olhando torto.

– Você é que manda, Miles – respondi sorrindo, me segurando para não rir da ameaça.

Ele me olhou feio uma última vez, virou as costas e foi embora. Deu dois passos e segurei seu braço, obrigando-o a parar. Eu estava espumando de raiva.

– Olha, se eu te vir agarrando Ellie desse jeito de novo, vou quebrar cada porra de ossinho dessa sua mão. Está me entendendo? – esbravejei, com tom ameaçador.

– Vai se foder! – Miles retrucou, sacudindo o braço para se soltar, o que fez meus dedos quebrados voltarem a latejar.

Ele foi embora. Respirei fundo, sentado na arquibancada, tentando controlar minha raiva e torcendo para Ellie vir me procurar assim que terminasse de se trocar. Menos de um minuto depois, meu celular tocou. Sorri e atendi imediatamente, sabendo que era ela.

– Oi. Desculpa ter virado as costas daquele jeito, mas meu ex estava me enlouquecendo – desculpou-se.

– Tudo bem, não se preocupa.

– E aí, você quer ir para a festa comigo? – perguntou.

– Claro, se você quiser.

– Legal. Só vou demorar uns dez ou quinze minutos, tá?

– Ok. Vou ficar aqui, sentando na arquibancada. A gente se vê já, já – concordei, com um sorriso de orelha a orelha porque ia ficar com Ellie de novo.

CAPÍTULO 11

Jamie

Quando Ellie, finalmente, ficou pronta, entramos em minha picape, e ela me guiou para fora da cidade. Durante o trajeto, que durou uns 30 minutos, foi difícil manter os olhos na estrada. Ela tinha vestido uma saia *jeans* curta, que deixava suas pernas compridas à mostra, uma blusa azul clara justa nos peitos e uma botinha preta de cano curto e salto agulha arrasadora. Seu perfume tomou conta do carro, me deixando tão distraído que fiquei surpreso quando chegamos ao lugar sãos e salvos. O tempo todo, enquanto eu dirigia, minha mente pervertida esteve focada em suas pernas, imaginando se ela estava ou não usando o tal *spankies* por baixo daquela saia.

Atravessamos um portão imenso de ferro batido, que dava para uma entrada de carros bem comprida. Vi uma construção enorme e grandiosa. Parecia mais um hotel do que uma casa.

– Então, quem mora aqui? – perguntei, ao parar o carro em uma vaga e desligar o motor.

– Um sujeito chamado Sebastian. Os pais dele têm muito dinheiro, mas quase nunca estão aqui. Por isso ele dá umas festas pós-jogo quase toda semana.

Ellie me levou até a porta de entrada. Lá dentro, a música já estava a todo volume.

– Ãhnn... Jamie, como sou a chefe das líderes de torcida, tenho que participar das brincadeiras. Bom, na verdade, tenho que *chefiar* a maioria das brincadeiras.

– Que brincadeiras?

Ela agitou a mão, em um gesto de desdém.

– Brincadeiras envolvendo bebida, na maioria dos casos – respondeu, empinando o nariz.

Brincadeiras com bebida? Aquela festa ficava melhor a cada segundo, e a gente nem tinha entrado ainda.

Ellie não bateu na porta, apenas girou a maçaneta. Quase no mesmo instante, um rapaz pegou sua mão e levantou seu braço, fazendo um gesto vitorioso.

– Ei, pessoal! Ellie chegou! – ele gritou.

Ela riu, sacudiu a cabeça, soltou a mão do rapaz e o empurrou, brincando.

– É. Agora a festa pode começar oficialmente – falou. Depois se virou na minha direção, sorriu e disse: – Vem, pegador. Vamos achar alguma coisa para beber.

Ela fez sinal com a cabeça para outro cômodo, segurou minha mão e foi me guiando no meio daquele monte de gente espremida.

À medida que nos dirigíamos à enorme cozinha, as pessoas paravam de falar e ficavam com uma expressão intrigada, em estado de choque.

– Oi, pessoal. Este é Jamie. Jamie, estes são meus amigos do colégio – disse, fazendo um gesto ao redor da cozinha.

Uma amiga dela loira se aproximou da gente e me lançou um sorrisinho malicioso.

– Cara, ouvi *muito* falar de você.

Ri, meio sem jeito.

– Deixa eu adivinhar: você é Stacey?

– Eu mesma – confirmou. – Pode ignorar esses cuzões que estão te encarando. O povo só está olhando porque Ellie namorava o *quarterback* do colégio. Ninguém está acostumado a vê-la com outro homem.

Ellie pegou uma garrafinha de Smirnoff Ice de um balde cheio de gelo, sentou no balcão da cozinha e me olhou com expectativa.

– O que você quer beber, Jamie? – perguntou, inclinando a cabeça na direção de uma grande variedade de bebidas.

– Só uma Coca, valeu.

Ela sorriu, pegou uma latinha do balde e se virou para o monte de colegas que se juntavam a seu redor.

– Cadê a diversão? Vocês estão aí parados, com cara de tédio.

Alguns rapazes mandaram sorrisinhos conquistadores para ela. Ellie, definitivamente, fazia sucesso com os homens. Eu não podia condená-los por olharem para ela daquele jeito. O engraçado é que a sua personalidade era, provavelmente, ainda melhor do que sua aparência, se é que isso é possível. Acho que nenhum daqueles sujeitos tinha se dado ao trabalho de conhecer a verdadeira Ellie. Sem dúvida, estavam perdendo.

– Eu achei que a diversão fosse *você*, gata – um deles falou imediatamente.

Ela sorriu e pegou uma pilha de copos descartáveis no balcão.

– Alguém me traz uma bolinha de pingue-pongue – ordenou.

Ri e fiquei observando Ellie organizar uma brincadeira de "breja pongue". Percebi que ela deu início ao jogo e tomou a primeira. Mas em seguida, muito esperta, parou e deixou todo mundo encher a cara. Depois propôs a brincadeira do "onde está a água?" na sala, escondendo um copinho com água no meio de dez copinhos de vodca. Em seguida, foi para o pátio e começou uma brincadeira que chamou de "roleta russa de breja". Ela sacudia algumas latas e punha no meio de outras, normais, para que quem as pegasse tomasse banho de cerveja.

Quando todo mundo parecia entretido, ela me puxou para dançar. Mas tínhamos que parar a cada dois minutos, porque alguém queria sua atenção.

Depois de um tempinho, pedi licença para ir ao banheiro e a deixei com um grupinho de amigos. Fiz o que tinha que fazer, saí do banheiro e, imediatamente, alguém me agarrou por trás e me empurrou de cara na parede com toda a força. Por instinto, entrei em meu modo de autopreservação. Usei a parede para tomar impulso e empurrei meu corpo para trás, jogando a pessoa que estava me segurando contra a outra parede. Ouvi um gemido de dor, mas os braços que seguravam meu peito não se soltaram. Senti uma dor lancinante no corpo todo, por causa da pressão nas minhas costelas quebradas. Levantei os braços e tirei aquelas mãos de mim. Nem precisei pensar no que fazer, aquela era uma reação que eu tinha naturalmente. Dei meia-volta e apertei o pescoço do meu agressor antes mesmo de ver quem ele era.

Miles. Ex de Ellie.

– Que porra você pensa que está fazendo? – esbravejei, chegando meu rosto a poucos centímetros do dele e apertando mais as mãos em volta de seu pescoço, apenas para assustá-lo, mas não o suficiente para machucá-lo.

Ele se debateu, xingou, tentou se remexer para eu soltá-lo.

– Sai de cima de mim, caramba! – gritou.

Soltei um pouco as mãos, depois o empurrei para longe de mim. Apenas olhei Miles cambalear e mal conseguir recuperar o equilíbrio para não cair de bunda no chão.

– Seu merdinha! Você tem que ficar longe de Ellie! – exigiu, endireitando o corpo e me olhando feio, em uma tentativa de parecer ameaçador.

– Quando Ellie me pedir para ficar longe dela, pode deixar que eu fico. Até lá, se você tocar em mim ou nela de novo, vai se arrepender.

Minhas palavras eram puro ódio e pura ameaça. Deu para ver que ele havia entendido, porque mal conseguiu disfarçar a expressão de medo. Ele sabia que eu ia enchê-lo de porrada e não ia vir para cima de mim sozinho, é óbvio. Se fosse fazer alguma coisa, chamaria uns dois amigos. E, mesmo assim, sairia perdendo. Levo vantagem em qualquer briga, principalmente porque não dou a mínima. Não ligava para a possibilidade de morrer, seria até melhor que isso acontecesse, no fim das contas. Não dar importância a nada me tornava um lutador melhor, eu não tinha nenhum pudor ou preocupação. Quando entrava em uma briga, virava uma máquina, nem dor sentia.

Miles bufou, virou as costas e saiu. Fiquei olhando feio, sacudindo as mãos, me encolhendo todo de dor nos dedos e nas costelas.

Respirei fundo algumas vezes para me acalmar e voltei para a festa. Ellie ainda estava batendo papo com os amigos, exatamente no mesmo lugar onde eu a havia deixado. Fui desviando daquele monte de gente e parei a seu lado. Ela sorriu para mim e passou o braço na minha cintura.

– Oi – falou.

Passei o braço em seu ombro e a puxei para meu lado, orgulhoso de estar recebendo carinho da menina mais linda e mais popular da festa.

Passamos mais uma hora conversando e dando risada com os amigos de Ellie, que me pareceram pessoas legais. Miles ficou o tempo todo olhando feio para ela, que ou não percebeu ou simplesmente ignorou. Aproveitei para lançar sorrisinhos de escárnio para ele. Depois de um tempo, ele chegou perto de Ellie. Fiquei todo tenso, preparado para mais confusão.

– Então é isso? Posso trepar com quem eu quiser? Acabou mesmo? – perguntou, enrolando a língua e olhando para ela todo esperançoso, como se, de uma hora para outra, Ellie fosse correr para seus braços.

– Você pode fazer o que quiser, Miles. Com quem você quiser. Vai se divertir, vai – respondeu, encolhendo os ombros.

– Pode deixar. Vou, sim! – disparou. Em seguida, chegou perto de uma menina loira com cara de bêbada e deu um beijo em sua boca sem nem antes conversar com ela. A garota não pensou duas vezes antes de retribuir o beijo e passar os braços no pescoço dele.

Ellie sacudiu a cabeça e enrugou o nariz, enojada.

– Eca... Só espero que Miles use camisinha, porque Ruby é a maior vagabunda – comentou. Ela soltou uma risadinha e se virou para mim com um sorriso no rosto. – Quer dançar mais um pouquinho?

Balancei a cabeça e a levei de volta para a sala. Puxei Ellie bem para perto de mim e adorei o fato de ela não ter olhos para mais ninguém.

Sua amiga Stacey estava toda feliz, grudada na parede, de amasso com um sujeito de cabelo castanho.

– Por acaso aquele ali é o namorado de Stacey, aquele para quem você disse que ela voltaria? – perguntei, apontado para o casal.

Ellie sorriu, balançando a cabeça.

– É. Mudança de planos. Vamos lá para cima, pegador! Você precisa se redimir – falou, com ar sedutor, mordendo o lábio de um jeito tão sensual que deixei escapar um gemido.

Ela entrelaçou os dedos nos meus e me levou escada acima,

desviando daquele monte de gente. Entramos em um quarto nos fundos da casa, ela trancou a porta e se encostou nela, com os olhos brilhando de entusiasmo. Meu tesão foi às alturas imediatamente. Baixei a cabeça e beijei sua boca, passando as mãos por seu corpo bem devagar e me deliciando com a sensação de tocar sua pele. Comecei a beijar seu pescoço. Ela soltou um suspiro e inclinou a cabeça para trás.

– Cuidado, Jamie. Não quero que você se machuque.

"Lá vem ela de novo, sendo toda atenciosa!"

– Não vou me machucar, para de se preocupar comigo. Acho que não consigo transar mas, definitivamente, tenho outras maneiras de te fazer gritar – respondi, segurando sua mão e a levando até a cama.

Ellie riu, empolgada. Eu a deitei na cama e subi em cima dela, ignorando a dor ardida que esse esforço causou em minhas costelas. Passei uma mão em sua perna, e ela se contorceu embaixo de mim.

– Tive uma ideia – falei, com a voz cheia de tesão.

– Ah é? Qual? – ela perguntou. Depois começou a levantar minha camiseta bem devagar, passando os dedos na minha pele e me deixando todo arrepiado.

– Não tive oportunidade de ver como termina aquela sua dancinha da semana passada. Que tal você me mostrar agora?

Na semana anterior, durante sua dança, eu havia ficado tão louco para ter seu corpo que não consegui aguentar a provocação. Mas, como naquela noite eu não estava prestando para muita coisa, adoraria que ela me provocasse até a morte.

– Você quer que eu te faça outra dança do colinho? – perguntou, dando risada.

"Ah, quero muito".

– Ãhn-hãn – murmurei, com os lábios colados em seu pescoço, mordiscando de leve.

Ellie soltou um gemido e ficou sem ar.

– Ok. Mas primeiro você vai tirar a roupa. Se eu vou ficar seminua, você também vai ficar.

Me afastei dela imediatamente e tirei a roupa o mais rápido que consegui.

Ellie se sentou, percorrendo meu corpo com os olhos. Eu não sentia mais vergonha perto dela. Definitivamente, aquela menina tinha me dito a verdade: gostava mesmo de meu corpo, com cicatrizes e tudo. Dava para ver pela expressão em seu rosto e pela sinceridade em seu olhar.

Quando fiquei apenas de samba-canção, ela se levantou e ordenou, apontando para uma cadeira:

– Senta!

Obedeci, tentando controlar minha empolgação. Ellie desabotoou a saia e foi descendo a peça pelos quadris, até cair no chão.

– Com ou sem sapato? – perguntou, colocando um pé na cadeira, entre minhas pernas, roçando de leve minhas partes íntimas ultraexcitadas.

Será que ela fazia esse tipo de coisa com Miles? Ele tinha muita sorte de ter namorado Ellie por tanto tempo. Fiquei com inveja, de verdade.

– Com sapato, definitivamente – respondi, olhando para as botinhas de cano curto pretas tão sensuais. – Essa sua bota é muito *sexy*.

Lambi os lábios só de imaginar Ellie afundando aquele salto em minhas costas enquanto ela se agarrava em mim.

Ela sorriu de forma provocante.

– Você tem fetiche por sapatos, Jamie?

Passei os olhos por seu corpo, me deleitando com cada centímetro de suas pernas compridas e torneadas.

– Acho que tenho é um fetiche por Ellie.

Ela sorriu, roçando a ponta da bota em minha coxa antes de colocar o pé no chão. Tive uma ereção quase imediata.

"Ah, sim. Com certeza estou começando a ter um leve fetiche por sapatos!"

Seu sorriso era muito sedutor... Ela começou a desabotoar a blusa comprida tão devagar que até doeu em mim, me deixando sem fôlego. Depois ficou de costas e virou o rosto na minha direção, enquanto tirava a blusa, deixando à mostra a pele branquinha de seus ombros e suas costas.

Soltei um gemido. Talvez aquilo não fosse uma boa ideia. Aquela provocação toda estava deixando meu corpo inteiro dolorido de vontade de fazer coisas com Ellie que a fariam sussurrar meu nome. Ela jogou a camisa no chão, e fiquei sem ar ao ver o tal *spankie* que ela estava usando. A peça de roupa deixava sua bunda deliciosa. Ellie soltou o sutiã e também o jogou no chão. Depois ficou de frente para mim e começou a andar na minha direção, apenas com aquele *shortinho* vermelho de líder de torcida e as botas pretas de salto. Eu nunca tinha visto nada tão perfeito na vida. E, a julgar pela empolgação que brilhava em seus olhos, Ellie ia gostar tanto daquilo quanto eu.

Passei uma hora lá em cima fazendo Ellie gemer sem parar. Então, finalmente fomos para o andar de baixo e voltamos à festa, que estava superanimada. Não transamos porque eu não conseguiria, por causa das costelas. Mas, certamente, consegui compensá-la por tê-la feito se meter em encrenca por causa daquele chupão.

Ellie tomou mais umas, mas não estava bêbada. Pelo jeito, Miles tinha ido embora com aquela loira, e eu dei graças a Deus, porque não queria o sujeito ali, arranjando confusão e fazendo Ellie passar vergonha.

Ela era tão divertida... Fiquei apenas observando aquela menina dançar com os amigos, participar das brincadeiras de beber e, de modo geral, tornar a festa mais animada para todo mundo. Ellie não me pareceu envergonhada em estar comigo nem por um segundo, ela me incluía em tudo o que fazia e em todas as conversas.

Um pouco depois da uma da manhã, ela parou de dançar.

– Já cansou? – ela perguntou, me olhando com uma expressão esperançosa.

Balancei a cabeça.

– Claro, se você também tiver se cansado.

Para ser bem sincero, acho que jamais me cansaria daquela noite.

– Sim, estou exausta de tanto dançar – ela disse.

Ellie pegou minha mão e começamos a atravessar a multidão até encontrarmos Stacey, que ainda estava de amasso com o rapaz do cabelo castanho.

– Stace, vamos embora. A gente se vê amanhã, ok? – Ellie disse, abraçando a amiga.

– Sim, passo lá umas quatro – Stacey respondeu. Depois virou para mim. – Vê se leva minha melhor amiga direitinho para casa, ouviu?

E me deu um abraço também. Dava para ver que a menina estava bêbada, porque ficou balançando e tentando se apoiar firmemente em mim. Isso e o fato de estar com um bafo com teor alcoólico de oitenta por cento a denunciavam, sem sombra de dúvida.

Ellie revirou os olhos e falou:

– Não deixa ela beber mais, Paul.

Stacey deu um sorriso amável e falou, enrolando a língua:

– Não vou beber mais, não. Só vou terminar este aqui e aí passo para o suco de laranja.

Ellie apontou para o copo de plástico que a amiga tinha na mão.

– Esse aí?

Stacey balançou a cabeça. Ellie tirou o copo de sua mão e virou o que tinha dentro, fazendo careta antes de devolver o copo vazio à amiga.

– Pronto, já acabou. Suco daqui para a frente, viu? – falou, com um olhar de advertência para o Paul.

– Ah, Ellie Pierce. Você é tão sem graça – Stacey disse fazendo beicinho.

– Eu sei, todo mundo me diz isso. A gente se vê amanhã, Stace. E você, Paul, cuida bem dela.

A preocupação estava explícita em seu tom de voz. Paul balançou a cabeça, mas não pareceu prestar muita atenção. Estava muito bêbado também e não seria capaz de proteger a namorada se alguma coisa desse errado.

– E se a gente levar os dois para casa? – sugeri no ouvido de Ellie.

Ela arregalou os olhos, chocada.

– Sério? Você não se importa?

– Não tem nenhum problema.

Preferia levar aqueles dois para casa do que deixá-los ali, naquele estado.

Ellie sorriu de orelha a orelha, passou um braço no de Stacey e outro no de Paul.

– Vamos. Jamie vai levar vocês dois para casa.

E aí arrastou os amigos até a porta, ignorando os pedidos de Stacey para ficar e dançar só mais uma.

Deixamos Paul em casa primeiro e depois fomos para a casa de Stacey.

– E aí, Jamie? Você vai sacudir a cama de Ellie? – a menina perguntou, rindo no banco de trás. – Foda amiga. Taí uma ótima ideia. Quem sabe eu devo fazer isso com Paul. Eu poderia sair com outros caras e continuar usando o corpinho do rapaz – falou, com a língua enrolada, com jeito de quem estava pensando seriamente em fazer aquilo.

Ellie riu e revirou os olhos.

– É, só que você ama o Paul, isso não ia funcionar muito para vocês dois.

– É, mas a sensação de conhecer alguém, o primeiro beijo, sair pela primeira vez... é incrível. Vocês dois podem fazer isso com outras pessoas e, mesmo assim, fazer um sexo safado e gostoso um com o outro sempre que quiserem. Hmmm... delícia – divagou. Depois fechou os olhos e recostou a cabeça, ficando bem à vontade.

Quando chegamos à casa de Stacey, Ellie entrou com ela e recebeu um olhar de reprovação do pai da amiga, que abriu a porta porque Stacey não conseguia pôr a chave no buraco da fechadura. Fiquei apenas olhando o homem dar um sermão nas duas, feliz por ter esperado no carro.

– Ops, ela está muito fodida – Ellie disse ao entrar de novo na picape.

Ela começou a me indicar como fazer para chegar à sua casa. A rua era muito legal, com casas grandes, gramados bem cuidados. A família de Ellie devia ter uma grana. O que me surpreendeu um pouco, porque ela não agia como as meninas mimadas que, na minha imaginação, moravam nesse tipo de casa.

– Para aqui – pediu, apontando um casarão branco.

Parei o carro, saí e dei a volta para abrir a porta para Ellie, ainda tentando ser cavalheiro.

– É esta sua casa? – perguntei. Depois dei um assovio, impressionado.

– Não, é a do lado.

Ellie sacudiu a cabeça, segurou minha mão e me levou à outra casa, tão grande quanto aquela, com porta azul.

– Então por que você me pediu para estacionar aqui? – perguntei, confuso.

– Não quero que meus pais vejam seu carro.

Parei quando chegamos à porta de sua casa, me abaixei e beijei sua boca. Ela imediatamente retribuiu o beijo, passando os braços em meu pescoço. Prensei seu corpo contra a porta, saboreando cada segundo, para poder guardar tudo na memória até poder vê-la de novo.

– Te ligo amanhã. A gente se vê na semana que vem, de repente? – sugeri, esperançoso.

Ela fraziu a testa e disse:

– Você não quer entrar?

– Ãhn, você quer que eu entre? – perguntei incrédulo. Ellie sorriu e balançou a cabeça, colocando a chave na fechadura. – Mas e seus pais? Eles não estão acordados?

Me encolhi todo só de pensar no pai de Ellie descendo a escada e me vendo naquele estado, todo machucado. Aquela não era mesmo a primeira impressão que eu queria que ele tivesse de mim.

– Eles devem estar deitados. E Kelsey, minha irmã, também. Não tem problema. Se a gente fizer silêncio, você pode passar a noite aqui, escondido. Meus pais saem todo sábado de manhã às nove para visitar minha avó. Você pode sair assim que eles forem embora.

"Ela quer que eu passe a noite na casa dela?"

– Sério? Tem certeza?

– Tenho, mas só se você quiser. Quer dizer, você não precisa... Só achei que... – ela gaguejou, mas eu a interrompi beijando sua boca loucamente. Ela deu uma risadinha e se afastou de mim. – Vou interpretar isso como um "sim" – disse. Ela se virou, abriu a porta, entrou em casa e, na mesma hora, olhou para todos os lados. – Tudo certo. Quer beber ou comer alguma coisa? – sussurrou.

Sacudi a cabeça, entrei na casa e fechei a porta, sem fazer barulho.

– Estou bem – respondi.

Ellie sorriu, foi até a escada e parou para tirar o sapato. Fui atrás dela e tirei o tênis, segurei o calçado e subi a escada.

Seu quarto não era como eu imaginava. Na minha cabeça, devia ser todo rosa, bem de menininha. Em vez disso, tinha três paredes brancas e uma quarta coberta com papel de parede preto. Tinha uma cama com a cabeceira curvada de couro preto, com lençóis pretos. Até os móveis eram pretos. Tinha, sim, um pouco de rosa. Mas não era o rosa bebê fofinho que eu havia imaginado, mas um *pink* bem chamativo e vibrante. As paredes eram enfeitadas com pôsteres preto e branco de Paris e Milão. Aquele quarto era a cara de Ellie: surpreendente, sofisticado e muito sensual.

– Não era bem isso que eu estava esperando – confessei, baixinho. Fui tentando absorver tudo o que havia naquele quarto: a penteadeira chique, de madeira escura, com uma máquina de costura em cima; a grande pilha de catálogos de compras no canto; a poltrona *pink* coberta de cadernos de desenho e amostras de tecidos coloridos.

Ellie sorriu, trancou a porta do quarto, acendeu o abajur da mesa de cabeceira e fechou as cortinas.

– Ah, não? E o que você estava esperando?

Abracei Ellie pela cintura e a levei até a cama.

– Não sei, mas não era isso – respondi, beijando de leve sua boca.

Ela gemeu baixinho e me beijou também. Comecei a tirar suas roupas imediatamente, quase arrancando, e ela fez a mesma coisa com as minhas. Então subiu na cama e inclinou o corpo nu, me olhando com expectativa. Ela puxou o lençol para o lado, me convidando a entrar. Subi logo na cama e, na mesma hora, comecei a beijar seu pescoço, seus peitos e sua barriga, enquanto passava os dedos pelo contorno de seu corpo.

– Hmmm... Será que você consegue mesmo fazer silêncio? – provoquei, com um sorrisinho maldoso, beijando-a mais embaixo. Ellie deu uma risadinha e tapou o rosto com um travesseiro. Fui lambendo sua barriga, até chegar ao umbigo. O travesseiro foi uma boa ideia: Ellie é daquelas que gritam.

CAPÍTULO 12

Jamie

O mês seguinte foi, sem dúvida, o mais feliz da minha vida. Eu e Ellie continuamos nos encontrando sem compromisso. Trocávamos mensagens todos os dias, e eu a via pelo menos duas vezes por semana.

E estava tudo dando certo lá no ferro-velho também. Eu ganhava mais dinheiro do que havia imaginado. Connor e o pai dele até me contrataram. Virei um cidadão respeitável, que paga impostos e tudo. O melhor é que os dois não me pediram referências nem perguntaram nada sobre meu passado, apenas me aceitaram de cara. Nem precisei mentir.

Como eu tinha uma renda fixa, eu e Ellie íamos olhar alguns apartamentos naquele dia, para eu finalmente poder sair daquele buraco onde morava.

Parei na frente da sua casa e vi que o carro de seus pais ainda estava lá. Eles não tinham saído para visitar a avó de Ellie como sempre faziam.

Peguei o celular e liguei para ela.

– Bom dia! – disse, alguns instantes após atender. Só de ouvir o som de sua voz me deu vontade de sorrir.

– Oi, garotinha. Já está pronta ou...

– Ai, você chegou cedo. Só preciso de mais uns dez minutinhos. Ainda estou tomando café.

– Ok. Te espero no carro.

– Não seja bobo, entra – debochou, com se eu tivesse dito alguma bobagem.

Mordi o lábio. Nunca havia sido apresentado aos pais de uma garota. E, apesar de, tecnicamente, não estarmos namorando, eu *queria* namorá-la, então precisava causar uma boa impressão.

– Não tem problema, espero você terminar de se arrumar aqui fora – falei.

Ellie desligou, e eu fiz uma careta. Ela poderia ter ficado chateada com a minha recusa. Pelo canto do olho, vi uma movimentação que chamou minha atenção e me virei bem na hora em que ela abriu a porta da casa. Ficou lá parada, sorrindo, encostada no batente da porta, muito gata, de calça *jeans* justinha e uma blusa de tricô cinza caída no ombro. Era de dar água na boca. Seu cabelo ruivo estava solto, emoldurando seu rosto perfeito com cachos bagunçados. Ela levantou a mão e fez sinal com o dedo para eu ir até lá.

– Merda – murmurei. Saí do carro e fui a seu encontro, tentando pensar em alguns assuntos para conversar e impressionar seus pais. Não estava exatamente preparado para aquele momento.

– Oi. Entra, bobo – ela me repreendeu. Então segurou minha mão e praticamente me arrastou para dentro de sua casa. – Estou com fome, não vou demorar.

Balancei a cabeça, e ela me arrastou até a cozinha. Já conhecia bem a casa. A gente meio que ficava com o lugar só para nós nas manhãs de sábado, depois que seus pais saíam. Naquele mês, fizemos muita safadeza naquela casa.

Entramos na cozinha, e eu congelei. A família de Ellie estava sentada em volta da mesa redonda de madeira que ficava no canto do cômodo, e todos pararam de conversar e me olharam. A irmã de Ellie arregalou os olhos. Até onde eu sabia, a menina tinha 10 anos. Era parecida com a irmã, mas com o mesmo cabelo castanho do pai.

– Gente, esse é meu amigo, Jamie Cole. Jamie, esses são meus pais. Michael e Ruth, e aquela é Kelsey, minha irmãzinha – falou, apontando um por um.

Dei um sorriso sem jeito e disse:

– Ãhnn... Bom dia.

O pai de Ellie ficou de pé, me estendeu a mão e deu um sorriso acolhedor.

– Oi, Jamie. Como vão as coisas?

Apertei sua mão, e meus ombros relaxaram um pouco. Ele parecia ser legal e, pelo que Ellie falava, ela idolatrava o pai. Da mãe, por outro lado, ela não gostava muito. Dava para ver por quê. A mulher ficou me medindo, bem devagar, com jeito de quem tentava decidir se queria falar comigo ou não. Tinha o mesmo cabelo ruivo de Ellie, muitos de seus traços, mas nem de longe era bonita como a filha. Seu rosto era duro, nada simpático como o de Ellie. Estava super bem vestida, com a maquiagem impecável, apesar de ser pouco mais do que nove da manhã.

– Bem. Obrigado, senhor. Desculpe, cheguei cedo. Falei que podia esperar no carro, mas... – disse, olhando para Ellie, em uma tentativa de completar a explicação.

– Não seja bobo. Pode me chamar de Michael. Está com fome? – perguntou, virando para a irmã de Ellie sem esperar minha resposta. – Kels, pega um prato para o rapaz.

Ellie sorriu e se sentou. A menininha levantou, correu até o armário e voltou com um prato na mão.

Engoli em seco, todo sem jeito.

– Tem certeza de que não tem problema? Posso esperar...

O pai de Ellie me interrompeu, fazendo um gesto com a mão.

– Não tem problema nenhum. Temos muita comida, né, Ruth? – assegurou, sorrindo para a esposa.

A mulher balançou a cabeça, toda dura.

– Claro, sem problemas – respondeu, por educação. Sua expressão era dura e evidenciava que ela estava incomodada.

Ellie deu um tapinha na cadeira que estava a seu lado, Kelsey me passou um prato e eu me sentei. Ellie fez sinal para a montanha de bacon e ovos mexidos no meio da mesa. Eu não queria nada, para falar a verdade. Estava nervoso demais para pensar em comida. Provavelmente o que eu engolisse ia ficar entalado, e eu passaria vergonha.

– Come, Jamie! – Ellie ordenou, revirando os olhos de brincadeira e enchendo meu prato.

– E então, o que vocês dois vão fazer na rua tão cedo? – Michael perguntou. Percebi que ele deu um grande sorriso para Ellie. Se eu já não soubesse que ela era a queridinha do papai, teria adivinhado ao conhecê-lo. Era óbvio que aquele homem adorava a mulher e as duas filhas.

– Ellie vai me ajudar a procurar apartamento. O contrato do meu aluguel está terminando, e preciso de uma segunda opinião – menti, de leve.

Michael se encolheu de leve.

– Você mora sozinho? Ellie nunca me falou nada sobre isso.

Ela se remexeu na cadeira, e eu balancei a cabeça.

– Sim, senhor. Já moro sozinho há algum tempo.

– Mesmo? E quantos anos você tem? – perguntou, obviamente preocupado.

– Tenho 18 anos, senhor – respondi com um sorriso para tranquilizá-lo, mostrando ao pai de Ellie que eu não era um homem mais velho tentando se aproveitar de sua filha.

– Ah... É meio estranho um rapaz de 18 anos morar sozinho. O que seus pais acham disso? – insistiu com a testa enrugada, olhando para a Ruth e depois para mim de novo.

Encolhi os ombros, todo sem jeito, tentando pensar em uma resposta. Ellie voltou a se remexer na cadeira. Ela não sabia a história toda, mas eu já havia contado que não tive uma infância feliz. Imaginei que tiraria suas próprias conclusões.

– Meu pai morreu quando eu era pequeno, e nunca conheci minha mãe – respondi, prestando atenção à reação de Michael para ter certeza de que ele não ia me proibir de ver a filha. – Faz uns dois anos que sou emancipado. Não é a melhor coisa do mundo, mas a vida é assim.

Michael balançou a cabeça, ainda com um olhar preocupado.

– Ah, sinto muito. Tenho certeza de que não deve ser fácil.

Respirei fundo e encolhi os ombros.

– Apenas sigo em frente. De certas coisas, não tem como fugir.

Tive a impressão de que a preocupação no rosto de Michael havia se suavizado depois dessa, e ele me olhou quase com admiração.

– Isso lá é verdade – concordou. – A vida existe para nos testar – completou. Então pegou os talheres de novo e deu uma bela garfada nos ovos.

Ficamos comendo em silêncio por um minuto, mas não foi assim tão desagradável, porque Ellie ficou sorrindo para mim, e seus olhos me diziam que eu estava mandando bem com seus pais.

Ruth limpou a garganta e pôs os talheres em cima do prato vazio.

– Então, Michael, estava pensando em convidar os Barrington para jantar nesta semana. O que você acha? – perguntou, com um sorriso calculista.

Ellie suspirou surpresa e, com um movimento brusco, virou para a mãe.

– Quê? Por que você quer fazer isso?

– Ainda somos amigos do casal Barrington, Ellison. Posso convidá-los para jantar se eu quiser – Ruth respondeu, com frieza.

"Ellison". Então era esse o nome de Ellie? Bonito, mas "Ellie" combimava muito mais com ela.

– Pelo amor de Deus, mãe. Não dá para você esquecer disso? – Ellie perguntou, fazendo uma careta furiosa.

"Ok. Que confusão é essa?"

– Ellison, vocês dois terão que se entender uma hora ou outra. Susan me disse que ele sente sua falta. Vocês dois formam um casal tão encantador, e você precisa pensar em seu futuro – Ruth declarou, me olhando na última frase.

"Espera aí. 'Casal encantador?' Será que ela está falando de Miles?"

– Bom, meu futuro não tem nada a ver com Miles, ele faz parte do meu passado. Pode convidar os pais dele para jantar se quiser, mas me deixa fora dessa. É só me falar que dia eles vêm que eu te garanto que arrumo um compromisso – Ellie retrucou, olhando feio para a mãe.

– Ellison, você *vai* comparecer ao jantar de família e *vai* se comportar corretamente – Ruth disse, com um olhar de advertência para a filha.

– Sabe, mãe, você pode insistir o quanto quiser, mas eu e Miles não vamos voltar, não importa o que você ou a mãe dele ou ele mesmo pensem. Acabou e já faz cinco semanas. Você precisa muito superar isso – Ellie disparou.

– Você devia parar para pensar, Ellison. A família de Miles é tão boa e bem estabelecida. Miles vai cursar faculdade de medicina.

Você estaria com a vida ganha – a mãe disse, olhando para a filha com ar de súplica. – Pense no que ele pode te proporcionar. Jamais te faltaria nada.

Ellie fechou os olhos.

– Mãe, você acha mesmo que vou querer ficar com um sujeito só por causa do que ele pode me proporcionar? Você ficou com o papai pelo dinheiro que a família dele tinha ou porque tinha certeza de que ele seria um consultor financeiro bem-sucedido? – desafiou.

– Não. Fiquei com seu pai por amor e, por acaso, tudo deu perfeitamente certo. Só que a maioria das pessoas não tem essa sorte. Por exemplo: quais são seus planos, Jamie? Imagino que você já esteja na faculdade... – Ruth perguntou, me chamando pelo nome pela primeira vez desde que eu havia chegado.

"Uau! Essa mulher é maldosa."

Abri a boca para dizer que eu era mecânico, mas Ellie me interrompeu.

– O que Jamie faz da vida não tem a menor importância. Para de ser assim! Se você está tentando deixá-lo com ciúme ou começar uma briga por causa de Miles, não vai funcionar. A vida não gira em torno de dinheiro e posses, sabia? – disparou. Em seguida, levantou, se virou e me disse: – Você já comeu? Por que eu estou pronta para sair daqui.

Balancei a cabeça e fiquei de pé.

– Obrigado pelo café da manhã. Foi um prazer conhecê-lo – falei para Michael, todo sem jeito.

Michael deu uma risadinha.

– Volte outro dia para presenciar mais uma briga de família, tá? – brincou, com um sorriso no rosto e me estendendo a mão.

Apertei sua mão e ri.

– É, foi divertido – brinquei.

Ele bateu em meu ombro, sorrindo.

Sem dizer uma palavra, Ellie pegou sua bolsa no balcão e fez sinal para saírmos. Olhei para ela, que estava sem casaco e passaria frio.

– É melhor pegar um casaco, Ellie. Pelo jeito, vai fazer frio hoje – falei, inclinando a cabeça para a janela, mostrando que o sol não brilhava.

– Ah, tá. Vou pegar.

Ela se virou e foi em direção à escada, me deixando sozinho com seus pais. Michael abafou o riso, tirou os pratos da mesa e os levou para a pia.

Ruth ficou de pé e disse:

– Venha, Kelsey. Vamos arrumar seu cabelo – ordenou, saindo da cozinha sem me olhar. A menina foi atrás dela, e me deu um sorriso tímido ao passar por mim.

– Não leve nada do que Ruth fala para o lado pessoal. Ela quer que Ellie volte para o ex-namorado. Só que isso não vai acontecer, porque minha filha gosta muito de você – Michael disse, assim que ficamos a sós.

"Merda. Ele acha que Ellie gosta de mim?"

– Sério? Ela falou isso? – perguntei, todo esperançoso, enquanto pegava mais uns pratos da mesa e os colocava no balcão, perto da pia.

– Não, mas nem precisa. Dá para perceber.

Sorri orgulhoso, rezando em pensamento para Michael ter razão. Minutos depois, Ellie entrou na cozinha com um casaco preto por cima do suéter e um sorriso lindo no rosto.

– Pronto. Vamos encontrar um lugar para você morar – disse. Depois deu um abraço no pai e falou: – Tchau, papai.

– Tchau, docinho. Divirta-se – respondeu, beijando a testa da filha. Então ele se virou para mim, sorriu e falou: – Cuida bem da minha menina, Jamie.

– Pode deixar – prometi, balançando a cabeça. Ele jamais precisaria se preocupar com isso enquanto Ellie estivesse comigo.

Ela revirou os olhos, me agarrou pela camiseta e me arrastou porta afora. Quando ficamos a uma distância segura da casa, passei o braço em seu ombro, e fomos até minha picape.

– Então, tá, garotinha. Agora que resistimos bravamente a uma briga familiar constrangedora, que tal nos entediarmos procurando apartamento? Assim que encontrarmos um, vou poder me aproveitar da sua bundinha perfeita em uma cama de verdade, mais do que só uma vez por semana – sugeri, com uma piscadinha e abrindo a porta do carro para ela.

– E quem te falou que vou permitir? – retrucou, apertando os lábios e espremendo os olhos de brincadeira.

– Você vai, sim – respondi confiante.

Ellie sorriu e me olhou lentamente, mordendo o lábio.

– É, acho que você tem razão. Afinal de contas, você é incrivelmente *sexy* – concordou, ainda mordendo o lábio.

Sorri convencido.

– É, eu tinha certeza de que você não ia conseguir resistir ao meu charme.

Ela riu, fechei sua porta e fui para o lado do motorista.

– Desculpa por minha mãe ficar falando aquelas coisas na sua frente. Ela quer muito que eu volte com Miles, até hoje fica na minha orelha. Minha mãe só se importa com dinheiro e *status*, sempre foi assim – disse, com um olhar envergonhado enquanto íamos à imobiliária.

– Tudo bem, não se preocupa – disfarcei, tentando não parecer preocupado.

– Não está tudo bem, *não* – ela protestou, franzindo a testa. – O que minha mãe disse é errado, eu não ligo para dinheiro e coisas do gênero. Acho que a gente tem que ficar com quem nos faz feliz. Ela não tinha o direito de te julgar daquele jeito.

– Tudo bem, Ellison – provoquei.

Ela me olhou feio e falou:

– Não ouse me chamar assim. Se isso acontecer, pode acreditar que a sua foda amiga será com você mesmo.

– Ok – concordei. – Mas é um nome bastante *sexy*.

– É, bom, *Ellison* não é fã de foda amiga, acho bom você tomar cuidado – avisou, em tom de brincadeira.

Tive vontade de perguntar se Ellison é fã de namoros. O que o pai de Ellie tinha me dito, sobre ela gostar de mim, não saía da minha cabeça.

Quando chegamos à imobiliária, fui até a porta e esperei Ellie me alcançar. Entramos juntos, ela com a mão discretamente enfiada em meu bolso de trás.

Duas horas e seis apartamentos depois, finalmente encontramos um do qual nós dois gostamos e que eu podia pagar. Pequeno, de um quarto, mas bem mobiliado, com um banheiro e uma cozinha bem razoáveis e em um bairro relativamente bom. Fechei negócio com o corretor e fui com ele até o escritório assinar o contrato. Na segunda-feira, já poderia me mudar.

Ellie deu um belo sorriso quando voltamos para a picape, após assinar a papelada.

– Que lugar legal – falou, entusiasmada. – E aí, você vai me convidar para ir na sua casa?

Levantei a sobrancelha e respondi:

– Ellie, você e sua bundinha linda podem ir morar comigo, se isso significar que vou te ver pelada com uma frequência maior.

Ela abafou o riso, pôs o cinto de segurança e respondeu:

– É, mas aí você ia se cansar de mim.

– Sim, você deve ter razão. Você acorda meio mal mesmo – brinquei.

– Vou lembrar dessa frase! A próxima vez em que receber uma mensagem sua, implorando minha companhia, vou dizer que não – falou, balançando a mão, fingindo-se de ofendida.

Parei o carro naquela rua deserta e soltei seu cinto de segurança. Ellie se mostrou confusa. Eu a peguei pela cintura e a puxei para meu colo, grudando minha boca na sua. Ela retribuiu meu beijo imediatamente, e seu gosto delicioso explodiu na minha língua. Apertei ainda mais os braços ao redor dela, abraçando-a de um jeito possessivo.

Quando paramos de nos beijar, encostei a testa na sua.

– Obrigado por ter vindo comigo. Agradeço muito sua ajuda.

Ellie sorriu, desceu a mão por meu peito e enfiou os dedos nos passantes do meu cinto.

– Ah é? E quão agradecido você está?

– Ah, muito agradecido mesmo. Se tiver alguma coisa que eu possa fazer para retribuir, é só falar – minha voz estava tão rouca de tesão que chegava a ser constrangedor.

Ela se aproximou mais de mim, com aqueles lindos olhos cinzentos fixos nos meus.

– Na verdade, tem uma coisa que quero que você faça, sim – sussurrou. Depois começou a beijar meu pescoço, chupando a pele de leve.

Pus a cabeça para trás e fechei os olhos, curtindo a sensação de sua boca em meu corpo.

– E o que posso fazer por você, garotinha?

– Pode dizer "não" se quiser... – falou, me olhando com uma expressão preocupada.

– Não vou dizer "não" – prometi. Fosse o que fosse, eu faria se ela me pedisse, mesmo que precisasse cortar meu próprio braço. Só de pensar em tudo o que eu faria por aquela mulher ficava morrendo de medo, mas não conseguia me controlar. Tinha me apaixonado tanto por ela que era surreal.

– Vai ter um baile no meu colégio – disse, encostando a testa na minha. – Me leva?

– Tipo assim, ir como seu par? – quis esclarecer.

– É. Mas não precisa ir se você não quiser.

Então ela baixou a cabeça para me beijar de novo. Tirei uma das mãos de sua bunda, pus em sua nuca e a beijei com mais intensidade.

Ellie passou os braços em meu pescoço e ficou fazendo cafuné em mim. Sorri, com os lábios colados nos seus. Meu cabelo tinha crescido e estava meio bagunçado. Pela primeira vez, em cinco anos, eu ia poder cortar o cabelo como manda o figurino.

Ela parou de me beijar. Seus olhos brilhavam.

– Quando você leva alguém ao baile, fica meio que subentendido que vai transar depois da festa, e não quero transar com mais ninguém além de você – sussurrou, roçando o nariz no meu.

Engoli em seco o caroço que se formou na minha garganta.

– Eu adoraria te levar a esse baile, Ellie, mas não só porque podemos dormir juntos depois da festa.

– Sério? Você não está a fim de se dar bem?

– É claro que estou, mas...

– Mas o quê?

Respirei fundo.

– Eu adoraria ter um encontro com você, Ellie. Tipo um encontro de verdade, de casal. Tipo assim, de namoro.

Um sorriso se esboçou em seus lábios.

– Sério?

"É, sério!"

Ellie era a primeira pessoa em quem pensava quando alguma coisa boa me acontecia, a última pessoa em quem eu pensava antes de dormir e a primeira em quem eu pensava ao acordar. Precisava daquela menina em minha vida.

– Não quero estragar nosso lance, e sei que não estou à sua altura, você merece alguém muito melhor do que eu. Mas simplesmente não consigo controlar o que sinto por você.

Ela sorriu de novo, e suas bochechas ficaram com aquele tom fofo de rosa que eu tanto adorava. Os olhos de Ellie brilhavam de felicidade.

– Isso foi tão fofo – disse.

– É mesmo? Pensei que tinha mandado muito mal – confessei.

Ellie sacudiu a cabeça e me abraçou ainda mais forte.

– Não mandou mal, não – protestou –, mas você poderia apenas ter dito "Olha, quer entrar em um regime de exclusividade comigo?" ou algo assim.

Arregalei os olhos, em estado de choque, ao perceber que ela estava prestes a dizer "sim". Pulei de alegria por dentro. Minha vontade era gritar, rasgar minha camiseta e girá-la sobre minha cabeça cantando o hino nacional.

Eu sorri de orelha a orelha, me esforçando para conter a empolgação.

– Ellie?

– Sim, Jamie? – ela respondeu, se afastando de mim e fingindo que não sabia o que eu ia perguntar.

– Você quer entrar em um regime de exclusividade comigo? – perguntei, todo esperançoso.

Ela também sorriu.

– Eu quero muito, caramba – disse, na mesma hora, grudando a boca na minha.

CAPÍTULO 13

Ellie

"Exclusividade, exclusividade, exclusividade." A palavra não saía da minha cabeça. Fiquei me remexendo no banco, toda animada. Eu mordia o lábio para controlar meu sorriso ridiculamente feliz enquanto olhava para Jamie, que me levou para casa.

"Meu namorado." Meu coração batia descompassado só de pensar nesse título.

Fiquei medindo o garoto com os olhos, absorvendo cada centímetro daquela delícia. Outra onda de felicidade tomou conta de mim, me fazendo afundar no banco de tanta alegria.

Quando a gente começou a se ver, fui sincera ao dizer que só queria ficar com ele sem compromisso e mais nada. Era para Jamie ser meu flerte com o perigo, algo que pensei que jamais teria coragem de fazer. Era para ter sido *apenas* uma ficadinha. Eu nem estava atrás de um relacionamento, de verdade, não depois de ter namorado Miles. Só queria ser eu mesma sem ninguém para me reprimir, sem precisar pedir permissão.

Mas não tinha percebido que poderia ter tudo isso com Jamie. Na verdade, eu *tinha* tudo isso com ele. Ele me deixava ser eu mesma, tomar minhas próprias decisões, e estava sempre a meu lado, me apoiando. Nunca me reprimiu, de modo algum.

E eu nunca tinha vivido isso. Miles tinha sido meu único

namorado de verdade, e acho que baseei meus conceitos de relacionamento em nosso namoro e no comportamento que ele tinha comigo.

Mas, com Jamie, era tudo bem diferente, muito melhor. Tinha confiança, apoio, respeito mútuo, coisas que Miles nunca me proporcionou. Jamie parecia estar só ficando comigo, gostando de mim por quem eu era. Ele não me tratava como um troféu a ser levado debaixo do braço. Eu adorava isso.

Apesar de eu ter tentado manter as coisas sem compromisso, meus sentimentos por ele haviam crescido naquelas duas últimas semanas, se acumulando, inchando e se transformando em algo que eu não conseguia controlar. Sem minha permissão, aquele garoto foi cavando aos poucos seu espaço em meu coração.

"Ainda bem que esqueci o celular na casa de Jamie, e Stacey foi uma bruxa intrometida. Não posso esquecer de agradecer a ela de novo."

Jamie deve ter percebido que eu o observava, porque virou a cabeça na minha direção, me olhou por um segundo e voltou a olhar para a frente. Então pôs a mão em meu joelho e deu aquele sorriso com covinhas que eu amava tanto. O calor de seu toque se espalhou por todo meu corpo de tantas maneiras que fiquei só pensando em outros lugares em que eu gostaria que ele pusesse as mãos.

– Você está bem? – perguntou, apertando meu joelho de leve.

– Estou ótima – respondi, balançando a cabeça. Eu pus a mão sobre a sua e suspirei de felicidade, porque seu sorriso ficou mais pronunciado.

Paramos na frente da minha casa, Jamie desligou o motor e olhou para o carro dos meus pais, que ainda estava parado na entrada.

– Pelo jeito, seus pais não foram visitar sua avó hoje – comentou.

Balancei a cabeça e coloquei a mão na maçaneta da porta.

– Quer entrar para tomar alguma coisa? – perguntei. Ele pareceu meio na dúvida naquela manhã, mas as apresentações já haviam sido feitas, e ele tinha conquistado meu pai, do jeito que conquista todo mundo. Então, achei que a segunda vez seria mais fácil.

Jamie levantou uma sobrancelha e respondeu:

– Acho que sua mãe não vai gostar.

Encolhi os ombros de um jeito displicente.

– Essa é uma coisa que ela vai ter que superar, né?

Minha mãe ia ter que se acostumar com Jamie, agora que estávamos namorando. Aquele seu complexo de superioridade estava descontrolado. O único jeito de ela não torcer o nariz para ele era eu mostrar que não voltaria atrás. Quando eu queria, podia ser tão cabeça-dura quanto ela. Uma hora ou outra, Jamie a conquistaria também. Eu confiava em seu talento.

Ele soltou um suspiro, mas depois balançou a cabeça, saiu do carro e ficou me esperando na calçada. Começamos a andar, e ele segurou minha mão e entrelaçou seus dedos nos meus. Abri a porta e o levei para dentro de casa.

Meus pais estavam sentados no sofá. Meu pai assistia a um documentário sobre tartarugas marinhas que havia gravado, e minha mãe lia um de seus romances policiais.

– Oi – falei, puxando Jamie até a sala e tropeçando na minha irmã, que estava deitada no chão. Seu material de desenho e pedaços de papel estavam espalhados por todos os cantos.

Os dois olharam para cima. Meu pai sorriu e disse:

– Oi, gente. Não ouvi vocês entrando.

Minha mãe não sorriu. Não tirou os olhos de nossas mãos entrelaçadas, com o maxilar tenso e os lábios apertados. Não havia gostado nada da novidade.

– Boa tarde – Jamie falou, inclinando a cabeça e apertando minha mão, como se me pedisse para não sair dali de jeito nenhum. Não me surpreendi, para falar a verdade. O jeito que minha mãe olhava para ele devia murchar suas bolas.

– E como foi a procura por apartamento? Encontraram alguma coisa? – meu pai perguntou.

Jamie balançou a cabeça e respondeu:

– Foi boa. Encontrei um bem legal. Pego a chave na segunda.

– Que ótimo. Sabe, tenho umas caixas sobrando lá na garagem. Se você precisar, posso procurá-las.

Jami sorriu e relaxou um pouco os ombros.

– Acho que não preciso. Não tenho tanta coisa assim. Mas obrigado, de qualquer forma.

– Alguém quer tomar alguma coisa, um café, quem sabe? – interrompi. E dei uma piscadinha para Kels, porque ela estava de olhos arregalados, fixos em meu namorado.

– Não, obrigado – respondeu meu pai, olhando a TV.

– Quero um café. Obrigada, Ellison – minha mãe falou.

Pelo canto do olho, vi Jamie retorcer a boca ao ouvir meu nome, mas ele resolveu não fazer nenhum comentário, para sorte dele.

Jamie ficou pouco mais de uma hora. Foi tão legal passar um tempo com ele em meu ambiente, com minha família. Meu namorado conversou naturalmente com meu pai sobre esportes e carros e ignorou os comentários maliciosos que minha mãe fez sobre Miles e sua família. Depois conquistou Kelsey, elogiando seus desenhos e a deixando corada. Minha irmã sentou a seus pés e ficou olhando para ele de soslaio. Até ela tinha virado fã de Jamie Cole, e eu não podia condená-la de jeito nenhum. Tudo com Jamie era muito diferente, eu me sentia bastante à vontade, nosso relacionamento era bem descomplicado e natural.

Quando o levei até a porta, ele se abaixou, grudou a boca na minha e me beijou com força, passando o braço em mim e me grudando em seu corpo torneado. Me aninhei nele, e o beijo ficou mais intenso. Meus hormônios foram à loucura com aquele beijo ardente que acendeu uma chama de paixão tão feroz dentro de mim e fiquei surpresa por não entrarmos em combustão espontânea. Tinha transado com ele na noite anterior, depois da costumeira festa pós-jogo, mas já parecia fazer uma eternidade, e meu corpo ansiava pelo corpo dele. Jamie me olhou com aqueles olhos escuros e pensativos, brilhando de tesão, e tive certeza de que ele estava pensando a mesma coisa.

– Mal posso esperar para pegar a chave do apartamento. Vamos poder ficar a sós de verdade, sem precisar fazer nada com pressa ou em silêncio – sussurrou, percorrendo meu corpo com os olhos e descendo a mão até minha bunda.

Meu corpo inteiro ficou tenso e, por um instante, eu imaginei se conseguiria levá-lo escondido para meu quarto e passar um tempinho a sós com ele sem que meus pais percebessem. Mas era bem improvável.

– Eu também – respondi, ofegante.

Então Jamie se afastou de mim, com cara de quem também estava sofrendo, e sorri.

– Tenho que ir. Ei, quer me ajudar a decorar o apartamento na segunda, depois da sua aula? Posso vir te buscar, e a gente pede alguma coisa para jantar – sugeriu.

– Claro!

– Ok, encontro marcado. Acho que esse vai ser nosso primeiro encontro oficial, hein? – brincou.

– Acho que sim. Eu escolho o jantar, já que você só vai se aproveitar das minhas habilidades em decoração – barganhei.

– Ah, vou me aproveitar de muito mais – disse. Ele abaixou a cabeça e deu uma mordida de brincadeira em meu pescoço.

Soltei um gritinho e me afastei dele. Apoiei a mão em seu peito e lhe dei um empurrão de leve.

– Sai daqui, canalha, tenho mais o que fazer.

Ri desejando que Jamie nunca mais fosse embora.

– Você é que manda. Depois te ligo – ele falou.

Então deu um sorriso e uma piscadinha cafajeste, virou as costas e voltou para a picape.

Suspirei de felicidade. Observei Jamie entrar no carro e ir embora, depois fechei a porta e olhei para a sala. Minha família ainda estava lá, sentada. O sorriso sumiu de meu rosto. Eu não estava a fim de voltar lá e enfrentar um bombardeio de perguntas ou os olhares de reprovação da minha mãe por causa do namorado que havia escolhido. Não ia permitir que ela acabasse com a minha euforia. Então, subi a escada e fechei bem a porta do meu quarto. Pus uma música baixinho, de fundo, fui até a cama e me atirei nela, já pensando de novo em Jamie e em nosso novo *status* oficial.

Uma onda de alegria tomou conta de mim. Fechei os olhos, pensando naquele instante dentro da picape e em como ele tinha sido fofo, tropeçando nas palavras e me pedindo exclusividade. Ele pode até não ter gostado, ter achado que mandou mal, mas, para mim, foi perfeito! E iríamos ao baile de formatura juntos! Antes eu não estava nada animada com a festa. Teria até pulado essa parte, mas Stacey jamais permitiria que eu fizesse isso. Eu havia passado as duas semanas anteriores criando coragem para convidar Jamie a ir comigo, porque sabia que, se ele estivesse no baile, a coisa toda se tornaria mais suportável. Mas não tinha imaginado o que faria se ele recusasse meu convite.

Fiquei até sem ar ao imaginar como Jamie ia ficar gato de *smoking*. Só de pensar, meu sangue ferveu de empolgação, e mordi o lábio sem perceber. Eu só precisava resolver como seria meu vestido.

Sentei em um pulo, me espichei e peguei o caderno de desenho que estava na mesinha de cabeceira. Abri e folheei as páginas até encontrar a que eu queria. O croqui que tinha feito para o vestido de formatura. Passei semanas em cima dele, mudando detalhes até ficar perfeito. Passei os dedos no desenho, imaginando a sensação do tecido sedoso, em como cairia em meu corpo. Costurar era uma das minhas paixões, uma coisa que eu adorava fazer, mas minha mãe e Miles sempre me disseram que isso não ia me levar a lugar nenhum, que era só um *hobby*. Olhei o croqui e mordi o lábio sem querer de novo. Nunca tinha feito nada tão estravagante e fiquei com medo de não dar certo. Até então, não havia tido vontade de começar a costurar, porque faltavam umas seis semanas para o baile. Mas o fato de Jamie ter aceitado meu convite não saía da minha cabeça, e não consegui pensar em mais nada que gostaria de fazer.

Sorrindo, pulei da cama e fui para a penteadeira. Abri a máquina de costura, liguei na tomada e fui remexer as amostras de tecido que tinha no armário. Achei que era melhor fazer um teste antes de costurar o vestido de verdade. Queria acertar e deixá-lo absolutamente perfeito. Queria que Jamie ficasse embasbacado comigo naquela noite, que não conseguisse tirar os olhos de mim, porque eu tinha quase certeza de que não ia olhar para mais ninguém a noite inteira, apenas para ele.

CAPÍTULO 14

Jamie

Estava tudo perfeito. Mudei para o novo apartamento na segunda-feira, e Ellie veio me visitar de *shortinho jeans* enfiado na bunda e uma camiseta amarrada nas costas que deixava sua barriga perfeita à mostra. Pintamos as paredes, e foi muito divertido, apesar de eu ter quase certeza de que acabamos com mais tinta no corpo do que em qualquer outro lugar. Na verdade, minha vida nunca havia sido tão boa. Não que fosse difícil superar qualquer coisa que já tivesse me acontecido, mas minha namorada tornava minha vida muito mais interessante.

Ellie era linda, inteligente, gentil e carinhosa, além de atenciosa. Nunca ninguém havia me tratado daquele jeito, o tempo todo. Eram pequenos gestos, como sair da cama de fininho mais cedo para fazer um sanduíche para eu levar ao trabalho, ou do nada comprar meu chocolate preferido, ou alugar filmes que eu estava querendo assistir, ou aparecer com uma revista sobre carros ou alguma matéria de jornal que ela tinha visto e pensado que eu poderia gostar.

Estávamos namorando oficialmente há um mês. Um mês que havia passado correndo, entre risos, sedução e conversas sobre todos os assuntos. Bom, todos menos meu passado. Tentei manter Ellie o mais distante possível disso, porque não queria correr o risco de ela não me querer mais ao descobrir quem eu era de verdade.

Não poderia arriscar perder o jeito com que ela me olhava o tempo todo, aquele olhar delicado e carinhoso. Precisava daquele olhar, adorava aquele olhar. Um único olhar de Ellie fazia minha vida valer a pena.

Bem quando estava tudo dando certo para mim, e comecei a achar que eu teria a chance de uma vida feliz, bem quando comecei a acreditar que talvez, em algum lugar lá em cima, alguém tinha resolvido me dar uma oportunidade, o carma veio com tudo e me fez cair de bunda no chão.

Acordei no domingo de manhã com o celular tocando. Me encolhi todo e peguei logo o aparelho antes que o barulho acordasse aquela menina linda que usava minha barriga de travesseiro e roncava de leve.

Pisquei algumas vezes para tentar dissipar a nuvem de sono que enevoava meu cérebro e pus o telefone no ouvido.

– Alô? – resmunguei, cobrindo de leve o ouvido de Ellie, para ela não acordar. Por sorte, ela dormia que era uma beleza.

– E aí, Pirralho?

Era a voz de Ray.

– E aí? Como vão as coisas? – perguntei, bocejando, e tentei sair da cama.

Mas Ellie tinha uma opinião diferente a esse respeito. Ainda dormindo, soltou um gemido, pôs o outro braço sobre meu peito e me deu um tapa na cara sem querer. Ri baixinho. Aquela menina era um perigo quando estava inconsciente. Às vezes também falava dormindo, era extremamente fofo. A gente tinha altos papos sobre fazer biscoitos e andar de patins e, pela manhã, ela não se lembrava de nada. Eu adorava quando Ellie dormia na minha casa. Seus pais não sabiam de nada, óbvio. De acordo com ela, jamais permitiriam. Normalmente mentia, dizia que ia dormir na casa de

Stacey. De qualquer jeito, para mim estava ótimo: ficava feliz de poder acordar a seu lado de vez em quando.

Ray limpou a garganta e falou:

– Olha, Pirralho, vou direto ao assunto, porque não vai adiantar fazer rodeios. Sua mãe está bem mal. Acabei de encontrá-la no mercado. Está toda machucada. De braço quebrado, com a cara toda roxa. Perguntei o que tinha acontecido, mas ela desconversou dizendo que caiu da escada.

Engoli em seco e cerrei os punhos só de pensar em minha mãe machucada e no que isso poderia significar. Meu corpo ficou todo tenso, por instinto. Não tenho nenhum contato com minha mãe. Para falar a verdade, na última vez em que a gente se viu, ela me disse que acabei com sua vida e que preferia que eu tivesse morrido. Mas essa mulher é meu único parente vivo, e não queria que ninguém a machucasse.

– Caiu da escada? – repeti, em tom sarcástico.

– Foi isso mesmo que eu pensei. Bom, sei que vocês não se falam, mas achei que precisava te contar – Ray falou, quase pedindo desculpa.

Fechei os olhos, balancei a cabeça e respondi:

– Valeu, Ray.

Desliguei e apertei o celular contra a minha testa.

Se minha mãe estava apanhando de novo, será que tinha retornado a seus velhos hábitos? Eu tinha sacrificado tanta coisa para ela sair dessa, e ela se metia em confusão de novo? Quase cheguei a pensar que não devia me dar ao trabalho de me preocupar com ela. Mas eu me preocupava, era minha mãe. Era um péssimo projeto de mãe, sem dúvida, mas foi quem me pôs no mundo. Devia isso a ela.

Soltei um suspiro profundo, pus o celular na mesinha de

cabeceira e olhei o rostinho perfeito de Ellie, tentando não deixar a raiva me consumir. Ela se mexeu de leve e se aninhou em mim, apertando o rosto contra minha barriga. Fiquei parado, na esperança de que Ellie dormisse mais um pouquinho apenas para eu ficar me maravilhando com sua perfeição. Ainda dormindo, ela suspirou e disse:

– Jamie, você pode comprar sorvete? Mas não de menta. Não quero ter que tirar as gotas de chocolate – resmungou, franzindo a testa.

Sorri e me segurei para não dar risada.

– Claro, Ellie. De que sabor você quer que eu compre? – perguntei, entrando na brincadeira só para ela continuar a falar enquanto dormia.

Ela suspirou de novo e disse:

– Qualquer um. É só para jogar nos gatos mesmo.

Caí na gargalhada com esse absurdo, e ela levantou em um pulo, olhando em volta com os olhos arregalados e uma expressão assustada.

– Que foi? – perguntou. Sua voz estava rouca de sono, e ela pôs a mão sobre o coração, com uma cara de espanto.

Sorri, rolei para o lado e a puxei para perto de mim.

– Às vezes você é tão fofa.

Ellie revirou os olhos e se aninhou em meu braço.

– Olha, antes de ir ao cinema, será que a gente pode parar e comprar sorvete? Tem uns gatos ali no fim da rua que enchem muito a minha paciência – brinquei, rindo, porque Ellie me olhou como se eu estivesse ficando louco.

– Quê? Você tomou alguma droga sem eu saber? – perguntou, franzindo o nariz, toda confusa.

Sorri de novo e fiquei em cima dela, prendendo-a na cama.

– Sim, você.

Ellie ficou corada, como sempre, e deu um sorriso encantador.

– Bom, já que você está aí... – disse, deixando a frase no ar de um jeito sugestivo. E passou uma perna na minha cintura.

Encostei os lábios nos seus, e meu corpo inteiro ficou feliz.

Três horas depois, estava sentado no McDonald's com Ellie, Stacey e Paul, atual namorado de Stacey. Não conseguia parar de pensar em minha mãe. Dava para ver que Ellie começava a ficar preocupada e, provavelmente, um pouco irritada comigo. Ela precisava repetir toda hora o que dizia, porque eu não estava prestando atenção. Meus pensamentos se perdiam o tempo todo, imaginando que tipo de problema minha mãe havia arranjado daquela vez. Fiz de tudo para não me importar, mas não consegui evitar.

Saí desse estado de estupor e preocupação quando Ellie chutou meu pé. Olhei para ela, que estava sentada do outro lado da mesa com ar de preocupação. Olhei em volta e sorri envergonhado para Paul e Stacey, que também me olhavam, esperando alguma reação. Era óbvio que haviam falado comigo e esperavam uma resposta.

– Desculpa – murmurei, envergonhado.

Ellie esticou o braço e pôs a mão em cima da minha, apertando de leve.

– Está tudo bem? Você passou a manhã inteira tão distante... O que foi? – perguntou e fixou os olhos cinzentos nos meus, tentando obter deles a resposta que queria.

Dei mais um sorriso envergonhado.

– Está, é só que... – disse, deixando a frase no ar, porque não queria tocar no assunto, principalmente na frente de seus amigos.

Foi aí que me dei conta de que não conseguiria tirar aquilo da cabeça até ver, com meus próprios olhos, o que estava acontecendo com a minha mãe. – Na verdade, preciso resolver umas coisas. Acho que não vou conseguir ir ao cinema – falei. Depois me encolhi todo, esperando a reação de Ellie por cancelar nossos planos assim, sem dar nenhuma explicação.

Ela balançou a cabeça, e só vi preocupação em sua expressão.

– Ok. Quer ajuda, seja lá o que for?

Fui tomado por mais uma onda de amor por aquela mulher. Já me senti melhor apenas com seu jeito de me olhar. Adorava o Jamie Cole que Ellie enxergava. Queria ser essa pessoa que ela pensava que eu era, quem Ellie enxergava em mim.

Sorri com gratidão.

– Não, valeu. Desculpa desmarcar o cinema.

Ellie sacudiu a mão, dando a entender que não era nada demais.

– Não se preocupa. Pode deixar que outro dia você me paga – falou. E deu um sorrisinho malicioso. Não pude deixar de rir de sua expressão sugestiva. Sabia exatamente como iria pagar e imaginava que isso envolveria eu e ela... assistindo *A escolha perfeita* de novo.

Levantei e empurrei minha bandeja para Paul, sinalizando que ele podia comer minhas fritas intocadas. Fiquei ao lado de Ellie, me abaixei e beijei sua boca com paixão, para demonstrar minha gratidão por ela ser uma namorada tão incrível. Me afastei alguns segundos depois e dei um beijinho em sua testa, repousando os lábios ali por alguns instantes, na esperança de que seu gosto e seu cheiro fossem mais fortes do que a amargura que eu sentiria após visitar minha mãe.

– Depois te ligo – falei, com uma piscadinha para Ellie. Virei as costas e fui embora.

Quando entrei na picape, respirei fundo, na tentativa de acalmar aquele turbilhão de raiva, mágoa e sofrimento que fervia dentro de mim. Não estava nada a fim de fazer aquilo. Não queria que minha mãe me arrastasse de volta para a vida contra a qual eu lutava tanto, todos os dias. Eu estava, enfim, livre daquilo tudo e queria, desesperadamente, que as coisas continuassem como estavam. Eu não era mais Jamie Cole, ladrão de carros profissional e barra-pesada do pedaço. Eu era o Jamie Cole que se matava de trabalhar em um ferro-velho todos os dias só para proporcionar à namorada as pequenas coisas das quais ela gostava. E era mais do que isso: eu queria construir uma vida normal e estável por mim mesmo. Nunca havia tido essa experiência e estava muito perto de conquistar esse objetivo...

Senti que levei uma eternidade para chegar até lá, e meu coração ficava mais apertado a cada segundo. Quando parei na frente daquela casa bem conhecida, não consegui sair do carro. Tentei me forçar a sair, andar por aquele caminhozinho todo detonado e bater na porta, mas simplesmente não conseguia me mexer. Mal conseguia respirar de tantas emoções que aquela casa de tijolinhos provocava em mim.

Medi com os olhos aquele lugar que eu deveria chamar de "lar", mas nunca consegui vê-lo dessa maneira. Para mim, a casa de dois andares mais parecia uma prisão. Tudo ali me transmitia desamor, abandono e agressão, palavras que poderiam resumir minha vida.

Passei os olhos pelos tijolos quebrados e percebi que faltavam algumas telhas no telhado de ardósia cinza. Como consequência, havia uma mancha preta na parede, porque a água escorria por ali em vez de passar pela calha, que estava toda quebrada. Todos esses detalhes tornavam o lugar ainda mais sinistro, quase assustador, e me senti criança de novo. Parecia que as lembranças que aquelas paredes guardavam estavam zombando de mim, rindo, até. Não sei como minha mãe ainda morava naquela casa, depois de tudo o que aconteceu ali.

Tentei, com todas as forças, não lembrar daquele dia. Foi o pior dia da minha vida, o dia em que perdi a única coisa importante que tinha. Foi naquele dia em que me tornei inútil. O dia em que minha existência se tornou desnecessária. O dia em que minha irmãzinha morreu.

Olhei minhas mãos e fiquei chocado ao perceber que não estavam mais manchadas de sangue, que os nós dos meus dedos não sangravam nem estavam em carne viva. Tudo parecia tão real desde que eu havia chegado ali... Parecia que todo o sentimento de perda e luto tomavam conta de mim outra vez, e não sabia se conseguiria lidar com aquilo.

Foi muito pior do que o dia em que visitei seu túmulo. Aquele era o lugar onde ela havia morrido, seu lar. Era o lugar onde ela me dava beijinhos de boa-noite e pulava em cima de mim pela manhã porque queria que eu fizesse seu café da manhã.

O que mais me doía era o fato de que aquele lugarzinho de merda e decrépito foi a última coisa que ela viu antes de morrer. Minha irmã nunca teve a oportunidade de viver a vida, nunca pôde viajar, dar o primeiro beijo, nunca pôde ir a uma festa ou se apaixonar. Ela perdeu muita coisa, e tudo por minha culpa.

CAPÍTULO 15

Jamie

Passei a mão no celular. Precisava falar com Ellie naquele instante, só para ouvir sua voz por um segundo. Eu começava a precisar tanto daquela menina que dava até medo. Não gostava de precisar de ninguém. Assim, jamais ficaria decepcionado. Soltei um suspiro profundo, guardei o celular no bolso e olhei para a casa. Tinha que enfrentar meus demônios e parar de fingir que aquelas coisas ruins jamais tinham acontecido.

Cerrei os dentes, abri a porta e fui tomado por uma determinação feroz. Eu acabaria logo com aquilo, veria minha mãe com meus próprios olhos e pronto.

Só que não conseguia parar de imaginar qual seria sua reação. Talvez ela nem me reconhecesse, depois de tanto tempo. Ela não me via desde que fui preso. Foi me visitar uma vez enquanto eu esperava o julgamento, apenas para dizer que preferia que eu estivesse morto, mas nunca foi me ver no reformatório. A útima vez em que vi minha mãe foi no tribunal, quando me declarei culpado de assassinato, e me levaram dali algemado, enquanto ela assistia a tudo sem derramar uma lágrima.

Levou um minuto para a porta se abrir depois que bati, e meu coração saiu pela boca ao vê-la. Parecia muito mais velha do que eu me lembrava. Não tinha envelhecido bem. Sua bochecha estava machucada; o lábio, partido, e havia um pequeno corte em sua sobrancelha.

"Caiu da escada o caralho. Dá quase para ver a marca do soco na cara dela."

Ela pousou em mim seus olhos castanhos, da mesma cor dos meus. Por uma fração de segundo, sua expressão foi de curiosidade, então me reconheceu e ficou de queixo caído, em estado de choque. Sua postura mudou completamente, na mesma hora. A mulher tranquila que abriu a porta e se apoiou no batente com uma saia curta, apertada e reveladora, ficou toda tensa, com os ombros projetados e uma expressão dura nos olhos.

– O que você quer, porra? – esbravejou. E não parou de olhar para a rua, obviamente checando se alguém estava me vendo ali.

Suspirei. O modo como minha mãe me olhava me deixava bravo e triste ao mesmo tempo. Não sabia qual emoção sentir primeiro, porque ambas eram muito fortes. Eu devia era virar as costas, entrar no carro e voltar para a vida que estava construindo. Mas não consegui. A lealdade sempre foi uma das minhas principais características, mesmo quando não era correspondida.

– Um passarinho me contou que você caiu da escada. Vim ver se precisa de alguma coisa. Tipo leite, pão... filho rebelde para encher de porrada esse cafetão vagabundo que você obviamente tem... – sugeri, com sarcasmo.

Ela riu, com ar de ódio, e falou:

– Não tenho filho nenhum!

Me encolhi todo por dentro com suas palavras, mas não deixei transparecer na minha expressão. Pus a mão em seu ombro, tirei-a da minha frente e entrei na casa. Bati a porta e virei de frente para minha mãe. Ela me olhava feio, com tanto ódio que fiquei surpreso em não pegar fogo, tamanha a intensidade de sua raiva.

– Olha, estou aqui para te livrar de seja lá qual for a encrenca em que você se meteu desta vez. Você pode até não querer minha ajuda, mas vai receber. Agora me fala quem é o sujeito, que eu vou resolver a parada! – falei, olhando bem em seus olhos e ignorando o fato de ela ter cerrado os punhos ao me ouvir.

– Você não pode simplesmente ir entrando aqui! Vai embora, caramba, e não volta nunca mais! Jamie, seu imbecil de merda. Não preciso de você nem de seu jeito de "resolver as paradas". Nunca precisei que você resolvesse parada nenhuma. Você fez tudo por conta própria, agora veja o resultado! Você foi para a cadeia, e eu perdi tudo o que tinha! Sai daqui, porra! – gritou, segurando a maçaneta e abrindo a porta de sopetão, furiosa, com um gesto para eu sair.

Não respondi e comecei a andar pela casa. Passei pelo corredor curto, tentando não olhar para nada até chegar na sala. Tentei não notar que o papel de parede descolado nos cantos era o mesmo de quando eu morava ali, nem reparar no desenho que fiz na parede perto da escada. Tentei não perceber que o carpete puído não havia sido trocado e ainda tinha a marca de queimado do cigarro que deixei cair após ser obrigado a fumar um maço inteiro, um atrás do outro, para aprender a não roubar nada da bolsa da minha mãe. Tentei não perceber nada disso, mas não consegui evitar.

Mas o que mais me abalou foi o cheiro do lugar. Ainda era exatamente o mesmo. O cheiro acre de maconha queimada, álcool, mofo e sujeira ainda estava no ar, trazendo de volta lembranças que eu não queria ter. Aquele cheiro desagradável e pungente fez um arrepio percorrer minha espinha e os pelos de minha nuca levantarem.

Atrás de mim, minha mãe gritava palavras repletas de ódio, falava que eu era um inútil, um desperdício de espaço, que eu havia acabado com sua vida, fodido tudo e a deixado sem nada. Ignorei tudo isso e fui até a última porta do lado esquerdo. Minha mão pairou sobre a maçaneta, hesitante. Foi naquele quarto que meu pior pesadelo aconteceu. Tive medo de entrar ali e ver minha irmã estendida no chão, com sangue saindo de sua cabeça, os olhos abertos e vidrados. Fiquei com medo de ver uma versão mais nova de mim mesmo agachado por cima de seu corpo, chorando e soluçando como nunca tinha feito na vida e como nunca mais voltei a fazer.

Mordi minha própria bochecha, segurei a fria maçaneta de metal e abri a porta em um único e rápido movimento. Meus olhos se voltaram automaticamente para a direita, para a parede que estava coberta de sangue na última vez em que a vi, com o reboco quebrado pela força com que bateram sua cabeça nele. Sinceramente, esperava que tudo estivesse igual, que a mancha ainda estivesse ali, mas não estava. O quarto havia sido pintado de amarelo clarinho, o carpete, substituído por outro, marrom escuro. É claro que não conseguiram salvar o anterior por causa da grande quantidade de sangue que o encharcou naquele dia.

Por sorte, não tive muito tempo para mergulhar em minhas lembranças. Quando me dei conta, minha mãe estava dentro do quarto, atrás de mim, falando palavrões em altos brados e batendo nas minhas costas, furiosa.

Fechei os olhos e tentei pôr todo o resto para fora. Precisava me concentrar no verdadeiro motivo de ter ido àquele lugar. Não podia continuar pensando em Sophie. Dei meia-volta, segurei minha mãe pelos ombros, para ela parar de me bater, e a sacudi para fazê-la calar a boca e ouvir o que eu tinha a dizer.

– Para com isso! – ordenei.

– Eu te odeio! – ela berrou. Seu rosto estava vermelho, e as veias de seu pescoço, saltadas, de tão brava e tensa que estava. Minha mãe apertou os lábios e cuspiu na minha cara, literalmente. Fechei os olhos e a soltei, depois limpei sua saliva do meu rosto com a manga da camisa.

– Eu também te odeio – confessei. Para dizer a verdade, foi uma sensação muito boa dizer essas palavras na sua cara. Nunca havia dito isso em voz alta. Pensava desde que tinha 7 anos, mas nunca tinha verbalizado. Fiquei um pouco chocado comigo mesmo, com a intensidade de sentimento com que aquelas palavras saíram da minha boca.

O rosto de minha mãe se enrugou todo e, por uns dois segundos, ela ficou mesmo com jeito de magoada. Mas aí ela soltou os braços ao lado do corpo, e todos os traços de emoção sumiram. Seu rosto voltou a ter aquela expressão dura como pedra.

– Então vai embora. Não somos nada um do outro. Não preciso da sua ajuda.

– Não vou permitir que ninguém te faça mal. Você ainda é minha mãe. Agora me conta o que foi que aconteceu – esbravejei. Cruzei os braços e fiquei esperando.

Minha mãe olhou para o chão, tocou o gesso que tinha no braço, franziu a testa e disse:

– Não foi nada.

Suspirei e me sentei na poltrona, me recusando a olhar o quarto à procura de fotos de Sophie que eu poderia levar comigo quando fosse embora.

– Se não foi nada, então não tem problema nenhum você me contar – retruquei, bem sério e firme, para minha mãe entender que eu não ia sair dali até ela me dizer o nome do sujeito que tinha feito aquilo com ela. Era bem óbvio, pelas roupas que estava usando – ou não usando – que havia voltado para a prostituição. A pose ao abrir a porta foi um indício de que ela pensava ser um cliente em busca de diversão no meio da tarde.

Em vez de ficar brava de novo e começar a gritar, minha mãe fez algo que nunca pensei que fosse presenciar. Sentou-se no sofá à minha frente, pôs a cabeça entre as mãos e chorou. Engoli em seco ao ver a cena. Quando eu era criança, ela nunca demonstrava emoção. Normalmente estava tão chapada ou bêbada que não "sentia" nada. Eu não sabia o que fazer. Sabia que devia confortá-la, abraçá-la e dizer que estava tudo bem. Mas não consegui reunir nem mesmo uma gota de compaixão por ela. Minha mãe não merecia. Mas nem por isso eu ia ficar parado e deixar um sujeito qualquer bater nela por achar que era seu dono.

– Desembucha logo, Sharon – exigi, chamando-a pelo nome, por não conseguir chamá-la de mãe. Eu precisava me manter distante.

Ela fungou e limpou o nariz com a mão, sem me olhar nos olhos.

– Eu... eu não tenho cafetão, não mais. Não desde que...

Sua voz falhou. Ela sacudiu a cabeça e se encolheu de leve.

Não achei que estivesse mentindo. Dava para ver o medo em seus olhos. Terror, até.

– Então quem fez isso? – perguntei, apontando para seu rosto e seu braço.

– Eu... eu... peguei uma grana emprestada. Tive uns probleminhas e não consegui pagar – sussurrou. Depois começou a soluçar de novo.

Era pior do que eu pensava.

– Por favor, me diz que você fez um empréstimo no banco – implorei, sabendo a resposta antes mesmo de perguntar. Que tipo de banco aceitaria violência como pagamento? Nenhum banco decente, sem dúvida.

Ela sacudiu a cabeça. Senti um aperto no coração. Agiotas. Eu não queria mesmo me envolver naquela situação. Mentalmente, fiz as contas de quanto dinheiro podia arranjar. Eu devia ter um pouco mais de mil dólares no banco. Recebia meu salário por semana. Se fizesse horas extras, conseguiria entregar três carros em vez de dois. Se eu não comesse muito e ficasse sem sair por umas duas semanas, dava para arranjar uns 1.800, talvez até um pouco mais.

– Para quem você pediu emprestado? – perguntei, sem vontade nenhuma de saber a resposta.

Ela fungou alto e respondeu:

– Para Tony Grier.

Minhas costas endureceram ao ouvir esse nome. Eu precisava sair daquela casa imediatamente. Tony Grier era capaz de levar tudo o que ela tinha, enchê-la de porrada e depois leiloá-la, e ainda fazer a mesma coisa com todos os seus parentes e amigos até minha mãe não ter mais nada a perder.

Ironicamente, tudo seria muito mais fácil se ela estivesse apanhando de um cafetão novo. Isso eu conseguia resolver facinho. Mas aquilo, aquilo era outra coisa completamente diferente.

– Quanto você pegou? – perguntei, fechando os olhos, com medo da resposta.

– Dois mil – respondeu. Seu tom de voz havia mudado. Estava mais gentil, mais manso. Parecia que, de repente, minha mãe tinha se dado conta de que precisava me tratar com educação, ou eu não iria ajudá-la.

Balancei a cabeça, e meu corpo relaxou um pouco, porque aquela quantia não era tão difícil assim de conseguir.

– Consigo isso para você em duas semanas.

Ela fungou alto de novo.

– Isso... isso é só o que eu peguei emprestado – gaguejou.

Abri os olhos. Ela estava inclinada para a frente, com a mão meio estendida, tentando me alcançar. Me encolhi todo e escondi as mãos imediatamente. Não queria que ela me tocasse. Aquela mulher me dava nojo e, por mim, eu jamais a veria de novo.

"Juros", pensei. Eu devia ter adivinhado que não seria tão fácil assim.

– Então, quanto você precisa pagar ao cara?

Minha mãe engoliu em seco e passou a mão no cabelo, tentando ajeitar o rabo de cavalo. Depois virou para o lado e respondeu:

– Treze.

Suspirei surpreso.

– Que merda. – Não tinha como eu conseguir aquela grana toda e, se ela não pagasse, a dívida ia aumentar a cada dia. – Por que você foi pegar dinheiro com ele? Por que não falou com Brett?

Surtei. Brett teria dado o dinheiro para minha mãe, nem teria cobrado juros, como Tony Grier. Brett sempre cuidava da família de seus meninos. Teria emprestado o dinheiro para ela, sem dúvida.

Ela encolheu os ombros. Seus lábios tremiam.

– Não pensei direito. Precisava fumar uma pedra, estava desesperada, e ninguém queria me emprestar. Eu já tinha pegado uns duzentos contos com Tony e pago sem maiores problemas. Achei que ia dar tudo certo, mas deixei de pagar uma parcela, e ele enlouqueceu, quebrou tudo e ficou me ameaçando. Então somou os juros, e agora tenho que pagar os juros dos juros! Não consegui trabalhar muito na semana passada porque estava doente, e não consegui pagar a última parcela – explicou, olhando para o próprio braço e se encolhendo.

Me segurei para não dar uma resposta furiosa. Aquilo tudo havia começado por causa de drogas? Ela pegou dinheiro com um agiota para comprar drogas. A que ponto de imbecilidade minha mãe conseguia chegar?

– Não sei o que fazer – sussurrou, sem se dar ao trabalho de limpar as lágrimas e o ranho da cara. Ela parecia tão indefesa, vulnerável e fraca. Mas não estava indefesa. Tinha a mim. Sempre teve.

Respirei fundo, sacudi a cabeça e me levantei da poltrona.

– Vou dar um jeito. Só não me faz uma merda dessas de novo. É a última vez que resolvo um problema seu.

Olhei feio para a minha mãe, com uma expressão de advertência. Eu estava tentando ser uma pessoa decente e não precisava daquilo. Queria me libertar daquela vida e, bem quando achei que conseguiria, ela me arrastava de novo.

Minha mãe suspirou surpresa e ficou de pé.

– Você tem essa grana?

Balancei a cabeça e menti:

– Tenho.

– Obrigada – sussurrou. Ela me olhou nos olhos, demonstrando uma compaixão e uma gratidão que eu jamais tinha visto. Mas era tarde demais, estava tudo acabado entre nós, eu estava cortando todos os laços com ela.

– De nada.

Virei as costas e corri para a porta. Minha cabeça girava, pensando no que iria fazer. Eu precisava falar com Tony Grier e descobrir o que podia ser feito a respeito da dívida daquela prostituta drogada que era a minha mãe.

Vinte minutos depois, parei na frente de um escritório luxuoso. De fora, o lugar parecia um estabelecimento respeitável. Tinha uma placa em cima da porta com os dizeres VOCÊ PRECISA, NÓS EMPRESTAMOS. SEM FAZER PERGUNTAS.

Tony Grier também era dono de um negócio de empréstimos dentro da lei, empréstimos planejados com planos de pagamento.

Era esse seu negócio oficial. Se a Receita Federal ou a polícia entrassem ali, só encontrariam um homem que se deu bem na vida e emprestava dinheiro com retorno rápido, tudo dentro da lei e declarado nos livros-caixa. Mas é claro que tinha gente que pegava dinheiro emprestado por fora, como a minha mãe, e era daí que vinha o verdadeiro lucro. As pessoas pegavam pequenas quantias e, depois dos juros e das taxas, acabavam tendo que entregar a própria casa e todas as suas posses.

Entrei e fui até a recepção.

– Preciso falar com o sr. Grier – falei para a moça.

Ela digitou alguma coisa e olhou a tela do computador.

– Ele está atendendo uma pessoa no momento. Me passe seu nome e espere aqui, por favor.

– Meu nome é Jamie Cole. Diga que ele conhece a minha mãe, Sharon Cole.

Fui ficando cada vez mais furioso à medida que os minutos passavam. Das duas, uma: ou aquele sujeito havia batido na minha mãe ou havia mandando um de seus capangas fazer isso. Respirei fundo. Por mais que quisesse socar a cara dele, sabia que era assim que as coisas funcionavam naquele ramo. Precisava continuar distante.

Olhei para cima bem na hora em que Tony Grier abriu a porta de sua sala. Devia ter uns 50 anos, estatura mediana, meio acima do peso, levemente careca, vestia um terno cor de carvão que parecia ter custado caro. Sorriu e me esticou a mão. Fiquei de pé e tentei não demostrar o ódio e a raiva que estava sentindo. Fiz o papel de pessoa bem educada que pedia mais um tempinho.

– Jamie Cole, quase não te reconheci.

– Faz tempo – falei. Só queria arrancar seus dentes e enfiá-los goela abaixo.

Tony me levou até sua sala, fechou a porta e fez um gesto, pedindo para eu me sentar enquanto voltava para trás da mesa.

– Então, Pirralho, o que posso fazer por você neste belo domingo?

– Vim aqui para falar sobre a dívida da minha mãe.

Lentamente, um sorriso se esboçou em seus lábios.

– Ah, achei mesmo que fosse sobre isso.

Ele ficou com uma expressão calculista, mais alerta, talvez achando que eu fosse pegar aquele abridor de cartas banhado a ouro de cima da mesa e enfiar em sua jugular. Olha que pensei nisso mesmo.

Balancei a cabeça.

– Ela te deve 13 mil, certo? – perguntei, inclinando a cabeça para o lado, ainda na tentativa de manter um diálogo leve e casual.

Ele abriu uma gaveta, puxou um fichário, jogou em cima da mesa e foi abrindo lentamente. Se fez isso só para me irritar, não sei. Mas conseguiu.

– Deixe-me ver... – disse. Ele passou a língua nos dentes e parou em uma página bem no começo. Soltou um suspiro exagerado e completou: – Lamento informar que 13 mil era o total da semana passada.

Me segurei para não gemer.

– E o total desta semana? – insisti, sem querer saber a resposta.

Tony fechou o fichário, pôs de volta na gaveta e falou:

– Você sabe como essas coisas funcionam, Pirralho. Juros, multas, taxas de cobrança... Preciso pagar gente para ir atrás do dinheiro...

"Responde a porra da pergunta, cuzão!"

– Sei como essas coisas funcionam. Qual é o total desta semana?

– Quatorze e quinhentos – respondeu. Ele juntou as pontas dos dedos, se acomodou na cadeira e me olhou com toda a atenção.

A dívida aumentou 1.500 dólares em uma semana? Eu estava muito encrencado. Fiz de tudo para não esboçar nenhuma reação. Fiquei de pé, pus a mão no bolso e tirei os 700 dólares que tinha conseguido tirar no caixa eletrônico da esquina. Atirei o dinheiro em cima da mesa e voltei a me sentar.

Os olhos de Tony brilharam, achando graça ao ver as notas.

– Posso não ser nenhum gênio, mas até eu sei que isso não cobre a dívida.

– Eu sei. Considere um sinal ou algo do gênero. Quero que você deixe minha mãe em paz. Vou assumir a dívida dela. De agora em diante, você vai falar comigo.

Olhei para Tony bem sério. Não havia feito um pedido. Se aquele cara encostasse o dedo na minha mãe de novo, eu ia fazer picadinho do sujeito e mandar sua aliança de casamento para a mulher dele dentro de um saquinho plástico.

Ele sorriu e se inclinou para a frente.

– É mesmo? O pupilo de Brett Reyes está me devendo? Bom, acho que hoje é meu dia de sorte – falou, com tom irônico.

Ignorei o brilho em seus olhos quando ele pensou que eu lhe devia dinheiro. Talvez pensasse que eu ainda tinha contato com a organização de Brett ou algo assim.

– Posso te pagar mil dólares por mês – propus.

Tony riu da minha cara, uma gargalhada tão alta que ecoou na sala e reverberou nas paredes.

– Só de juros são cinco mil por mês.

Senti um aperto no coração. Não tinha nem como conseguir cinco mil por mês.

– Certo. Até parece que você vai conseguir arrancar isso da

pobre da minha mãe. Você sabe que vai ganhar mais comigo do que jamais ganharia com ela, então vamos parar de palhaçada e resolver isso logo.

Ele encolheu os ombros, confiante.

– Não tem nada para resolver. A dívida precisa ser paga. Eu não faço planos de pagamento. Você sabe disso, Pirralho – falou. Então se acomodou de novo na cadeira, com os dedos embaixo do queixo, os olhos tentando decifrar minha expressão. – Mas, se você vier trabalhar para mim, posso esquecer que essa dívida um dia existiu.

– Não, obrigado – respondi, sacudindo a cabeça com força. Sempre fui e sempre serei leal a Brett, jamais faria uma merda dessas. – Olha, vou dar um jeito. Só tranfere a dívida para o meu nome e esquece que você conhece Sharon Cole. Vou pagar sua grana o mais rápido possível. Enquanto isso, se eu ficar sabendo que um de seus capangas olhou torto para minha mãe, eu mato.

Fiquei de pé, pondo fim àquela conversa.

Tony deu uma gargalhada maldosa.

– Você sempre foi um brutamonte de merda.

– É o que dizem – resmunguei, virando as costas e saindo da sala sem olhar para trás.

Quando voltei para minha picape, engolhi o orgulho e fiz o que devia ser feito. Não tinha como escapar. Era isso ou eu ia acabar morrendo. Peguei o celular e liguei. Ele atendeu, todo gentil e animado. Me senti vazio, sem emoção, resignado com o fato de que um fracassado como eu nunca conseguiria escapar da vida do crime.

Limpei a garganta.

– E aí, Brett? Eu, ãhn... estou com uns problemas aí e preciso de trabalho.

CAPÍTULO 16

Jamie

– Então, Pirralho. De que problemas estamos falando? – Brett perguntou quando me sentei em sua sala.

Suspirei profundamente.

– A craqueira da minha mãe pediu dinheiro a um agiota e arrumou uma dívida aí – declarei. Olhei para Brett, que franziu a testa, com cara de bravo, e eu já sabia o que ele ia dizer antes mesmo de ele falar. – Eu disse que ela deveria ter vindo falar com você – completei, antes que Brett me enchesse o saco.

Ele sacudiu a cabeça, furioso, e passou a mão no cabelo.

– Sempre cuidei da família de meus meninos, sua mãe sabe disso! Por que ela foi pedir a outra pessoa?

Encolhi os ombros.

– Agora já foi, não adianta ficar estressado. Bom, só preciso de uns dois ou três esquemas para conseguir pagar.

Olhei para Brett, cheio de esperança. Se ele se recusasse a me receber de volta, eu estava perdido. Normalmente é muito difícil sair de uma organização como a dele. As pessoas costumam ficar lá pelo resto da vida e, quando querem sair, precisam pagar trabalhando. Mas, se você sai, não pode mais voltar. Meu pedido era bem sem noção, e rezei para ele aceitar. A alternativa – trabalhar para Tony Grier – não me animava nadinha.

Ele suspirou, se acomodou na cadeira e perguntou:

– De quanto você precisa?

– Uns três esquemas deve dar.

Eu já tinha feito as contas. Com base no pagamento de meu antigo trabalho noturno, achei que isso resolvia a questão.

Brett balançou a cabeça, pensativo.

– Tenho um trabalhinho programado para sexta-feira que você podia coordenar. Me dá um tempinho para espalhar que você voltou à ativa. Tenho certeza de que, logo, logo, posso te passar mais uns esquemas.

– Só quero três, Brett – fui logo falando, para deixar claro que não tinha voltado de vez.

Ele riu, sacudindo a cabeça.

– Não é assim que as coisas funcionam, Pirralho, você sabe disso. Se quer voltar, volta, mas eu não trabalho com *freelancer.* Se você quer fazer parte da equipe, vai fazer parte da equipe e pronto. É pegar ou largar – propôs, encolhendo os ombros.

Engoli em seco, todo sem jeito. Eu realmente não tinha opção. Precisava desesperadamente da grana. Eu havia assumido a dívida e, se não conseguisse pagar, Tony viria atrás de mim. E, se depois disso, ainda não conseguisse pagar, ele daria outro jeito de me atingir. Ellie seria o principal alvo, por eu gostar tanto dela. Eu não podia permitir que isso acontecesse.

– Que tal um acordo? – propus.

– Que tipo de acordo?

Passei a mão no cabelo, tentando pensar em algo que Brett toparia, algo vantajoso para ele, mas que não me prenderia tanto à sua organização criminosa. Tempo. Eu poderia combinar um período com ele.

– Te dou um mês. Faço todos os esquemas que você quiser durante esse mês, mas depois caio fora – propus.

Ele franziu a testa.

– Vou levar mais de um mês para espalhar que você está de volta. Não vou conseguir tantos esquemas assim em um mês – respondeu. Ele estalou os dedos e disse: – Seis meses.

Sacudi a cabeça com veemência. Em seis meses, eu seria completamente dragado por aquela vida. Seis meses roubando carros, e eu estaria outra vez viciado na adrenalina. Não podia fazer isso.

– Três – contrapropus.

O silêncio pairou no ar. Mas, finalmente, Brett concordou.

– Fechado. Mas quero você cem por cento de volta. Você vai ficar à minha disposição, não apenas para roubar carros, mas para qualquer coisa que eu precisar.

Gemi só de pensar no que isso significava. Proteção. Violência. Venda de drogas. Assaltos. Basicamente tudo o que eu odiava na minha vida pregressa. A única alternativa que eu tinha era procurar Jensen, primo de Ray, e pedir para lutar todas as noites em seu clube. Mas eu ficaria muito quebrado e, depois de algumas noites, mal demais para conseguir ganhar. Eu não tinha mesmo saída.

Balancei a cabeça, resignado.

– Tudo bem. Três meses, e eu estou fora. Seja lá o que acontecer, caio fora.

– Ótimo. É bom ter você de volta, Pirralho – Brett falou. Um sorriso se esboçou lentamente em seus lábios. – Fala com Ed sobre o esquema de sexta à noite – ordenou. Depois apontou para a porta, dando a entender que a reunião havia acabado.

Sexta-feira à noite. Por que sinais de alerta começaram a soar em minha cabeça? De repente, me dei conta. A formatura de Ellie era na sexta à noite.

– Ãhn, Brett... Na sexta à noite eu não posso.

– Grande merda. Dá seu jeito, se não nosso combinado já era.

Os carros precisam estar dentro de um contêiner que vai para a Alemanha às cinco da manhã de sábado.

Era só o primeiro esquema, porra, e já ia interferir em meu relacionamento. Aceitar trabalhar com Brett por três meses foi a pior ideia da história da humanidade. Mas não havia outro jeito de eu arranjar grana suficiente para quitar a dívida.

E se eu fosse para o baile e fizesse o esquema depois? Poderia ir embora cedo, falar para Ellie que não estava me sentindo muito bem.

– Quantos carros? – perguntei, fazendo as contas de quanto tempo precisaria e se daria certo ou não.

– Três. Todos a uma distância de uma hora daqui.

Balancei a cabeça, fiquei de pé e falei:

– Deixa comigo.

CAPÍTULO 17

Jamie

Acordei com dor de cabeça. Fazia três dias que eu tinha ido falar com Brett e, por algum motivo, não dormi direito desde então. A depressão estava tomando conta de mim, por causa daquela situação. A única coisa que me alegrava era Ellie.

Levantei da cama em silêncio, tentando não acordá-la, e fui tomar banho, deixando a água aliviar um pouco da tensão de meu corpo.

– Jamie, seu celular está tocando. Você quer que eu atenda? – Ellie perguntou, lá do quarto, alguns minutos depois.

– Não! Já vou sair – respondi.

Não ligava de Ellie atender meu celular, mas não queria que Brett ou alguém dessa laia chegasse perto dela.

Suspirei, fechei as torneiras, enrolei uma toalha na cintura e voltei para o quarto. Ellie estava deitada, tapando os olhos com o braço, enquanto o celular vibrava na mesinha de cabeceira. Peguei o aparelho e atendi sem nem conferir o número que aparecia na tela.

– E aí, Pirralho?

Gemi em pensamento. Era Brett. Aquela ligação só podia ser a respeito de uma coisa: minha primeira tarefa.

– E aí, Brett? Como vão as coisas?

– Tudo certo. Olha, preciso que você faça uma coisinha hoje.

Só me acompanhar em uma reunião para dar as caras. Estou espalhando lentamente que você está de volta à minha equipe, mas vai ser tudo muito mais rápido se as pessoas te virem com os próprios olhos. Assim, a gente vai receber mais pedidos.

Ellie tirou o braço do rosto e sorriu, com os olhos sonoletos ainda meio fechados. Sorri para ela, que esticou a mão, segurou o nó da minha toalha e me puxou com um brilho malicioso nos olhos.

Segurei sua mão, impedindo-a de tirar a toalha, e repondi:

– Que horas? Vou trabalhar hoje.

– Esteja aqui em uma hora – Brett respondeu, como quem não quer nada.

Fiz careta, mas aceitei, um pouco relutante. Não podia dizer "não" a ele. E aí precisava ligar para o ferro-velho e mentir que estava doente.

Ellie ficou de joelhos na cama. Os lençóis caíram, deixando seu corpo nu à mostra. Os músculos de minha barriga ficaram tensos e passei os olhos por cada centímetro de seu corpo. Sinceramente, achei que nunca ia me acostumar com a perfeição daquela garota, mesmo que passasse um milhão de anos admirando.

– Vem aqui para o galpão. Não vai se atrasar, Pirralho.

– Pode deixar – respondi. Brett desligou, e olhei bem sério para Ellie, que deu uma risadinha e mordeu o lábio. – Você é uma menina má – a repreendi, em tom de brincadeira.

Ela encolheu os ombros, sem a menor vergonha, subiu as mãos pelo meu peito e abraçou meu pescoço.

– Se você der uma diminuída em seu *sex appeal*, talvez eu consiga te deixar em paz.

"*Sex appeal*. Ah, tá."

– Ellie, não faço a menor ideia de como consegui pegar uma mulher como você – confessei.

Minha namorada sorriu e me puxou para cima dela, enrolando as pernas em minha cintura.

– Eu sei. Você merece coisa bem melhor. Acho que, quando você me olhou pela primeira vez, foi meu dia de sorte – ronronou, me puxando até minha boca encostar na sua. Sorri com os lábios encostados nos seus, sabendo que aquela frase era o exato oposto da verdade. Ellie sempre seria quem merecia coisa melhor. Mas, enquanto não se desse conta disso, eu ia aproveitar ao máximo.

Quando cheguei ao galpão, já estava de péssimo humor. Isso porque um sujeito estava me seguindo. Sem nem se dar ao trabalho de ser discreto. Assim que saí de casa com Ellie, já pus o olho nele. Estava apoiado no carro, na frente do meu prédio. Depois observei ele me seguir, com dois carros de distância, e parar na calçada do colégio dela quando a deixei lá. Reconheci que ele era um dos homens que trabalhavam para Tony Grier, ou seja, o agiota já estava na minha cola.

O sujeito estacionou o carro ao lado do meu no galpão de Brett e me deu um sorriso. Soltei um urro de frustração e abri a porta da picape. Fiz questão de trancar o carro ostensivamente, depois fui até o carro dele e bati no vidro. Ele sorriu de um jeito maldoso e abriu a janela.

– Por que você está me seguindo, porra? – disparei.

Ele inclinou a cabeça para o lado.

– Só estou te conhecendo um pouquinho melhor. Sua primeira parcela vence em dois dias. Estou pesquisando seu dia a dia. Muito linda sua namoradinha. E ainda está no colégio, hein? Deve ser um pouco nova para mim. Mas, se você cair fora, posso arrancar o pagamento da bunda dela – disparou, encolhendo os ombros de um jeito displicente.

Meu corpo ficou todo tenso e, quando me dei conta, já tinha enfiado o braço dentro do carro e agarrado a garganta dele.

– Se você olhar para ela de novo, eu te mato – esbravejei.

Não conseguia controlar meu ódio. Me deu vontade de matá-lo apenas por falar sobre Ellie na minha frente. Ele riu. Até eu apertar mais sua garganta, que transformou a risada em um grito engasgado e o fez arregalar os olhos. Cheguei mais perto, a centímetros de distância de seu rosto.

– Estou te avisando agora que, se você sequer respirar perto dela, vai desejar que sua mãe tivesse te abortado quando soube que estava grávida – sussurrei. – Pode falar para o Tony que minha namorada está fora de questão. Melhor ainda: nem fala que tenho namorada porque, se alguma coisa acontecer com ela, vou acabar com você. – Soltei o sujeito e me afastei, endireitando o corpo. Ele pôs a mão na garganta, meio sem ar. – Pode dizer que ele vai receber o pagamento em dia e que pode parar de mandar os capangas me vigiarem.

Dei meia-volta, sem esperar uma resposta, e me dirigi ao galpão com ar de quem era o dono do lugar, cumprimentando com a cabeça as pessoas que estavam por ali.

Meu corpo inteiro estava tenso de tanto estresse. Bem lá no fundo, eu sabia que devia terminar com Ellie, porque os caras já sabiam quem ela era. Não tinha o direito de arrastá-la para aquele mundo torpe comigo, ela merecia coisa melhor. Mas meu lado egoísta não conseguia abrir mão dela. Precisava daquela garota para manter minha sanidade mental, senão, qual seria o sentido de lutar tanto? Não podia existir liberdade sem ela.

Meu maxilar doía, de tão tenso. Bati na porta da sala de Brett.

– Bom dia – resmunguei, quando ele a abriu.

– Bem na hora certa, Pirralho. Vamos nessa – respondeu,

guardando a arma no coldre preso em seu ombro. O paletó que vestiu por cima escondeu o coldre direitinho. Brett jamais saía do escritório desarmado.

– E aí, para onde vamos? – perguntei, quando entramos no banco de trás de seu Bentley.

– Vou encontrar Carlos e Greg. Quero que eles ocupem um território maior para mim. Alguns de meus fornecedores têm me decepcionado ultimamente. Precisei dispensar um que estava passando a mão em meus lucros – respondeu. Tentei não esboçar nenhuma reação quando Brett disse "dispensar": isso significava que ele havia matado um de seus traficantes. – Então quero que Carlos e Greg expandam seu território para cobrir mais aviões na área. O irmão de Carlos curte carros, você sabe disso. Quero que ele te veja e conte para o irmão que você está de volta. Até agora, só consegui marcar dois esquemas para o próximo mês. O povo encontrou outras pessoas para atender às suas necessidades. Andam espalhando que há um novo Pirralho na área – explicou, encolhendo os ombros, com jeito de quem estava aborrecido com a história toda.

– Um novo Pirralho? – repeti, fazendo careta.

Brett balançou a cabeça.

– É. Um tal de Raposa. Nomezinho original, né? – disse, com tom sarcástico, revirando os olhos de desgosto. – O rapaz tem 21 anos e, pelo que dizem, manda bem. Está sendo muito procurado no momento. Aproveitou a oportunidade e ficou famoso quando você foi preso.

– Por que você não chamou ele, então, se ele é tão bom assim? – perguntei.

Brett vivia recrutando novos talentos, e era óbvio que o departamento de roubo de carros havia ficado desfalcado quando fui para o reformatório.

Ele sorriu e deu um tapinha em meu joelho, revirando os olhos.

– E para que eu ia precisar dele? Queria esperar você sair. Vale a pena esperar pelo Pirralho Cole.

Ele me deu uma piscadinha, e não consegui segurar uma risada orgulhosa. Brett poderia ter chamado o tal Raposa para a equipe há anos, quando me mandaram para a prisão, mas, por lealdade, preferiu perder os clientes e esperar por mim. Isso dizia muito sobre a natureza de nosso relacionamento.

– Aposto que você ficou puto quando eu disse que queria levar uma vida honesta, então – brinquei. Mas aí lembrei que Brett havia apontado uma arma para a minha cabeça e me encolhi todo.

Ele deu um sorriso triste.

– É claro que fiquei puto por você ter saído da minha equipe. Mas fico feliz de te ver feliz, Pirralho. Nunca te vi tão bem assim. Combina com você.

Passamos o restante do caminho em silêncio. Eu olhava as ruas passarem pelo carro, apenas desejando não ter levantado da cama naquela manhã.

A reunião foi boa, saiu tudo dentro do esperado. Não precisei fazer muita coisa, só apertar a mão de uns caras e ficar de braços cruzados, fazendo de conta que era um dos capangas de Brett.

Mas, em vez de Brett me dispensar depois da reunião, pediu para eu acompanhá-lo até seu "novo empreendimento". Aparentemente, ele tinha acabado de fechar negócio e ia ser dono de uma empresa de segurança dentro da lei, que trabalharia em uma rede de boates de *striptease* espalhadas pela cidade. Pelo que ele estava me contando, essa seria a única parte legal de seu negócio.

Então era para esse tipo de lugar que estávamos indo. Uma boate de *striptease*.

Quando saí do carro, olhei em volta desconfiado. Não gostava daquele tipo de lugar e, sem dúvida, não queria que Ellie ficasse sabendo que eu tinha ido a uma boate de *striptease*.

Era meio-dia e havia alguns clientes bebendo na hora do almoço. Algumas mulheres seminuas andavam pelo lugar, mas não me interessei nada por elas. Uma loira de biquíni prateado cruzou o olhar com o meu e me deu um sorriso sedutor. O único pensamento que veio à minha cabeça foi "minha namorada é muito mais bonita e tem pernas mais compridas". Ellie acabou com a minha masculinidade. Ri baixinho de mim mesmo e sacudi a cabeça enquanto Brett cumprimentava um tal de Matthew Torrent, dono da boate.

– Pirralho, este aqui é o sr. Torrent – Brett apresentou.

Balancei a cabeça e apertei sua mão com todo o respeito.

– Prazer em conhecê-lo.

O sr. Torrent sorriu.

– O prazer é todo meu. Ouvi falar muito bem de você – respondeu. Ele me olhou de cima a baixo e completou: – Pelas coisas que me disseram ao longo dos anos, achei que você fosse bem maior.

Dei risada.

– Todo mundo acha isso. Gosto de manter minha aura de mistério. Quando as pessoas me subestimam, eu levo vantagem.

Ele sorriu de novo e falou:

– Sem dúvida.

– Vocês dois vão se conhecer bem melhor daqui para a frente – Brett comentou.

Fiquei confuso e franzi a testa.

– Como assim? – perguntei.

– Vou colocar você no comando da equipe de segurança das boates – Brett respondeu, com a maior cara de pau.

Todos os músculos de meu corpo ficaram tensos ao ouvir isso. Eu não queria fazer aquilo de jeito nenhum.

– Acho que não sou a pessoa mais indicada. Shaun ou Wayne se sairiam muito melhor que eu. Tenho certeza de que o sr. Torrent quer que sua equipe seja protegida pelo melhor – argumentei.

O sr. Torrent sacudiu a cabeça:

– Pedi para ser você assim que soube que você havia voltado a ser empregado de Brett. Já ouvi falar muito de você – eu e todo mundo – e tenho certeza de que o nome Pirralho Cole já é garantia de que não terei confusão em minhas boates – contra-atacou, confiante.

– Mas só vou trabalhar por três meses – protestei.

Brett bufou e revirou os olhos. Na hora, tive certeza de que para ele eu ficaria viciado na adrenalina e não iria querer ir embora quando nosso combinado terminasse.

– Vamos deixar as coisas assim, por enquanto. Se isso acontecer, daremos um jeito.

Tive vontade de corrigi-lo e dizer "*quando* isso acontecer", mas apenas balancei a cabeça, concordando com ele. Eu só precisava passar por aqueles três meses. Depois, poderia deixar tudo aquilo para trás.

Passamos mais uma hora na boate, combinando os detalhes. Eu teria cinco caras em cada uma das sete boates de Matthew. Eles cuidariam da segurança na porta, dentro da boate e nos quartinhos lá no fundo onde algumas das meninas prestavam "serviços extras". Basicamente, eu ficaria de plantão e teria que dar as caras aos fins de semana, para os clientes me verem por lá. Não fazia ideia de por que para Brett e Matthew minha presença era uma boa ideia, por que achavam que isso evitaria confusão. Pelo jeito, as histórias que contavam sobre mim aumentaram muito de proporção quando fui preso. Na verdade, eu não tinha nem idade para beber legalmente, ainda faltavam alguns meses para eu completar 19 anos. Mas fiz o que me mandaram e concordei em passar algumas horas lá aos sábados à noite.

Eu começava a me ressentir da minha mãe cada vez mais. Aquela história de equipe de segurança ia limitar o tempo que eu podia passar com minha namorada.

Quando chegamos ao galpão, entrei na sala de Brett e fiquei por ali um tempo.

Ele tirou o paletó, pendurou no cabide e ficou me olhando com desconfiança.

– Que foi? Você não tem o costume de ficar por aqui depois de ter sido dispensado. Algum problema?

Sacudi a cabeça e resolvi pedir algo que tinha passado a manhã toda pela minha cabeça. O máximo que podia acontecer era Brett dizer "não".

– Será que você conseguiria adiantar um pouco do meu pagamento? A primeira parcela da minha dívida com Tony Grier vai vencer logo, e já quero ter a grana na mão – falei, esperançoso. Ter esse dinheiro antes do prazo aliviaria um pouco a pressão, eu não precisaria ficar tão estressado. Nem tão preocupado com Ellie.

Brett suspirou e foi imediatamente até o cofre, que ficava na parede, escondido atrás de um quadro. Fiquei olhando ele pegar dois maços de dinheiro, presos com elástico e uma etiqueta em que se lia *$ 1.000*. Então bateu a porta do cofre e atirou o dinheiro em meu colo.

– Só não vai falar para os rapazes que eu fiz isso. Não quero eles entrando aqui e me pedindo dinheiro. Essa foi a única exceção, e só fiz isso para você. Entendeu?

Sorri agradecido. Meus ombros relaxaram um pouco quando guardei a grana no bolso interno da minha jaqueta de couro.

– Valeu, Brett. Nos vemos amanhã à noite, antes do esquema.

Ele me mandou embora estalando os dedos. Fui logo saindo da sala, antes que ele pensasse em mais alguma coisa para eu fazer.

CAPÍTULO 18

Ellie

– Ele vai, sim, tenho certeza – choraminguei, pondo a cabeça entre as mãos.

Stacey suspirou e fez carinho em meus ombros, tentando me acalmar.

– Jesus, El. Ele não vai te dar o fora! Controle-se. Você está acabando com sua maquiagem, e nós vamos sair para o baile em uma hora! – repreendeu, tirando minhas mãos do meu rosto.

Olhei minha amiga e me esforcei para acreditar nela, para dar ouvidos às palavras que ela não parou de repetir naquela semana. Mas não conseguia acreditar. Jamie ia terminar comigo logo, logo. Eu tinha certeza. Ele andava incrivelmente distante. Tudo havia mudado entre nós.

– É sério, Stace. A gente mal tem se falado. Ele fica com aquele olhar perdido e um jeito de quem não quer conversa quando pergunto o que está acontecendo. Dá um pulo toda vez que o celular toca. Ontem à noite me disse que eu não poderia dormir na casa dele hoje, porque tinha, abre aspas, "planos com Connor". Mas eu tenho certeza de que, semana passada, Jamie disse que o tal Connor, chefe dele, ia viajar com a família e só voltaria na semana que vem!

Stacey sacudiu a cabeça e sentou na cama, a meu lado.

– Ellie, para de pensar nisso. Sempre que vejo vocês dois juntos, estão rindo e se beijando. Falam o tempo todo no celular. Você não acha essa uma coisa rara, poder falar com o namorado no celular por dez minutos sem ficar entediada? Você e Jamie conseguem ficar conversando por uma hora e ainda têm o que dizer. Não consigo fazer isso com Paul, não chego nem perto. Você deve ter confundido os fins de semana. Esse tal de Connor deve viajar outra hora, e você está analisando demais as coisas porque está ficando com medo.

Não. Tinha alguma coisa errada. Eu tinha certeza. Que motivo Jamie poderia ter para andar tão distraído e distante ultimamente?

– Não estou ficando com medo – protestei, franzindo a testa.

Minha amiga revirou os olhos.

– Está, sim. Sei muito bem que você é louca por aquele menino e morre de medo disso por causa do que aconteceu com Miles. Você está com medo de se apaixonar por Jamie e fica inventando desculpas para não se aproximar demais. Está tentando se convencer de que o relacionamento de vocês não vai dar em nada para não acabar se machucando.

Fechei os olhos e sacudi a cabeça. Não estava apenas com medo. É claro que eu estava com medo, *sim*, de me apaixonar por Jamie, porque Miles também era incrível no começo, mas o que eu sentia não tinha nada a ver com isso. Jamie estava diferente. Não era mais o Jamie atencioso, carinhoso e amoroso por quem eu estava mesmo me apaixonando.

– Não estou com medo – insisti. Abri os olhos e olhei de novo para Stacey, com um sorriso forçado para ela não perceber como eu estava chateada. – Acho que, uma hora ou outra, vamos descobrir quem é que está com a razão. Das duas, uma: ou Jamie vai terminar comigo ou eu estou sendo ridícula, e isso não é nada. De qualquer jeito, não há nada que eu possa fazer.

Minhas próprias palavras doeram em mim.

Stacey sorriu e levantou aquela sobrancelha perfeitamente arqueada.

– Na verdade, tem uma coisa que a gente pode fazer, sim. Podemos te deixar linda de morrer e, quem sabe, Jamie cancele os planos dele com Connor e te acorrente ao pé da cama o fim de semana todo – sugeriu, com um sorrisinho malicioso.

Ri e revirei os olhos com a baixaria de minha amiga.

– Por acaso eu tenho uns saltos matadores que ele vai adorar – admiti, sorrindo só de pensar.

Parei na frente do espelho de corpo inteiro que havia no quarto e fiquei sem ar. Stacey tinha passado quase uma hora me penteando, fazendo cachos em meu cabelo e prendendo tudo de um lado só. Eu tinha uma cascata de cachos caindo em um de meus ombros. Ela refez minha maquiagem depois que surtei, e a sombra e a máscara de cílios que usou faziam meus olhos cinzentos parecerem grandes e empolgados. Minha pele estava macia e lisinha. E minhas unhas, simplesmente perfeitas.

Desci os olhos e analisei o vestido cinza-azulado de cetim que estava usando. Parecia algo saído das páginas de uma revista. Acabou ficando ainda melhor do que eu imaginava.

Stacey começou a falar comigo. Tirei os olhos do espelho e voltei minha atencão para ela.

– Ficou lindo. O decote, a telinha na parte de cima... tão lindo. Você fez um excelente trabalho, El – elogiou, sacudindo a cabeça, abismada. Ela passou o braço dentro do meu, sorriu feliz e ajeitou o corpete justo de seu vestido vermelho de cetim. – Vamos arrasar naquele baile.

A campainha tocou e, na mesma hora, minha mãe gritou, pedindo para meu pai atender. Saímos do meu quarto, e ouvi os passos pesados de meu pai, que resmungou alguma coisa entredentes. Quando nos viu no alto da escada, ele parou, arregalou os olhos e sorriu.

– Uau! Vocês duas estão lindas – disse.

Stacey riu e balançou a cabeça, e eu fiz careta e me segurei para não me encolher toda, porque meu pai estava vendo um vestido que eu mesma havia feito. Não que ele soubesse disso, claro.

– Obrigada, Michael – Stacey ronronou.

Suspirei e sacudi a cabeça, apertando o braço de minha amiga. Stacey sempre teve uma quedinha por meu pai, e isso era nojento.

Meu pai sorriu para mim, e não pude deixar de sorrir para ele, que estava com uma incrível expressão de orgulho...

– Preciso achar minha câmera – afirmou. Ele foi até o aparador e começou a remexer a gaveta de cima.

A campainha tocou de novo.

– Quem sabe não é melhor você abrir a porta antes, pai? – sugeri, rindo e descendo a escada com Stacey.

Meu pai concordou e foi até a porta. Do corredor, ouvi a voz de Paul e Jamie cumprimentando meu pai. Na mesma hora, senti um aperto no estômago de tanta expectativa de ver meu namorado de *smoking*. Todas as meninas do colégio iam ficar com inveja de mim quando eu entrasse de braço dado com ele. Jamie era incrivelmente bonito, todas as minhas amigas que o conheceram em festas e coisas do gênero concordavam comigo. Só que ele ainda tinha algo muito melhor do que a sua aparência: era bonito por dentro. Tão atencioso e altruísta. Incrível. Eu ia ter uma dor de cotovelo bem séria quando ele terminasse comigo naquela noite.

– Você vai trazer Ellie de volta lá pela meia-noite, entendido? – meu pai disse bem sério.

– Claro. Você pode confiar em mim, sabe disso – Jamie respondeu.

Sorri quando suas vozes se aproximaram. Virei e fiquei esperando. Assim que Jamie apareceu na minha frente, precisei me segurar para não ter um troço. O *smoking* preto que ele havia alugado tinha ficado perfeito, realçando seus ombros largos e fortes e favorecendo sua cintura torneada. Jamie pousou os olhos em mim, arregalou os olhos e ficou de boca aberta, aparentemente em estado de choque. Me segurei para não dar pulinhos de alegria quando seus belos olhos castanhos deslizaram por meu corpo, analisando cada centímetro antes de pousarem em meus olhos, e ele deu aquele seu sorriso lindo.

– Merda... uau – sussurrou.

Meu pai deu um soco em seu braço de brincadeira.

– Sem palavrão – repreendeu.

Jamie apenas riu, todo envergonhado, sem tirar os olhos de mim por um segundo.

– Oi – sussurrei, nervosa.

Ele se aproximou de mim. Parecia que eu estava presa a seu olhar, e ele não parava de sorrir. Não conseguia tirar os olhos de Jamie e rezava com todas as minhas forças para ele não terminar comigo. Eu era completamente louca por aquele garoto, Stacey tinha toda a razão. Eu estava com medo, *sim*. Tinha medo porque não queria que nosso relacionamento terminasse do mesmo jeito que meu namoro com Miles havia terminado. Não queria que Jamie mudasse como Miles havia mudado. Definitivamente, eu estava apaixonada por ele. Muito apaixonada.

Ele esticou a mão, pegou um de meus cachos entre o dedão e o indicador e depois passou as costas do dedo em meu rosto. Sua expressão era quase de espanto. Tentei guardar sua expressão daquele momento na memória. Queria capturar aquele instante perfeitamente para que, quando tudo terminasse e Jamie nunca mais me olhasse, eu ainda pudesse recordar.

Seu cheiro tomou conta de mim, aquele aroma que deixava meus braços arrepiados. Era indiscritível, apenas puro e simples Jamie, e eu adorava aquilo.

– Ellie, você está... *tão* linda – falou, baixinho, para ninguém mais ouvir.

Por seu sorriso, pude ver que dizia a verdade e senti um calor no rosto na mesma hora, porque ele me olhava com muita intensidade...

– Esse vestido... é incrível. Você está simplesmente... – engasgou. – Uau.

Mordi o lábio. Levantei a mão e passei na lapela de seu paletó.

– Você também está uau – confessei.

– Este trapinho aqui? – brincou, piscando para mim. Dei risada, e ele me mostrou a mão que estava escondida e que segurava uma caixinha de plástico com o tradicional arranjo de flores para o pulso, branco e verde. – Comprei isto para você – disse.

– Aaaah, Jamie. É maravilhoso – murmurei. E era lindo mesmo. Sorri agradecida. Ele abriu a caixinha, tirando, com todo o cuidado, a delicada pulseira de flores.

Então sorriu, segurou minha mão e me ajudou a colocá-la. Quando olhei para ele outra vez, Jamie se abaixou e me deu um beijo tão doce que suspirei de alegria. Nunca na minha vida um menino havia me tratado com tanta gentileza e admiração. Miles nunca fazia esses gestos românticos. Se eu fosse para o baile de formatura com Miles, ele teria aparecido, resmungado "e aí, está pronta?" e inclinado a cabeça em direção à porta. Jamais teria me olhado com aquele jeito doce e carinhoso de Jamie.

– Podemos ir qualquer dia desta semana, pessoal.

Levei um susto e, de repente, lembrei que não éramos os únicos naquele corredor. Balancei a cabeça, envergonhada, e falei:

– Estou pronta.

Jamie passou o braço por minha cintura, me puxou para perto e se virou para a porta.

– Está com os sapatinhos de cristal? – perguntou com um sorrisinho.

Levantei a sobrancelha, puxei a barra do vestido só um pouquinho e levantei um pé do chão, para Jamie conseguir ver meu *peep toe* preto salto dez.

– Ãhn-hãn – confirmei, com um sorrisinho malicioso.

Ele arregalou os olhos e apertou um pouco mais minha cintura. Jamie, definitivamente, tinha um fraco por sapatos de salto.

– Ah, sim. Muito bonitos.

Sorri e larguei o vestido, me soltei de seus braços e fui dar um beijinho no rosto de meu pai.

– Tchau, papai. Não precisa me esperar acordado, estou levando a chave – falei.

"E aí posso levar Jamie escondido para meu quarto sem você saber."

– Deixa eu tirar uma foto antes de vocês irem – falou, tirando a câmera da gaveta.

Voltei para o lado de Jamie e me encostei nele. Nós dois sorrimos enquanto a câmera disparava sem parar. Finalmente meu pai ficou satisfeito com a quantidade de fotos e deixou a gente sair de casa.

Paul é que foi dirigindo e, como havia pedido o Jaguar do pai emprestado, chegaríamos ao baile em grande estilo. Me sentei no banco de trás com Jamie. Ele segurou a minha mão o tempo todo, e ficamos papeando sobre a formatura. Eu já sabia que ele estava nervoso de ir comigo. Tinha quase certeza de que ele havia enfiado na cabeça que seria uma festa chique, com um quarteto de cordas à moda antiga e tal. Jamie teria uma grata surpresa.

Quando chegamos à entrada do ginásio do colégio, ele riu. O lugar estava decorado com serpentinas e balões, e tinha uma mesa com comida. As luzes normais estavam apagadas, e haviam coberto o teto com luzinhas brancas. Uma banda local já estava no palco, tocando umas músicas para animar a festa.

Virei para Jamie, sorri e o arrastei lá para dentro.

– Quer beber alguma coisa? – ofereci, fazendo sinal para a mesa de bebidas. – Alguém já deve ter batizado o coquetel de frutas, eu acho. Se quiser algo alcóolico, é o que temos.

Uma ruguinha surgiu em sua testa.

– Não quero beber hoje, não. Mas, se você quiser, fica à vontade – respondeu, me seguindo até a mesa.

Sacudi a cabeça e peguei duas latinhas de Pepsi e dois copos desartáveis.

– Nãããão, não quero estar bêbada demais quando tirar seu *smoking* – provoquei, levantando a sobrancelha de modo sugestivo.

Ele franziu a testa de novo e sorriu, como se pedisse desculpas.

– Na verdade, não vou dormir na sua casa hoje – respondeu. Ele pegou a latinha da minha mão, abriu e me serviu.

Precisei me segurar para não ficar emburrada quando me dei conta do que ele havia dito. Eu não podia dormir na casa dele porque meus pais descobririam. Ficaria muito óbvio eu ir ao baile com Jamie e não voltar para casa. Mas eu tinha esperança de que ele dormisse lá em casa escondido. Ele poderia ir embora depois que meus pais saíssem para visitar minha vó, como nos velhos tempos, antes de ele se mudar para o novo apartamento.

– Por que não? – pressionei.

Eu já sabia qual era a resposta para essa pergunta. Jamie não tinha planos de dormir na minha casa porque tinha planos de terminar comigo. Eu estava com um pressentimento de que isso aconteceria assim que o baile terminasse. Não tinha dúvida de que ele estava bancando o cavalheiro e esperando a formatura terminar para eu não ter que ir sozinha. Não era mesmo a cara de Jamie deixar uma menina na mão e, como havia se comprometido a me levar ao baile, provavelmente não quis quebrar sua promessa. Engoli em seco algumas vezes, tentando desesperadamente não chorar.

Ele desconversou:

– Não posso dormir escondido na sua casa. Seu pai vai descobrir. Ele gosta de mim e não quero estragar isso traindo sua confiança – respondeu, sem nem me olhar.

Resolvi não insistir. Precisava manter um pouco de dignidade. Havia passado dois meses fantásticos com Jamie e não trocaria isso por nada neste mundo. Decidi, naquele exato momento, que não ia ficar me remoendo nem estragar nossa última noite juntos. Iria simplesmente esquecer que meu tempo com ele logo iria acabar e ter uma noite divertida para nós dois.

– Bom, nesse caso, acho que vou para o coquetel de frutas – declarei, sem pegar o copo de refrigerante que Jamie me oferecia. Enchi um copo com coquetel, mandei para dentro e depois enchi mais um. O álcool desceu queimando minha garganta de leve, mas até que gostei. Pelo menos teria outra coisa para pensar além do fato de que, muito provavelmente, eu acordaria solteira no dia seguinte.

Jamie sorriu e me deu um beijinho no rosto.

– Então, vamos cair na festa – sussurrou, sorrindo e me puxando para a pista de dança.

Duas horas depois, eu já estava bem tontinha. Jamie me levou até uma mesa vazia e puxou uma cadeira para mim, mas eu não estava a fim de me sentar ali. Em vez disso, empurrei ele na cadeira, me joguei em seu colo e passei os braços em volta de seu pescoço.

– Sabe, o senhor está deveras bonito de *smoking*. Parece o James Bond – elogiei, mexendo no colarinho de sua camisa.

Jamie deu risada.

– Mas sem o sotaque britânico? – brincou. Ele me ajeitou em seu colo e ficou em uma posição mais confortável. Grudei o rosto em seu pescoço e fiquei sentindo seu cheiro.

– Se você tivesse sotaque britânico, eu seria obrigada a pular em cima de você agora mesmo, na frente dos professores. Ainda bem que você não tem – retruquei, rindo.

Jamie deu risada e beijou o alto da minha cabeça.

– Ah, mas eu posso muito bem fazer o sotaque. Bem, olá, senhorita. Gostaria de tomar um chá com torradas? – perguntou, parecendo mais o personagem do filme *Mary Poppins* do que James Bond.

Caí na gargalhada, olhei para Jamie e falei:

– Que *sexy*!

O celular dele tocou pela milionésima vez. Jamie suspirou, tirou o aparelho do bolso, mas não atendeu a chamada, apenas mandou uma mensagem. Fiz careta, sentei em uma cadeira, acabei com o que havia em meu copo de um gole só e me segurei para não olhar feio para o seu celular que, pelo jeito, estava recebendo mais atenção do que eu naquela noite. Minha vontade de aproveitar ao máximo minha última noite com Jamie já era! Estava pensando seriamente em roubar seu celular e jogá-lo "sem querer" no chão, para aquele troço parar de tocar. O aparelho apitou de novo, e Jamie cerrou os dentes antes de mandar outra mensagem, fazendo cara feia para a tela.

– Vou dançar – resmunguei, ficando de pé.

Jamie me olhou e deu de novo aquele sorriso de quem pede desculpa.

– Desculpa. Já vou, tá?

Balancei a cabeça e me segurei para não bufar. Atravessei o ginásio e fui até um grupinho de amigas que estava dançando na pista. Fiquei lá com elas e de olho em Jamie, discretamente. Ele falava no celular com cara de bravo. Não parava de olhar para o relógio e de gesticular. Parecia discutir com alguém.

– Ellie?

Me virei e dei de cara com Miles, que estava parado do meu lado com um sorriso nos lábios. Me segurei para não gemer. As coisas entre a gente continuavam muito estranhas. Já fazia dez semanas que havíamos terminado, mas ele ainda não tinha desistido. Andava comendo todo mundo. Até onde eu sabia, levava uma menina diferente para casa toda semana depois do jogo, mas não parava de me perguntar se eu podia lhe dar mais uma chance. Eu já estava de saco cheio.

– Oi. Cadê seu par? – perguntei, olhando em volta para ver quem estava com Miles.

Ele fez uma careta.

– Vim sozinho. Não queria trazer mais ninguém ao baile a não ser você – respondeu, encolhendo os ombros.

Me encolhi toda e rezei para Jamie não aparecer bem naquela hora. Não queria que eles se estranhassem. O clima quando os dois se encontravam nas festas pós-jogo era tão tenso que quase dava para cortar o ar com uma faca. A única resposta em que consegui pensar para o comentário de Miles foi:

– Ah...

Ele deu um sorriso triste e perguntou:

– Quer dançar?

Ri e apontei para o grupo de pessoas que estava comigo na pista.

– Já estou dançando – respondi.

Miles inclinou a cabeça para o lado, dando a entender que era para dançarmos juntinhos, e não em grupo.

– Só nós dois? – esclareceu.

Olhei para Jamie de novo. Ele ainda estava no celular, passando a mão no cabelo. Parecia muito estressado.

– Ãhnnn...

Miles suspirou e segurou minha mão.

– Tenho certeza de que você tem permissão para dançar com outro rapaz – debochou.

Sacudi a cabeça e olhei para Miles sem acreditar no que estava ouvindo. Se a gente ainda estivesse namorando, ele não me deixaria dançar com outro rapaz, de jeito nenhum. Aquele comentário era simplesmente ridículo. Não conseguia entender como ele ainda não havia desistido de mim. Dez semanas era tempo demais para ficar chorando por alguém. Antes que eu tivesse tempo de recusar seu convite, senti um braço passar em volta de meus ombros. Dei um pulo, olhei para cima e vi que era Jamie, franzindo a testa para Miles.

– Obrigado por cuidar da *minha* namorada para mim – disse.

Miles cerrou os dentes.

– Sem problemas. Ela me pareceu meio negligenciada. Telefonema importante, não?

Jamie respondeu, todo tenso:

– Era, sim. Mas já acabou.

Jamie se virou na minha direção, sorriu envergonhado e falou:

– Desculpa, garotinha. Agora sou todo seu, juro.

Então segurou meu rosto com as duas mãos e me beijou. Sei que foi para se exibir, mais por causa de Miles do que por mim, mas o beijei mesmo assim. O mundo à minha volta desaparecia quando Jamie me beijava. Meus olhos se fecharam sozinhos. Eu poderia, literalmente, estar em qualquer lugar, não teria a menor importância, desde que seus lábios não se afastassem dos meus. Me agarrei nele, abraçando-o pela cintura. Queria me derreter e me misturar com ele e ficar assim para sempre. Mas, como tudo de bom que existe nesta vida, uma hora o beijo precisou acabar. Jamie parou de me beijar e sorriu, acariciando meu rosto com o dedão. Olhei para o lado e vi que Miles já tinha ido embora. Provavelmente para não ver a gente se beijando. Não tive dúvidas de que essa era a intenção de Jamie.

Ele roçou o nariz no meu e sussurrou:

– Desculpa.

Sacudi a cabeça, como se não desse importância.

– Não se preocupa. Está tudo bem?

Jamie suspirou, balançou a cabeça e me deu um sorriso falso.

– Está, sim. Quer ir lá fora tomar um ar? Estou com dor de cabeça – respondeu, apontando a porta do ginásio.

Dei um sorriso de compaixão. A música devia estar lhe dando dor de cabeça. Estava bem alta.

– Claro – falei.

Fui com Jamie lá para fora. Ele tirou o paletó e pôs em meus ombros. Depois foi até o murinho de tijolos e se sentou, segurando minha mão e me puxando para perto com delicadeza. Fiquei de pé entre suas pernas, meu rosto na altura do seu. Jamie pegou as pontas do casaco, fechou em volta do meu corpo e se encostou em mim para me aquecer. Fiquei com os olhos fixos nos dele. Parecia que eu ia me perder em seu olhar. Não falamos nada, apenas fiquei observando seu rosto lindo e decorando cada centímetro. A música de fundo, as estrelas brilhando no céu, só nós dois, ali... Era tudo tão perfeito que parecia mágico.

– E agora, como está? – perguntei, alguns minutos depois, passando o dedo em seu rosto.

Ele soltou um suspiro profundo, sacudiu a cabeça e esfregou a testa.

– Bem forte, para falar a verdade. Dói em cima dos meus olhos – respondeu. – Você não tem nenhum remédio aí, né?

Sacudi a cabeça, quase pedindo desculpa. Sempre carrego remédios para dor comigo, mas estava apenas com uma daquelas bolsinhas de festa ridículas.

– Não, desculpa. Não tenho mesmo. Quem sabe a gente pode conseguir alguma coisa na enfermaria?

Jamie soltou outro suspiro profundo.

– Ellie, vou ter que ir para casa, desculpa. Parece que a minha cabeça vai explodir – choramingou.

Fui logo concordando. Para ser sincera, não me importava de ir embora naquela hora. Preferia ir mesmo, se Jamie estava mal.

– Ok. Deixa só eu achar Stacey e avisar que a gente vai embora. Aí a gente chama um táxi – respondi, me virando para a porta do ginásio.

Jamie pôs a mão em cima da minha e a apertou de leve, me obrigando a parar.

– Prefiro que você fique aqui com Stacey. Assim você pode aproveitar o restante da festa – disse. Ele fez carinho em meu rosto e me olhou com aquela cara de quem pede desculpas. – Queria muito não ter que ir embora. Desculpa mesmo. Mas vou me redimir, prometo – sussurou. Em seguida, me beijou de novo.

Sorri, com os lábios colados nos seus.

– Para de pedir desculpa. Você não está bem, não tem com evitar. Vai descansar – mandei.

Jamie sorriu e apertou mais o paletó em volta do meu corpo.

– Fica com ele. Vai estar frio mais tarde, quando você for embora. Vai lá para dentro e não fica andando por aí nesse vestidinho *sexy*. É uma tentação muito grande para os caras, que vão querer te devorar, vestida desse jeito – provocou, com uma piscadinha. Eu ri, e Jamie me deu um beijinho na testa. – Quer almoçar comigo amanhã?

Fiz careta e perguntei:

– Você vai mesmo sair com Connor amanhã à noite?

Ele balançou a cabeça, olhou para o chão, ficou pulando de um pé para o outro. Jamie não sabe mentir. Me recusei a pensar no que ele realmente iria fazer na noite seguinte. Quem sabe sair com outra menina. Ou apenas não queria mais me ver e ia terminar comigo no almoço...

– Ok. Beleza. Almoçamos, então. Me liga de manhã – concordei, engolindo o caroço que se formou na minha garganta.

– Pode deixar. Até – disse. Depois apertou minha mão de leve, virou as costas e atravessou o estacionamento. Meus olhos se encheram de lágrimas quando segurei a lapela de seu paletó e passei a mão no tecido. Jamie tinha acabado de confirmar minhas suspeitas: estava tudo acabado mesmo.

– Você está bem?

Virei e dei de cara com Miles, que tinha uma expressão pedante. Balancei a cabeça e sorri forçado para ele não perceber que eu estava chateada.

– Estou – menti, dando as costas e voltando para o ginásio.

Miles veio atrás de mim, e fui direto para a mesa das bebidas. Virei outro copo de coquetel de frutas.

– Acha que, de repente, ele foi encontrar a menina para quem passou a noite inteira mandando mensagem?

"Ai, meu Deus".

Por que nem passou pela minha cabeça que Jamie ficou distraído a noite inteira por causa de uma menina? Engoli em seco e enchi meu copo de novo.

– Não. Ele foi dormir. Não estava se sentindo bem – respondi. Mas até eu percebi o tom de dúvida na minha voz.

Miles deu risada.

– Ah é, sem dúvida – concordou, sarcástico. – Quer dançar?

Sacudi a cabeça. Só queria ir para casa. Não queria ficar ali sem Jamie. Não fazia o menor sentido esperar por Stacey e Paul. Minha noite já era mesmo, por que prolongá-la por mais uma hora?

Me afastei da mesa e fui falar com Paul. Puxei sua manga, e ele sorriu para mim.

– Oi. Acho que vou pedir um táxi e ir para casa. Dá "tchau" para Stacey por mim, tá?

Paul franziu a testa e sacudiu a cabeça com veemência.

– Jamie vai arrancar minhas bolas se eu deixar você ir embora sozinha. Prometi que te levaria para casa. Você sabe como ele é – argumentou.

Encolhi os ombros, fingindo que não tinha problema.

– Ele não vai ficar sabendo se você não contar. Está tudo certo. Te vejo na segunda. Fala para Stace que amanhã eu ligo para ela.

Fui saindo de fininho antes que Paul pudesse me impedir. Ele tinha razão: Jaime ia ficar muito puto se descobrisse que eu havia ido embora sozinha. Ele era superprotetor nesse nível.

Fui desviando das pessoas e me enrolei mais ainda no paletó de Jamie, tentando me cobrir com seu cheiro.

Assim que saí do ginásio, me encostei na parede e liguei para a empresa de táxi, mas a moça que atendeu falou que ia demorar uma hora para mandar alguém. Pensei em ligar e pedir para meu pai vir me buscar, mas eram mais de onze horas. Ele já deveria estar dormindo.

Desencostei da parede e comecei a andar em direção à minha casa. Ainda bem que meu salto era confortável. Calculei que levaria só uns vinte minutos para chegar. Trinta, no máximo.

Uns três minutos depois, faróis iluminaram meu lado da rua. O carro diminuiu a marcha e começou a me acompanhar. Engoli meu desconforto e comecei a caminhar um pouco mais rapidamente, me segurando para não olhar e me arrependendo de ter resolvido voltar a pé para casa. Aquele bairro não era perigoso, mas estava tarde e escuro, e eu usava aquele vestidinho ridículo. Devia ter escrito na testa ADOLESCENTE LIGEIRAMENTE BÊBADA E INDEFESA. POR FAVOR, SINTA-SE À VONTADE PARA ME ATACAR. Comecei a pensar em tudo o que poderia me acontecer e senti um aperto no estômago. A buzina do carro disparou. Gritei, assustada, e olhei de relance para o carro, sem diminuir o ritmo. Estava muito escuro, não consegui ver direito. Além disso, a luz alta estava ligada, e meus olhos ardiam.

Cerrei os dentes, peguei o celular, selecionei o número de Jamie e fiquei pronta para ligar para ele. Tinha certeza de que meu namorado viria me ajudar. Mesmo se sentindo mal, ele viria correndo me buscar se eu ligasse e dissesse que estava com medo. Dei mais uma olhada para o carro e vi que continuavam me seguindo, a uns noventa centímetros de distância, se arrastando lentamente.

– Merda – murmurei.

Parei por uma fração de segundo e tirei o salto, caso precisasse começar a correr. Planejei para onde iria: meu colégio estava mais perto. Se virasse na próxima rua e desse meia-volta, conseguiria chegar lá rapidinho.

O celular começou a tocar na minha mão. A foto de Miles apareceu na tela, e fiz careta.

– Miles? – atendi. Quem sabe ele pudesse vir me buscar se eu pedisse...

– É, Ellie. Dá para você parar de andar? Por que está me ignorando? – perguntou, com um tom de incredulidade.

– Oi? – murmurei. Então voltei a olhar de relance para o carro, que estava parado onde eu havia parado para tirar o sapato, segundos antes.

– Ellie, entra logo no carro e para de fazer drama. Você não devia voltar para casa a pé no escuro.

– Carro?

Sem diminuir o ritmo da minha quase corrida, espremi os olhos e vi que o carro era preto, elegante e caro. O ar saiu de meus pulmões de uma vez só quando me dei conta de que não era um assassino perturbado com um machado na mão que me seguia buzinando, era Miles! Dei uma risada de alívio, encerrei a chamada e fui correndo até o carro, com o sapato na mão. Abri a porta e nunca fiquei tão feliz por ver Miles na minha vida.

– Ai, meu Deus. Você me assustou – xinguei. Entrei no carro e dei um soco em seu braço.

Miles riu, esfregou o braço e me olhou como se eu tivesse enlouquecido.

– Eu buzinei. Você já esqueceu como é o meu carro?

Suspirei e encostei a cabeça no apoio do banco.

– Não dava para ver, estava escuro! – protestei e sorri, porque meus batimentos cardíacos estavam diminuindo, voltando ao ritmo normal.

Ele riu de novo e engatou a primeira marcha.

– Coloca o cinto – mandou.

Em seguida, começou a dirigir em direção à minha casa. Ficamos em silêncio durante todo o trajeto de dez minutos. Fiquei lá sentada, sem jeito, abraçada ao paletó de Jamie. Então Miles parou na frente de casa e me deu um sorriso.

– Posso ir ao banheiro? Preciso fazer xixi. Acho que tomei muito refrigerante... – perguntou, já tirando o cinto de segurança e desligando o motor.

Fiz careta, mas acabei concordando. Não queria muito que ele entrasse na minha casa. Mas, como ele havia me dado carona, eu não podia recusar. As luzes estavam todas apagadas. Miles entrou atrás de mim sem fazer barulho e foi para o banheiro do térreo. E eu fui para a cozinha procurar alguma coisa para comer.

Encontrei uns restos de pizza na geladeira, peguei o prato e sentei na mesa da cozinha para comer. Miles entrou alguns minutos depois e me deu um sorriso.

– Parece bom. Posso pegar um pedaço? – perguntou, inclinando a cabeça em direção ao prato.

Encolhi os ombros e empurrei o prato em sua direção. Miles se sentou ao meu lado.

– Obrigada pela carona. Apesar de você ter quase me matado de susto – falei, rindo e ficando vermelha, com vergonha da minha própria estupidez.

Miles também sorriu e mordeu o pedaço de pizza. Aquilo era meio estranho. A gente nunca tinha conversado daquele jeito, tão naturalmente. Conversar nunca tinha sido um ponto forte do nosso relacionamento. Bom, na verdade, nosso relacionamento não tinha muitos pontos fortes. No começo, eu amava Miles. Mas depois meus sentimentos se dissiparam. Só que a gente já estava namorando há tanto tempo que não quis desistir. Continuamos juntos, e nosso relacionamento azedou.

– E então, quais são seus planos para o fim de semana? – perguntei, por educação.

Ele encolheu os ombros e respondeu:

– Não sei direito ainda. Meu pai quer que eu vá ao escritório amanhã e ajude na preparação de um caso importante que vai entrar. Nada muito interessante. E você?

– Vou sair com Jamie amanhã à tarde. Fora isso, não tenho mais nada planejado.

– Quer ir ao cinema ou fazer alguma coisa amanhã à noite? Acho que tem um filme novo com aquele ator que você gosta – convidou. O tom esperançoso de sua voz era bem óbvio.

Me remexi na cadeira e respondi:

– Ãhn... Fui ver com Jamie na semana passada.

– Ah... Bom, a gente pode ver outra coisa, então? Ou sair para jantar? – perguntou, com cara de criança abandonada.

Dei um sorriso triste. Quando queria, Miles sabia ser bem fofo... Mas essa pose de sujeito legal nunca durava muito. Ele era legal até eu pôr uma roupa de que ele não gostava ou falar com alguém sem ele estar por perto ou até aceitar a bebida que alguém me oferecesse em uma festa. Miles era extremamente possessivo. Se ele estava achando que eu havia esquecido meus motivos para terminar com ele, só porque ele me convidou para ver um filme de mulherzinha, estava redondamente enganado. Mesmo que Jamie terminasse comigo, não tinha nenhuma chance de eu voltar com Miles.

– Miles, estou com Jamie.

Uma ruga surgiu em sua testa, e seus olhos ficaram com uma expressão dura.

– Ellie, não está certo não ficarmos juntos! Nós formamos um ótimo casal. Me dá só mais uma chance, por favor?

Então Miles levantou da banqueta e se aproximou de mim.

– É melhor você ir embora. Obrigada pela carona. Valeu mesmo – falei. Olhei para a porta e fiquei de pé, pondo fim àquel conversa.

Mas, obviamente, ele não entendeu minha indireta, porque me segurou pelos ombros, me puxou, grudou a boca na minha e me beijou com força. Gemi e me remexi. Tentei virar a cabeça para o lado, para ele parar de me beijar, mas Miles me segurou ainda mais forte, enterrando os dedos na minha pele, me beijando de novo.

Não sei como consegui enfiar os braços entre nós dois e o empurrei o mais forte que consegui. Ele deu uns passos cambaleantes para trás. Passei as costas da mão na boca e olhei feio para ele.

– Vai já embora – disparei, baixinho, porque não queria acordar meus pais nem minha irmã.

– Ellie...

Levantei a mão para interrompê-lo e disse:

– Vai embora. Já.

Fui até a entrada, pisando firme, e escancarei a porta.

Miles me seguiu, mas não parecia nada feliz. Seu maxilar estava tenso, e seus olhos fuzilavam os meus.

– Eu te amo, Ellie. Mais cedo ou mais tarde, você vai se dar conta de que seu namorado é um fracassado e vai me implorar para voltar.

Bufei, sacudi a cabeça e abri um pouco mais a porta, sem olhar para ele. Miles soltou um suspiro e, quando me dei conta, se abaixou e me beijou de novo por um segundo antes de sair de vez. Urrei de frustração e fechei a porta, com vontade de gritar e chutar a madeira.

Tranquei a porta, guardei a pizza na geladeira e subi a escada. Quando cheguei lá em cima, minha mãe estava saindo do banheiro, atravessando o corredor a caminho do quarto. Ela sorriu para mim. O brilho em seus olhos denunciava que ela havia testemunhado ao menos um pedaço da minha "conversa" com Miles.

– Olá, Ellison. Como foi o baile?

Soltei um suspiro e encolhi os ombros.

– Foi legal, acho – respondi. – Vou deitar. Boa noite, mãe.

– Boa noite, querida.

Ignorei seu sorrisinho triunfante e fui para o meu quarto. Quase arranquei o vestido e caí na cama de sutiã e calcinha. Enfiei o rosto no travesseiro e tentei, com todas as forças, não chorar. Me recusei a pensar que Miles tinha me beijado. Se começasse a pensar nele, ficaria com tanta raiva que não conseguiria dormir. Em vez disso, pensei em Jamie. Fiquei imaginando se ele havia chegado bem em casa ou se precisava que eu fosse lá bancar a enfermeira. Queria muito que Jamie estivesse ali comigo, que me abraçasse e me desse um beijo de boa-noite. Estava louca de saudade. Animada porque ia vê-lo no dia seguinte e, ao mesmo tempo, apavorada, porque morria de medo do momento em que ele diria o que – eu tinha certeza – iria dizer. Que estava tudo acabado. Como é que eu ia suportar ouvir isso? Provavelmente, não ia lidar nada bem com a situação.

CAPÍTULO 19

Jamie

No dia do baile, deixei minha picape estacionada perto do colégio antes, para poder ir de carro ao galpão quando chegasse a hora. Peguei a chave e, à medida que fui me aproximando, a raiva e o ressentimento foram borbulhando em meu peito. O ressentimento era firmemente direcionado à minha mãe, por ter me arrastado para aquela situação. A raiva – e era muita raiva – era daquele cuzão que passou a noite inteira me ligando para perguntar se eu já estava chegando e quase entrando em pânico por achar que o esquema ia atrasar.

Estava me sentindo um bosta. Odiava tudo na minha vida naquele momento: a pressão, a ilegalidade, mas, principalmente, o fato de eu ter largado Ellie sozinha lá no baile. Não ficaria nada surpreso se ela me desse o pé na bunda por causa disso. Eu era um namorado inútil de verdade, e ela merecia coisa muito melhor.

Suspirei, abri a porta da picape detonada e entrei. Liguei o motor e só conseguia enxergar o rosto preocupado de Ellie na minha frente. Nunca ninguém se preocupou assim comigo. Eu adorava isso.

Quase morri quando virei as costas para ela naquela noite. Ellie estava tão linda, quase de enlouquecer. Tive tanta vontade de lhe dizer que a amava que não sei como consegui ficar de boca fechada.

Fui direto para o galpão, parei o carro em uma vaga e bati a porta com toda a força, porque minha raiva não parava de crescer. Entrei e, sem perceber, cerrei os punhos, e meus dedos começaram a doer na mesma hora, porque fiz o movimento com muita força quando vi sua expressão petulante. Shaun. O filho da puta que havia passado as últimas três horas me ligando e mandando mensagens, estragando o pouco tempo que eu tinha com minha namorada.

Não prestei atenção em mais ninguém. Ignorei todo mundo que me cumprimentou. Fui direto até Shaun com um sorriso educado.

– Finalmente, porra! – ele gritou, jogando as mãos para o alto, em um gesto dramático.

Nem respondi. Só coloquei as mãos em seu peito e lhe dei um empurrão bem forte, fazendo-o cambalear para trás e bater na parede. Agarrei o sujeito pela camiseta e enfiei um soco em sua cara surpresa. Shaun grunhiu, com o lábio partido, e o sangue escorreu por seu queixo. Cerrei o punho de novo e lhe dei um soco no estômago, descontando toda a minha frustração nele.

– Falei que estaria aqui às onze, cuzão! Por que você ficou me ligando? Eu te disse que estava ocupado, seu merda! – gritei, acertando um soco em suas costelas. Ele tentava reagir, se sacudia para ver se conseguia se soltar, mas não adiantava nada, eu sabia que seus esforços seriam inúteis. Shaun tinha uns bons centímetros a mais do que eu, e devia ter uns quinze quilos a mais também, mas eu tinha certeza de que poderia nocauteá-lo com facilidade.

Senti uns braços me agarrarem por trás.

– Caramba, Pirralho. Calma – Ray murmurou, me arrastando para trás.

Mal consegui escutar o que ele dizia, de tanta raiva. Shaun pôs a mão no bolso e tirou um canivete prateado. Quando o abriu, dei uma cotovelada bem forte nas costelas de Ray para ele me soltar.

– Eu vou te matar, porra – Shaun disparou furioso.

Ri da ameaça. Alguns meses antes, não teria dado a menor bola para aquilo. Só que, naquele momento, eu tinha Ellie.

Cheguei mais perto dele e fiquei só observando a raiva – e, quem sabe, um pouco de medo – se estampar em seu rosto machucado. Ele definitivamente estava puto comigo, e com razão.

– Podem se acalmar, os dois. Shaun, guarda essa merda – Ray mandou com a voz séria e calma. Ninguém mais se mexeu nem disse nada.

Dei um sorrisinho maldoso.

– É, Shaun. Guarda essa merda antes que você se machuque. Você não devia mesmo brincar com facas – debochei, levantando a sobrancelha.

Ele meio que sorriu também, deixando os dentes sujos de sangue à mostra.

– Você se acha muita coisa para quem não passa de um rato de rua, de um filho da puta assassino! – Shaun disparou.

Eu sabia que ele estava tentando me provocar, para ver se eu batia nele primeiro, mas aquilo não ia funcionar. Já me chamaram de coisa bem pior. Para dizer a verdade, sou mesmo um filho da puta assassino, não estava em posição de discordar.

Shaun foi rápido e veio para cima de mim com o canivete. Dei um passo para o lado, agarrei seu pulso e o bati com força contra a parede para ele soltar a arma. Só que ele não soltou. Retorceu o corpo e me deu uma joelhada. Soltei o ar entredentes porque a dor se irradiou das minhas costelas, que ainda não haviam cicatrizado, até meu peito. Apertei sua garganta, pus uma perna atrás da dele e dei outro passo para o lado, retorcendo o corpo de Shaun de um jeito que ele perdeu completamente o equilíbrio e tropeçou em meu pé. Quando ele caiu, fui com ele e fiquei batendo seu pulso contra o chão de concreto gelado. O canivete, por fim, caiu de sua mão e foi derrapando pelo chão até parar embaixo de um conversível vermelho que estava pronto para ser entregue ao novo dono.

Apertei ainda mais a garganta dele, e Shaun deu um gorgolejo abafado. Ao mesmo tempo, fiquei de joelhos, sentei em cima do sujeito e dei um soco forte em seu rosto com minha mão livre. Eu tinha que mostrar para Shaun que ele não mandava em mim. Não ia aguentar suas bobagens o tempo todo, era melhor ele entender isso logo. Dei muitos e muitos socos em seu rosto e em seu peito. Mas não perdi o controle. Sabia exatamente o que estava fazendo. Se tivesse perdido, não estaria ouvindo os gritos do pessoal, pedindo para a gente parar, nem sentiria alguém me puxando pela camisa, tentando me levantar. Eu só tinha perdido o controle uma vez na vida e não queria nunca mais que isso acontecesse.

Quando achei que Shaun já havia sofrido o bastante, segurei o cara pela camiseta e me inclinei para a frente, até ficar com o rosto a poucos centímetros do seu. Olhei bem em seus olhos cheios de lágrimas e falei:

– Se, algum dia, você puxar uma faca para mim de novo, vou enfiá-la em seu coração.

Fiquei mais alguns segundos olhando em seus olhos, para que ele absorvesse minhas palavras e compreendesse que eu falava sério.

Ray me puxou pelos ombros e gritou comigo. Finalmente, deixei ele me tirar de cima de Shaun. Passei as mãos no cabelo, mais ou menos consciente de que elas tremiam de tanta adrenalina. Virei para Ray, sorri para tranquilizá-lo, mostrar que eu não havia perdido a cabeça. Ele fez uma careta, bravo, mas dava para ver que estava bravo com Shaun, porque olhou feio para o sujeito.

– E aí? Dá para começar o *show* ou não? – perguntei, resolvendo ignorar o que havia acabado de acontecer e seguir em frente. Eu tinha trabalho a fazer e, quanto mais rápido o fizesse, mais cedo poderia ir para casa dormir. Nem olhei para Shaun, que tentava se levantar, com dificuldade.

Ray soltou um suspiro e se virou para mim de novo.

– Você está bem, Pirralho?

Balancei a cabeça e encolhi os ombros como se aquilo não fosse nada demais.

"É claro que estou bem. Estou sempre bem."

– Estou. Cadê meu *kit*? – perguntei, olhando em volta para saber onde estavam os detalhes do esquema daquela noite. Ray fez sinal para um envelope pardo em cima da mesa. Fui andando em sua direção, mas algo me atingiu nas costas e caí em cima do carro esportivo vermelho.

– Não! Cuidado com o carro – Ray gritou, parecendo uma menininha.

Não tive nem tempo de dar risada. Era Shaun que, obviamente, queria apanhar mais. Ele me grudou no carro, e joguei a cabeça para trás, batendo em seu rosto. Ele grunhiu de dor e me soltou um pouco. Empurrei o corpo para trás, tirei Shaun de cima de mim e olhei para ele com uma expressão de advertência.

Shaun olhou para o chão, à minha direita. Segui seu olhar e vi o cabo do canivete mais ou menos a um metro de distância, bem embaixo do carro. Virei para trás e sacudi a cabeça. Não queria ir tão longe, mas, se ele viesse para cima de mim com uma faca outra vez, eu não seria leniente. Só que, antes que eu pudesse abrir a boca para dizer isso, Shaun, com um olhar enlouquecido, se abaixou para pegar o canivete.

Fui para o lado, e ele fechou a mão em cima do canivete. Levantei o pé e pisei na mão dele com toda a força. O barulho aflitivo de seus ossos se partindo zuniu em meus ouvidos por uma fração de segundo, antes de ele soltar um grito involuntário de dor. Shaun se apoiou no cotovelo e se levantou, me olhando furioso. Pela expressão de seus olhos, vi que ele ainda não havia desistido. Suspirei, levantei o pé de novo e acertei sua cara, fazendo Shaun cair de costas. O galpão ficou de novo em silêncio. Só se ouvia a respiração entrecortada de Shaun enquanto eu ia a seu encontro. Mexi a mão, e ele se encolheu todo, achando que eu ia voltar a bater nele. Só que, em vez disso, abri a porta do carro esportivo e ouvi Ray choramingar porque eu tinha encostado de novo em um de seus bebês.

Com um sorriso maldoso no rosto, olhei para Shaun, que estava engatinhando para trás, todo dolorido, tentando se afastar de mim.

– Você sabia que, se você quebrar muitas vezes os ossos da mão, ela nunca mais funciona direito? – perguntei, com um tom leve e simpático. Ele não respondeu, apenas bufou, furioso, me olhando feio com aqueles olhos que inchavam rapidamente. – Então... Se, por exemplo, eu fechar a porta deste carro na sua mão várias vezes, você, provavelmente, nunca mais vai conseguir bater punheta – completei.

– Pirralho, não... – Ray gritou atrás de mim.

Levantei uma sobrancelha para Shaun.

– Eu falei que, se você puxasse uma faca para mim de novo, eu te mataria com ela. Mas este *smoking* é alugado. Se eu sujar de sangue, não vão devolver minha caução – provoquei, balançando a mão na frente da camisa branca e da calça preta que eu estava vestindo.

Shaun sacudiu a cabeça e engoliu em seco, bem alto.

Sorri, estiquei o braço, peguei sua mão machucada e pus na abertura da porta. Foi aí que ele começou a implorar. Choramingou e suplicou, tentando soltar a mão, se mexendo e corcoveando.

– Não, por favor. Por favor, não faz isso! – implorou, sacudindo a cabeça com força, o medo visível em seus olhos, enquanto eu segurava seu corpo no chão e sua mão na porta. Ele finalmente reconhecia sua derrota.

Sorri e encolhi os ombros, depois pus a outra mão na porta do carro e a levei um pouco para a frente. O grito ensurdecedor e agudo que Shaun deu reverberou pelas paredes à medida que aproximei a porta de sua mão. Em um ou dois segundos, ela se fecharia por completo.

Mas parei poucos centímetros antes de a porta encostar na mão dele. Olhei para Shaun, que estava lá parado, de olhos fechados, ainda gritando. Ri e sacudi a cabeça vendo aquela cena patética.

"E ele ainda me acusou de me achar grande coisa?"

– Você grita feito mulher – provoquei, saindo de cima dele. Fiquei de pé e olhei para baixo. Ele abriu os olhos lentamente, parou de dar aquele grito lancinante, olhou primeiro para mim, depois para a própria mão, que não havia sido tocada pela porta do carro. – Já chega? – urrei.

Não teria problema nenhum de pôr meu plano em prática se Shaun ainda insistisse em cantar de galo.

Ele respirou algumas vezes, quase sem fôlego, e balançou a cabeça.

– Chega – concordou.

Também balancei a cabeça e estendi a mão para ajudá-lo a ficar de pé. Shaun olhou para ela algumas vezes, desconfiado, mas depois a segurou, com a mão que não estava machucada. E choramingou quando o levantei.

– Só para você saber: na próxima, vou até o fim – falei, inclinando a cabeça para o lado e olhando bem nos olhos de Shaun, para ele entender que eu falava sério.

Ele sacudiu a cabeça e disse:

– Não vai haver uma próxima vez.

Antes que eu pudesse responder, alguém veio aplaudindo atrás de mim.

– Bravo! Bravo! Que demonstração incrível de dominação – Brett debochou. – Virei e o vi com um sorriso obviamente falso e irritado no alto da escada, apoiado com uma perna cruzada na frente da outra. – O problema é que agora minha equipe está com um integrante a menos, e tenho uma encomenda para entregar. Se atrasar, você será o responsável, Pirralho.

Sorri para tranquilizá-lo e disse:

– Não vai atrasar, fica tranquilo.

Ele sorriu outra vez, parecendo satisfeito com minha resposta. Se aproximou e deu uma batidinha afetuosa em meu ombro.

– Eu sei – falou.

Depois se virou e olhou para Shaun, que segurava a mão perto do peito, com um olho inchado, o lábio partido, o maxilar machucado. Como estava apoiando mais de um lado, devia estar com dor nas costelas também.

– Já não te falei para não se meter com o Pirralho? Quem sabe, da próxima vez, você me escuta – Brett declarou.

Shaun balançou a cabeça, olhou para o chão e ficou se mexendo no mesmo lugar.

– Foi mal, chefe.

Brett virou o rosto, com uma expressão de desgosto.

– Alguém aí, leva ele para ver o Marlon – ordenou.

Marlon era cunhado de Brett. Era médico e trabalhava em um hospital lá perto. Os dois tinham um combinado: Marlon tratava e não fazia perguntas. Na mesma hora, Shaun foi mancando até a saída do galpão, e Ian foi atrás. Brett se virou para mim e falou:

– Não quero saber a razão dessa briga. Sinceramente, não me interessa. Mas não pense que você pode entrar aqui desse jeito e fazer merda com meus funcionários, Pirralho. Com ou sem talento, se foder com meus negócios, nossa amizade acaba. Está me entendendo?

Sorri e balancei a cabeça, rindo baixinho. Não dava para dizer que a ameaça era sutil.

– Claro. Você está dizendo que, se eu fizer merda de novo, vou comer capim pela raiz.

Brett caiu na risada e passou o braço em meu ombro.

– Exatamente – respondeu. Ele olhou para o relógio e franziu a testa. – Você vai me entregar essa encomenda?

– E não entrego sempre?

– Entrega, Pirralho. Entrega, sim. É por isso que você é o melhor – respondeu. Ele deu uma piscadinha e foi até a escada. – Estarei lá em cima, na minha sala. Alguém me avisa quando terminar.

Ray passava a mão no carro em que eu havia caído com uma expressão preocupada.

– Não! Cuidado com o carro! – debochei, imitando uma vozinha estridente de mulher.

Ray suspirou, se virou e me olhou exasperado.

– Você faz ideia de quanto tempo eu levei para polir ele? É uma joia – elogiou, passando a mão pelo teto do carro.

– Obrigado por se preocupar comigo. Estou emocionado – brinquei, colocando a mão em cima do meu coração.

Meu amigo deu um sorriso e sacudiu a cabeça.

– Você pode se cuidar sozinho. Mas esta belezinha... – disse. Depois se abaixou e beijou o carro caro – ...precisa de amor.

Ri e peguei o envelope de cima da mesa. Fui logo rasgando. Estava cada vez mais empolgado com o que ia acontecer. Não conseguia evitar. Eu adorava a adrenalina que tomava conta de mim só de pensar eu ia roubar carros.

– E você, está fantasiado de quê, caramba? – Ray perguntou, sentando ao meu lado e mexendo na gravata-borboleta que estava meio solta em meu pescoço.

– De James Bond americano, dizem – respondi sorrindo.

Como sempre, meu primeiro pensamento ao acordar foi com Ellie. Rolei para o lado, estiquei a mão para tocá-la, mas só encontrei ar. Deixei escapar um longo gemido ao me lembrar que ela não tinha dormido na minha casa na noite anterior. Porque eu a deixei plantada no baile e fui roubar mais de um milhão de dólares em carros e uma moto.

Finalmente, consegui abrir um pouco os olhos, e me virei para o despertador. Passava de onze horas. Fui logo me sentando e suspirei surpreso. Havia combinado de ligar para Ellie pela manhã, mas sabia que não ia poder. Havia deixado o celular cair na noite anterior, durante a briga com Shaun, e a porcaria da tela havia quebrado de um jeito que não tinha conserto.

– Droga – resmunguei, me levantado da cama.

Ainda estava cansado. Meu corpo se recusava a acordar depois de apenas quatro horas de sono. Aquele ia ser mais um dia péssimo. Ia almoçar com Ellie, o que era ótimo, mas à noite ia ter que trabalhar na boate de *striptease* pela primeira vez e não estava a fim. Preferia mil vezes ficar sentado no sofá, juntinho da minha namorada, falando bobagem e brincando com ela, como sempre. Espreguicei meus músculos privados de sono e fui tomar banho. Liguei apenas a água fria para ver se acordava um pouco.

Meia hora depois, parei na frente da casa de Ellie sem ter ligado, torcendo para ela estar acordada. Se não tivesse, usaria a chave reserva que eu sabia que a família escondia debaixo da pedra e entraria de fininho em seu quarto para lhe fazer uma surpresa. Quando pensei nisso, me deu vontade de sorrir. Mas meu sorriso morreu quando vi que o carro de seus pais ainda estava parado na entrada da casa. Àquela hora, eles normalmente já teriam saído para visitar a avó de Ellie, que morava a uma hora e meia de distância.

Saí da picape, fui até a porta e bati. Respirei fundo e revi mentalmente o discurso de desculpas que eu ia fazer, explicando porque havia deixado Ellie sozinha no baile. Mas não foi ela quem atendeu a porta, foi sua mãe.

Me encolhi todo, porque o sorriso educado que ela deu ao abrir a porta sumiu quando se deu conta de que era eu. Ela franziu a testa e me olhou de cima a baixo, com cara de quem comeu e não gostou. Na mesma hora, me arrependi de não ter vestido uma camisa legal, em vez da camiseta de banda desbotada que estava usando. Essa mulher sempre conseguia que eu me sentisse um bosta.

– Bom dia, sra. Pierce. Ellie está? – perguntei, com um sorriso forçado.

Ela levantou a sobrancelha e fechou um pouco a porta, dando a entender, com o gesto, que eu não era bem-vindo em sua casa.

– E o que é que você veio fazer aqui, Jamie? Tive a impressão de que vocês tinham terminado – respondeu, com uma voz fria que não transmitia nenhuma emoção.

Franzi a testa e sacudi a cabeça.

– Nós não terminamos – corrigi, tentando imaginar por que aquela mulher pensava aquilo.

A mãe de Ellie fez careta e inclinou a cabeça para o lado, do mesmo jeito que Ellie fazia quando estava pensando em algo. Só que, quando Ellie fazia isso, ficava uma graça, parecia um cãozinho curioso. Sua mãe mais parecia uma naja, pronta para o ataque.

– Bom, sem dúvida não foi você que a trouxe para casa depois do baile – retrucou.

Soltei um suspiro e sacudi a cabeça de novo.

– Não. Passei mal. Paul e Stacey trouxeram Ellie por mim – falei, tentando impedir que a mentira transparesse no meu tom de voz.

Ela riu baixinho e revirou os olhos.

– Acho que sei reconhecer Miles. Minha filha namorou com ele por um bom tempo.

"Como assim Miles? Foi Miles que levou Ellie para casa?"

Odiei pensar que aquele sujeito havia chegado perto de Ellie. Não ligava que ela tivesse amigos, jamais a proibiria de falar com outros homens. Só que não ia com a cara daquele Miles. Acho que era porque ele estava muito mais à altura dela, exatamente o contrário de mim. Ele era respeitável, ambicioso, talentoso, inteligente e queria ser médico, ou seja, o namorado dos sonhos de qualquer mãe. Eu odiava o garoto porque sabia que, em algum momento – e, pelo jeito, aquele momento havia chegado –, eu perderia Ellie para Miles ou para alguém como ele, só que menos possessivo.

– Miles trouxe Ellie para casa? – repeti, tentando engolir meu desconforto.

A mãe da minha namorada deu um sorriso pedante e balançou a cabeça.

– Ãhn-hãn. Imaginei que vocês dois tinham terminado, porque Miles e Ellie estavam se beijando... Quem sabe ela só não te contou ainda.

"Como assim, se beijando? Caralho!"

Senti uma pontada no estômago, de decepção e tristeza. Parecia que meu sangue havia congelado. Tinha chegado o fim. Ellie, finalmente, havia se dado conta de que eu era um desperdício de espaço e que ficaria bem melhor com outro rapaz. Nem fiquei com raiva, porque só queria que ela fosse feliz.

Cerrei os dentes, e Ruth continuou a falar, me olhando como se eu fosse um resto de merda na sola de seu sapato.

– Então, talvez seja melhor você sair correndo e ir corromper a filha de outra pessoa. É óbvio que seu tempo com a líder de torcida rica chegou ao fim.

– Ellie está em casa? Gostaria de ouvir a notícia de sua boca – respondi, curto e grosso. Se era verdade que tudo havia acabado, eu aceitaria, mas não daquela bruxa com ódio no coração. Se a própria Ellie terminasse comigo, tudo bem, mas eu não ia embora dali sem pedir uma última chance para ela. Já ficaria feliz só com uma chance de ser seu amigo. Eu precisava daquela mulher na minha vida.

Ruth passou de um pé a outro, passou pela porta e a fechou atrás dela. Seus olhos cinzentos, iguaizinhos aos de Ellie, mas com uma expressão dura e nada de perdão, se fixaram nos meus. Então ela empinou o nariz e respondeu:

– Minha filha está dormindo. Olha, Jamie. Sejamos honestos. Você sabia tão bem quanto eu que isso ia acontecer. Todas as meninas passam pela fase do *bad boy* e, pelo jeito, você foi o de Ellie. Mas já passou. Não vou permitir que você estrague o futuro da minha filha. Ela merece coisa melhor.

Engoli em seco. Não podia discordar de suas palavras, porque eu tinha a mesma opinião.

– Então, vai embora. Você não é bem-vindo aqui – completou.

Antes que eu pudesse responder ou pensar no que queria dizer, a mãe de Ellie virou as costas, entrou em casa e fechou a porta na minha cara.

Fechei os olhos com força e senti um aperto no coração só de pensar que não veria mais Ellie. Por um lado, eu queria ir embora com meu rabinho entre as pernas. Ruth tinha razão, eu *sabia* que aquilo ia acontecer, mas isso não diminuía em nada minha dor. E meu lado egoísta queria tanto Ellie que eu faria qualquer coisa, literalmente, para ficar com ela e não ter que enfrentar o mundo sozinho, sem nenhum motivo para ser a pessoa que eu queria ser.

Em vez de ir embora, me abaixei, peguei umas pedrinhas do chão e fui para a lateral da casa. Escalei o portão de quase dois metros e pulei do outro lado. Fui para o pátio e olhei a janela do quarto de Ellie, que ficava no segundo andar.

Respirei fundo e atirei a primeira pedrinha. Acertou no alvo, batendo de leve na janela. Nada aconteceu. Joguei outra, depois outra. Me abaixei de novo, peguei mais pedrinhas e as atirei também.

A última pedrinha já tinha saído da minha mão quando a janela se abriu. Ellie soltou um gritinho, pôs a cabeça para fora e riu.

– Por que você está atirando pedras em mim, caramba? – perguntou, rindo e esfregando a testa. Ela se debruçou sobre a janela, e pude ver que estava arrumada, com o cabelo preso em um coque.

"Dormindo o caralho, a infeliz de sua mãe mentiu!"

Sorri envergonhado. Percebi uma movimentação dentro da casa e vi a mãe de Ellie sair da cozinha e ir para a porta dos fundos, com uma expressão furiosa. Olhei para Ellie e disse:

– Desculpa, só queria falar com você.

Ellie fez careta, dando aquela inclinadinha para o lado com a cabeça. Eu sorri: ela era tão diferente da mãe...

– Bom, então por que você não bateu na porta, seu bobo? – perguntou rindo.

"Mas eu bati."

– Você pode vir aqui embaixo? – pedi, cheio de esperança. Ela balançou a cabeça, entrou e fechou a janela.

– O que você pensa que está fazendo? – Ruth resmungou, abrindo a porta dos fundos e me olhando feio.

Cheguei a abrir a boca para responder, mas o pai de Ellie apareceu, abriu um pouco mais a porta e me deu um sorriso, todo feliz.

– Oi, Jamie. Como vão as coisas?

Também sorri. As coisas estavam uma merda naquele momento, mas não queria dizer isso a ele.

– Bem, obrigado, Michael. Achei que vocês iam viajar hoje de manhã...

Ele soltou um suspiro e passou a mão na cabeça.

– Esse carro imbecil não quer pegar. Marquei com um mecânico para vir aqui na segunda dar uma olhada.

Ellie apareceu atrás dele, sorrindo de orelha a orelha. A confusão estava me consumindo. Por que ela estava sorrindo daquele jeito se ia terminar comigo? Ainda me olhava de um jeito todo afetuoso e bem delicado.

– Bom dia! Melhorou? – perguntou, toda animada, passando pelos pais e vindo até mim.

Balancei a cabeça e engoli em seco. Eu não podia perder Ellie. Acho que não sobreviveria se perdesse mais uma garota na vida. Ela esticou o braço e fez carinho na minha testa.

– Pobrezinho. Fico feliz de saber que você melhorou – sussurrou, sorrindo e segurando minha mão.

– Preciso conversar com você – falei. Olhei para sua mãe e tentei não esboçar nenhuma reação ao olhar de ódio que ela disparava na minha direção.

– Ok. Entra – Ellie respondeu, me puxando na direção da porta. Quando se virou para a mãe, Ruth imediatamente estampou um sorriso na cara por educação, aquele que sempre dá quando tem alguém olhando. – Quer tomar alguma coisa? – Ellie ofereceu, indo até a geladeira.

Balancei a cabeça, tentando entender por que ela estava sendo tão natural. Será que terminar comigo era tão insignificante que minha namorada não podia nem dar um sorriso triste e melancólico?

Seus pais saíram da cozinha. Ellie sentou no balcão e empurrou uma latinha de refrigerante para mim.

– E aí, tudo bem com você? Paul estava bem quando te trouxe em casa? – perguntei, tentando encontrar um jeito de começar aquela conversa ou, pelo menos, obrigá-la a dizer as palavras que, eu tinha certeza, iria acabar dizendo.

Ellie arregalou os olhos e olhou para seu refrigerante, obviamente sem jeito.

– Sim, tudo.

Engoli em seco e sentei a seu lado, tentando não deixar o cheiro de seu cabelo me afetar. Ellie sempre usava um xampu de baunilha de dar água na boca.

– Ele te acompanhou até a porta? – insisti, observando suas reações.

Ela se remexeu no banquinho, passou o dedo na lata, e não me olhou nos olhos.

– Ãhn, sim – mentiu, balançando a cabeça. Depois tomou um gole de refrigerante.

Soltei um suspiro profundo e resolvi acabar logo com aquilo.

– Foi Miles que te trouxe para casa, Ellie.

Minha namorada olhou bem em meus olhos surpresa.

– Não fica bravo com Paul. Ele não teve culpa.

Revirei os olhos. Paul era a menor das minhas preocupações naquele momento.

– Ok.

Ela franziu a testa, se virou, encostando os joelhos nas minhas coxas, chegou mais perto de mim e perguntou:

– Está bravo comigo porque deixei Miles me trazer para casa?

Ellie fez uma expressão de quem estava pedindo desculpas. Eu não respondi. Ela ainda não tinha me contado nada sobre beijar aquele sujeito. Então, ela suspirou, franziu a testa de novo e me explicou:

– Não queria ficar no baile sem você, então vim andando para casa. Um carro começou a me seguir.

Meus músculos ficaram tensos. Achei que Ellie ia me dizer que Tony Grier ou um de seus capangas havia encostado nela. Cerrei os dentes e esperei minha namorada dizer as palavras que me obrigariam a matar mais uma pessoa.

– Fiquei com medo e ia te ligar. Estava com seu número na tela e tudo. Mas, no fim, era Miles. Não quis voltar andando para casa depois disso porque fiquei com medo, então deixei ele me trazer até aqui – completou.

"Não era Tony?"

– Era Miles que estava dentro do carro? Ninguém... te machucou, certo? – perguntei, sem tirar os olhos dela, preocupado.

– Ninguém me machucou – respondeu. Uma ruga de confusão surgiu em sua testa. – Por favor, não fica bravo comigo, Jamie. Sei que você deve estar chateado porque saí do baile sozinha depois de você ter me dito que não era para fazer isso. E, ainda por cima, está puto porque foi Miles que me trouxe. Mas é que eu não queria voltar andando.

Meu corpo relaxou com a certeza de que Tony e seus capangas não tinham encostado em Ellie.

– Tudo bem. Eu sabia que isso ia acontecer, mais cedo ou mais tarde. Mas será que a gente ainda pode ser amigos? Eu ia gostar muito. De repente, a gente pode sair de vez em quando...

Ellie fez careta e ficou boquiaberta, em estado de choque.

– Você vai usar Miles de desculpa para terminar comigo? – disparou, sacudindo a cabeça. – Nunca pensei que você pudesse ser tão covarde, Jamie. Seja homem e fala logo a verdade, fala que não estou à sua altura, que você quer ficar com uma menina mais bonita e mais legal.

Fiquei embasbacado. Quase engasguei quando ouvi suas palavras. "Uma menina mais bonita do que ela?"

– Como assim, Ellie?

Ela gemeu e afastou a latinha de refrigerante, parecendo extremamente frustrada.

– Eu também gostaria de ser sua amiga. Você não precisa falar nada. Tudo bem, já entendi.

– Você acha que estou terminando com você? – perguntei. Ellie balançou a cabeça e passou a mão no rosto para limpar uma lágrima, mas parecia não querer demonstrar suas emoções. – Ellie, você acha mesmo que *eu*... – apontei para mim mesmo, só para esclarecer – estou terminando... com *você*? – perguntei de novo, incrédulo, apontando para ela.

Ela ficou com a respiração presa na garganta, outra lágrima escorreu por seu rosto.

– Acho? – respondeu, parecendo em dúvida de uma hora para outra.

"Preciso marcar uma tomografia urgente para Ellie, porque deve ter alguma coisa muito errada com ela para essa menina pensar seriamente que eu quero terminar nosso namoro."

Segurei seu rosto com as duas mãos, limpei outra lágrima com o dedão e olhei bem em seus olhos cheios de água.

– Não estou terminando com você. Achei que você é que ia me dar o fora – sussurrei.

Ela fez careta, sacudiu a cabeça e disse:

– Não.

Sorrindo, me inclinei para a frente, beijei sua boca e a sensação foi perfeita. Ellie passou os braços em minha cintura, chegou bem perto de mim e me beijou também. Parei de beijá-la alguns segundos depois e encostei minha testa na sua. A felicidade queimava minhas veias, e meus pés coçavam de vontade de fazer uma dancinha da vitória no meio da cozinha, porque Ellie não ia dar um pé na minha bunda inútil.

– Por que você pensou que eu não queria mais ficar com você? – perguntei.

Ellie suspirou, fechou os olhos e respondeu:

– Você anda distante e calado ultimamente. Achei que você só queria esperar o baile passar para eu não ter que ir sozinha.

Cheguei mais perto dela e falei:

– Ellie, eu sou louco por você. Estou perdidamente apaixonado. Pode ficar comigo pelo tempo que você quiser – garanti, pondo uma mecha de seu cabelo que havia se soltado atrás de sua orelha.

Um sorriso se esboçou em seus lábios.

– Frasezinha cafajeste essa – falou. Então ela se aproximou mais de mim e aninhou a cabeça em meu pescoço. Sorri e a abracei, me sentindo absolutamente feliz... mas aí Ellie começou a falar, e minha felicidade diminuiu por um segundo.

– Miles me beijou ontem – sussurrou. O ar que saía de sua boca bateu em meu pescoço. – Mas eu não beijei ele, juro. Ele me pegou de surpresa, e mandei ele ir embora. Já que estamos pondo os pingos nos “is”, achei que devia te contar.

Balancei a cabeça e dei um beijinho nela, decidindo não contar que eu já sabia porque sua mãe havia me contado.

– Obrigado por me contar.

Ellie se afastou um pouco e me olhou, preocupada.

– Não beijei Miles. Eu juro.

Sorri para tranquilizá-la, porque vi, em seus olhos, que ela estava dizendo a verdade.

– Eu sei. Não se preocupa com isso. Mas, se em algum momento você se cansar de mim e quiser voltar para esse rapaz, ou ficar com qualquer outro que te faça feliz, saiba que não vou te impedir.

Ela franziu a testa e sacudiu a cabeça.

– Não quero ficar com mais ninguém. Também sou louca por você – respondeu, repetindo as minhas palavras e me dando um sorrisinho malicioso.

Eu sorri também e disse:

– Cafajeste.

Ellie deu aquela sua risada cristalina e balançou a cabeça.

– Meu namorado é o rei dos cafajestes. Acho que estou pegando por osmose.

Ri e a beijei de novo, apaixonadamente, tentando transmitir que a amava sem precisar dizer isso. Passei a tarde em sua casa, consertando o carro da família. O pai dela me ajudou, inclinado sobre o motor, prestando atenção, fazendo perguntas. Ellie ficou sentada no muro, me observando. Ela levava uma bebida gelada de vez em quando. Me senti completamente à vontade com os dois. Michael era uma excelente pessoa. Definitivamente, Ellie havia herdado noventa e nove por cento de sua personalidade do pai. Até Kelsey, a irmãzinha de Ellie, ficou brincando na grama, cantando com o rádio e nos passando as ferramentas. Nunca me senti tão incluído em um ambiente. Adorei. Ruth passou a tarde sem dar as caras, e não pude deixar de ficar feliz por isso. Aquela mulher não merecia a família incrível que tinha. Era um desperdício.

Quando terminei de consertar o carro, eu e Ellie fomos comprar um celular novo para mim e depois fomos jantar. Assim que ela se encheu de *cheesecake*, fomos ao meu apartamento, para eu poder me trocar e ir para o meu emprego novo.

Ellie se acomodou no sofá, dando uma olhada nos programas que eu havia gravado para ela durante a semana, aquelas porcarias de mulherzinha que minha namorada gostava de assistir no fim de semana. Quando fiquei pronto, me encostei no batente da porta e apenas olhei para Ellie, atirada no sofá do meu apartamento, se sentindo totalmente em casa. Sorri, porque ela riu do filme que estava assistindo: *Meninas malvadas*. Acho que ela já tinha visto aquele filme umas cinco vezes apenas naquele mês, mas, mesmo assim, não parava de assistir. Era uma cena encantadora.

Sabia que precisava sair, então me afastei da porta e fui até ela, me abaixando perto de sua cabeça.

– A gente se vê daqui a umas duas horas. Volto lá pela meia-noite – prometi.

Não pretendia ficar até tarde, ia só dar as caras, organizar a equipe e ir embora. Meu plano era fazer a mesma coisa em todas as boates nas próximas semanas, apenas aparecer de vez em quando e ficar de plantão no celular.

Ela sorriu e se sentou. Segurou minha nuca e me puxou até me dar um beijinho rápido.

– Até mais, então – sussurrou. – Boa sorte em seu trabalho novo.

Também sorri e lhe dei um beijo na testa. Um "eu te amo" estava na ponta da minha língua, mas engoli as palavras. Nunca tinha dito isso a ninguém. Queria ter certeza de que seria especial quando, finalmente, dissesse isso, não um comentário qualquer feito antes de eu ir trabalhar.

– Valeu – falei.

Saí de casa antes que ficasse impossível e fui de carro para a boate. Quando cheguei lá, parei para conversar com o rapaz que estava cuidando da porta. Pedi para ele não deixar ninguém que já estivesse bêbado entrar e passei as instruções do que ele deveria fazer se alguém criasse problema. Tive vontade de ir embora assim que entrei. A música era tão alta que o chão vibrava, o ar era enfumaçado, e o lugar estava cheio de homens pervertidos que olhavam as mulheres seminuas como se fossem sua última refeição.

Enquanto fiquei lá, quase não houve problema. Um ou dois sujeitos bêbados que resolveram encostar nas meninas e foram expulsos logo, logo. Alguém que não tinha dinheiro para pagar a conta, e chamaram a polícia. Nada de muito emocionante. A maior parte do tempo, fiquei apenas sentado perto do bar. Tomei muita água porque o gelo seco dava a sensação de que minha garganta havia sido estuprada por um porco-espinho. Conversei com educação com todo mundo que quis falar comigo, dando as caras, como tinham me mandado.

As meninas que andavam pelo lugar não me interessaram nadinha. Uma – Candice, ela me disse seu nome – me ofereceu uma sessão grátis nos fundos da boate, e eu recusei, dizendo que estava perdidamente apaixonado por uma ruiva muito gata que me esperava em casa. Ela me chamou de "adorável" e saiu falando para as colegas que alguns caras eram bons demais para ser verdade.

Só de saber que Ellie estava em casa esperando por mim e que eu ia tê-la em meus braços naquela noite, o tempo voou, e passei a noite inteira sorrindo. Quando deu meia-noite, saí e fui correndo para casa, ansioso para vê-la.

Entrei em casa, e a primeira coisa que percebi é que a abertura de *Meninas malvadas* estava passando sem parar. Franzi a testa, tentando imaginar por que Ellie não havia desligado a TV. Descobri assim que cheguei perto dela: estava dormindo. Toda encolhida no sofá, enrolada em um moletom meu. Um sorriso imbecil se esboçou em meus lábios. Tranquei a porta, desliguei a TV, coloquei meus braços por baixo dela e a levantei com cuidado.

Ellie resmungou, dormindo. Ela aninhou a cabeça em meu pescoço. Segurei seu corpo bem apertado e entrei no quarto, tentando não acordar a garota.

– De quem você gosta mais, Jamie? Do Tom ou do Jerry? – perguntou, com a voz cansada.

Sorri, tinha certeza de que ela estava dormindo.

– Só pode ser do rato, ele sempre acaba se dando bem em cima do gato.

Ela abraçou meu pescoço e respondeu:

– O rato é fofo, mas não gostaria de ter um morando na minha casa. Eles fazem cocô nas coisas.

Ri baixinho e a coloquei com todo cuidado em cima da cama. Ela se enroscou no lençol na mesma hora, e me deu vontade de sorrir. Tirei os sapatos e me deitei, abraçando-a bem apertado. Ouvi ela falar um pouco mais sobre o cocô do rato que pode ser confundido com uva-passa. De vez em quando, minha namorada era bem louca, mas eu a amava mais do que tudo na vida.

CAPÍTULO 20

Jamie

Um mês havia se passado desde o baile. Um mês inteirinho e perfeito que passei com Ellie. Mas, no trabalho, as coisas não foram assim, tão perfeitas. Estava mais... "envolvido" nos últimos tempos. Estava fazendo cada vez mais aquelas coisas que odiava fazer quando era mais novo. Basicamente, eu era um dos capangas contratados por Brett e tive que encher muita gente de porrada, pessoas que tomavam liberdades ou tentavam invadir o território dele. O negócio da boate havia ficado mais fácil. Nem precisava mais ir tanto lá, porque não dava muita confusão. Tive uns problemas com o pessoal que cuidava da segurança antes de Brett assumir. Eles não ficaram muito felizes quando perderam o contrato, mas já estava tudo resolvido. E também houve outro probleminha que resolvi bem rápido: o ex-namorado de uma das meninas não queria deixá-la em paz. No fim das contas, estava tudo correndo com tranquilidade, não tive nenhum problema.

Ainda bem que, não sei como, consegui ficar com o emprego do ferro-velho também, apesar de isso significar que eu só dormia cinco horas por dia, porque roubava carros umas três vezes por semana e fazia essas outras coisas nos demais dias. Estava exausto, o que me deixava irritado e instável.

A única coisa boa de trabalhar tanto, na minha opinião, era

que eu estava ganhando a maior grana. A notícia de que eu havia voltado a trabalhar para Brett se espalhou rapidamente, e não paravam de chegar encomendas. Eu estava ganhando, em média, 18 mil dólares por semana. Na semana anterior, tive o imenso prazer de pegar um monte de dinheiro e atirar na cara de Tony Grier, saldando a dívida da minha mãe.

Estava até me dando bem com Shaun, desde o pequeno incidente com o canivete após o baile de Ellie. Estávamos nos tratando com educação. Ele trabalhava para mim como segurança em uma das boates.

Consegui abrir uma conta no banco, coisa que eu nunca tinha feito. Faltavam menos de dois meses para eu conseguir dar adeus àquela vida para sempre. Quem sabe aí eu poderia começar a ser o homem que Ellie achava que eu era.

Me sentei na cadeira giratória de Brett e comecei a rodar, olhando para o teto e tentando, desesperadamente, ficar de olhos abertos. Aquela noite seria importante, um esquema gigante que, sem dúvida, duraria horas. Dez caras iriam comigo, e roubaríamos 25 carros. No papel, parecia impossível. Mas, na realidade, dez desses carros estavam no mesmo lugar: um galpão nos arredores da cidade. Íamos matar dois coelhos com uma cajadada só. O dono da concessionária da Jaguar, onde estavam os carros, queria dar um golpe no seguro, por isso a gente ia roubar os carros. Brett já tinha compradores para todos eles, ou seja, receberíamos em dobro. Só que os outros quinze carros estavam espalhados pela cidade, e eu tinha certeza de que ia trabalhar até de manhã. Ia ser um saco, porque eu tinha coisas para fazer no dia seguinte. Era o aniversário de 18 anos de Ellie, e eu não podia permitir que o cansaço estragasse o dia incrível que havia planejado para ela.

Minha equipe já estava reunida lá embaixo, mas eu precisava de mais uns minutos para organizar meus pensamentos. Estava com um mau pressentimento. Alguma coisa não tinha me caído bem. Acho que era o fato de cinco caras da equipe não serem acostumados a roubar carros. Não tinham nenhuma experiência, trabalhavam em outros ramos da organização de Brett. Falta de experiência não combinava com um esquema daquele nível. Só que, com aquela quantidade de carros, eu não tinha como dispensar a ajuda. Não havia horas suficientes de escuridão para a equipe de sempre completar aquela tarefa sozinha.

– Seu pai fazia essa cara quando ficava concentrado.

Dei um pulo, olhei para cima e vi Brett entrando na sala. Franzi a testa e tentei assimilar o que ele havia dito.

– Você conheceu meu pai? – perguntei.

Ele nunca tinha me falado nada, eu nem sabia que os dois se conheciam.

Brett balançou a cabeça, tirou o paletó e atirou na cadeira vazia ao meu lado.

– Conheci, sim. Faz muito tempo, mas você me fez lembrar dele por um instante.

– Como você o conheceu? – insisti, me inclinando para a frente e demonstrando interesse. Nunca tinha conversado com ninguém sobre meu pai. A única pessoa que falava dele era minha mãe e, normalmente, ela esbravejava e dizia que ele era um cuzão sem consideração.

Brett sorriu e fez sinal para eu me levantar.

– Sai da minha cadeira. Você não manda neste lugar ainda, sabia?

Ri e saí da cadeira de couro para ele poder se sentar.

– Desculpa.

Ele sorriu e revirou os olhos.

– Trabalhei com seu pai há muito tempo, anos antes de você nascer, quando ele era só um Pirralho como você.

Fiquei de pé observando Brett com toda a atenção, esperando ele me contar algo que eu não sabia sobre o sujeito que me pôs no mundo. Sabia apenas que ele tinha uns 23 anos quando morreu e que tinha cabelo e olhos castanhos como os meus. Quando meu pai morreu, eu tinha somente 2 anos, por isso não tinha nenhuma lembrança dele. Só sabia o que minha mãe bêbada, drogada e amargurada havia me contado.

– Ele também mandava bem com carros – Brett continuou.

Dei um sorriso.

– Sério?

– É, sim. Trabalhei mais ou menos um ano com ele. Vi ele roubar carros sem deixar rastros. Era igualzinho a você nesse aspecto: um fantasma. Você herdou o talento dele. Dedos rápidos e ágeis e atenção aos detalhes – contou. Brett pegou um charuto da caixinha de madeira que estava em cima da mesa e fez sinal com a cabeça para eu pegar um também. Recusei com um gesto, educadamente. – Seu pai era um sujeito legal. Foi uma pena ter morrido. Eu gostava dele.

Mordi o lábio, pensativo, e perguntei:

– Como foi que ele morreu, exatamente?

Brett acendeu o charuto com o isqueiro de prata e começou a fumar.

– Ele mudou de vida e foi trabalhar para um homem chamado Tommy Harris, que morreu faz tempo. Mas Jason, seu pai, tinha um esquema com um novo traficante de armas. Pelo jeito, algo deu errado, alguém virou a casaca, e ele foi baleado. Uma pena, viu? Seu pai era muito talentoso.

Mordi minha própria bochecha e fiquei imaginando a cena. É tão fácil as coisas darem errado nesse tipo de esquema. Muita coisa pode acontecer quando um bando de machos alfa cheios de adrenalina se juntam e tentam fechar negócio. Tentei não pensar em como minha vida poderia ter sido diferente se meu pai não tivesse ido trabalhar naquele dia. Será que eu estaria ali ou meu pai teria impedido seu filho de entrar na vida do crime, como ele? Soltei um suspiro e balancei a cabeça, sem saber o que dizer.

– É melhor você ir nessa, o pessoal está começando a ficar ansioso lá embaixo – Brett sugeriu, inclinando a cabeça na direção da porta.

– É, te vejo pela manhã – murmurei e saí da sala. Comecei a descer a escada e parei ao ver a ralé organizada, de pé, esperando. Tive um pressentimento ruim de novo, porque não conhecia a maioria.

Fiz barulho ao limpar a garganta e parei no último degrau, para ficar mais alto. O múrmurio foi parando, e eles me olharam curiosos.

– Então, tá. Tudo pronto. Todo mundo recebeu seu *kit* e sabe que carro deve pegar. Os cinco entre vocês que nunca fizeram isso vão ter um parceiro experiente. Vamos fazer o primeiro todos juntos, depois nos separamos e vamos pegar os outros carros. Não se arrisquem. Não fiquem se achando, não corram nem furem sinais. Alguém vai arrombar o carro para vocês, só precisam trazer o veículo para cá, são e salvo. Os transportadores estarão esperando do lado de fora. É só se concentrar e fazer seu trabalho – falei, bem sério.

O grupo balançou a cabeça, sinalizando que tinha entendido. Apontei para a van de vidros pretos que esperava para nos levar até a concessionária da Jaguar. Os rapazes começaram a se mexer na mesma hora e foram até a van.

Um deles cruzou o olhar com o meu. Sorri e fui até o sujeito, que estava apoiado na mesa, com um sorrisinho petulante no rosto. Era Raposa, o "novo eu". Sugeri que Brett o contratasse para o esquema daquela noite. Estávamos mesmo precisando de uma mãozinha, e diziam que ele era bom. Pelo jeito, estava meio sem trabalho, porque perdeu muitos clientes quando voltei para a equipe de Brett. Fiquei surpreso por ele não me odiar.

– Oi, eu sou Jamie – falei, com a maior educação, e lhe estendi a mão. A gente tinha se falado bastante pelo celular naquela semana, mas era a primeira vez que nos encontrávamos cara a cara.

– O Pirralho, sei. Legal te conhecer pessoalmente – respondeu, apertando minha mão. – Prazer, Raposa.

Me encolhi todo. Não queria chamar ele assim. Era o pior apelido de todos os tempos, uma afronta a *Oliver Twist*.

– É, ãhn, qual seu nome de verdade? Não vou te chamar desse jeito – falei, rindo e sacudindo a cabeça.

Ele coçou a cabeça e respondeu:

– É Vincent, mas prefiro Raposa quando estou trabalhando.

– Então pronto: vou te chamar de Vincent – declarei, puxando a mão.

Ele franziu a testa e falou:

– Você não me quer aqui, isso é óbvio. Estou invadindo seu território? – debochou.

Depois deu um sorriso sarcástico e se levantou. Já imaginava que ele ia tentar me intimidar, e quase conseguiu, com aqueles músculos que podiam ser vistos através da camiseta preta. A pele morena de seus braços era coberta de tatuagens com frases sobre carros e, no antebraço, tinha escrito seu apelido. No outro, uma cruz enorme com uma citação da Bíblia embaixo. Ele até pode ter intimidado os outros, não tenho a menor dúvida, mas não me assustou nadinha.

Encolhi os ombros com indiferença.

– Cara, pode ficar com meu território, não quero. Vou ficar apenas mais dois meses nessa, depois caio fora – falei. Então passei a mão no cabelo e completei: – Para falar a verdade, estou feliz que você esteja aqui, não conseguiria organizar esse pessoal sozinho. Assim que a gente terminar o esquema do galpão, vou deixar dois novatos com você. Você arromba, eles trazem para cá. É assim que as coisas rolam por aqui.

Raposa balançou a cabeça, vestiu a jaqueta preta e pegou a sacola que estava em cima da mesa.

– Estou animado de trabalhar com você. Dizem que você é o melhor.

Ri incrédulo.

– *Dizem* muitas coisas. É melhor não acreditar em metade das merdas que ouve por aí – falei. Em seguida, peguei minha sacola e fomos para a van.

– Por que você só vai fazer isso por mais dois meses? – perguntou, enquanto entrávamos.

– Motivos pessoais. Combinei de ficar aqui três meses. Faltam menos de dois. Então vou largar essa vida. Minha namorada odiaria se soubesse que eu ando metido nesse tipo de coisa – expliquei, resumindo a questão.

Sentei na frente da van e já ia colocar minha sacola no banco ao lado quando ele se sentou, com uma expressão incrédula no rosto.

– Você vai sair dessa vida por causa de uma mulher?

Ri de seu tom de incredulidade. Era óbvio que Raposa amava o que fazia e não ia desistir tão cedo, principalmente por causa de mulher, pelo jeito. Dava para entender: o barato que a gente sente quando rouba carros é mesmo viciante.

– Eu já queria largar antes de conhecê-la, mas, sim, é basicamente isso.

Ele apertou os lábios, passou a mão pelo cabelo muito curto e espetado e me olhou nos olhos:

– Ela é gata?

Um sorriso orgulhoso e meio cafajeste se esboçou em meus lábios.

– Muito gata – confirmei.

Ele balançou a cabeça, pensativo.

– Você libera ela para os outros? – perguntou.

Levantei a sobrancelha e fiz uma cara bem feia para ele, porque estava muito perto de ofender minha namorada. Raposa se encolheu, levantou as mãos com jeito de inocente e se remexeu no banco.

– Pela sua cara, acho que não – murmurou.

Fechei os olhos e resolvi dormir por meia hora, até chegarmos no galpão. Infelizmente, Raposa não concordou. Ficou falando o caminho inteiro. Nunca conheci ninguém que tagarelasse tanto. Parecia que ele tinha uma adolescente fofoqueira presa em seu corpo de machão. Quando chegamos ao destino, meus olhos ardiam.

Mas assim que paramos na rua, um pouco mais para a frente, fiquei cem por cento acordado. Fiquei de pé do melhor jeito que consegui, dentro da van apertada, fechei o zíper do meu moletom de capuz preto e tirei a máscara de esqui da sacola. Normalmente, em um esquema como esse, a primeira coisa a fazer era desligar as câmeras, mas o sujeito que encomendou o negócio estava pagando a mais para deixarmos a ação ser gravada. Ao que parece, isso ia ajudar quando ele pedisse a grana do seguro. Por precaução, pedi que todo mundo usasse roupas lisas, tênis lisos, nada que pudesse ser identificado. As roupas seriam queimadas no dia seguinte, ordens de Brett.

Virei para a ralé que ia fazer o esquema comigo e dei um

sorriso para tranquilizá-los. Agora que estávamos ali, a adrenalina corria pelas minhas veias, dando aquele barato.

– Ponham as luvas e as máscaras, rapazes. Vou desligar o sistema de som, mas as câmeras vão continuar gravando. Assim que eu e Vincent... – O "novo eu" me interrompeu, limpando a garganta em um som alto ao meu lado. Revirei os olhos e me corrigi. – Desculpa. Assim que eu e *Raposa* tivermos certeza de que a barra está limpa, vou chamar Shaun para abrir o portão. Ninguém se mexe sem eu mandar. Sigam minhas ordens à risca. Não quero ver ninguém bancando o herói, se não vou pessoalmente encher de porrada – falei, bem sério, olhando em volta para ter certeza de que todo mundo havia entendido. Não ia me meter em confusão, de jeito nenhum, só porque um merda qualquer resolveu crescer e fazer algo que não devia. – Depois, esperem na van. Ninguém tira a máscara até estarmos a, pelo menos, duas quadras daqui.

Olhei para Raposa e levantei a sobrancelha. Ele deu um sorrisinho diabólico, estalou os nós dos dedos e apenas depois tirou a máscara de esqui do bolso.

– Acho bom esse troço não bagunçar meu cabelo – brincou, piscando para mim e colocando a máscara.

Ri e coloquei a minha também, depois tirei umas luvas de borracha da sacola e as calcei, para não deixar impressões digitais.

– Então vamos nessa, figurão – provoquei, fazendo sinal com a cabeça para a porta da van.

Nós dois saímos juntos para a escuridão da noite.

O galpão estava a uns 45 metros mais à frente, os portões, um pouco antes. Ficamos em silêncio, andamos rapidamente até uma área mais escura e paramos na cerca de arame. Pus a sacola no ombro, segurei no metal gelado e comecei a escalar. Havíamos conversado muito pelo celular, repassado o plano várias vezes, mas era diferente trabalhar com um sujeito que eu não conhecia. Normalmente, àquela altura, eu já estaria sozinho. Mas aquele era um trabalho para duas pessoas, porque havia dois guardas que faziam ronda dentro do galpão.

Pulei no concreto do outro lado segundos antes de Raposa aterrisar graciosamente ao meu lado.

– Silencioso como um ninja – sussurrou, rindo baixinho.

Dei um sorriso e um soco em seu braço, para ele calar aquela boca. Os guardas ficavam em uma salinha do outro lado do galpão, observando a propriedade por meio de pequenos monitores. Escolhemos entrar naquele lugar de propósito, porque o sr. Randall, o dono, havia mudado a câmera de posição alguns centímetros, criando um ponto cego. Coloquei o dedo sobre os lábios e inclinei a cabeça em direção à lateral do prédio. Aparentemente, se ficássemos bem perto da parede e fôssemos rápidos, conseguiríamos enganar as câmeras, que giravam continuamente para cobrir todo o terreno, ou seja, a gente só tinha que acertar o tempo e não fazer merda.

Levou uns dez minutos, durante os quais a gente parava, andava e se abaixava para enganar as câmeras, até finalmente chegarmos à porta do galpão sem disparar nenhum alarme. Raposa pegou as ferramentas para arrombar portas, enfiou dois pinos de metal na fechadura e mexeu até ouvirmos um clique. A porta se abriu, fazendo um leve barulho.

Fomos rápidos. Entramos e segurei a arma que Brett havia me dado. Não costumo andar armado, era apenas para aparecer na gravação. O dono estava pagando a mais por esses pequenos detalhes. Apontei para o corredor, de onde vinha o som de uma conversa em voz baixa. Fiquei de olhos bem abertos, atento ao menor sinal de movimento, mas não aconteceu nada.

– Pago seus três e aumento... mais três – alguém falou na última sala à esquerda. Eu já sabia que aquela era a sala da segurança, porque tinha passado a semana inteira estudando a planta do local.

– Aaaah, que confiante. Tudo bem, Call – alguém respondeu.

Sorri porque isso significava que os dois seguranças estavam dentro da sala, exatamente como planejado. Parei do lado de fora da porta e arrisquei dar uma olhada rápida lá dentro. Eram dois homens de meia-idade, acima do peso, sentados um na frente do outro, em uma mesa. Estavam jogando cartas, e a mesa estava coberta de palitos de fósforo. Nenhum dos dois estava de frente para os monitores. Senti uma pontada de irritação, porque eu e Raposa tínhamos acabado de encenar *Missão impossível* por nada, já que eles não estavam nem olhando.

Dava para ver as cartas do sujeito da esquerda. Ele tinha dois pares. Uma mão bem boa. Fiz sinal para Raposa com a cabeça, entrei na sala e levantei a arma.

– Se eu fosse você, economizaria meus fósforos. Seu amigo tem dois pares, de 10 e de 8 – falei, na cara de pau, apontando a arma para o guarda da direita. Ele soltou um suspiro de surpresa, arregalou os olhos e deixou as cartas caírem no chão. Metade do *donut* que ele estava comendo congelou a caminho de sua boca.

O da esquerda foi logo tentando apertar um botão vermelho que ficava embaixo dos monitores. Antecipei sua jogada e disparei a arma ao lado de sua cabeça. Ele desmaiou antes de conseguir apertar o botão e caiu para a frente, batendo a cabeça com força no painel de madeira.

– Bom, podemos fazer isso do jeito fácil ou do jeito difícil. Qual dos dois você prefere? – Raposa perguntou para o outro segurança. Então puxou um pedaço bem grande de fita adesiva, com um gesto dramático, e deu um sorriso maldoso.

– O que vocês querem? – murmurou o segurança.

Ri e apontei para o monitor do meio, que mostrava o interior do galpão número 3, onde dez unidades de Jaguar, perfeitos e novinhos em folha, estavam guardados.

– Aquelas belezinhas ali – respondi.

Raposa deu um passo à frente, e o segurança engoliu em seco. Enquanto ele prendia o sujeito na cadeira com muita fita adesiva em seus braços e suas pernas, comecei a desligar o sistema de segurança. Peguei o homem que havia desmaiado e o coloquei em cima de uma cadeira de rodinhas, tirando-o do caminho, para eu ter mais espaço para trabalhar. Sentei no chão, me deitei embaixo da mesa e arranquei a capinha de plástico que protegia os fios. Levei um tempinho para encontrar o fio certo, mas finalmente consegui descobrir qual era o do áudio e o cortei rapidinho. Para garantir, fiz bastante cena, xingando, batendo a mão na mesa, fingindo frustração. Aquilo tudo era apenas encenação, precisava que ele pensasse que eu não tinha como desligar as câmeras. Se não, os dois começariam a desconfiar do fato de eu só ter desligado o áudio e o vídeo não.

Quando me senti satisfeito, saí debaixo da mesa e me virei para o segurança, que estava chorando, todo enrolado em fita adesiva, mais parecendo um pacote de presente.

– Você sabe como desligar o vídeo? – perguntei.

Ele sacudiu negativamente a cabeça bem rápido, com uma expressão de pavor nos olhos.

Virei para Raposa e falei:

– Não consigo. Acho que vamos ter que deixar o vídeo ligado. O áudio já era, mas...

Deixei a frase no ar, tentando fingir o melhor que pude.

O guardinha teria uma bela história para contar à polícia pela manhã, e era exatamente isso que o cliente de Brett queria.

Raposa encolheu os ombros.

– Vamos acabar com isso logo. Ninguém vai nos reconhecer mesmo. Vamos pegar os carros e cair fora – respondeu. Depois prendeu o homem que estava inconsciente na cadeira. – Já acabei.

Balancei a cabeça, peguei minha sacola, que estava no chão, e virei para o outro guardinha. Dei um sorriso de desculpas e levantei a arma. Bati com ela em sua cabeça apenas o suficiente para ele pegar no sono sem causar nenhuma sequela.

Saímos da sala, e Raposa levantou a mão para darmos um "bate aqui". Sorri e bati na mão dele, com ar vitorioso. Agora vinha a parte divertida: arrombar os carros.

Assim que entramos no galpão onde os carros estavam guardados, parei para observar aquela cena linda que estava diante de meus olhos. Me demorei no C-X75, que ainda nem estava à venda, e fui logo dizendo:

– Aquele ali é meu.

Raposa encolheu os ombros e foi imediatamente até um XKR-S conversível.

– Você que manda. Pode ficar com seu carrinho ecológico. Eu quero este aqui – retrucou, passando a mão pelo capô, maravilhado.

Sorri, peguei o celular, liguei para Shaun e avisei que a barra estava limpa. O pessoal começou a quebrar os cadeados do portão principal e a entrar no galpão. Também sairíamos por ali, dirigindo na cara dura.

– Vamos pôr a mão na massa – sugeri, todo animado. Abri minha sacola e peguei as ferramentas. Raposa me mandou um cumprimento engraçado e fez a mesma coisa.

Na altura em que o pessoal entrou no galpão, já havia sete carros com o motor ligado, prontos para serem levados. O Jaguar é fácil de arrombar, se você sabe o que está fazendo e tem as ferramentas certas. Terminaríamos em menos de cinco minutos.

Apenas eu e Raposa estávamos arrombando os carros naquela noite. E, como o material seria despachado imediatamente, não tínhamos nenhuma margem de erro. Não iam tolerar nenhum arranhão causado por um ladrão de mão pesada. Tudo tinha que sair perfeitamente, ou seja, eu tinha muito trabalho pela frente.

Depois de ligar o motor do último carro, saí do banco e fui até o pessoal, que estava sussurrando. Todo mundo ficou em silêncio quando me aproximei e me olhou com uma expressão de expectativa.

Balancei a cabeça.

– Tudo pronto. Ninguém encosta naquele ali – falei, apontando para o carro que eu havia escolhido. – Aquele é meu. Vocês já sabem a rota que precisam fazer. Façam tudo de acordo com o plano e não cometam nenhuma infração. Vão direto ao ponto de encontro usando a rota de cada um – instruí. Cada um ia fazer um caminho diferente para voltar ao galpão de Brett. Ficaria um pouco óbvio se dez carros novinhos em folha da Jaguar aparecessem ao mesmo tempo na rua, em linha reta. – Podem ir. Encontro vocês lá.

Todo mundo correu imediatamente para os carros. Raposa se sentou no capô do que havia escolhido e passou a mão em uma das rodas, com gosto.

Fui até a porta basculante da garagem, peguei o alicate, posicionei no cadeado e fechei com força. Quando o cadeado e a corrente caíram no chão, levantei a porta, fui para trás, e os carros começaram a sair do galpão, um por um.

Deixei todo mundo ir na frente e fiquei ali sentado no carro, apenas sentindo o cheiro do couro novo e caro. O odômetro marcava apenas três quilômetros. Devia ser do teste de fábrica, depois que o carro ficou pronto. Era lindo.

Raposa dirigiu até ficar ao meu lado. Então colocou o corpo para fora do vidro. Baixei o vidro do meu carro e fiquei olhando para ele com expectativa.

– Você acha mesmo que vai conseguir abrir mão do barato que essa merda te dá? Parece que você está tendo um orgasmo. Não vá sujar os bancos de porra – brincou, com uma piscadinha. Depois saiu do galpão.

Ri e fui atrás dele, virando a esquerda depois de passar pelo portão, como combinado. Raposa se despediu de mim com um sinal de luz, e cada um foi para seu lado.

As horas passaram rapidinho. Raposa provou ser uma bela aquisição. Era extremamente profissional. O único defeito que eu via nele era o fato de ele não calar a boca. Mas, pelo menos, era divertido.

Quando o esquema estava quase terminando, ele foi dirigindo até a última parada. Shaun estava no banco de trás, ainda se gabando da Harley-Davidson que havia acabado de levar para o galpão de Brett. Faltavam apenas mais dois carros. Paramos atrás da BMW vermelha invocada que Shaun dirigiria. Raposa me levaria para o último roubo da noite, um Aston Martin Vanquish.

Ele parou o carro. Eu desci e fui até a BMW. Enfiei o pé de cabra e destranquei o veículo bem rápido. Abri a porta, me inclinei para a frente, desliguei o alarme e a trava da direção, depois entrei e fiz a ligação direta nos fios. Fui fechando a porta enquanto dirigia e parei algumas quadras mais à frente, para trocar de lugar com Shaun. Ele entrou rapidinho e me deu um tapinha no ombro, com um sorriso todo feliz no rosto.

Sentei no Porsche Boxster do Raposa, que sorriu para mim.

– Estou com fome. Depois que eu te deixar lá, acho que vou

pegar um hambúrguer. Quer que eu te leve alguma coisa? – ofereceu, mexendo no rádio até encontrar uma estação de *rap*.

– São três e meia da manhã – respondi o encarando só para conferir se ele havia enlouquecido.

Raposa encolheu os olhos. Sem a menor vergonha passou a mão na barriga e respondeu:

– Quando preciso comer, eu como.

Ri e sacudi a cabeça.

– Não, estou bem, valeu.

Ele não respondeu, apenas começou a cantar a música de Missy Elliot que tocava, balançando a cabeça no ritmo da batida.

Dez minutos depois, paramos ao lado do último carro da noite.

– Nem acredito que a gente deu conta desse esquema. Foi incrível, sem dúvida vai para a minha biografia – brincou.

– É, a gente forma uma dupla e tanto – concordei, saindo do carro e enfrentando o ar gelado da noite. – A gente se encontra no galpão.

– Vou parar para pegar comida. Tem certeza de que não está a fim de um bicho morto com gordura? – ofereceu, subindo e descendo a sobrancelha.

Sorri e sacudi a cabeça.

– Não, valeu. Até já – falei e saí do carro.

Por mais que eu adorasse aquele barato, estava cansado. Tinha sido uma noite bem longa, e tudo o que eu queria era me jogar na cama e só acordar na segunda-feira. Mas isso estava fora de questão: o aniversário de Ellie era no dia seguinte. Só de pensar nela, me deu vontade de sorrir, e comecei a trabalhar no último carro. Raposa esperou até eu conseguir ligar o motor, depois deu meia-volta e foi atrás de um lugar aberto para comprar comida.

Dirigi em direção ao galpão, e meu celular começou a tocar. Tirei do bolso e atendi, colocando no viva-voz.

– Fala – disse, porque não estava muito a fim de ser educado. Só queria terminar aquele serviço e ir logo para a cama.

– Pirralho, a que horas Shaun vai trazer a BMW? Só está faltando ela no contêiner número 3 – Ray perguntou.

Franzi a testa. Fazia mais de meia hora que eu tinha passado aquele carro para Shaun. Ele, sem dúvida, já deveria ter voltado.

– Ele não chegou ainda?

– Chegou? Não. Achei que vocês dois ainda estavam arrombando o carro.

Apertei as mãos no volante. Shaun tinha ido embora antes de eu sair para buscar o carro que estava dirigindo, deveria ter voltado há séculos!

– Vou ligar para ver por que ele está demorando – falei e desliguei sem esperar a resposta de Ray.

Liguei para Shaun e esperei. Chamou várias vezes e caiu na caixa postal. Fiz careta e liguei de novo.

Ele não atendeu. Encerrei a chamada e atirei meu celular no banco do passageiro. Parei e girei o volante com tudo. Voltei pelo mesmo caminho que tinha feito. Já fazia um tempinho que a gente tinha se separado, mas eu sabia qual era o caminho que ele precisava fazer para voltar ao armazém.

Dirigi bem rápido e, uns dez minutos depois, vi umas luzes piscando. Fiquei sem ar. Parei a uns cem metros de distância e soltei um gemido, tentando entender a cena que se desenrolava diante de meus olhos. O lindo carro que eu havia arrombado há menos de uma hora estava destruído. Outro veículo tinha batido em sua traseira, praticamente levantando o carrinho esportivo do chão. A traseira da BMW estava empoleirada no capô do outro carro.

Havia cacos de vidro por todos os lados, metal retorcido de jeitos estranhos. Havia âmbulâncias paradas, com as luzes de emergência ligadas. Um bombeiro tentava cortar a porta do segundo carro. Era óbvio que ainda tinha alguém preso lá dentro. E nenhum sinal de Shaun.

“Caralho!”

Fui logo levantando os olhos, tentando achar o cara. Shaun precisava sair logo dali. Não ia demorar muito para alguém checar a placa do carro e descobrir que era roubado!

Dei um pulo quando alguém bateu em meu vidro. Engoli em seco e virei o rosto, dando de cara com um policial rodoviário, parado ali, sorrindo para mim. Pensei se não devia pisar no acelerador com tudo e sair correndo. Mas o sorriso do sujeito era simpático. Não parecia ter se dado conta de que eu estava em um carro esportivo roubado. Me obriguei a manter a calma e apertei o botão para abrir o vidro.

O policial encostou na porta, admirando o carro.

– Olá. Desculpe. Não posso deixar você passar. Houve um acidente mais adiante. Estamos desviando o trânsito para outra rua, mais embaixo.

Balancei a cabeça, tentando controlar meu coração e morrendo de vontade de gritar o nome de Shaun para encontrá-lo e tirá-lo logo dali antes que os policiais começassem a checar as placas e outros dados dos carros. Se Shaun fosse preso, poderiam ir atrás da pessoa para quem ele trabalhava, das pessoas com quem ele trabalhava. Todo mundo ia se foder se ele não ficasse de bico calado.

– É, parece bem feio. Os motoristas estão bem? – perguntei, inclinando a cabeça na direção do local do acidente. Apertei ainda mais o volante, torcendo para que o policial dissesse que Shaun havia sumido ou algo do gênero. “O motorista fugiu do local, o motorista fugiu do local, o motorista fugiu do local”. Fiquei repetindo isso milhares de vezes em minha cabeça, rezando para que essas palavras saíssem da boca do policial. Só que não saíram.

Ele balançou a cabeça, com um ar de pesar.

– O motorista do veículo da frente não está muito ferido, apenas uma concussão e alguns machucados causados pelo cinto de segurança, acredito. Está na ambulância, a caminho do hospital. O outro motorista passa bem, acho, estão tentando tirá-lo do carro porque a porta entortou. Mas os dois vão ficar bem – respondeu.

"Shaun está dentro de uma ambulância, ferido, a caminho do hospital. E depois será interrogado pelos policiais..."

Senti um aperto no peito.

– Posso ajudar em algo? – perguntei, sem deixar de perceber que minha voz tremia. Mas o policial estava mais preocupado com o trabalho dos bombeiros e nem se deu conta.

– Não, obrigado, senhor. Está tudo sob controle – garantiu.

Minha cabeça girava, pensando no que deveria fazer. Precisava sair logo dali, ligar para Brett e contar o que havia acontecido. Ele ligaria para seus contatos até descobrir em que hospital Shaun estava. Depois, dependendo de quanto gostasse dele, poderia mandar alguém matá-lo, para Shaun não incriminar ninguém, ou contratar um advogado fera e tirá-lo da cadeia dentro de dois ou três dias. Ia depender de quanto Brett confiava em Shaun e acreditava que ele poderia ser preso sem levar todo mundo junto.

– Bom, vou deixá-lo voltar ao trabalho – sugeri, com um sorriso forçado.

O policial deu um passo para trás, uma batidinha na porta do carro e falou:

– Tenha uma boa noite, senhor.

Sem dizer uma palavra, engatei a marcha e virei lentamente, porque não queria chamar atenção. Fui dirigindo, certo de que Brett ia enlouquecer quando ficasse sabendo daquilo. Não parei para pegar o celular e ligar para ele. Olhava pelo retrovisor a cada dois segundos para garantir que não estava sendo seguido. Brett atendeu quase imediatamente.

– E aí, Pirralho? Já está chegando?

Respirei fundo antes de falar.

– Tivemos um probleminha – confessei. – Shaun se acidentou. Deu PT no carro, e ele está dentro de uma ambulância, a caminho do hospital.

Me encolhi todo, porque Brett disse um monte de xingamentos na minha orelha. Depois de uns trinta segundos gritando umas palavras que deixariam Ellie corada, naquele tom de vermelho encantador, ele finalmente se acalmou e falou comigo.

– Onde você está?

– Voltando. Estou com o Aston. Você quer que eu leve o carro aí no galpão ou que eu encontre o transportador em outro lugar? – perguntei, porque não queria levar a polícia até Brett, caso estivessem me seguindo.

– Vou mandar eles irem até você. Vai até o ponto de encontro alternativo, que alguém te encontra e tira esse carro da sua mão – respondeu. Depois deu um suspiro e perguntou: – Pirralho, você acha que Shaun vai abrir o bico?

Sinceramente, não sabia como responder.

– Você o conhece melhor do que eu, Brett.

Ele ficou em silêncio por um tempo, obviamente pensando em suas duas opções. Fiquei com os olhos firmes na estrada, virei, saí da cidade e fui na direção do lugar combinado. Ainda não tinha ninguém na rua: eram quase quatro horas da manhã.

– Tudo bem. Olha, vai para o ponto de encontro alternativo. Me liga quando chegar – Brett instruiu, depois desligou. Provavelmente, precisava falar com gente mais importante que eu: o advogado ou o matador de aluguel.

Cheguei ao local e entrei no campo que tínhamos combinado como ponto de encontro alternativo, caso algo desse errado. Desliguei o motor e fiquei sentado dentro do carro, no escuro, rezando para que a merda não respingasse em mim. Eu tinha muita sorte mesmo. Bem quando eu ia mudar de vida, Shaun cagava em cima de mim.

Liguei para Brett.

– Oi, cheguei.

– Que bom. Eles já estão chegando. Ray foi dirigindo sua picape – falou. Ele suspirou e continuou: – Vou arranjar um advogado para Shaun, vai dar tudo certo. Ele é leal e trabalhador, boto fé que vai rolar tudo na paz. Tenho meus contatos na polícia, e ele vai ser liberado logo. Mas, só para garantir, é melhor você arrumar um álibi. Uma coisa bem sólida. Nada relacionado ao trabalho nem a mim. Liga para aquela gatinha de quem você vive falando.

Senti um aperto de pavor no estômago. Ellie. Eu teria que envolver Ellie naquilo?

– Sério? Não dá para você me arranjar um álibi?

Brett suspirou.

– Você sabe como essas coisas funcionam, Pirralho. Arranja um álibi e fica de boa por uns dois dias. Vou resolver tudo. Mas, quanto mais longe ficar do pessoal, melhor para você. Precisa pensar na sua condicional agora, ok?

Cerrei os dentes. Odiei ter que envolver Ellie em qualquer atividade ilegal... Mas não tinha mais ninguém para quem pedir.

Bati a testa no volante e fechei os olhos, pensando em todo mundo que eu conhecia para ver se podia pedir um álibi a outra pessoa que não fosse Ellie. Cheguei a considerar pedir ajuda à minha mãe, mas ela não ia me ajudar mesmo, nunca teve nenhum senso de compaixão ou lealdade. Dez minutos depois, o caminhão de uma transportadora parou no campo. Um sujeito saiu lá de dentro e pôs a rampa no baú. Entrei no caminhão com o carro roubado. Assim que arrumaram o veículo lá dentro, saí. Fui descendo do caminhão meio que torcendo para um meteoro cair na minha cabeça. Sem dúvida, seria muito melhor do que contar a verdade a Ellie e implorar por sua ajuda.

Ray já tinha estacionado minha picape e estava apoiado no capô de braços cruzados, com uma expressão séria. Também parado no campo, estava o Boxster azul-marinho invocado do Raposa.

Caminhei em direção a Ray, sacudindo a cabeça.

– Que merda! – resmunguei.

Ele balançou a cabeça e me entregou um envelope pardo, que devia estar cheio de dinheiro com o pagamento daquela noite e o a mais pelo tamanho do trabalho.

– É, é uma merda mesmo. Você vai ficar bem? Já sabe para quem vai pedir? – perguntou, me olhando com curiosidade.

Suspirei e fechei os olhos, porque não queria dizer aquilo em voz alta.

– Para Ellie, acho eu.

Ray deu um sorriso triste.

– Se essa menina é tão incrível quanto você diz, vai dar tudo certo.

Atrás de mim, o caminhão da transportadora foi embora.

Meu amigo apertou meu ombro, tentando me consolar.

– Se, por algum motivo, ela não topar, me liga. Tenho uma prima bem vagabunda. Provavelmente, se você der uma grana, ela diz que passou a noite com você – sugeriu.

Dei uma risada triste. Seria tão mais fácil fazer isso, fingir que tinha ficado com uma mulher qualquer naquela noite, mas não queria correr esse risco. Conhecendo a sorte que tenho, Ellie ficaria sabendo e acharia que tinha sido traída. Não sei o que era pior, mas, pelo menos, se eu contasse a verdade, teria uma chance de continuar com ela.

– Valeu, Ray. É melhor eu ir nessa – murmurei, enfiando o envelope no bolso do moletom. Virei para Raposa, sorri e falei: – Foi legal trabalhar com você. Você mandou muito bem.

Ele também sorriu e pôs a mão para fora do vidro do carro.

– Você também. O tal Pirralho Cole é tão irado quanto dizem. Pelo jeito, os boatos são verdadeiros. Quem sabe a gente ainda não trabalha juntos um dia desses?

Sacudi a cabeça e ri.

– Quem sabe. Vamos ver o que Brett vai arranjar.

Dei "tchau" para Ray, entrei na picape e virei a chave, ligando o motor. Não queria pensar no que seria obrigado a fazer. Teria que arriscar tudo, pôr a cara para bater e contar a Ellie exatamente com que tipo de pessoa ela tinha se envolvido. E não era só isso. Depois de contar que passei os três meses anteriores mentindo para a minha namorada, teria que pedir sua ajuda para sair daquela enrascada. Olhei para cima, rezei para o meteoro cair, mas não vi nada no céu. Que porra de sorte a minha.

CAPÍTULO 21

Jamie

Fui correndo para a casa de Ellie e estacionei um pouco mais para a frente. Por sorte, a rua estava vazia. Meu coração batia acelerado quando desci do carro e fui ligar para ela. Me sentia mal de fazer aquilo. Era a última coisa que eu queria, jamais quis envolvê-la em confusão e, mesmo assim, ali estava eu, levando a confusão até a porta de sua casa.

Peguei o celular, fechei os olhos e apertei "ligar". Tocou algumas vezes, e fiquei ainda mais nervoso, mordendo o lábio.

– Jamie? – Ellie perguntou, meio grogue.

Me encolhi todo.

– Ãhn, é, oi – murmurei, esfregando a testa na tentativa de aliviar a dor de cabeça tensional que estava me atacando.

Ellie bocejou antes de responder:

– Está tudo bem?

Respirei fundo e cruzei os dedos mentalmente, torcendo para alguém olhar por mim e não me deixar perder a melhor coisa que já tinha acontecido em minha vida.

– Na verdade... não, não está. Preciso falar com você.

– O que foi? – perguntou, parecendo um pouco mais desperta.

Olhei para a sua casa e respondi:

– Preciso te ver. Você pode descer?

– Descer? Você está aqui fora? – falou, com uma voz chocada.

– Estou.

Ela desligou e, um minuto depois, a luz do térreo se acendeu e a porta da frente se abriu. Ellie apareceu e, na mesma hora, abraçou o próprio corpo para se proteger do frio. Estava apenas de regata e o que me pareceu ser uma cueca samba-canção. O vento sacudia seu cabelo enquanto ela olhava em volta, com uma encantadora expressão de confusão.

Saí das sombras e acenei para minha namorada. Queria ficar um pouco longe da casa, para os pais dela não ouvirem nossa conversa. Ellie tremeu, mas girou a tranca da porta, a fechou em silêncio e começou a vir em minha direção. Se encolheu toda porque o cascalho machucou seus pés descalços. Tirei o moletom assim que ela parou na minha frente.

– O que foi que aconteceu? – perguntou, com um sorriso agradecido, colocando meu casaco sobre os ombros.

– Me meti em confusão – confessei.

Ellie espremeu os olhos. Mesmo na penumbra da rua, pude ver a preocupação estampada em seu rosto.

– Que tipo de confusão?

Levantei a mão e fiz carinho em seu rosto, tentando memorizar a sensação de sua pele macia na ponta de meus dedos, aproveitando ao máximo, caso aquela fosse a última vez que eu pudesse tocá-la.

– Tem coisas a meu respeito que você não sabe.

Ela olhou para a casa e ficou pulando de um pé para o outro, nervosa.

– Entra. Está muito frio aqui fora – sugeriu, apertando meu casaco. Ela se virou e começou a andar, mas segurei sua mão, obrigando-a a parar. Eu não podia entrar em sua casa. Assim que soubesse toda a verdade a meu respeito, ela não ia querer nem chegar perto de mim. E ia começar a gritar, me chamando de mentiroso. Isso ia acordar seus pais que, provavelmente, chamariam a polícia. Ruth chamaria, sem dúvida.

– É melhor a gente conversar aqui fora, Ellie. Você não vai gostar do que tenho para te contar – falei, sem deixar de perceber meu tom de desespero.

Ellie se encolheu toda e apertou minha mão.

– Você me traiu? É isso que vai me dizer? – perguntou, com a voz falhando.

Dei uma risada triste. Era óbvio que minha namorada não fazia ideia de como eu era louco por ela.

– Não, Ellie. Nunca.

Ellie fechou os olhos e soltou um suspiro de alívio. Mas, provavelmente, iria preferir que eu a tivesse traído quando eu contasse a verdade, quando dissesse que havia passado os últimos três meses mentindo para ela.

– Fala logo, Jamie. Você está me assustando.

"Caralho."

– Eu acabei de roubar um carro, e a polícia deve estar atrás de mim. Preciso de um álibi para provar que eu estava em qualquer outro lugar, e não onde o roubo ocorreu – sussurrei, olhando para o chão, porque não queria ver a expressão de Ellie ao descobrir o vagabundo que eu era.

– Você... você roubou um carro? – murmurou.

Balancei a cabeça.

– Roubei 25 carros, na verdade – completei, como se não fosse nada demais.

– Que porra é essa, Jamie?

Olhei para ela e vi a expressão que jamais gostaria de ter visto em seu rosto: decepção, choque, confusão e horror.

– Não sou quem você pensa que eu sou.

– Não é... eu não... é... quê? – gaguejou.

– Por favor, não surta – implorei, mesmo sabendo que era tarde demais. Ela já estava entrando em pânico, dava para ver pela expressão em seu rosto.

Ela passou as duas mãos no cabelo, tentando arrumá-lo sem perceber que o vento o espalhava para todos os lados. Estava boquiaberta, sacudindo a cabeça, como se lutasse contra os próprios pensamentos.

– Como assim, "não surta"? É claro que vou surtar, pelo amor de Deus. Você acabou de me contar que roubou 25 carros e que a polícia está atrás de você. A reação de qualquer pessoa normal seria surtar! – gritou.

Sua voz ecoou no vazio da noite, e me encolhi todo. Cheguei mais perto de Ellie e cobri sua boca com a minha mão.

– Shhh, por favor, shhh – implorei, olhando em volta, procurando sinais de movimentação na rua chique onde Ellie morava.

Minha namorada pôs a mão sobre a minha e se virou para mim, de olhos arregalados, respirando fundo pelo nariz. Quando tive a impressão de que seu ataque havia passado e de que seus ombros estavam um pouco mais relaxados, tirei a mão de sua boca e dei um passo para trás, para ela se sentir mais à vontade. Achei que Ellie ia precisar de certa distância, depois que eu fizesse minhas revelações.

– Quem é você? – perguntou, sacudindo a cabeça, com os olhos cheios de lágrimas.

Dei um sorriso tímido, sabendo que não haveria nenhuma chance de Ellie querer ficar comigo depois daquilo.

– Sou o cara com quem você passou os últimos três meses. Ainda sou o mesmo cara que te abraça enquanto você dorme e que te dá beijos de boa-noite. Ainda sou o mesmo cara que te valoriza acima de tudo. Só que... meu passado voltou para me assombrar. Não tive escolha, Ellie – respondi, tentando explicar tudo. Minhas pernas ficaram bambas, e me sentei na mureta na frente de sua casa.

– Como assim, seu passado? – sussurrou.

Balancei a cabeça e fechei os olhos.

– É. Quando eu tinha 11 anos, comecei a trabalhar para um sujeito, fazendo coisas pequenas para ganhar um dinheirinho. Coisas ilegais. Foi tudo ficando mais pesado, e comecei a roubar carros.

Ellie choramingou e se sentou ao meu lado, remexendo as mãos enquanto eu explicava.

– Parei. Tinha saído dessa vida, desistido de tudo antes de te conhecer. Queria ser um cidadão decente, mas...

Deixei a frase no ar, porque não sabia como expressar com palavras que não queria mais ser aquela pessoa, que eu queria ter uma vida melhor do que aquela em que eu estava me afundando.

Ela passou as costas da mão no rosto, bem rápido. Não tive coragem de olhar as lágrimas que a fiz derramar. Me odiei por fazê-la chorar. Nunca iria me perdoar por aquilo.

– O que foi que aconteceu? – perguntou. – Você falou que não teve escolha.

– Não tive mesmo. A imbecil da minha mãe pegou dinheiro emprestado com uns sujeitos barra-pesada e não conseguiu pagar. Tive que ajudá-la – expliquei. – Mas eu também não tinha o dinheiro, era muita grana, grana que eu não tinha. Precisei falar com meu antigo chefe e pedir para fazer um ou dois trabalhos para ajudar minha mãe. Ela não pegou dinheiro emprestado com um banco normal. Se eu não fizesse isso, uma hora ou outra os caras a matariam, sem dúvida.

Ellie engoliu em seco, e sua respiração foi ficando mais rápida à medida que eu falava.

– Então você teve que fazer isso para arranjar dinheiro para a sua mãe?

Balancei a cabeça.

– Acabei de pagar a dívida. Mas Brett, meu chefe, não me deixou fazer só um ou dois trabalhos. Tive que concordar em trabalhar com ele por certo período. Combinei de ficar lá três meses. Faltam menos de dois.

– Três meses roubando carros?

– Entre outras coisas.

– Que outras coisas? O que mais você anda fazendo? – perguntou, franzindo a testa.

Interpretei o fato de ela ainda estar sentada ao meu lado, fazendo perguntas, como um bom sinal. Será que, se Ellie fosse sair correndo, já não teria saído?

– Muitas coisas que eu prefiro que você não saiba. É melhor para você, caso algo dê errado.

Ela bufou com a minha resposta.

– Alguma coisa do tipo você ser procurado pela polícia por roubar carros? – disparou. Depois gemeu e segurou a cabeça com as duas mãos. – Eu sabia que seu passado era duvidoso e que você não queria conversar a respeito. Sabia que algo terrível devia ter te acontecido, mas nunca suspeitei que você fazia parte da droga de uma gangue de ladrões de carro.

– Ellie, sinto muito, muito mesmo...

Ela me interrompeu:

– O que você quer que eu faça?

Meu queixo caiu, fiquei em estado de choque, minha pulsação ficou acelerada.

"Será que Ellie está falando sério? Está aceitando meu passado, como se não fosse nada demais?"

– Brett disse que todo mundo precisava arranjar um álibi. Uma pessoa da equipe se acidentou no meio do roubo, e a polícia logo vai começar a fazer perguntas sobre o carro. Deve dar tudo certo. Brett vai cuidar dele, tirá-lo da cadeia, mas precisamos de um plano B, que não tenha nenhuma ligação com as atividades ilegais, caso a polícia estabeleça uma ligação entre esse cara e algum de nós. Você é a única pessoa que tenho para pedir isso – respondi, me odiando por pressioná-la.

Ellie balançou a cabeça, pegou uma pedrinha do chão e começou a brincar com ela.

– Então você quer que eu diga que passei a noite de ontem com você?

Apenas balancei a cabeça, porque fiquei sem palavras.

– Meus pais estavam comigo ontem à noite. Foram dormir logo depois das dez. Posso dizer que deixei você entrar escondido depois disso porque você queria me acordar no dia do meu aniversário. Eles também vão te ver pela manhã, dando força à história. Está bom assim? – perguntou.

– Ellie, por que você vai fazer isso? Vai arrumar confusão com seus pais, quando eles acordarem e me virem em sua casa. Por que você faria isso por mim?

Ela ficou de pé, atirou a pedrinha no chão e se virou para mim. Me olhou bem nos olhos, e os pelos da minha nuca se arrepiaram, de tão intenso que foi esse olhar.

– Por que eu te amo, Jamie.

Simples assim.

O ar que estava preso em meus pulmões saiu de uma vez só. Nem tinha percebido que havia segurado a respiração. Ela me amava. Ellie Pierce me amava. Jamais tinha ouvido palavras tão doces.

Me obriguei a me levantar, mesmo com as pernas fracas. Ellie não se mexeu quando me aproximei dela, fiquei tão perto que conseguia sentir sua respiração em meu queixo. Seus olhos não se desviaram dos meus nem por um segundo.

Pus uma mão na lateral de seu rosto e fiquei apenas admirando sua perfeição, maravilhado. Precisava dizer logo que eu a amava também, senão Ellie ia achar que eu não sentia o mesmo por ela. Não era assim que eu havia imaginado aquele momento, não mesmo. Tinha planejado dizer que a amava em seu aniversário de 18 anos. Acho que, tecnicamente, já era seu aniversário. Mas eu tinha toda uma programação especial e romântica, com piquenique, música cafona, flores e tudo.

Mas ali, parado diante de seus lindos olhos cinzentos fixos nos meus, com meu moletom protegendo seu corpo, me dei conta de que a gente não precisava de música nem de flores nem de velas ou de um jantar caro. Precisávamos apenas um do outro.

– Também te amo – sussurrei, me inclinando de leve e me perdendo em seus olhos.

Um sorriso lindo se esboçou em seu rosto, e ela passou os braços em volta da minha cintura. Nem me mexi para não estragar o momento. Queria viver para sempre naquele instante perfeito. O som suave de sua risada me acordou daquele sonho feliz.

– Normalmente, é nesse momento que o homem beija a mulher – brincou, apertando minha cintura. – Achei que você fosse o rei dos cafajestes.

Dei uma risadinha, cheguei mais perto e grudei meu corpo no de Ellie.

– Acho que não sou tão cafajeste assim, você é que me obriga a ser – brinquei. – Eu te amo, Ellie – repeti, só para garantir. Então abaixei a cabeça e tomei seus lábios em um beijo que demonstrou como essas palavras eram verdadeiras.

Quando parei de beijá-la, nós dois estávamos sem ar.

– Vamos entrar – falou, inclinando a cabeça na direção da casa.

– Tem certeza? Você não precisa fazer isso. Odeio ter te pedido uma coisa dessas. Você merece alguém muito melhor do que eu.

Ellie sorriu e subiu a mão por meu corpo, parando em meu peito, em cima do meu coração, que ainda batia descompassado por causa da confissão que ela havia feito.

– Eu te conheço, Jamie. Sei quem você é aqui dentro – disse, batendo o dedo em meu peito. – Se você me diz que só voltou a fazer essas coisas para ajudar sua mãe, eu acredito. Você disse que quer ser um cidadão decente. Bom, em dois meses, quando seu acordo com esse tal de Brett terminar, você vai ser. Não vou te amar menos por causa disso. Seu passado está no passado. Por sorte, depois disso, é lá que vai continuar, e você terá uma segunda chance. Todo mundo merece uma segunda chance – respondeu. – Além do mais, quem é que vai me aguentar falando durante o sono, como você diz que eu falo? – perguntou, em tom sarcástico.

Ri e a beijei de novo, abraçando-a bem apertado. Achei que, no fim das contas, alguém lá em cima ia com a minha cara.

– Adoro quando você fala dormindo.

Ela se afastou de mim e pegou minha mão.

– Anda, vamos para a cama. E, só para você saber, minha mãe vai te odiar ainda mais ao descobrir que você dormiu aqui escondido – falou, balançando a cabeça com uma expressão de certeza.

Soltei um gemido. A mãe de Ellie ia surtar ao me ver, mas acho que era algo que precisava ser feito, porque as pessoas precisavam achar que eu havia passado a noite lá para acreditarem em meu álibi. Puxei Ellie para perto de mim, me abaixei e a peguei no colo, para ela não machucar os pés no cascalho. Minha namorada sorriu, me deu um beijinho, e a levei para dentro de casa, me perguntando como é que eu podia ser tão sortudo.

CAPÍTULO 22

Jamie

Remexendo. Ela estava se remexendo toda, encostada em mim, roçando seu corpo no meu de um jeito que fazia minhas partes íntimas pularem de alegria. Sorri e afundei o rosto em seu cabelo, sentindo aquele cheiro de baunilha que me deixava arrepiado. Eu a abracei com mais força, tentando fazê-la ficar quieta para eu poder voltar a dormir... mas Ellie não parava, tentando se soltar.

– Jamie, preciso fazer xixi! – reclamou.

Ri e a soltei, rolando de costas e desrenroscando nossas pernas. Abri os olhos só um pouquinho bem na hora em que ela se levantou da cama e saiu voando do quarto. Como eu ainda estava cansado, me acomodei de novo nos travesseiros e resolvi dormir mais um pouco.

Um minuto depois, a porta de seu quarto se abriu, e ela veio andando bem devagar. Senti a cama afundar e, de repente, algo pesado pulou em minha barriga. Soltei um gemido, porque não esperava por essa. Ellie deu uma risadinha e apoiou as mãos em meu peito.

Meus olhos pinicaram quando me obriguei a abri-los. Vi a menina que fazia meu corpo inteiro doer de desejo. Estava sentada em minha barriga, sorrindo para mim. Seu cabelo ruivo estava solto, todo embaraçado e bagunçado, com a franja virada para fora, daquele jeito que ela odiava. A luz do sol que entrava pela janela a deixava linda.

– Você tem que acordar, dorminhoco. Estou com fome – falou, toda animada. – Além disso, está na hora de você me dar meu presente de aniversário.

"Caraaaaaaaaaalho! O presente!"

– Ai, Ellie, que merda. Deixei lá em casa. Não sabia que ia dormir aqui. Desculpa.

Ela revirou os olhos e se inclinou para a frente, apertando o peito contra o meu, com o rosto tão perto que eu conseguia sentir seu hálito de menta em meus lábios. Obviamente, aproveitou que tinha ido ao banheiro para escovar os dentes.

– Não estou falando desse presente, bobo. Estou falando deste aqui – sussurrou.

Então ela me deu um beijo doce que me deixou sem fôlego. Na mesma hora, beijei sua boca também. Subi a mão por suas costas e, à medida que o beijo foi ficando mais intenso, fui enroscando meus dedos em seu cabelo. Ela soltou um gemidinho, e eu a rolei para baixo de mim, parei de beijá-la e fiquei roçando meu nariz no seu.

– Feliz aniversário, garotinha.

Ellie sorriu e balançou a cabeça, depois pôs os braços em volta do meu pescoço e disse:

– Feliz mesmo.

Ri de sua expressão alegre.

– Então, você será minha o dia inteiro e a noite. Foi isso que combinamos, certo? – perguntei, olhando para o despertador. Eram quase dez e meia, já havíamos desperdiçado quase a manhã toda.

– Certo – concordou.

Suspirei, feliz só de olhar para seu rosto. Não precisava de mais nada neste mundo, apenas que aquele sorriso se esboçasse para sempre em seus lábios carnudos.

– Eu te amo, Ellie – disse. Eu estava muito feliz por, finalmente, pronunciar essas palavras.

Ela fechou os olhos e se aninhou perto de mim, fazendo carinho em minhas cicatrizes.

– Eu também.

Ficamos mais uns minutinhos de amasso e, então, ela se afastou um pouco e soltou um suspiro.

– Acho que é melhor a gente sair do quarto e se livrar logo da parte dos meus pais nessa história.

Resmunguei e balancei a cabeça, depois a soltei, relutante. Ellie me deu um selinho, se levantou e pegou meu moletom, que havia atirado na poltrona antes de deitar. Em seguida, o vestiu e fechou o zíper, e eu me levantei da cama e me espreguicei antes de vestir a calça *jeans*.

– Ãhn... Jamie?

Virei para ela, preocupado com o tom sério de sua voz. Adivinhei o que era assim que olhei em sua direção. Ellie estava segurando o envelope que recebi depois do esquema da noite anterior. Como não estava colado, dava para ver o monte de dinheiro que havia lá dentro. Minha namorada o observava, de olhos arregalados.

– Que foi? – murmurei, passando a mão na nuca, nervoso.

Ela engoliu em seco.

– Isso aqui não é dinheiro de verdade, é? Quer dizer, parece de verdade, mas... – falou. Depois sacudiu a cabeça e me olhou com a expressão abismada mais lindinha que eu já tinha visto na vida.

– É, sim – confirmei. – Fazer o que eu fiz ontem à noite paga muito bem. Ao ouvir minhas palavras, Ellie suspirou surpresa e ficou balançando a cabeça, meio apatetada. Depois me entregou o envelope. – Por favor, não surta – implorei.

Ellie deu um sorrisinho tímido e falou:

– Não vou surtar. É só que... é muito dinheiro. Nunca tinha visto tanto assim.

– Pode ficar com ele, se quiser. Para comprar alguma coisa legal. Um carro novo, de repente, para eu poder parar de passar os fins de semana consertando aquela sua velharia? – sugeri, dando risada. Não precisava daquele dinheiro. Já tinha uns 40 mil dólares no banco, apenas das últimas semanas. – Estou te devendo mesmo, pelo álibi – completei. Ellie merecia, por ter me ajudado.

Ela fraziu a testa, com jeito de brava, chegou mais perto e me bateu no peito com o envelope.

– Você acha que eu quero alguma coisa em troca? – disparou. – Não quero seu dinheiro. Só quero a sua segurança e que você não se meta em confusão. Dinheiro não é importante. Você, sim!

Seus olhos brilharam quando ela disse isso, mostrando que falava a verdade.

Fiquei sem saber como responder. Então, passei o braço por sua cintura e a puxei para perto de mim com força. Ellie soltou um gritinho. Dei um sorriso, abaixei a cabeça e lhe dei um beijo apaixonado. Não tinha palavras para descrever o quanto aquele discursinho tinha me deixado feliz. Aquela menina era incrível demais para mim, e meu lado egoísta torcia para que ela nunca se desse conta disso.

Ellie se soltou de meus braços e sorriu, depois segurou minha mão e me arrastou até a porta do quarto. Claro que estava morrendo de vontade de tomar seu café da manhã de aniversário. Tinha me contado que, todos os anos, seu pai fazia sua famosa pilha de panquecas. Quando saímos, enfiei o envelope no bolso da calça.

Ellie parou quase na mesma hora, fazendo eu me esbarrar em suas costas, porque eu não estava prestando atenção no que fazia.

Olhei para cima, para saber qual era o problema, e o vi de imediato. O problema havia acabado de sair do banheiro, do outro lado do corredor. Ruth estava congelada, com metade do corpo para fora da porta, olhando para nós dois de olhos arregalados. De repente, sua postura mudou: ela endireitou os ombros, e sua expressão, que era de espanto, se transformou em fúria em um piscar de olhos.

– O que está acontecendo aqui? – disparou, em tom de acusação, lançando um olhar mortífero para Ellie.

Minha namorada apertou minha mão, quase esmagando meus dedos.

– Ãhn... Pedi para Jamie dormir aqui ontem à noite porque queria acordar com ele no meu aniversário – mentiu.

Ruth me olhou com uma expressão enojada.

– Ele passou... a noite inteira aqui? – pressionou, arregalando mais ainda os olhos.

Ellie balançou a cabeça, e me odiei por colocá-la no meio daquilo. Precisava dizer alguma coisa, algo que melhorasse a situação.

– Não aconteceu nada, eu juro – garanti. E era verdade: eu e Ellie não tínhamos feito nada além de dormir juntinhos.

Ruth soltou um gritinho e fechou os olhos, se encolhendo toda, como se tivesse esbarrado em algo pavoroso.

– Espero que não! – bradou, sacudindo a cabeça com veemência.

Engoli em seco, sem saber o que fazer para melhorar a situação. Ellie começou a falar antes de mim:

– Desculpa. Eu tinha certeza de que, se eu pedisse, você ia dizer "não", e eu queria muito acordar na cama com o meu namorado para o meu aniversário ser especial. Estou fazendo 18 anos.

A mãe de Ellie bufou quando ouviu a palavra "namorado".

– É claro que eu não ia permitir. Você não pode trazer rapazes para dormir na sua cama. Principalmente *esse* rapaz – disparou, inclinando a cabeça na minha direção, com uma expressão de desgosto.

Ellie congelou.

– "Esse rapaz"? – repetiu, com tom sarcástico. – Você só pode estar brincando, mãe. Jamie não é qualquer rapaz, é um rapaz incrível. E, se você não consegue exergar isso, é problema seu, não meu – retrucou. – Não quero mais ouvir essa história de "ele não está à sua altura". Você não faz ideia do que está falando quando se refere a Jamie. Nunca nem tentou lhe dar uma chance. Está apenas sendo preconceituosa, como sempre. E agora nós vamos tomar café!

Então se afastou de mim e me puxou pela mão. Sua mãe ficou ali, parada, de olhos arregalados e com os punhos cerrados, como se quisesse arrancar nossa pele.

"Ai, merda. Minha namorada é destemida!"

Adorei ela ter me defendido daquele jeito, mesmo depois do que havia lhe contado de madrugada.

Desci a escada com Ellie, e Ruth veio atrás de nós, pisando firme e em silêncio. Me odiei por ter causado aquele atrito, ainda mais no aniversário de Ellie. Queria que aquele dia fosse especial, não causar uma briga de família. O aniversário de 18 anos da minha namorada seria memorável, mas não pelos motivos que eu tinha em mente.

Entramos na cozinha, e sorri envergonhado para Michael, que havia tirado os olhos do jornal com um grande sorriso nos lábios.

– Ah! A aniversariante finalmente acordou! – disse.

Ela riu e balançou a cabeça.

– Sim. Será que posso ganhar minhas panquecas?

Michael balançou a cabeça e me olhou.

– Bom dia, Jamie. Não ouvi você entrar – falou. Em seguida, levantou e foi dar um abraço em Ellie.

– É claro que você não ouviu. Ele entrou aqui ontem à noite – Ruth disparou, por pura maldade.

O sorriso foi sumindo do rosto de Michael bem devagar, e tive certeza de que devia ter corrido o risco de voltar para a cadeia. Eu tinha traído a confiança dele, uma coisa que eu jamais gostaria de ter feito. Adorava o fato de o pai de Ellie confiar em mim, de apoiar nosso relacionamento. Só que, naquele momento, ele parecia puto da vida.

– Ontem à noite? – repetiu, com um tom bravo, de acusação.

Sorri como se pedisse desculpas e balancei a cabeça.

– É, desculpa – falei. Depois me encolhi todo, esperando sua reação. Ele tinha todo o direito de me expulsar de sua casa por ter abusado da hospitalidade.

Michael ficou olhando para mim e para Ellie, com uma expressão de choque, como se tivesse acabado de se dar conta de que estávamos "namorando". Por seu olhar, dava para ver que ainda achava que a filha era uma criança doce e inocente em corpo de mulher.

– Você dormiu com Ellie, na cama dela? – perguntou, com toda a calma.

Ellie resolveu intervir:

– Não aconteceu nada, pai. Só queria acordar ao lado de Jamie hoje. Fui eu que pedi para ele dormir aqui. Para de olhar para o meu namorado como se a culpa fosse dele, porque não é. Eu quase tive que implorar porque Jamie não queria vir, para não te contrariar.

O pai de Ellie franziu a testa e levou a mão à cabeça.

– Você não deveria ter feito isso, Ellie. Você precisa ser responsável e pensar na Kelsey. Ela queria entrar no seu quarto para te acordar. Ainda bem que eu não deixei! Sua irmã só tem 10 anos. Você consegue imaginar o que se passaria na cabecinha de sua irmã se ela entrasse no seu quarto e desse de cara com Jamie deitado na sua cama? – repreendeu, sacudindo a cabeça, frustrado.

Ellie suspirou e fez aquela cara de cachorrinho perdido. Na mesma hora, seu pai se derreteu todo. Não tinha como resistir àquele olhar.

– Desculpa, nem pensei na Kels. Só queria dormir com Jamie no meu aniversário. Deveria ter te perguntado se podia. Desculpa – falou, fazendo biquinho.

Michael soltou um suspiro e revirou os olhos.

– Só não faça isso de novo, ok? Não gosto nada dessa história de seu namorado dormir aqui. Ainda mais com Kelsey em casa. Espero que isso não se repita.

Eu e Ellie balançamos a cabeça ao mesmo tempo, garantindo que aquilo não ia se repetir.

Ruth observava tudo de olhos arregalados e queixo caído.

– O quê? Só isso? Ela pode trazer homens para dormir em sua cama sem receber nenhum castigo? Uau! Você é mesmo um molenga, Michael! Nunca pensei que você fosse tão frouxo – gritou, atirando as mãos para cima, exasperada.

Michael fez uma careta.

– Ellie não faz isso toda hora. E, além do mais, não são "homens", no plural, foi apenas Jamie. Não quero que isso se repita, mas tenho certeza de que podemos ser lenientes desta vez, já que é seu aniversário – contestou.

– Ah, vamos ver se você será leniente quando ela aparecer grávida e estragar sua vida para sempre – Ruth disparou, batendo a mão na mesa.

Michael espremeu os olhos ao ouvir essas palavras, depois me olhou.

Fui logo sacudindo a cabeça.

– Não aconteceu nada, eu juro. Ellie não vai ficar grávida – garanti, levantando as mãos, tentando parecer inocente.

O pai de Ellie estalou a língua, parecia pensar no assunto, depois relaxou. Sem dúvida, queria continuar acreditando que a filha ainda era seu bebê. A negação é uma força muito poderosa.

Finalmente, soltou um suspiro e disse:

– Só não faça isso de novo, certo? Essa foi a primeira e última, porque é seu aniversário, mas estou muito chateado por isso ter acontecido. – Então olhou para Ellie e completou: – Docinho, você sabe que eu gosto de Jamie, mas é que... Você precisa respeitar o fato de que a casa é minha e de sua mãe e, portanto, nós é que fazemos as regras.

Ellie deu um sorriso inocente, piscando com perfeição, e praticamente deu para ver Michael virar geleia.

– Tudo bem, papai. Desculpa. Não vou fazer isso de novo – prometeu.

Michael revirou os olhos e foi para trás, ignorando a cara feia que Ruth fazia para ele. Então arregaçou as mangas do suéter e perguntou:

– Quem quer panquecas de aniversário?

Minha namorada soltou um gritinho e bateu palmas, toda animada.

– Eu! Eu!

O café da manhã foi muito estranho. Ruth passou o tempo todo de cara amarrada e quase não disse nada, só fez um ou outro comentário maldoso dirigido a mim ou respondeu a alguma pergunta de Michael, que tentou incluí-la na conversa. Sinceramente, não sei o que um homem tão legal quanto ele vê naquela mulher. A mãe de Ellie não é nada parecida com o resto da família.

Depois que tomamos café, e Ellie abriu os presentes que ganhou da família e dos amigos, fui para casa. Precisava buscar os presentes que havia comprado, e meus planos para seu aniversário iam começar logo, logo. Nosso dia seria bem movimentado.

CAPÍTULO 23

Jamie

Quando passei para buscá-la uma hora depois, Ellie pulou para dentro de minha picape antes mesmo de eu ter tempo de deligar o motor. Sorrindo, atirou a sacola com uma muda de roupa no banco de trás. Como sempre, seus pais não sabiam que ela ir dormir na minha casa. Achavam que ela passaria o dia comigo e a noite com Stacey. Depois da reação deles ao fato de eu ter dormido no quarto de Ellie, era mais importante do que nunca continuar com essa mentira.

– Pronta para começar a comemorar? – perguntei. Olhei para seu corpo e admirei sua beleza. Ela estava usando uma calça *jeans* preta bem justinha, que mostrava suas pernas compridas, e uma blusinha azul-marinho linda, com decote “v”, que mostrava apenas o suficiente de seu colo para meu coração acelerar. Ficou óbvio que ela havia se arrumado para me impressionar. – Pensei que tinha te falado para usar umas roupas mais velhas, que você pudesse sujar – murmurei, com água na boca. Já fazia alguns dias que a gente não transava. Coisa que eu pretendia corrigir naquela noite.

Ela fez uma careta, olhando a própria roupa, e respondeu:

– Esta aqui é meio velha. Não está bom?

– Ellie, essa sua blusa é de marca, deve ter custado uma fortuna – falei, rindo e sacudindo a cabeça.

Minha namorada sorriu e brincou com o tecido.

– Não é de marca. E não custou nada, para falar a verdade. Gostou?

Sorri e me aproximei dela.

– É linda, como você.

Ellie me deu uma risadinha e um selinho. Não precisava dizer que havia achado meu comentário cafajeste. Eu tinha certeza de que era isso que ela estava pensando. Sorri, com os lábios grudados nos seus, e me afastei um pouco.

– Estou com seu presente aqui, mas prefiro te dar mais tarde, pode ser?

Ela sorriu outra vez, pôs o cinto de segurança e respondeu, toda contente:

– Claro. Para onde vamos?

– Surpresa.

Quando parei o carro no estacionamento do Zoológico do Bronx, os olhos de Ellie brilharam.

– Nós vamos ao zoológico? – perguntou, empolgada.

Sorri e respondi:

– Mais ou menos. Você vai ser tratadora de animais por um dia.

Ela ficou de queixo caído, em estado de choque. A julgar por sua expressão, não estava mesmo esperando por essa.

– Sério? – disse.

Balancei a cabeça.

– Ãhn-hãn. Você quer?

Ellie adorava animais. Em um de seus delírios noturnos, disse que sempre quis ser tratadora. E eu fiquei torcendo para que aquela tivesse sido uma das conversas mais sérias que tive com minha namorada enquanto ela dormia, ao contrário da vez em que revelou seu desejo de ser a primeira mulher a pisar na Lua.

Ela arregalou os olhos.

– Quero muito! Sério mesmo? Ah, meu Deus, obrigada!

Ela falou tão alto que sua voz ecoou na cabine de minha picape, machucando meus ouvidos. Sem esperar por mim, Ellie abriu a porta e saiu do carro, toda animada.

– Anda, seu molenga! – gritou, fazendo sinal para eu descer logo.

Dei risada e peguei a papelada que ia permitir sua entrada, saí e passei a mão em seu ombro. Ellie estava radiante.

– Eu te amo tanto, Jamie. Ai, meu Deus, obrigada! Vai ser incrível! – disse, dando gritinhos. Ela me agarrou pela camiseta e me deu um beijo apaixonado, rindo com a boca encostada na minha.

Parei de beijá-la e sorri.

– Primeiro, temos que parar na lojinha. Quero comprar uma camiseta do zoológico para você cobrir essa sua roupinha *sexy* e evitar estragá-la.

Seu sorriso ficou ainda maior. Fomos até a entrada.

O dia foi incrível. Ellie acompanhou um dos tratadores. Eu fui atrás e observei minha namorada entrar no *habitat* de alguns dos animais. Ela deu comida para os tigres e as onças. Deu banho e brincou com um elefante. A melhor parte para mim, sem sombra de dúvida, foi quando entrou no berçário e deu mamadeira para um bebê chimpanzé órfão. Ela não parou de chorar. Foi encantador.

O único incômodo da minha tarde foi quando Brett me ligou. Pelo jeito, Shaun estava preso. Tinham levado ele para interrogatório assim que ele foi liberado do hospital, por causa do carro roubado que dirigia.

Brett disse para eu não me preocupar e garantiu que resolveria a situação. Apesar de sua ligação ter cortado meu barato, fiquei animado de novo assim que Ellie voltou para o meu lado. Seu passeio havia acabado. Compramos um sanduíche e nos sentamos no gramado que havia na frente do *habitat* dos leões. Fiquei lá, só ouvindo minha namorada falar que aquele tinha sido o melhor presente de aniversário que ela já havia recebido na vida.

– Então, posso te dar seu presente agora?

Ela levantou a sobrancelha.

– Esse não foi meu presente? – perguntou, apontando para o zoológico.

Dei risada, sacudi a cabeça e tirei uma caixinha de presente do bolso.

– Não. Este aqui é seu presente.

“Bom, parte dele, pelo menos.”

Ela engoliu em seco quando lhe ofereci a caixinha.

– Jamie, você não precisa gastar dinheiro comigo.

– Vou lembrar disso no ano que vem, quando estiver sem grana – brinquei, sacudindo a caixinha. – Anda, pega. Se você não gostar, a gente troca, tá?

Ellie mordeu o lábio e me olhou com uma expressão agradecida. Hesitou por alguns segundos, mas depois rasgou o papel prateado e levantou a tampa da caixa. Seus olhos se encheram de lágrimas quase que imediatamente, e ela levou a mão à boca.

– Ah, Jamie, é...

Então começou a sacudir a cabeça, e quase entrei em pânico, achando que ela não tinha gostado.

– Pode trocar – sugeri.

Ela soltou um gemido baixinho.

– Como assim, trocar? Você está louco? É linda. Muito obrigada, deve ter custado uma fortuna – sussurrou, passando o dedo na pulseira Pandora de prata que eu havia comprado. Ellie gostava de prata, nunca tinha visto minha namorada usar nada dourado.

– Tem certeza? – perguntei, olhando bem em seus olhos para tentar descobrir se ela tinha mentido para não me magoar. – Não vou ficar chateado se você trocar.

Ellie grudou a boca na minha, me obrigando a parar de demonstrar minha insegurança. Quando parou de me beijar, seus olhos ainda estavam cheios de lágrimas. Torci para que fossem de felicidade.

– Põe para mim? – pediu, estendendo a caixinha.

Sorri, peguei a pulseira e coloquei em seu pulso fininho. Era uma daquelas pulseiras com pingentes que você vai colecionando. A de Ellie só tinha quatro pingentes, um deles com um diamante incrustrado. Eu tinha planos de ir comprando mais, à medida que os anos fossem passando.

– Ai, Jamie, eu amei. Obrigada – elogiou.

– De nada – falei, com um sorriso.

Depois do zoológico, fomos para a minha casa e ficamos nos divertindo um com o corpo do outro por algumas horas. Então tomamos banho e nos arrumamos para ir a seu restaurante preferido.

Antes de ir ao restaurante, onde eu havia reservado uma mesa, levei-a a um lugar meio deserto, fora da cidade, e parei o carro.

– O que a gente veio fazer aqui? – perguntou, olhando em volta daquele descampado.

– Ver seu último presente.

Tirei um envelope do porta-luvas e ofereci a Ellie. Ela fez uma careta, mas pegou e abriu o envelope, com aquela expressão de filhotinho curioso.

Apenas a observei enquanto ela lia.

– Não entendi. O que é isso?

– Dei seu nome a uma estrela. Queria te dar algo que fosse para sempre, e uma vez você me contou que gostava de observar as estrelas quando era pequena. Então... – respondi, franzindo a testa. – É bem besta, eu sei – completei. Me encolhi todo e me arrependi de ter feito isso. Eu estava mesmo me transformando em um daqueles bobos românticos que o pessoal lá do galpão vive tirando sarro.

Ellie suspirou e olhou para o papel de novo.

– Está brincando? Jamie, ai, meu Deus. Eu amei! Não acredito que você lembrou... – disse, me olhando, aturdida. De repente, não me senti mais tão besta. – É sério que tenho minha própria estrela?

Balancei a cabeça, tirando o celular do bolso.

– Quer ver?

Ela se virou para mim, com os olhos arregalados, cheios de lágrimas e de empolgação.

– É óbvio que quero!

– Então, vem. Vou encontrá-la para você.

Saí do carro, pegando o casaco reserva que havia trazido para Ellie não ficar com frio. Ela também saiu, foi até a frente da picape e ficou olhando para o límpido céu noturno. Pus o casaco em seus ombros, a peguei pela cintura e a pus em cima do capô. Depois subi também, sentei a seu lado e a puxei para perto do meu peito. Abri o aplicativo com a carta celeste, que eu havia baixado especialmente para aquela noite, depois apontei o celular na direção da estrela.

Levou alguns minutos para o aparelho localizá-la, mas localizou. Ellie não parava de falar que aquilo era incrível, o presente mais atencioso e especial que ela havia recebido.

Ficamos ali abraçadinhos, no capô da picape, observando as constelações por um tempo. Então a conversa enveredou para seus estudos, porque só faltavam dois meses para Ellie terminar o Ensino Médio. Por coincidência, minha namorada terminaria as aulas uma semana depois de meu último dia de trabalho para Brett.

Ficamos conversando sobre para que faculdade Ellie pretendia ir. Ela havia sido aceita em algumas, e estava chegando a hora de decidir. Mas ela não parecia muito empolgada. Já havia me dito que não tinha nenhuma carreira específica em mente, e que não estava muito a fim de fazer um curso superior. Havia se candidatado porque era isso que os outros esperavam que ela fizesse.

– Então não tem nada que você queira fazer? Se você pudesse escolher qualquer coisa, o que você faria? – perguntei. Todo mundo tem um sonho, não?

Ela se remexeu, meio envergonhada, sacudiu a cabeça e disse:

– Nada.

Fiz uma careta. Ela estava mentindo.

– Isso não é verdade, Ellie. O que você quer fazer?

– Você vai dar risada e falar que é ridículo – protestou.

Soltei um suspiro. Óbvio que Ellie não me conhecia tão bem assim, já que achava que eu não a apoiaria.

– Não vou, não. Prometo – garanti.

Ela fechou os olhos, parecia estar criando coragem para falar.

– Quero ter minha própria marca.

"Como assim, marca?"

– Ãhn? Que tipo de marca?

– De roupas – explicou.

Levantei a sobrancelha.

– Sério? Você já desenhou alguma roupa?

Ela balançou a cabeça, envergonhada.

– Algo que eu já vi? – insisti.

Ellie balançou a cabeça outra vez, obviamente incomodada com a conversa.

– Sim. Fui eu que desenhei e costurei o vestido que usei no baile de formatura.

Ao ouvir essas palavras, fiquei de queixo caído.

– Caralho, sério? – falei, chocado. O vestido era incrível. Tinha certeza de que tinha saído muito caro.

– Ãhn-hãn – respondeu, com jeito de quem estava se preparando para algo terrível.

– Uau, caramba. O vestido ficou demais, Ellie. Não sabia que você era tão talentosa! – exclamei, empolgado.

Minha namorada esboçou um sorriso, e seus ombros relaxaram um pouco.

– Sério? Você gostou?

Balancei a cabeça com veemência.

– Se eu gostei? Não gostei, adorei. O vestido era lindo. Não acredito que foi você que fez.

Ela ficou muito vermelha.

– Também fiz aquela blusa que usei hoje – confessou, baixinho, como se estivesse com vergonha.

– Aquela azul? Uau, também era incrível. Você precisa fazer faculdade de moda ou algo do gênero – encorajei.

Uma ruga surgiu em sua testa.

– Só faço isso em meu tempo livre, é um *hobby*. Não saio por aí mostrando meus desenhos.

"Será que essa menina é louca? Se eu tivesse um talento desses, ia ficar me exibindo para todo mundo."

– Por que não?

Ellie encolheu os ombros e franziu o nariz.

– Sei lá. As únicas pessoas com quem eu conversei sobre fazer faculdade de moda foram Miles e Stacey.

– E o que eles disseram? Que você deve mesmo fazer a faculdade e não ficar escondendo seu talento? – arrisquei.

Ela balançou a cabeça, sem muita convicção, e remexeu os dedos.

– Stacey, sim.

– E Miles? – perguntei.

Minha namorada encolheu os ombros de novo e parecia ainda mais constrangida, porque ficou se remexendo.

– Ele não achava muito legal. Não gostava muito das roupas que eu desenhava. Falava que a maioria era vulgar e sem classe. Disse que estudar moda era perda de tempo, que isso devia ser apenas um *hobby* mesmo.

Como assim, vulgares e sem classe? O canalha, sem dúvida, havia acabado com a autoestima de Ellie com esse comentário.

– Ellie, pelo amor de Deus. Esse cara é um babaca, um cuzão controlador que, provavelmente, não queria que você fizesse nada por conta própria para não correr o risco de ser trocado por alguém melhor!

Ela sorriu e disse:

– Alguém melhor tipo você?

Não pude deixar de rir.

– Alguém muito melhor do que eu. Alguém que possa pôr o mundo a seus pés.

Ellie sorriu de novo e apontou para o céu:

– E desde quando alguém que tem a própria estrela precisa do mundo?

– Depois eu que sou cafajeste – brinquei.

Ellie me deu um beijo apaixonado. Quando parou de me beijar, nós dois ficamos sem ar.

– Pensa nisso, por mim. Adoraria que você fizesse algo que te deixa feliz. Vou sempre te apoiar, não importa o que você faça. Você sabe disso.

Ela deu um suspiro melancólico e me olhou como se eu fosse a pessoa mais legal do mundo.

– Eu ficaria contente só de viajar pelo mundo por um tempo. Sempre quis fazer isso. Conhecer Paris, Roma, o Egito, a Inglaterra...

Ela suspirou outra vez e se aninhou em meu peito, puxando meus braços para eu abracá-la mais apertado.

"Viajar? Topo muito viajar se ela estiver falando sério."

– Mesmo? Você quer viajar?

Ela balançou a cabeça com força.

– Quero. Tenho o sonho de viajar de navio pelo rio Nilo, subir no topo da Torre Eiffel, nadar com golfinhos no mar cristalino, fazer compras em Milão... Adoraria.

Engoli em seco porque estava prestes a fazer uma proposta que mudaria nossas vidas.

– Vamos combinar uma coisa.

Ellie levantou a sobrancelha, curiosa.

– Que coisa?

– Tira um período sabático. Viaja comigo quando terminar o Ensino Médio. Vamos visitar todos esses lugares que você falou e mais alguns. Depois de uns seis meses, a gente volta e você se candidata a uma vaga na faculdade de moda, para começar no outono. Combinado?

– Você quer viajar comigo? Está falando sério? – perguntou, arregalando os olhos de tanta empolgação. Balancei a cabeça. – Sério, sério mesmo?

Ri, balancei a cabeça de novo e repeti suas palavras:

– Sério, sério mesmo.

– Mas a gente não pode fazer isso – falou, sem perder o sorriso animado. – Não podemos, podemos? Não de verdade.

Encolhi os ombros, sem a menor dificuldade.

– Não tenho nada que me prenda aqui. Se você quer subir no

alto de uma torre de metal imbecil que tem lá na França, eu também quero – brinquei. Ela deu um tapa em meu braço, e eu ri. – Mas estou falando sério. Pensa só: eu e você viajando pelo mundo. Me parece uma ótima ideia.

Ellie mordia tanto o lábio que fiquei com medo de ela se machucar. Então me olhou nos olhos com uma expressão ao mesmo tempo indecisa e maravilhada.

– Ai, meu Deus. Eu adoraria fazer isso.

– Então é isso que a gente vai fazer. Mas, quando voltarmos, você vai fazer faculdade de *design* ou de moda. Sei lá como chama... Combinado?

Fiquei empolgado só de pensar em acordar em diferentes países ao lado de Ellie e fazer aquelas fotos bregas de turista em alguns dos cartões-postais mais famosos do mundo. Eu daria qualquer coisa por isso. Um recomeço, longe dali, com ela. Seria perfeito.

Mas seu sorriso sumiu e foi substituído por uma careta de preocupação.

– Jamie, eu não tenho talento para fazer faculdade de moda. Todo mundo vai rir de mim!

Tive que abafar o riso.

– Ellie, eu só vi duas roupas que você fez. A não ser que você tenha usado mais alguma coisa que eu não saiba. – Ela sacudiu a cabeça. – Bom, as duas coisas que vi são incríveis. *Muito* lindas... Você precisa aproveitar seu talento. Seja confiante, acredite em você. Eu acredito.

– Não dá só para a gente viajar e tirar essa parte dos estudos do trato?

Sorri e balancei a cabeça bem devagar, depois rocei meu nariz no seu e disse:

– Não.

Então Ellie me beijou, um beijo de verdade, com tanta força que quase caí para trás e bati no para-brisa, porque ela se jogou em cima de mim. Depois de ficar um minuto beijando com tanta intensidade que meus lábios começaram a formigar, Ellie parou e me olhou, com uma expressão da mais pura empolgação.

– Você está falando sério? Passar seis meses viajando?

Balancei a cabeça.

– E depois, faculdade.

Ela mordia o lábio, pensativa. Dava praticamente para ver seu cérebro maquinando, analisando a proposta, pesando os prós e os contras.

– Ok. Vou me candidatar a uma vaga. Mas, se eu não conseguir entrar, já era. Combinado? – regateou.

De repente, fiquei tão animado que não conseguia parar quieto. Várias cenas passaram pela minha cabeça: Ellie ao lado da Torre Eiffel; só de biquíni tomando sol em alguma praia; nós dois perambulando por mercadinhos...

– Combinado – falei. Então segurei seu cabelo e a trouxe para perto até ela encostar a boca na minha, soltando um gritinho de empolgação.

Meu celular tocou na hora em que íamos sair do carro e entrar no restaurante. Fiz careta e vi o número na tela. Era Brett.

– Desculpa gatinha, eu preciso atender – falei, com um sorriso envergonhado.

Ela balançou a cabeça, se encostou na parede e ficou me esperando pacientemente.

– Oi, Brett – atendi, aproximando o aparelho da orelha e me afastando um pouco para Ellie não ouvir a conversa.

– E aí, Pirralho? Como vão as coisas? Resolveu a parada com sua namorada, como eu mandei?

– Ãhn, sim – confirmei, sabendo que ele se referia ao meu álibi.

– Ótimo. Acho que você não vai precisar, mas se prevenir nunca é demais. Está tudo saindo conforme o planejado. Logo, logo, a situação estará resolvida. Shaun não falou nada, e Arthur, meu advogado, disse que ele deve ser solto hoje à noite. Pelo jeito, os caras têm evidências suficientes para acusá-lo, o que é um pé no saco, mas vamos dar um jeito. Tenho fé de que, com meus contatos, ele não vai a julgamento.

Soltei um suspiro de alívio ao saber que Shaun não tinha aberto o bico nem envolvido meu nome em nada.

– Demais.

– É. Mas você precisa saber de uma coisa. Pelo jeito, puxaram o histórico das ligações para o celular de Shaun, e apareceu uma chamada sua perto do horário do acidente. Apaga tudo e se livra desse celular, ok? Você jamais ligou para Shaun, estava na cama quentinha, com sua namorada, a noite toda, entendeu? – Brett instruiu.

Minhas mãos começaram a suar, e apertei o aparelho. Havia algo, por menor que fosse, que me ligava a Shaun. E, já que eu tinha envolvido Ellie naquilo, e ela estava disposta a mentir por mim, eu precisava garantir que nada desse errado.

– Como você sabe disso?

– Meu advogado me mantém informado.

– Certo. Bom, obrigado por me avisar. Vou me livrar desse celular assim que a gente desligar – concordei.

– Já arranjei um novo e mandei entregar na sua casa, para a gente poder se falar. Já deve estar lá. Tira uns dias de folga, fica de boa, relaxa. Te mantenho informado.

Brett desligou, e parecia que o celular pesava cinquenta quilos. Fui logo desligando o aparelho, tirando a capinha e o cartão de memória, que guardei no bolso, com todo cuidado. Tinha muitas fotos de Ellie que eu não queria perder. Depois de mexer um pouco mais, consegui tirar o chip e o quebrei no meio imediatamente. Fazia apenas um mês que eu tinha comprado aquele telefone, mas não pensei duas vezes antes de jogá-lo no chão e pisoteá-lo com toda a força.

Jamie, o que você está fazendo? – Ellie perguntou e que veio correndo até onde eu estava.

– Liguei para Shaun durante o esquema de ontem à noite, preciso de um celular e de um número novos – respondi. Ellie arregalou os olhos enquanto eu pisoteava aquele monte de plástico e de vidro quebrado de novo, só para garantir. – Está tudo bem, juro – garanti.

Ela fez careta e perguntou:

– Mesmo?

Balancei a cabeça.

– Ãhn-han. Ele vai ser solto hoje à noite – respondi. Depois me abaixei, recolhi a bagunça e joguei na lixeira mais próxima.

Ellie esfregou a testa, fechou os olhos e falou:

– Vou ficar muito feliz quando isso tudo acabar, não consigo parar de me preocupar com você.

Dei um sorriso forçado e a abracei bem forte, quase a esmagando contra meu peito.

– Para de se preocupar comigo. Tem coisas mais importantes para você se preocupar.

Ela se encolheu toda e perguntou:

– Minhas provas finais?

Sacudi a cabeça.

– Você também não precisa se preocupar com isso. Vai tirar dez em tudo. Tenho certeza.

– Oounn – murmurou, me olhando como se eu fosse o cachorrinho mais fofo da face da Terra. – Com o quê, então?

Beijei a ponta de seu nariz e respondi:

– Com as roupas que você vai levar em nossa volta ao mundo, por exemplo.

Ellie soltou um gritinho e deu pulinhos de alegria.

– Ai, meu Deus. Nem começa. Já estou muito empolgada, e a gente ainda vai ter que esperar mais dois meses. Além disso, você ainda precisa dar a notícia para a minha mãe. Estou com um pressentimento de que ela vai surtar e dizer que não posso ir ou algo do gênero – comentou. Ela franziu a testa e completou: – Vejo grandes pitis em nosso futuro.

CAPÍTULO 24

Ellie

Ele estava apertando tanto a minha mão que meus dedos tinham começado a ficar dormentes. Dei uma apertadinha de leve, me aproximei mais e inclinei a cabeça na direção de nossas mãos, tentando dar um toque para ele relaxar. Jamie sorriu envergonhado e soltou minha mão. Então a colocou em seu colo e fez carinho nos nós de meus dedos.

Olhei para os meus pais, sentados no sofá, na nossa frente. Os dois pareciam em estado de choque. A expressão chocada de minha mãe também tinha um pouco de pavor. A do meu pai, um pouco de preocupação.

– Então, deixa eu ver se entendi direito. Quando você terminar o Ensino Médio, vocês dois estão planejando dar a volta ao mundo. Foi isso que você acabou de dizer, correto? – minha mãe perguntou incrédula.

Balancei a cabeça, tentando parecer confiante, mesmo com seu olhar mortífero.

– Sim, por seis meses – confirmei. – Ou até a gente se cansar e querer voltar para casa. Seis meses, no máximo. Assim eu posso entrar na faculdade ano que vem.

Após essa resposta, minha mãe tossiu furiosa. Meu pai se acomodou no sofá, passou a mão no cabelo e disse:

– Sempre tive vontade de viajar.

Minha mãe suspirou surpresa e bateu no peito dele com as costas da mão. Seus olhos brilhavam de raiva.

– Michael, você *não pode* permitir isso!

Meu pai inclinou a cabeça para o lado e olhou minha mãe. Um sorriso de quem tinha achado graça se esboçou em seus lábios.

– Ellie tem seu temperamento e sua garra, Ruth. Você acha mesmo que tenho como impedi-la de ir? Ela já é adulta, pode fazer o que bem entender.

Quase engasguei.

"Não sou nada parecida com essa mulher. Ela é péssima!"

– Sério, Michael? Você não acha que está na hora de tomar uma atitude e se comportar como um pai de verdade? – disparou.

Com esse comentário, os ombros de meu pai ficaram tensos.

– Nem pense em questionar minhas habilidades paternas. Você sabe muito bem que eu amo minhas filhas e te amo também. Só porque não governo tudo com braço de ferro como você, não quer dizer que não sou um bom pai! – falou, quase gritando. – Você devia ser a primeira a saber como é crescer com pais repressores e, no entanto, é isso que você está sendo agora.

"Uau. Boa, pai! Pai, um; mãe, zero."

Minha mãe esboçou uma expressão de mágoa. A raiva se dissipou imediatamente quando meu pai colocou a mão em seu joelho e deu uma apertadinha de leve.

– Eu sei que você só quer o melhor para Ellie, mas precisa se dar conta de que, às vezes, o melhor vem dos lugares mais inesperados. A única coisa que nos importava quando tínhamos essa idade era a nossa felicidade. Você não pode condenar Ellie por querer a mesma coisa.

Minha mãe ficou de cara amarrada ainda por um tempo. Fiquei

imaginando, curiosa, o que meu pai quis dizer com pais repressores. Meus avós maternos moravam do outro lado do país, a gente não se via com muita frequência. Pensando bem, minha mãe nunca parecia relaxada quando íamos visitá-los. Retocava a maquiagem o tempo todo, ficava sempre no meu pé e no de Kelsey para estarmos sempre apresentáveis quando batíamos na porta. Meu avô por parte de mãe era meio severo, calado, reservado até. Será que foi muito controlador com ela? Talvez minha mãe tenha aprendido a ser assim, era desse jeito por causa da maneira como foi educada.

Meu pai se virou para mim e Jamie. Nós dois estávamos em silêncio, observando a conversa dele com toda a atenção.

– E como vocês estão pensando em pagar por essa viagem?

– Com o dinheiro da herança do vovô – respondi, ao mesmo tempo em que Jamie disse "Tenho um bom dinheiro guardado".

Meu pai balançou a cabeça e apertou os lábios.

– Ok. Jamie tem como pagar a parte dele, e você está pensando em usar o dinheiro que meu pai te deixou no testamento, Ellie? – perguntou. Balancei a cabeça, torcendo para ele topar. – E quando esse dinheiro acabar?

– A gente arruma um emprego – respondi.

Jamie fez um ruído abafado ali ao meu lado, como se quisesse dizer alguma coisa. Apertei sua mão para ele ficar quieto. Eu sabia o que ele ia falar: que tinha dinheiro suficiente para pagar uma viagem de seis meses para nós dois, sem que precisássemos trabalhar.

Meu pai balançou a cabeça, pensativo, olhando bem para Jamie. O silêncio se tornou constrangedor. Parecia que ele estava tentando ler a aura de meu namorado ou algo assim.

– Posso confiar em você. Vai cuidar bem dela, não vai? – perguntou, por fim.

Jamie soltou minha mão e passou o braço em meus ombros de um jeito possessivo.

– Claro. Quanto a isso não precisa se preocupar – respondeu todo confiante.

Meu pai coçou o queixo, ponderando a questão por mais alguns segundos. Nós três ficamos só olhando – incluindo minha mãe.

– Ok, nós deixamos – disse.

Ao ouvir suas palavras, minha mãe suspirou e arregalou os olhos.

– Ah, não! Nem pensar, não é...

Só que meu pai foi logo cortando, e falou, com aquele tom firme de antes:

– Eu disse que nós deixamos, Ruth.

"E o placar é: pai, dois; mãe, zero!"

Minha mãe fechou a boca com tanta força que seus dentes se bateram. Ela não protestou mais. Meu pai sorriu, se inclinou para a frente e lhe deu um beijinho de leve.

– Ela vai ficar bem com Jamie – suspirou, segurando o rosto de minha mãe. – Uma hora ou outra, você vai ter que deixá-la viver a própria vida.

Eu sabia que deveria respeitar o momento romântico dos dois, mas estava empolgada demais e não consegui ficar quieta nem por um segundo. Me levantei do sofá e fiz uma dancinha da vitória, socando o ar. Todos os meus anos de treinamento como líder de torcida queriam tomar conta de mim. Precisei me segurar para não fazer uma coreografia inteira ali, no meio da sala, com cambalhota, espacate e tudo.

– Vai ser demais! – exclamei, praticamente gritando.

Jamie riu, me segurou pelo quadril e me puxou para seu colo. Soltei um gritinho empolgado e olhei para meu namorado, que estava sorrindo, meio em êxtase, com os olhos brilhando de alegria.

Ele se inclinou e me deu um beijo na ponta do nariz. Contar a novidade para meus pais tinha sido mais fácil do que eu imaginava. Nós dois tínhamos passado duas semanas morrendo de medo dessa conversa, desde que tivemos a ideia de viajar.

– Agora só precisamos escolher onde você quer ir primeiro – Jamie concluiu, fazendo carinho em meu rosto.

– Inglaterra.

Olhamos para cima, em estado de choque, porque foi minha mãe quem respondeu.

– Sempre quis ir para a Inglaterra. Quem sabe você pode me mandar umas fotos de lá? – completou.

Engoli em seco. Me deixar viajar com Jamie era uma concessão bem grande para ela. Eu tinha que reconhecer a grandeza de seu gesto.

– Claro. Depois a gente pode entrar no Google para você me mostrar os lugares que gostaria de conhecer – sugeri, sem saber direito como estabelecer uma conexão com minha mãe, que passou tanto tempo sendo distante.

Ela deu um sorriso aflito e balançou a cabeça. Percebi que minha mãe precisava se esforçar muito para me permitir viver minha vida. Talvez, o tempo todo em que me ressenti de seu jeito controlador e maldoso, ela só estivesse tentando demonstrar seus sentimentos. Talvez o controle seja sua forma de demonstrar afeição. Eu não sabia direito, mas, fosse como fosse, eu ia viajar com Jamie e não me importei em saber a resposta.

Estava na cama, rodeada de livros, tentando estudar para a prova final de biologia. Me espreguicei. Kelsey recortava fotos dos lugares que eu queria conhecer.

– Tagui ma rol? O que é isso? – perguntou, fazendo uma careta para a minha lista de lugares.

Ri de sua pronúncia. Eu ia ficar com saudade da minha irmãzinha.

– Taj Mahal – corrigi. – É uma das sete maravilhas do mundo, um mausoléu que um imperador construiu em homenagem à sua falecida esposa – expliquei.

Kelsey enrugou o nariz, confusa.

– O que é mausoléu?

– É um lugar para os mortos descansarem. O corpo da esposa do imperador está dentro do Taj Mahal – respondi, folheando um guia de viagem para lhe mostrar uma foto.

– Então é tipo um túmulo?

– Mais ou menos. Também é um símbolo do amor que o imperador sentia pela esposa. Levou vinte anos para ser construído. Adoraria se um homem me amasse a ponto de fazer isso por mim – divaguei, examinando a foto.

Minha irmãzinha me cutucou e disse:

– Jamie te ama a esse ponto.

Senti um calor nas bochechas e um aperto no estômago só de ouvir o nome dele.

– Talvez – consenti.

Ela balançou a cabeça, confiante.

– Ama, sim. Se vai te levar para conhecer todos esses lugares, deve te amar muito.

Kelsey adorava Jamie. Meu namorado se dava muito bem com minha irmãzinha, brincava com ela, trazia chocolate e revistas de presente, ouvia Kels falar do colégio sem dar o menor sinal de tédio...

– Ama mesmo – concordei. Ainda não fazia a menor ideia do porquê ele me amava, mas tinha certeza de seu amor.

– Vou sentir falta de vocês. Não posso mesmo ir junto? Nem por uma semana? – implorou, fazendo aquele olhar do Gato de Botas.

Kelsey estava passando muito tempo comigo desde que soube que eu ia viajar. Parecia minha sombra, queria ficar no meu quarto o tempo todo. Às vezes, como naquele momento, eu não ligava, porque conseguia distrai-la pedindo para fazer pequenas tarefas para a minha viagem. Kelsey recortou as fotos com perfeição e ficou um tempão prendendo tudo no mapa-múndi gigante que eu tinha na parede. Nós três cobrimos o mapa com fotos, *post-its* e tachinhas coloridas. Estava uma bagunça, mas meu coração acelerava toda vez que eu o olhava. Até minha mãe ajudou a procurar umas fotos para pôr no painel.

Outras vezes, quando eu queria passar um tempinho a sós com meu namorado, Kelsey era uma pedra em meu sapato.

Com essa carência da minha irmã, só conseguia ficar em paz mesmo quando estava na casa de Jamie. Mas, mesmo lá, passava o tempo todo estudando. Sentia falta dele. Eu o via todos os dias mas, com tudo o que estava acontecendo e minhas provas finais chegando, não conseguia ficar apenas com ele e aproveitar sua companhia como queria. Além disso, ele estava trabalhando muito. Aos fins de semana, de noite e de dia. Estava tão ocupado que ficava exausto.

Estudar, fazer planos de viagem, dormir e comer. Era nisso que, literalmente, minha vida consistia naquele momento.

Os dois meses passaram. Lentamente, mas passaram. Não foi nada tranquilo – houve muito estresse, muitas noites em claro e muito estudo – mas, finalmente, consegui terminar todas as provas e me formei.

Para comemorar nossa formatura, Sebastian deu uma festa

enorme na casa dele, só para os formandos. Eu não estava a fim de ir, mas Stacey me convenceu de ficar só um pouquinho. Aparentemente, aquela seria minha última obrigação como chefe das líderes de torcida. Depois eu passaria o bastão à Marie, minha sucessora. Para ser bem sincera, estava feliz de sair do cargo.

Meu plano era ficar apenas uma hora na festa, mas já estava lá há quase duas. Pelo jeito, todo mundo queria conversar comigo sobre a viagem, que começaria no dia seguinte. E tinha muita gente de quem eu precisava me despedir. O fato de Stacey não sair do meu pé e ficar falando o tempo todo como sentiria minha falta também não ajudou muito.

Além disso, eu tinha ido sozinha à festa. Não tinha meu namorado para me ajudar a enfrentar a situação e me ajudar a não pirar. Eu e Jamie íamos passar aquela noite separados. Finalmente consegui escapar das garras de Stacey e ia para casa, passar um tempo com minha família e dormir cedo. Mas Jamie... Bom, Jamie ia fazer algo mais... arriscado.

O período que ele tinha combinado de trabalhar para Brett havia se encerrado há uma semana. Mas, não sei como, ele foi convencido – ou, melhor, forçado, porque não parecia nada feliz – a participar de um último esquema. Sairia às onze da noite para encontrar o chefe.

Como ele iria trabalhar até de manhã cedo, provavelmente estaria supercansado no dia seguinte e, sem dúvida, dormiria durante todo o voo para Roma, ou seja, não ia dar para eu realizar minha fantasia do banheiro do avião. Bom, pelo menos não no dia seguinte, mas ainda teríamos muitas oportunidades, porque nosso plano incluía diversos voos.

Senti um beijo meio babado em minha bochecha, um apertão no ombro, e voltei de meu transe.

– Não é justo. Odeio. Falo na sua cara – disse Stacey, enrolando a língua e encostando o rosto no meu.

Sorri e segurei seu peso, porque minha amiga estava balançando. Eram só sete e meia, mas, como ela havia começado a beber às cinco, já estava mais para lá do que para cá.

– Vou te mandar *e-mail* o tempo todo e cartões-postais também, muitos cartões-postais – garanti, pela centésima vez.

Ela fez biquinho.

– Mas como é que vou viver sem minha melhor amiga? Você vai esquecer que Stacey Gordon existe – falou, num soluço, os olhos azuis cheios de lágrimas fixos nos meus.

Segurei seu rosto com as duas mãos e olhei bem sério para ela.

– Stace, eu não te esqueceria nem se quisesse muito – prometi.

Minha amiga suspirou aliviada. Resolvi ir embora enquanto ela ainda estava calma. Já tinha me despedido de todo mundo e cumprido com minha obrigação, passando o bastão para Marie. E só queria comer uns pãezinhos e ficar com minha família.

– Vou nessa. A gente se vê amanhã, tá?

Dei um beijinho na testa de Stacey, depois me afastei e fiz sinal para Paul, que assistia à cena. Minha amiga fungou, se virou para ele e começou a chorar na mesma hora, grudada em seu peito, gritando que sua "melhor entre as melhores amigas" estava prestes a abandoná-la.

Me encolhi toda e me perguntei se não devia levá-la para casa.

Como se lesse meus pensamentos, Paul começou a se dirigir para a porta, sorrindo e dando tapinhas nas costas de Stacey, para consolá-la, como se ela fosse uma criança tendo um ataque histérico.

Respirei fundo e olhei para as pessoas à minha volta pela última vez. Muitos eram falsos amigos, pessoas que queriam ser populares. Não ia sentir muita falta daquela turma. Meus tempos de Ensino Médio tinham terminado. Eu ia fazer coisas mais interessantes e não senti nem um pingo de nostalgia.

Saí de fininho pela porta da frente, antes que mais alguém viesse falar comigo, e finalmente consegui respirar ar puro. Um sorriso de felicidade se esboçou em meus lábios. Aquela noite marcaria o começo de minha nova vida. Fui até meu amado Fusca praticamente dando pulinhos de alegria.

Mas, quando eu estava a uns trinta passos da liberdade, alguém me chamou. Olhei para trás e vi Miles. Engoli um gemido e acenei, tentando ser simpática.

– Tenho que ir. Eu devia ter chegado em casa há meia hora – falei, dando continuidade à minha fuga.

– Ellie, preciso conversar com você.

Sacudi a cabeça, virei de frente para ele, mas continuei a andar até o carro, de costas, com as mãos para cima, em sinal de protesto. Já sabia o que ele ia dizer e não estava a fim de ouvir. Já tinha ouvido muitos sermões de Miles naqueles dois meses. Ele dizia que eu estava cometendo um grande erro em viajar em vez de entrar na faculdade.

– Preciso ir. Vá tomar alguma coisa e se divertir – sugeri. Já tinha chegado ao carro, enfiado a chave e aberto a porta. Estava prestes a entrar.

– Ellie, você não pode parar só um minutinho? – Miles insistiu, franzindo a testa enquanto eu tentava fugir.

Suspirei e me virei para ele, já esperando ouvir um último pedido para reatarmos nosso namoro. Ele sabia que eu ia viajar com Jamie no dia seguinte, então aquela devia ser a última vez em que eu tinha aquela conversa.

– Que foi, Miles? – perguntei, jogando a bolsa dentro do carro.

Ele parou na minha frente e me olhou nos olhos.

– Sei que você vai achar que estou inventando essa história apenas para te convencer a ficar – começou.

"Na mosca!"

Pus as mãos no quadril e esperei.

– Bom, não inventei, não. Mesmo. Só estou te falando isso porque preciso. Na verdade, nem poderia te contar. Meu pai me fez jurar que não contaria, porque, tecnicamente, estou infringindo a lei.

– Hein?

Ele respirou fundo, passou a mão no cabelo e se encostou em meu carro.

– Seu namorado não é tão incrível quanto você pensa. Na verdade, acho que você nem o conhece.

Aquela conversa estava me deixando nervosa. Como assim, eu nem conhecia Jamie? O que ele queria dizer com aquilo, caramba?

– Desembucha, Miles. Você não está falando coisa com coisa!

Ele balançou a cabeça.

– Tenho ajudado bastante meu pai lá no escritório. Semana passada, ele me pediu para pesquisar umas coisas para um cliente importante – explicou.

– Ok – murmurei, esperando que ele continuasse a história.

– No começo, fiquei me perguntando o que havia de tão especial naquele caso, já que era só um roubo de carros, nada demais. Mas meu pai parecia estar se esforçando muito, trabalhando naquilo muito mais do que o normal.

Engoli em seco porque fui me dando conta do que Miles estava falando.

"Shaun. O pai de Miles é o advogado poderoso de Shaun?"

– Comecei a ajudar nesse caso. Acontece que a polícia está tentando incriminar esse cara por várias outras coisas. Estão tentando estabelecer uma ligação entre ele e outros criminosos bem conhecidos, descobrir outras atividades ilegais em que ele está envolvido, prender mais gente e tal. Meu pai tem um amigo policial que contou tudo sobre o caso que estão tentando montar – contou, com um olhar absorto, como se quisesse garantir que eu estava acompanhando a história.

Será que eu estava? Ainda não tinha entendido por que meu ex estava me contando tudo aquilo.

– Miles, é uma ótima história e tal, mas... – falei, encolhendo os ombros e olhando ostensivamente para o relógio.

Ele balançou a cabeça.

– Já vou chegar lá. Ontem encontrei umas pastas do meu pai no escritório. Não sei se ele podia ter acesso a esses documentos, porque pareciam registros de uma vigilância feita pela polícia – disse. Então pôs a mão no bolso e tirou umas folhas de papel dobrado. – Dentro de uma dessas pastas, tinha um monte de informações a respeito do cliente dele, desse cara encontrando com outros criminosos bem conhecidos e coisas do gênero. A polícia tem fotos, horas, datas, tudo isso. E um dos caras da foto, bom, era Jamie.

Então Miles me entregou os papéis, guardando uma folha consigo.

Senti um aperto no peito, de pura preocupação, mas sabia que tinha que me fazer de boba. Não podia deixar Miles perceber que eu sabia que Jamie andava roubando carros e trabalhando para esse tal de Brett.

– O *meu* Jamie? Ah, não seja ridículo! – retruquei, querendo que minha voz demonstrasse firmeza, em vez da crise de pânico que tomava conta de mim.

Miles balançou a cabeça de novo.

– É sim. Tenho quase certeza de que é seu namorado. Tem o

nome dele no arquivo também, Jamie Cole. Olha essa foto. É ele, não é? – falou, apontando o papel que continuava a segurar.

Engoli em seco e peguei o papel. Imediatamente, fui confrontada com uma foto preto e branco de Jamie, rindo, com mais três caras.

Meu ex apontou para o mais novo dos três.

– Este é o cliente do meu pai, o ladrão de carros. E esse aí do lado dele é Jamie, não é?

Balancei a cabeça, sem saber o que dizer para não incriminar mais Jamie.

– Ellie, esse cara não é quem você pensa que ele é. Havia muitas informações na pasta que meu pai tem sobre ele. Jamie não é boa pessoa – sussurrou, tirando mais um papel do bolso.

Abri a boca para defender Jamie e contestar aquela afirmação, porém Miles me cortou antes mesmo de eu conseguir falar qualquer coisa.

– Ele já foi preso, Ellie. Eu pesquisei. Essa é a ficha corrida dele – falou, desdobrando o papel lentamente.

Me encolhi toda.

"Como assim, preso? Caramba, não pode ser!"

– Não – murmurei, sacudindo a cabeça com força. Jamie teria me contado se isso fosse verdade. Tudo bem que ele tem uns segredos, que seu passado é duvidoso, mas ele teria me contado uma coisa séria dessas, sem dúvida!

Miles balançou a cabeça outra vez, franzindo a testa.

– É, Ellie. Ele... ele matou uma pessoa. Saiu do reformatório há poucos meses, mais ou menos na época em que vocês se conheceram, para falar a verdade.

Fiquei sem ar.

"Matou uma pessoa."

– Não – murmurei, de novo, tentando não pensar naquilo.

Miles estava enganado. Meu Jamie não era capaz de matar ninguém, era muito meigo e encantador.

Meu ex me ofereceu a última folha de papel.

– É – afirmou. – Não tenho muitos detalhes, mas aqui diz que ele foi condenado a passar cinco anos no reformatório por assassinato. Ele só tinha 14 anos.

"Assassinato". Meu sangue gelou só de ouvir essa palavra.

Arranquei o papel da mão de Miles, sem acreditar no que ele havia dito, mas as palavras impressas eram muito claras. O nome de Jamie, a data de nascimento, cúmplices conhecidos, data da sentença. Ele havia saído do reformatório menos de uma semana antes de me conhecer e estava em liberdade condicional.

De repente, parecia que um nevoeiro havia se formado à minha volta, e ouvi as palavras que Jamie havia me dito meses antes.

"Essa é a Sophie, minha irmãzinha. Ela morreu. Foi assassinada, quatro anos atrás."

– Ai, meu Deus – falei.

Meus olhos se encheram de lágrimas quando caiu a ficha de que tudo aquilo era verdade. Será que Jamie havia matado a irmãzinha quando tinha 14 anos?

– Você está bem? Está meio pálida. Quer sentar um pouquinho? – Miles sugeriu, segurando meu cotovelo e me ajudando a entrar no carro.

Meu coração batia tão alto que quase me ensurdeceu. Fiquei imaginando a garotinha daquela foto rasgada, que tinha um sorriso tão lindo... E foi assassinada... pelo irmão? Meu namorado?

Só podia ter havido algum engano, tinha que haver uma explicação. Será que foi um acidente, e ele foi condenado por assassinato? Eu precisava ver Jamie. Precisava olhar em seus olhos e peguntar. Precisava ouvir de sua boca que o rapaz por quem eu havia me apaixonado perdidamente não era apenas uma fachada, que o Jamie Cole que roubou meu coração realmente existia, não era só uma ilusão.

Será que eu tinha mesmo me permitido me apaixonar por um assassino?

CAPÍTULO 25

Ellie

O trajeto até a casa de Jamie pareceu durar uma eternidade. Perguntas surgiam em minha mente, muitas perguntas. E raiva, muita raiva, tomava conta de mim, porque o garoto por quem eu havia me apaixonado não tinha me contado nada daquilo. Pedi para ele me dizer a verdade, e ele só me falou dos carros. Também contou que fazia outras coisas para o tal de Brett, mas não quis contar o quê. Eu sabia que eram coisas ruins. Sabia que Jamie odiava isso. Sabia que não dormia direito nas noites em que chegava com os nós dos dedos machucados. Nunca insisti no assunto, porque ele não queria que eu me envolvesse. Só que assassinato é outra coisa, completamente diferente. E aquele era seu passado. Jamie mentiu ao esconder isso de mim, permitindo que eu me apaixonasse por uma pessoa que não existe!

Quando parei na frente de seu prédio, não tinha certeza se queria entrar. E se tudo o que Miles falou fosse verdade? E se Jamie tivesse mesmo matado sua irmãzinha? Como eu deveria me sentir a seu respeito? Será que o enxergaria de um jeito diferente? Será que não ia mais querer que ele encostasse em mim porque, inconscientemente, pensaria que aquela mão pertencia a um assassino, um ex-presidiário?

Soltei um gemido de frustração. Ainda sentia raiva, mas a tristeza começava a dominar minhas emoções. Eu amava tanto Jamie – demais, talvez. O que eu podia fazer?

Depois de respirar fundo mais algumas vezes, me obriguei a sair do carro. Como a picape estava parada na vaga, sabia que ele estava em casa. Falou que só começaria a "trabalhar" às onze. Tínhamos bastante tempo para conversar.

Meio zumbi, subi os dois lances de escada e parei na frente da porta de seu apartamento. Meu corpo estava gelado. Eu não queria saber, mas precisava. Por que Miles tinha que me contar aquela história? Eu estava perfeitamente feliz sem saber aquele detalhe capaz de fazer o chão se abrir, e agora minha vida estava prestes a ser despedaçada.

– Por favor, diz que é um engano – sussurrei, ao bater na porta.

Enquanto esperava, imaginei diversas situações, acidentes que poderiam ter causado a morte da menina, e que Jamie havia sido acusado de assassinato erroneamente. Alguns segundos depois, a porta se abriu, e vi o amor da minha vida.

– Oi! – ele disse chocado.

Senti uma pontada no estômago ao ouvir sua voz. Seu tom era tão alegre e acolhedor. Só de ouvir sua voz eu já tinha um chilique. Passei os olhos em seu lindo rosto e mordi o lábio para não começar a chorar. Jamie sorria, me olhando com uma expressão doce e carinhosa.

– O que você está fazendo aqui? – perguntou, ainda sorrindo e segurando minha mão.

Engoli em seco, sem saber direito o que dizer. Observei seu rosto enquanto ele entrelaçava os dedos nos meus e se aproximava de mim. Será que aquele menino lindo, atencioso e encantador que estava na minha frente podia *mesmo* ser um assassino? Será que isso era possível?

Senti um soluço querendo sair e abri a boca, mas não consegui dizer nem uma palavra.

– Ellie, você está bem? – perguntou. Então inclinou a cabeça para o lado e ficou me olhando, preocupado. – Achei que a gente não ia se encontrar hoje à noite – completou, me puxando pela mão até eu entrar em seu apartamento.

Eu estava sem palavras. A única coisa que consegui fazer foi tirar o papel amassado que Miles havia me dado do bolso. A "ficha corrida" de Jamie, como ele chamou. Estendi o papel para meu namorado, que franziu a testa confuso. Ele pegou o papel e começou a desamassá-lo, para conseguir ler o que estava escrito.

Observei seu rosto enquanto ele lia. Seus olhos piscavam, seus dentes se cerraram, seus ombros ficaram tensos. Então, ele bufou e me olhou nos olhos. Rezei para que alguma emoção passasse por seu rosto: raiva, espanto, incredulidade, *qualquer coisa* que provasse que as palavras escritas naquele papel não eram verdade. Mas o que eu vi partiu ainda mais meu coração. Culpa, pura e simples. Seus olhos castanhos e tristes me disseram tudo: o que estava impresso naquela folha era verdade.

– Ellie, onde... onde você arranjou isso?

Sua voz, que normalmente é suave e calma, estava carregada de estresse e emoção.

– Miles – resmunguei.

– Miles... Quê? Como?

Funguei e sequei a lágrima que havia escorrido do meu olho apesar de meus esforços para segurá-la. Será que Jamie não ia mesmo me contar? Será que estava só enrolando até conseguir inventar uma mentira?

– O advogado de Shaun se chama Arthur Barrington e é pai de Miles. Ele me contou que a polícia está tentando estabelecer uma conexão entre ele e outros crimes e criminosos – murmurei. Precisava me sentar, minhas pernas haviam começado a ficar bambas enquanto estávamos ali, parados, nos encarando.

Jamie balançou a cabeça, com uma expressão séria, sem nenhuma emoção. Depois fechou a porta.

– Pai de Miles? Bom, isso é uma bosta – resmungou, amassando o papel e atirando a bolinha na mesa. – Eu já sabia desse lance da conexão. Brett tinha me contado.

Olhei para ele, incrédula, e fiquei esperando.

Jamie me olhou nos olhos e engoliu em seco.

– Eu deveria ter te contado.

Uma risada triste escapou de minha boca.

– Sério mesmo? Você acha? – disparei.

Jamie fez uma careta, se aproximou e esticou o braço para me tocar, com um olhar de súplica. Meus instintos e a raiva que sentia me fizeram bater em sua mão antes que ele encostasse em meu rosto.

– Não toca em mim! – esbravejei.

Jamie pôs as mãos ao lado do corpo imediatamente e me olhou com tanto remorso, com tanto carinho, que senti uma dor no coração.

– Ellie, por favor, eu te amo – sussurrou.

Doía escutar suas palavras. A emoção tomava conta de mim, e meus olhos se encheram de lágrimas, mas me recusei a chorar.

– Você foi preso por assassinato, Jamie? – questionei, quase sussurrando.

Ele balançou a cabeça lentamente, com os olhos fixos em meu rosto, e levantou as mãos, em um gesto de inocência. Ele fazia tudo bem devagar, mais parecia um bicho assustado, tentando não me apavorar.

– Eu não queria que você soubesse. Não queria que me olhasse do jeito que está me olhando agora. Não queria que você conhecesse esse meu lado. Essa não é a pessoa que quero ser.

Meu queixo começou a tremer quando Jamie se aproximou. Ele chegou muito perto. Tão perto que eu conseguia sentir o calor que seu corpo emanava. Não podia deixar que ele chegasse tão perto de mim, não conseguia me concentrar com Jamie tão perto assim. Fui para trás e sacudi a cabeça. Já estava difícil controlar minha raiva, não precisava que ele invadisse meu espaço pessoal, demolindo as barreiras que me custava tanto manter. Ele encolheu os ombros e baixou a cabeça, quase envergonhado. Parecia tão derrotado que partiu meu coração.

– Eu tinha o direito de saber. Não se esconde uma coisa dessas. Você devia ter me contado! – gritei, furiosa.

Jamie balançou a cabeça outra vez.

– Eu sei, mas não queria te perder. Depois, à medida que o tempo foi passando, eu simplesmente *não podia* te perder. Foi ficando cada vez mais difícil, e aí ficou impossível, porque eu esperei demais – explicou, ainda olhando para o chão.

– Jamie, você matou alguém! E nem me contou. Você permitiu que eu me apaixonasse por você sabendo que essa pessoa não existia! – acusei. Ele pulou de um pé para o outro, olhando fixo para o chão. Odiei o fato de ele não me olhar. – Ah, pelo amor de Deus, para com esse jeito de órfão perdido. Isso não está te ajudando. Seja homem, porra, e olha para mim! – falei. Então dei um tapa em seu ombro com toda a força, mas só consegui deixar minha própria mão doendo. – Ai! – resmunguei.

– Você está bem?

Dei risada, sem acreditar naquilo, e revirei os olhos.

– Vai se foder! – gritei.

Ele precisava parar de bancar o namorado gentil e carinhoso. Aquele imbecil era um ladrão de carros assassino que fazia parte de uma gangue. *Esse* era o verdadeiro Jamie Cole, não aquela ilusão que ele havia me mostrado nos últimos seis meses.

– Desculpa – sussurrou. Sua cara parecia a máscara da tragédia.

– Pedir desculpa não adianta – retruquei.

Jamie suspirou profundamente.

– Por isso que eu não queria que você soubesse. Não consigo suportar isso, essa frieza, essa revolta. Não vindo de você – disse, baixinho.

– Essa frieza é porque você mentiu sobre quem você é verdadeiramente! – disparei, quase gritando. Depois dei outro tapa em seu ombro, apenas para enfatizar, mas, dessa vez, ignorei a dor em minha mão.

– Eu tive medo de sua reação, Ellie! Acho que, agora que eu sei qual é, tinha razão de ter medo.

Ele cerrou os dentes e sacudiu a cabeça.

Eu bufei e respondi:

– Você não tinha como adivinhar qual seria a minha reação. Você deveria ter me contado, me deixado decidir se podia ou não lidar com isso. A escolha não era sua, isso foi injusto.

Jamie levantou a sobrancelha.

– E como você reagiria se eu tivesse te contado que fui condenado por assassinato? Você sequer me diria que horas são? Você teria se apaixonado por mim mesmo assim? Não teria, não! – argumentou, jogando as mãos para o ar, exasperado.

– Bom, é meio tarde para descobrir, não? – retruquei. Olhei feio para Jamie por alguns segundos. Ele ficou parado, me olhando, envergonhado, com jeito de quem estava escolhendo muito bem as palavras ou então esperando que eu o xingasse um pouco mais. Suspirei. Apenas precisava saber de uma vez por todas. A dúvida estava me matando. Achei que conhecia bem Jamie, que sabia tudo sobre ele, mas estava redondamente enganada, e era isso o que mais me doía. "Traída" talvez fosse a palavra que melhor descrevesse como eu estava me sentindo, era como se ele não confiasse em mim o suficiente para me contar seus segredos.

– Jamie, só... só me conta o que aconteceu. Foi um acidente? Se foi, tudo muda de figura. Se você não teve a intenção de matá-la, é algo completamente diferente. Por favor, me fala logo o que foi que aconteceu – implorei, me segurando naquele fiapo de esperança de que poderia ter sido um acidente.

Jamie foi para trás, espremeu os olhos e me olhou com uma expressão atônita.

– Como assim "matá-la"? Por que você acha que foi uma mulher?

Franzi a testa.

– Achei que... Você disse que ela foi assassinada – falei, tropeçando nas palavras.

De repente, Jamie mudou completamente de postura, quase me olhou feio.

– Sophie? Por acaso você está falando de Sophie? Você acha que eu matei minha própria irmã? – perguntou, em tom cáustico. Ele endireitou os ombros e a coluna, ficando muito mais alto do que eu.

Me encolhi toda com sua mudança repentina de tom.

– É? – murmurei, confirmando, mas pareceu mais uma pergunta, por causa de sua expressão incrédula.

Ele urrou abafado e me lançou um olhar mortífero.

– É sério que, mesmo depois de ficar esse tempo todo comigo, você acha que eu seria capaz de matar minha própria irmã?

Seu tom era de ameaça e, pela primeira vez, pude ver o "Jamie barra-pesada" que, segundo ele, aparecia quando estava trabalhando.

Fiquei sem saber o que pensar, a confusão começou a tomar conta de mim. Jamie parecia tão bravo por eu ter sugerido o que sugeri que me senti péssima por aquilo ter passado pela minha cabeça. É óbvio que sua irmã não tinha nada a ver com a história. Eu deveria ter adivinhado. Tirei conclusões precipitadas, tive certeza naquele momento.

– Só juntei dois mais dois – respondi, baixinho.

– E a sua soma deu 35, porra! – esbravejou, me olhando com desprezo.

Jamie se aproximou um pouco, e um gemido involuntário escapou de meus lábios. Sua linguagem corporal era ameaçadora, me senti intimidada.

– Achei que tinha sido um acidente, ou algo assim. Torci para que fosse um acidente – expliquei, tentando desviar de seu olhar acusatório.

Ele cerrou os dentes e chegou ainda mais perto, tão perto que fui para trás e bati na parede. Então ele se abaixou para ficar com o rosto na mesma altura do meu. Nossos narizes estavam quase se encostando, e seus olhos castanhos e furiosos se fixaram nos meus.

– Então é por esse tipo de pessoa que você acha que se apaixonou? Se você acha que sou capaz de matar uma menininha, então nada me impediria de matar você também, não? Eu poderia mesmo, sabia? Poderia pôr minhas mãos em seu pescoço e quebrá-lo *assim, ó!* – gritou, estalando os dedos no final da frase. – Poderia encobrir o crime também, pedir para alguém enterrar seu corpo em algum lugar que seus pais jamais descobririam. Facinho. E iria me safar, desta vez.

Levantei o queixo, sem tirar os olhos dos seus. Sabia que ele estava com raiva, que queria me provocar e me assustar. Mas a verdade é que eu não estava com medo de Jamie.

– Você não seria capaz de me fazer mal. Você me ama – falei, confiante.

Ele subiu as mãos pelas laterais do meu corpo, deixando minha pele arrepiada como sempre acontecia quando ele me tocava. Depois pousou-as em minha garganta. Fechou os dedos em volta de meu pescoço, os dedões aplicando uma pressão muito leve em minha laringe.

– Eu também amava Sophie, mas a matei mesmo assim.

Jamie apertou um pouco mais meu pescoço, apenas o suficiente para eu sentir suas mãos, sem fazer nenhuma pressão.

Não sei como, mas tive certeza de que aquilo não era verdade. Pela sua reação, pelo jeito como ficou bravo quando eu falei o que pensava, tive certeza de que ele não tinha feito aquilo. Ele estava obviamente indignado e magoado por eu ter sugerido que ele seria capaz de matar a própria irmã.

Não tirei os olhos dos seus e balancei a cabeça, meio desajeitada, por causa da posição de suas mãos.

– Jamie, para de fazer cena. Você não é capaz de me fazer mal, então para de agir como se fosse. Não tenho medo de você.

Ele cerrou os dentes e chegou ainda mais perto, me grudando na parede com seu corpo musculoso.

– Mas deveria, Ellie. A informação que Miles te deu é verdadeira. Eu *fui* condenado por assassinato, sim. E não foi uma morte acidental. Eu matei *mesmo* minha irmãzinha. Também bati em um cara até a morte, com essas mesmas mãos que estão apertando sua garganta. Não pense que não sou perigoso, Ellie. Não me arrependo do que fiz e faria de novo sem pensar duas vezes.

Meu cérebro estava se esforçando para entender o que Jamie dizia. Minha cabeça estava tão confusa que meus ouvidos começaram a zunir. Olhando para Jamie, que me apertava contra a parede, só tive certeza de uma coisa: ele jamais seria capaz de me fazer mal.

Por trás daquela cena assustadora, seus olhos me imploravam para ficar e amá-lo incondicionalmente.

Levantei a mão e segurei seu pulso. Tirei a mão dele do meu pescoço e sacudi a cabeça.

– Pode parar. Isso não vai funcionar. Agora me conta tudo o que você deveria ter me contado seis meses atrás e para de tentar me assustar para fugir da situação – ordenei.

Sua expressão se suavizou, e ele me olhou em estado de choque. Ele esperava mesmo que eu saísse correndo e gritando dali. Ele fechou os olhos. Eu desci a mão por seu braço para que ele me soltasse, depois dei um apertãozinho para ele se mexer. Eu estava decidida: seu passado não me importava e não teria nenhuma influência no futuro que eu ainda planejava para nós dois. Eu queria saber a verdade, sim, mas só para que nada mais nos atrapalhasse.

– Eu te amo, Jamie. Mas chega de segredos. Para de me excluir de sua vida, por favor – implorei.

Ele soltou um gemido e encostou a testa na minha. Dava para sentir sua respiração curta em meus lábios. Ele tirou a mão que estava na minha garganta, segurou meu pescoço e começou a fazer carinho em meu rosto.

– É pesado, Ellie – sussurrou.

Balancei a cabeça, tentando me preparar para ouvir a história de seu passado de uma vez por todas. Tinha absoluta certeza de que, independentemente das palavras que saíssem de sua boca, eu estava condenada a amar aquele cara.

Passei o outro braço em volta de sua cintura, abraçando-o bem apertado.

– Ralf Montague. Ele era cafetão da minha mãe, o canalha que matou minha irmãzinha bem na minha frente. Foi ele que eu matei.

CAPÍTULO 26

Ellie

Segurei a respiração enquanto tentava digerir aquelas palavras. Primeiro, a mãe de Jamie era prostituta? Segundo, o cafetão dela matou a irmãzinha do meu namorado bem na frente dele? Não sabia mais o que sentir, se horror daquela situação toda ou pena, porque ninguém merece passar por uma coisa dessas. Apertei mais sua cintura e o puxei para perto de mim. Senti sua respiração descompassada roçar meu rosto.

– Ai, meu Deus, Jamie. Sinto muito.

Meu queixo tremia, e precisei me segurar para não chorar na frente dele.

Jamie balançou a cabeça, se afastou e olhou para o chão. Nunca tinha visto alguém tão triste, com um ar tão derrotado, na minha vida. Era de revirar o estômago ver um ser humano tão forte e lindo com tanta dor estampada no rosto.

– É isso. Está feliz de ter sido incluída agora? – perguntou, com um tom cáustico.

Fiquei boquiaberta, em estado de choque. Jamie se afastou e virou de costas para mim, tinha as costas tensas e os punhos cerrados, que levou à cabeça. Eu não sabia como responder. Sim, tinha ficado feliz, porque queria ser incluída em todos os aspectos de sua vida. Mas, por outro lado, claro que não. Preferia não ter aquela informação. Tinha um pressentimento de que, quando ele me falasse de sua infância, eu ficaria noites e mais noites chorando até conseguir dormir, só de pensar no que meu namorado teve que passar.

Como fiquei sem palavras, tomei a única atitude que passou pela minha cabeça. Me aproximei, encostei o rosto em suas escápulas e fiquei sentindo seu cheiro. Depois passei os braços por sua cintura. Ele respirou, e os músculos de sua barriga ficaram tensos.

– Você pode me contar o que foi que aconteceu? – perguntei, baixinho. Minha voz saiu abafada, porque meu rosto continuava grudado em suas costas.

– Que diferença isso faz, Ellie? O sujeito matou minha irmã, e eu matei ele. Isso é tudo.

Sacudi a cabeça e fui para a frente de Jamie, sem deixá-lo sair da jaula que eu havia feito com meus braços.

– Isso não é tudo, não. Tem muito, muito mais. Tenho certeza. Por favor? Eu te amo, Jamie, e quero te ajudar. Não faz bem guardar essas coisas todas aí dentro, você vai enlouquecer – sussurrei, segurando a parte de trás de sua camiseta. – Pode se abrir comigo, pode me contar qualquer coisa – falei, tentando encorajá-lo.

Meu namorado engoliu em seco e fechou os olhos. Sua boca estava retorcida, e tive vontade de beijá-la para que ele desse um sorriso.

– Tudo bem – disse, finalmente, entre suspiros. Ele soltou os braços ao lado do corpo, segurou meus pulsos e tirou meus braços de sua cintura. – Então vamos sentar.

Ele não me esperou. Foi logo se soltando e indo para a sala.

Respirei fundo algumas vezes e olhei para o teto, tentando controlar o pavor que tomava conta de mim. Quando achei que meus nervos em frangalhos estavam sob controle, me virei e fui atrás de Jamie. Havia acabado de perceber que o lugar estava quase vazio. Ele já tinha levado quase tudo para o guarda-móveis. Só havia deixado as roupas e as coisas que já estavam no apartamento quando ele o alugou.

Jamie estava sentado no sofá, todo encolhido, segurando a cabeça com as duas mãos. Fui até ele com as pernas bambas e me atirei ao seu lado. Como não sabia o que podia dizer ou fazer para que meu namorado se sentisse melhor, fiquei quieta. Não demorou muito para Jamie começar a falar.

– Meu pai morreu quando eu tinha 2 anos, então minha mãe me criou sozinha. Foi difícil para ela, que não tinha estudo e não conseguia arrumar emprego. Então ela começou a dormir com uns homens em troca de dinheiro. Minha mãe levava os clientes lá para casa e me trancava em meu quarto, para eu não interromper. Na época, não entendia o que estava acontecendo. Apenas quando cresci um pouco me dei conta do que minha mãe fazia – comentou. Depois se encolheu todo e puxou o próprio cabelo. – Então ela engravidou. Não sei quem era o pai de Sophie, porque nenhum homem ficava com minha mãe por muito tempo. Imaginei que devia ser um de seus clientes.

Ele me olhou, e tentei fazer cara de paisagem, por mais que estivesse chorando por dentro. Sua voz estava tão carregada de sofrimento que doía só de ouvir. Balancei a cabeça, para encorajá-lo a prosseguir. Tive vontade de segurar sua mão, mas meu corpo inteiro estava congelado, apenas esperando o restante da história. Meus olhos pousaram em uma das cicatrizes que Jamie tinha no pescoço. Mal dava para ver, bem perto da gola da camiseta. Imaginei como ela havia ido parar ali e como todas aquelas marcas no corpo do meu namorado tinham sido feitas.

– Quando ela nasceu, eu tinha 7 anos. E, desse dia em diante, tive que amadurecer rapidamente. Minha mãe nunca gostou muito de Soph, nunca ficava com ela no colo mais do que o necessário, nunca sorria para a bebê. Mesmo tendo só 7 anos, eu sabia que havia alguma coisa errada e tentei ser o melhor irmão do mundo para compensar o fato de minha mãe não querer nem chegar perto de Sophie.

Engoli em seco e me segurei para não odiar a mãe de Jamie. Mas, quanto mais ele falava, mais eu pensava em como uma mulher como ela podia pôr no mundo uma pessoa tão incrível quanto meu namorado.

– Eu brincava o tempo todo com Sophie, dava comida, trocava fralda e tudo. Transformei isso em uma espécie de brincadeira, e conseguimos superar a situação. Quando Sophie tinha mais ou menos 1 ano, tudo piorou. Minha mãe começou a se drogar – contou, suspirando e sacudindo a cabeça. – E foi mais ou menos nessa época que ela esqueceu que tinha dois filhos. Mal parava em casa à noite e nos fins de semana. Eu tinha 8 anos e ficava sozinho com minha irmã. Minha mãe esquecia de comprar comida ou não comprava porque havia gasto o dinheiro com drogas. Durante a semana, eu dava o café da manhã para Sophie e a trocava, depois a colocava no berço e ia para a aula. Quando voltava, ela ainda estava ali, de fralda suja, porque eu não estava em casa para trocar. Às vezes, minha irmã tinha assaduras tão feias que chegavam a sangrar. Mas quer saber do que mais? Ela nem chorava por passar o dia inteiro ali. Parecia saber que não ia aparecer ninguém e nem se dava ao trabalho de reclamar. Esse tempo todo, minha mãe ou estava desmaiada no sofá ou trabalhando.

– Ai, meu Deus, Jamie – murmurei. Meus olhos se encheram de lágrimas só de imaginar um menino de 8 anos tentando bancar o pai de um bebê de 1 enquanto a mãe torrava o dinheiro em drogas. Era uma cena pavorosa.

Jamie deu um sorriso tímido, sem me olhar nos olhos.

– Eu tinha 8 anos e meio a primeira vez em que infrigi a lei. Fui ao mercado e roubei um pão de forma e um pacote de presunto para poder alimentar minha irmãzinha – falou. Depois baixou a cabeça, como se tivesse vergonha de admitir isso.

Quanto mais eu tentava engolir o caroço que havia se formado em minha garganta, maior ele ficava. De repente, meu corpo se soltou, e consegui me mexer. Me aproximei mais de Jamie, pus a mão em sua nuca e apoiei o queixo em seu ombro. Olhei para o teto, para as lágrimas não escorrerem. Seu corpo tremia, e percebi que nunca havia sentido tanto ódio de alguém quanto senti de sua mãe, por ter feito Jamie passar por tudo aquilo. Ele nem chegou a ser criança. A maioria dos meninos de 8 anos faria manha para ganhar o boneco mais recente do G. I. Joe, mas Jamie morria de fome nessa idade e precisou roubar comida para ele e a irmã.

– Sophie era uma criança incrível. Era tão feliz, tão amável, tão encantadora... Eu fazia tudo o que estava a meu alcance para garantir sua segurança e fazê-la sorrir. Roubava praticamente tudo o que ela precisava: comida, roupas, remédios... Minha mãe mal dava as caras, então eu e minha irmã éramos sozinhos no mundo mesmo.

Ele retomou, e pude sentir seu tom de agonia.

– Por que você não contou para alguém? Para um professor, talvez? – perguntei, baixinho.

Ele bufou e sacudiu a cabeça.

– Eu não podia fazer isso. Sabia que iam me levar para um lar adotivo ou algo do gênero. E não queria perder minha irmã. Eles nos separariam, e eu nunca mais a veria. Não podia deixar que isso acontecesse. Tinha medo de ficar sozinho. Vendo as coisas dessa maneira, acho que fui egoísta. Devia ter pensado no que seria melhor para ela a longo prazo, mas fui egoísta e achei que *eu* seria melhor. Hoje me arrependo de não ter contado a ninguém. Talvez, se eu tivesse feito isso, Sophie ainda estivesse viva. Olhar em retrospectiva pode ser um pesadelo – respondeu, com a voz triste.

Segurei sua nuca e cheguei ainda mais perto dele.

– Você não é egoísta, Jamie. Jesus, jamais pense isso! – falei, com convicção, deixando uma lágrima escapar.

Ele se virou e, finalmente, me olhou nos olhos pela primeira vez desde que começou a fazer suas revelações.

– Ellie, não tenta fazer com que eu me sinta melhor. Não preciso de seu olhar de pena.

Enrosquei os dedos em seu cabelo, encostei a testa na sua e fechei os olhos.

– Você não pode me impedir de sentir essas coisas, Jamie. Eu te amo, é óbvio que vou ficar chateada de saber que você teve que passar por tudo isso. Se eu te contasse que a minha infância foi assim, você não ficaria com pena de mim? – perguntei incrédula.

Jamie soltou um suspiro, o ar quente que saiu de sua boca roçou meu rosto e levantou os cabelos da minha nuca.

– Acho que sentiria, sim.

Funguei, balancei a cabeça e apoiei o queixo em seu ombro de novo. Estávamos quase chegando à pior parte. Eu precisava me preparar para o impacto.

– E quem era o sujeito que a matou?

O corpo de Jamie ficou todo tenso quando fiz essa pergunta. Ele apertou os dentes com tanta força que ouvi um clique. Então ele cerrou os punhos, que estavam apoiados em seus joelhos.

– Minha mãe começou a andar com Ralf quando eu tinha uns 10 anos. Eles meio que namoravam, mas ele também a agenciava. Ela o amava mais do que tudo na vida, mais do que eu e Soph.

Ralf veio morar com a gente. Algumas coisas melhoraram, e outras pioraram.

– Como assim? – perguntei, sem ter certeza de que queria ouvir a resposta.

Jamie encolheu os ombros.

– Quando ele se mudou, pelo menos tinha comida em casa.

Encolhi os olhos por causa de seu tom indiferente.

– E o que piorou? – insisti. Jamie soltou um gemido e me olhou com ar de súplica, como se não quisesse mais falar daquilo. – Jamie, por favor? O que foi que piorou?

– Ralf era um canalha doente. Ele... ele se divertia batendo nos outros. Em mim, principalmente.

– Foi ele que...

Não consegui fazer a pergunta em voz alta, então apenas passei o dedo na marca de queimadura redonda que Jamie tinha no pescoço.

Ele balançou a cabeça e olhou para todos os lados, menos para mim.

– Foi. Ele gostava de fazer isso. Entende o que eu quero dizer? – perguntou.

"Gostar..."

– Ai, meu Deus – murmurei, quando me dei conta do que ele estava tentando dizer.

Jamie balançou a cabeça de novo, ficou de pé, se soltando de mim, e esfregou os braços, como se estivesse com frio.

– É, Ralf tomava todas, minha mãe estava na rua, trabalhando para ele, e o cara se divertia me enchendo de porrada. Depois, pedia para eu limpar as feridas e tal. E ficava me observando e... se tocando.

Essa cena não parava de passar pela minha cabeça. Eu tinha

razão: aquelas informações iam me fazer chorar até dormir por várias semanas.

– Ele chegou a... – respirei fundo e completei: – ...te tocar?

Minha voz saiu estridente, porque fiquei tomada de horror e de raiva. Senti um gosto amargo na boca quando pensei que aquela conversa poderia ficar ainda pior.

Jamie foi logo sacudindo a cabeça, e soltei um suspiro de alívio.

– Não. Ele era um sádico, então só gostava quando eu estava sofrendo. Ainda bem que nunca prestou muita atenção em Sophie. Bom, pelo menos não até o dia em que ela morreu – contou, quase vociferando a última frase. – Eu odiava tanto aquele cara, Ellie. Caralho, eu sonhava que brigava com ele, que tirava a faca que Ralf sempre tinha na cintura e enfiava em seu coração. Só que eu não podia fazer isso, porque as coisas melhoraram para Sophie depois que ele foi morar com a gente. E simplesmente deixei ele fazer o que queria.

– Você permitiu que isso acontecesse para sua irmã ter o que comer? Isso é... isso é... – sacudi a cabeça, porque não consegui encontrar as palavras.

Meu namorado encolheu os ombros, como se aquilo não fosse nada demais.

– Minha irmã era a coisa mais importante da minha vida. E, com ele dentro de casa, as coisas ficaram melhores para ela. Eu tolerava.

– Jamie, sinto muito – sussurrei.

– Sente muito por ter me conhecido, hein? É, você deve ter razão. Não precisa de alguém como eu em sua vida – declarou, com frieza.

Levantei e fui até ele. Segurei sua mão e a puxei de leve, para ver se ele me olhava. Jamie se virou, mas seus olhos continuaram fixos no chão. Nunca tinha me dado conta de como ele era inseguro, parecia um garotinho perdido achando que não estava à altura de nada, que não merecia nada de bom.

– Você está enganado. Preciso de você na minha vida, sim – corrigi.

Fiquei na ponta dos pés e beijei seu maxilar. Ele soltou uma espécie de gemido, pôs a mão em meu quadril e me puxou, me apertando tanto que quase me esmagou. Depois se abaixou e aninhou o rosto em meu cabelo. Passei as mãos por sua cintura e o abracei bem apertado.

– Eu também preciso de você. Eu te amo, Ellie. Muito, muito mesmo – murmurou, com os lábios encostados em meu cabelo.

Ficamos ali, abraçados, até eu não conseguir mais suportar o silêncio.

– O que aconteceu? – perguntei, me referindo à Sophie.

Jamie suspirou e me levou até o sofá. Se sentou e me puxou para perto. Minhas costelas começavam a doer, de tanto que ele me apertava, mas nem falei nada. Era óbvio que ele sentia necessidade de se agarrar a mim, e eu não queria estragar sua sensação de segurança.

– Resolvi fugir. Bolei um plano de fuga para mim e Sophie, pensei que cuidaria dela sozinho. Eu já fazia isso mesmo... Mas achei que, se a gente fosse embora dali, seria bem melhor. Só que eu não tinha dinheiro nenhum. Comecei a perguntar na vizinhança se alguém queria me contratar, mas eu só tinha 11 anos, e ninguém queria dar emprego a um Pirralho que ainda estava no colégio. Um dia, um sujeito apareceu lá em casa e discutiu feio com Ralf. Fiquei escondido no alto da escada e ouvi a briga dos dois. Aparentemente, Ralf tinha prometido roubar alguma coisa para o sujeito, mas havia pulado fora no último minuto. Quando ele saiu, fui atrás e perguntei se ele não queria me passar o trabalho. Ele disse "não", porque eu era só um Pirralho, mas me ofereceu outra coisa para fazer. Uma entrega. Não perguntei o que estava entregando, não tinha necessidade nenhuma de saber. A única coisa que eu precisava saber é que ia receber cem dólares por isso. Voltei lá no dia seguinte depois da aula, fiz outra entrega e ganhei mais dinheiro. E aí ele me perguntou se eu queria fazer mais uns trabalhinhos – explicou.

Entendi bem o que ele dizia.

– Foi assim que você se envolveu com Brett.

– Ãhn-hãn. No início eram coisas fáceis: uma entrega aqui, outra ali. Mas as coisas foram se complicando, e comecei a ganhar mais dinheiro. Eu só conseguia pensar no dinheiro. Quanto mais eu trabalhava para ele, mais grana eu ganhava, e ficava faltando menos para eu juntar a quantia para eu e Soph podermos recomeçar nossa vida, só nós dois. Comecei a matar aula toda hora, e ficava lá na oficina de Brett, com os caras que trabalhavam para ele. Comecei a treinar com eles também, a puxar ferro, lutar, esse tipo de coisa. Aprendi muito sobre defesa pessoal, mas continuei deixando Ralf fazer o que queria para ele não descobrir meus planos com Sophie. Ray, que era o principal mecânico, me deixava eu ajudá-lo com os carros, me ensinava a consertá-los e tal. Em seis meses, já sabia desmontar um motor e montar de novo. Ray também me ensinou a roubar carros. E eu acabei ficando muito bom nisso – disse, rindo baixinho. – Eu estava economizando. Resolvi esperar até completar 16 anos, a idade legal para alugar uma casa. Uns dois anos se passaram assim. Só que aí, um dia fiquei no galpão até tarde. Eu e Ray ficamos entretidos, babando em um carro esportivo. Engraçado é que, hoje, nem lembro como era o tal carro – disse. Depois franziu a testa, obviamente na tentativa de lembrar desse detalhe insignificante. – Eu tinha 14 anos, e Sophie, 7. Cheguei em casa tarde. Ralf havia enchido a cara. E acho que, como eu não estava lá para...

Jamie parou de falar, espremeu os olhos e sacudiu a cabeça.

– Jamie? – chamei, já que ele não terminava a frase.

– Foi minha culpa – sussurrou, de repente.

– Quê? Não – falei, sacudindo a cabeça com veemência.

Ele balançou a cabeça.

– Foi, sim. Eu deveria ter ido logo para casa. Se eu tivesse feito isso, ele não teria encostado aquelas mãos pervertidas nela – disse. Então engasgou, com um soluço. – Ele... ele machucou Sophie. Quando entrei na sala, minha irmãzinha estava chorando no canto, enquanto Ralf estava sentado e...

Jamie gemeu. Enterrei as unhas em sua coxa porque terminei sua frase mentalmente. Nunca tinha ouvido nada tão doentio. Que tipo de pessoa desprezível se masturba vendo uma criança sofrer? Me senti suja só de pensar em uma coisa dessas.

– E onde sua mãe estava? – perguntei, deixando as lágrimas escorrerem por meu rosto..

Meu namorado engoliu em seco.

– Estava ali, sentada – respondeu incrédulo. – Ela nem ligava. Amava Ralf. Ele lhe dava o que ela precisava, e ela deixava Ralf fazer o que queria.

Seu queixo tremeu, e vi uma lágrima rolar por seu rosto e pingar em sua calça *jeans.*

Soltei um gemido e cobri minha boca com a mão. A mulher não fez nada enquanto o namorado agredia a filha e se masturbava vendo seu sofrimento? Isso a tornava tão culpada quanto se ela tivesse agredido a menina com as próprias mãos.

– Sophie estava encolhida no canto, chorando, com o nariz

sangrando e o lábio partido. Ralf tinha pego a faca que sempre usava em mim e aberto um corte grande no braço dela. Minha irmã era tão pequena, e ele estava ali, batendo punheta, vendo Sophie chorar. Perdi a cabeça. Sabia que a gente não podia mais morar ali e falei que íamos embora. Gritei para Sophie levantar e arrumar uma malinha, mas Ralf se meteu entre a gente. Disse que a gente não ia a lugar nenhum, que era nosso dono e que ia ganhar dinheiro com minha irmã também quando ela tivesse a idade certa – contou, com o rosto vermelho de raiva. – Eu e Ralf começamos a brigar. Minha mãe ficou o tempo todo ali sentada, com os olhos vidrados, como se nem tivesse consciência do que estava acontecendo – continuou. – Sophie se meteu entre nós dois, tentou fazer a gente parar de brigar, acho. O cara... o cara agarrou minha irmã e bateu a cabeça dela na parede.

A voz de Jamie falhou, e ele apertou os dedos em meu braço sem perceber, fechando os olhos.

– Eu ainda consigo ver, Ellie. Quando fecho os olhos, consigo ver tudo, claro como a luz do dia. Ainda consigo ouvir o créc que o crânio dela fez ao bater no reboco. Ainda consigo ver a mancha de sangue que ficou na parede depois que Soph caiu no chão.

Soltei um gemido e abracei seu pescoço. Provavelmente, apertei demais, na ânsia de confortá-lo, tentando salvar meu namorado daquela lembrança. Desejei, com todas as forças, poder apagar aquilo de sua cabeça, fazê-lo se sentir melhor ou simplesmente arrancar aquelas memórias dele. Mas não havia nada que eu pudesse fazer.

– Tirei o sujeito de cima de mim com um empurrão. Ele caiu em cima do aparador e tentou se levantar, meio trôpego. Corri até Sophie e comecei a gritar para minha mãe pedir socorro, mas ela não fez nada. Só ficou lá, sentada, porra! – gritou, me abraçando bem forte. – Tentei ajudar minha irmãzinha, mas não adiantou nada. Havia sangue por todos os lados, tanto que senti vontade de vomitar com aquele cheiro. E Sophie estava tão quietinha, tão quietinha...

Engoli em seco e tentei desesperadamente não imaginar aquela cena, porque tentava bancar a forte. Mas meus pensamentos foram parar lá, e sofri pela menininha que nunca cheguei a conhecer, a menininha da foto. Imaginei Jamie novinho, segurando a irmã nos braços, gritando para a mãe chapada e drogada pedir uma ajuda que nunca apareceu.

– Quando ela parou de respirar, eu simplesmente surtei. Surtei mesmo. Minha razão para viver não existia mais, e era tudo culpa de Ralf. Eu... eu matei ele com minhas próprias mãos, e não conseguia parar. Não sei por quanto tempo fiquei batendo nele. Mas parece que um dos vizinhos ouviu os gritos e chamou a polícia. Fui preso por assassinato, mas nem liguei. Só conseguia pensar que não fazia mais sentido viver. O único motivo que eu tinha era ser irmão mais velho de Sophie, e Ralf havia tirado isso de mim.

Jamie não conseguiu mais falar, de tanta emoção. Ele aninhou o rosto em meu pescoço. Seu corpo tremia todo.

Apertei meus braços em volta dele quando senti suas lágrimas molharem meu ombro. Mordi minha bochecha e fiz carinho em suas costas, tentando acalmá-lo. Senti uma dor no peito e meu estômago se revirou, porque o amor da minha vida estava ali, aos prantos em meus braços, e eu não tinha ideia do que fazer para ajudá-lo. Ou se tinha como ajudar.

CAPÍTULO 27

Ellie

– Tudo bem, está tudo bem – sussurrei, fazendo carinho em sua nuca.

Jamie havia parado de tremer, mas ainda estava agarrado a mim, como se tivesse medo de me soltar.

– Se eu não tivesse ficado até tarde no galpão, babando naquele carro imbecil, se eu tivesse contado a algum professor ou qualquer outra pessoa o que estava acontecendo ou, quem sabe, se a gente tivesse ido embora antes, em vez de eu ter resolvido esperar até completar 16 anos, Sophie talvez estivesse viva. Ela não merecia aquilo, Ellie. Não merecia morrer – disse, baixinho, olhando as próprias mãos, que estavam em seu colo, com uma expressão devastada.

– Jamie, você não pode se culpar por algo que outra pessoa fez – argumentei, sacudindo a cabeça. Fiz carinho em seu rosto, enxugando uma de suas lágrimas. – Sophie teve a sorte de ter um irmão como você, que cuidou dela o tempo todo.

– Minha mãe disse que foi culpa minha – sussurrou.

Eu já odiava aquela mulher e, naquele momento, odiei ainda mais. Que tipo de pessoa culpa um filho, sem razão, pela morte da irmã? Que desprezível.

– Por quê? – perguntei sem acreditar.

Jamie lambeu os lábios e engoliu em seco.

– Ela disse que fui eu que comecei a briga, que Sophie tentou separar algo que eu comecei, e por isso foi morta. Disse que era como se eu tivesse matado minha irmã com minhas próprias mãos.

Cerrei os dentes e tentei controlar minha vontade súbita de encontrar aquela mulher que nunca havia visto na vida e dar um soco em sua cara de quinta categoria por fazer Jamie carregar essa culpa.

– Jamie, sua mãe ficou lá sentada, vendo o sujeito machucar sua irmã, e, mesmo assim, te culpa pela morte de Sophie? Foi *ela* que agiu errado! Foi *ela* que não protegeu os filhos daquele psicopata! *Ela* é que merecia ir para a cadeia, não você – falei, furiosa.

Meu namorado sorriu timidamente.

– Mas minha mãe não matou ninguém. Eu, sim.

Depois dessa, fiquei sem saber o que dizer. A raiva continuava aflorando, fazendo minhas mãos tremerem e meu maxilar doer, de tanto que apertei os dentes.

– Você foi preso por matar Ralf? – perguntei. Jamie balançou a cabeça. – Mas por quê? Se ele matou sua irmã, sem dúvida foi legítima defesa – argumentei, confusa.

Jamie deu uma risada triste.

– Não foi legítima defesa, Ellie. Tiveram que pôr o cara em um caixão lacrado, pelo que eu sei, de tanto que bati nele. Brett me falou que o legista só conseguiu identificá-lo pelas digitais, porque seu rosto e sua arcada dentária estavam irreconhecíveis – declarou, como se não fosse nada demais.

Me encolhi toda, só de pensar em Jamie fazendo uma coisa dessas com outro ser humano, mas não julguei meu namorado por causa disso, ao contrário do que ele deve ter imaginado. Jamie matou uma pessoa doentia que, provavelmente, fez mal a centenas de outras pessoas ao longo de sua vida. Eu é que não iria condená-lo por acabar com um pedófilo sádico, por mais que tenha sido de maneira brutal.

– Mas o júri devia saber de seus motivos para matar Ralf. Você não contou o que ele fazia com você? O que ele tinha feito com Sophie? Sem dúvida poderiam ter pego mais leve com você, por causa das circunstâncias atenuantes – protestei.

Ele franziu a testa e encolheu os ombros.

– Não falei nada sobre Ralf. Na verdade, não falei nada sobre nada. Estava tão tomado pela dor e pela culpa que não queria falar com ninguém sobre isso. Mas os investigadores descobriram que Ralf havia abusado de Sophie e a matado primeiro, e que eu o matei depois. Me declarei culpado por assassinato, e não contei mais nada. Não queria que ninguém soubesse. Acho que tinha vergonha de tudo o que havia acontecido. O juiz foi leniente em razão das circunstâncias e do fato de Sophie ter morrido. Não peguei uma pena tão longa quanto deveria – explicou.

– E sua mãe? Não contou o que havia acontecido? – perguntei, a raiva óbvia em minha voz ao falar daquela mulher. Nunca havia odiado ninguém tanto assim, e olha que eu nem a conhecia.

Jamie deu um sorriso triste e sacudiu a cabeça.

– Não. Ela apenas ficou sentada lá no tribunal e me viu ser condenado – respondeu. – Minha mãe foi me visitar uma vez. Falou que me odiava por eu ter matado Ralf, que tornei sua vida insuportável, porque ela o amava, e eu havia lhe tirado aquilo.

Quase urrei de tanta fúria. A mulher estava brava com Jamie porque ele havia matado Ralf, mesmo seu cafetão agressor tendo matado sua filha? Aquilo era uma desgraça.

– Ela disse que não tinha mais filho. Nunca mais a vi. Bem, pelo menos não até ela se envolver com aquele agiota – contou, encolhendo os ombros.

O agiota. Meu namorado tinha me contado que a mãe havia se metido em encrenca e que ele tinha voltado a trabalhar para Brett para ajudá-la.

– Por que você estendeu a mão a ela, Jamie? Por que você foi trabalhar para Brett de novo, só para ajudá-la? Eu... eu não conseguiria fazer isso. Teria mandado minha mãe se foder e deixado ela se virar – confessei.

Era óbvio que Jamie era uma pessoa muito melhor do que eu. Eu não conseguiria ajudar alguém que me fizesse passar por isso quando era criança. Alguém que se preocupasse mais em conseguir drogas com seu namorado pedófilo do que com os próprios filhos.

Jamie se acomodou no sofá e me olhou com ar de tristeza.

– Ela continua sendo minha mãe – respondeu, como se fosse uma explicação razoável.

Fechei os olhos e sacudi a cabeça.

– Sua capacidade de perdoar é incrível.

– Eu não a perdoei – disse, depois bufou. – Mas acho que devia isso a ela, por tê-la abandonado. Sophie e Ralf morreram, eu fui para o reformatório, e minha mãe teve que lidar com tudo isso sozinha. Ela é viciada, Ellie. E os viciados simplesmente não conseguem se controlar ou cuidar de si mesmos.

Me aproximei mais dele e apoiei a cabeça em seu ombro.

– Jamie, sinto muito por você ter passado por tudo isso. Sophie foi uma garotinha de sorte por ter você de irmão e ter sido tão amada. Você não pode se culpar por nada disso, a culpa não é sua – insisti, mexendo na bainha de sua camiseta quase sem perceber.

Jamie passou o braço por meu ombro, deu um jeito de me puxar ainda mais para perto e roçou o nariz em meu rosto.

– Por que você nunca tem a reação que eu imagino? Você me deixa tão confuso... – sussurrou.

Dei um sorriso triste enquanto Jamie fazia cafuné em mim e me olhava com um ar terno.

– Que tal você parar de duvidar de mim e confiar um pouco mais, a ponto de contar seus segredos?

Ele sorriu e respondeu:

– Acho que é isso que eu devo fazer.

Inconscientemente, pus a mão por baixo de sua camiseta e subi por sua barriga, até meus dedos encostarem na maior cicatriz que ele tinha. Eu havia imaginado muitas vezes como aquela cicatriz tinha ido parar ali. Mas, agora que sabia a verdade, não tinha certeza de que teria forças para ouvir os detalhes sórdidos do abuso que Jamie havia sofrido nas mãos daquele psicopata.

– Você quer falar sobre isso? – perguntei, passando a mão na linha da cicatriz enrugada que saia de seu quadril e atravessava quase toda sua barriga.

Jamie cerrou os dentes e sacudiu a cabeça com veemência.

– Não. Você não precisa saber disso. É passado, e é lá que deve ficar.

– Não é bom você guardar tudo isso aí dentro – argumentei, olhando para meu namorado com uma expressão compreensiva. – Talvez seja bom você falar. Talvez se sinta melhor depois.

Ele sacudiu a cabeça outra vez, sério e determinado.

– Ellie, não quero que você saiba dessas coisas porque passará a me ver de outra maneira. Não vai mais *me* ver. Só conseguirá enxergar as cicatrizes das facadas, cintadas e queimaduras. Não quero que você me veja de outra maneira. Eu adoro o jeito como você me vê – sussurrou, fazendo carinho em meu rosto.

Meu queixo tremeu quando percebi seu olhar de súplica. Jamie estava me pedindo, silenciosamente, para eu esquecer aquilo e parar de fazer perguntas. Talvez fosse doloroso demais para meu namorado falar sobre aquele assunto. Era óbvio que ele não podia estar com medo de que eu o visse de outra maneira. Àquela altura, Jamie devia me conhecer a ponto de saber que eu jamais faria isso.

– Eu amo cada pedacinho seu e, se algum dia você quiser conversar, vou ouvir e ficar a seu lado – respondi.

Jamie me respondeu com um lindo sorriso.

– Eu sei, obrigado.

Ficamos em silêncio, sentados ali, olhando um para o outro. Seus olhos me revelaram tudo o que eu precisava saber. Dava praticamente para ver o amor brilhando neles. Jamie me fez cafuné e encostou a testa na minha. Pude sentir sua respiração. Meu coração ficou acelerado.

Levantei a cabeça e rocei de leve os lábios nos seus. Jamie soltou um gemido e me beijou com a mesma suavidade, depois me olhou com um ar estupefato. Eu o amava tanto que chegava a ser avassalador, e meus olhos se encheram de lágrimas. Jamie sorriu, aquele sorriso lindo que me deixava de pernas bambas, e não consegui controlar meu próprio sorriso.

Ele aproximou sua boca da minha outra vez, e parecia que tudo havia voltado ao normal. Aquele homem que estava em meus braços era meu mundo, meu futuro.

Jamie fez amor comigo ali mesmo, no sofá, e foi algo que eu nunca havia sentido na vida. A gente já tinha transado, juro por Deus que ele já tinha "feito amor" comigo antes. Mas aquilo foi muito, muito diferente. Foi mágico. Cada carícia e cada beijo foi diferente, parecia que Jamie tocava minha alma. Parecia que as palavras de amor que sussurrava tomavam conta do ambiente, e que a paixão transbordava tanto que era quase impossível. Meu namorado, literalmente, me deu tudo naquele momento, todo seu ser, todo seu amor e toda sua paixão. Foi a experiência mais avassaladora que eu já tinha vivido, e nunca me senti tão ligada a alguém. Era como se, naquele momento, fôssemos uma só pessoa. Meu coração chegou a doer. Foi tão especial que uma lágrima escapou do meu olho, e Jamie apenas a beijou enquanto sussurrava o quanto me amava.

Depois, ele ficou deitado em cima de mim, com o rosto em meu pescoço, fazendo carinho no meu corpo enquanto nós dois tentávamos recuperar o fôlego. Eu não queria me mexer, não queria estragar aquele momento e acabar com a magia que nos envolvia. Então, apenas fechei os olhos e abracei seu corpo suado, deixando a sensação de segurança e proteção que Jamie me transmitia embalar meu sono, com um sorriso nos lábios.

Senti Jamie se mexer e seu corpo quente se afastar do meu. Senti frio. Eu já ia reclamar, mas algo macio e fofinho foi jogado em cima de mim e dobrado na altura do meu queixo. Me mexi, para ficar mais confortável, e me forcei a abrir meus olhos cansados. Vi Jamie vestir a calça *jeans* e se movimentar lentamente, como se não quisesse me acordar. Ele havia colocado um cobertor em cima de mim, e me aninhei no sofá.

Sorri vendo os músculos de suas costas se flexionarem e relaxarem à medida que ele se mexia. Quando ele se abaixou para pegar a camiseta no chão, mordi o lábio porque quase devorei sua bunda com os olhos.

– Saída vergonhosa? – brinquei.

Ele deu um pulo, se virou e me olhou chocado.

– Desculpa, te acordei? Estava tentando não fazer barulho.

Sorri, me encolhi, rolei para o lado e pus um braço embaixo da cabeça. Aquele sofá não era muito confortável, ainda mais quando eu estava deitada ali sozinha.

– Tudo bem. Aonde você vai, saindo, assim, de fininho? – perguntei, dando uma boa olhada em seu peito antes que ele cobrisse aquela beleza toda com a infeliz da camiseta. Devia ser crime Jamie usar roupas.

Meu namorado sorriu e ficou de joelhos perto do sofá.

– Preciso trabalhar. Mas volto antes de o sol nascer. Por que você não vai dormir na cama? Vou tentar não te acordar quando voltar – sugeriu, com um beijinho na minha testa.

– Achei que você só ia trabahar às onze – argumentei, fazendo biquinho porque, se ele não saísse tão cedo, poderíamos passar mais umas duas horinhas juntos.

Jamie deu mais um sorriso e bateu na ponta do meu nariz.

– É isso mesmo, dorminhoca, já são quase dez e meia.

"Dez e meia? Que merda! Eu deveria ter voltado para casa há horas!"

Suspirei surpresa, atirei o cobertor no chão e pulei do sofá. Me mexi tão rápido que Jamie quase caiu de bunda no chão.

– Estou muito atrasada! Minha mãe vai me matar! – gritei, entrando em pânico e procurando minhas roupas.

– Então você não vai dormir aqui? – ele perguntou, rindo baixinho. Ele pegou minha calcinha do chão e ficou girando no dedo com um sorrisinho malicioso. Tentei pegar a peça para me vestir logo e ir para casa, mas ele a tirou do meu alcance e a guardou no bolso. – Vou ficar com essa calcinha, você vai ter que ir sem. Vai ser obrigada a pensar em mim, e eu, definitivamente, vou pensar em você – brincou.

Suspirei novamente, e meu rosto começou a arder, porque sua ideia era bem safada.

– Você é um pervertido – xinguei, dando risada e colocando minha calça *jeans*.

Jamie encolheu os ombros, sem a menor vergonha na cara, e alcançou minha blusa.

– Que horas você deveria ter chegado em casa?

– Às sete – respondi, me encolhendo toda.

Ele soltou o ar entredentes e também se encolheu.

– Ai. Sua mãe vai arrancar sua orelha com os dentes. Tem certeza de que não quer mesmo dormir aqui?

Eu adoraria dormir ali – adorava acordar com Jamie enroscado em mim –, mas não podia.

– Não posso. Preciso terminar de fazer as malas e passar um tempinho com minha família antes de viajar.

Jamie apenas balançou a cabeça.

Sorrindo, abracei-o e levantei a cabeça, para olhar para ele, que me abraçou também. Jamie me olhou bem nos olhos, e lembrei de como ele havia ficado magoado quando sugeri que ele teria matado a própria irmã.

– Jamie, desculpa ter tirado conclusões precipitadas a respeito do que aconteceu com Sophie. Jamais deveria sequer ter passado pela minha cabeça que você seria capaz de fazer mal a ela. Desculpa mesmo. Eu não estava conseguindo pensar direito.

Ele franziu a testa, e o músculo de seu maxilar começou a repuxar.

– Gostaria que você não tivesse pensado isso de mim. Me magoou muito – disse. Depois subiu a mão por minhas costas e segurou meu pescoço com delicadeza.

Balancei a cabeça e desejei que fosse possível voltar no tempo para eu não magoá-lo com minhas conclusões ridículas.

– Eu sei. Me desculpa.

– Não pensa mais nisso – ele falou. Em seguida, abaixou a cabeça e me deu um beijinho de leve. – Então eu passo para te buscar amanhã, ao meio-dia – falou, obviamente querendo mudar de assunto.

Sorri. A empolgação estava tomando conta de mim, porque só faltava mais uma noite. Parecia que eu tinha voltado a ser criança. Estava contando os dias nos dedos desde que havíamos reservado as passagens.

– Então a gente vai mesmo viajar? – perguntei.

Jamie sorriu e me deu um beijinho na testa.

– Primeira parada: Roma – ele confirmou. Não consegui me controlar e deixei escapar um gritinho. Meu namorado riu e me empurrou delicadamente para longe dele. – Sai da minha casa, garotinha. Preciso trabalhar.

Peguei minha bolsa, que Jamie estava segurando, me aproximei dele e sorri. Ele se abaixou e me deu um selinho. Foi um beijo tão doce e carinhoso que desejei que jamais terminasse. Mas, infelizmente, tudo precisa terminar uma hora ou outra.

Respirei fundo, virei as costas e fui até a porta. Me segurei para não olhar para trás, se não ia ficar ainda mais difícil sair dali. Depois da próxima noite, eu nunca mais precisaria me despedir dele. Senti um aperto no peito só de pensar nisso. Sorri feito boba e fui até meu carro.

Quando cheguei em casa, meu sorriso sumiu. Vi que tinha oito ligações perdidas e quatro mensagens de texto, todas de minha mãe, perguntando onde eu estava e se estava tudo bem. Eu estava bem encrencada. Engoli em seco, desliguei o motor do meu carrinho amado e olhei para casa. As luzes do andar de baixo ainda estavam acesas. Meus pais esperavam por mim.

Saí do carro, me encolhi toda e fui até a porta. Óbvio que minha mãe tinha ouvido meu carro, porque estava parada no corredor de braços cruzados e com cara de brava. Ou, vai ver, havia passado três horas e meia parada ali, apenas esperando para me xingar. Mas, sinceramente, eu não podia dizer que ela não tinha razão.

Sorri envergonhada e falei:

– Oi, Desculpa pelo atrasado.

Minha mãe levantou a sobrancelha, com uma expressão acusatória, e falou:

– E qual é sua desculpa?

Eu não podia falar que estava com Jamie. Minha mãe já estava com o pé atrás porque eu ia viajar com ele e ficaria ainda mais chateada se soubesse que me atrasei para ficar com meu namorado.

– Eu queria muito ter chegado na hora, ficar com vocês e ter nosso último jantar juntos antes da viagem. Mas tinha tanta gente para eu me despedir na festa que acabei perdendo a noção do tempo. Desculpa mesmo, mãe.

– Seu jantar não presta mais – declarou, com tom arrogante.

Balancei a cabeça, tentando ignorar o cheiro de comida chinesa. Senti até uma pontada no estômago de tanta fome.

– Imaginei. Desculpa.

Minha mãe suspirou profundamente, relaxou os ombros e abriu os braços.

– Acho que posso tentar salvar alguma coisa. Talvez o yakissoba fique bom, se eu esquentar – sugeriu com um sorriso discreto.

Também sorri e disse:

– Sério? Isso seria demais, obrigada.

Não sabia o que havia mudado para minha mãe estar tão tranquila ultimamente. Talvez porque ia passar seis meses sem me ver. Qualquer que fosse o motivo, fiquei feliz com a mudança.

Ela revirou os olhos e foi para a cozinha. Olhei para a sala e vi meu pai sentado no sofá, assistindo TV. Kelsey não estava por ali. Como já era tarde, deveria estar na cama.

– Oi – falei. Depois entrei na sala e me sentei no sofá, ao lado de meu pai.

– Você está encrencada – sussurrou, se abaixando e apontando para o corredor. – Sua mãe está beeem brava – completou, arrastando a palavra para dar um efeito mais dramático. Depois riu baixinho.

Balancei a cabeça e me encolhi.

– É, eu sei. Desculpa.

Meu pai sorriu e se mexeu para eu poder me encostar nele enquanto minha mãe batia as panelas na cozinha.

– Teve uma boa noite, docinho?

Eu não sabia mesmo como responder. Algumas partes da noite foram fantásticas, mas outras haviam sido um pesadelo que, provavelmente, eu recapitularia quando estivesse sozinha na minha cama.

– Tive, acho eu.

Minha mãe entrou na sala com um prato fumegante. Fiquei com água na boca apenas com o cheiro.

– Não sei se vai estar bom, agora que requentei. Se você quisesse que sua comida fosse gostosa, deveria ter chegado na hora – declarou, encolhendo os ombros.

– Obrigada, mãe.

Sorri agradecida e dei uma garfada no arroz com ovo frito e no frango xadrez. Minha mãe sorriu hesitante, e comecei a engolir a comida como se aquela fosse a última refeição que faria na vida.

Conversei com meus pais sobre a festa por pouco mais de meia hora. Ninguém falou sobre o dia seguinte, porque, toda vez que eu falava na viagem, minha mãe ficava quieta e virava a cara. Tive a impressão de que ela sentiria a minha falta muito mais do que eu imaginava.

– Acho que é melhor eu terminar de fazer as malas – murmurei, quando não tinha mais como adiar a tarefa. Eu já havia separado tudo, mas não tinha nem começado a guardar as coisas na mala.

Minha mãe franziu a testa e balançou a cabeça ao mesmo tempo.

– Quer ajuda? Você sabe que não é muito boa em arrumar malas.

Dei um sorriso. Para ser bem sincera, eu era terrível nisso e nunca conseguia guardar tudo o que queria. Estava torcendo para Jamie ser melhor do que eu, porque ia precisar arrumar minha bagagem de novo a cada lugar que visitássemos.

– Quero muito, obrigada.

Sorri de novo e me levantei. Não pude deixar de perceber que meu pai deu uma piscadinha para ela e apertou sua mão, demonstrando apoio. Minha mãe subiu as escadas comigo, entrou em meu quarto e fez cara feia para a bagunça espalhada por todos os lados. Bom, não era uma bagunça de verdade, mas minhas gavetas estavam vazias, e tudo o que eu queria levar estava empilhado pelo chão. Sorri envergonhada e pus a mala em cima da cama.

– Você nem começou? Ellison, você não deveria ter deixado para fazer isso agora! – repreendeu. E, na mesma hora, começou a pegar minhas roupas do chão e a colocá-las em cima da cama.

– Acho que fiquei esperando você se oferecer para me ajudar, com suas incríveis habilidades de fazer malas – brinquei, em uma tentativa de me aproximar dela. Eu estava me esforçando muito para ser mais próxima de minha mãe, e ela também. Nosso relacionamento havia melhorado, e isso era muito legal. Pena que precisei passar um tempão fora para deixarmos de ser apenas duas pessoas que moravam na mesma casa.

Minha mãe deu um sorriso tímido e continuou juntando as coisas do chão.

– Sorte sua eu ter me oferecido, então.

Sorri para ela e me sentei na cama. Resolvi deixar minha mãe fazer tudo sozinha porque ela era controladora mesmo e, se eu tentasse ajudar, faria tudo errado. Ela dobrou todas as minhas roupas de novo, depois guardou com todo o cuidado na mala, com a maquiagem e as coisas de cabelo que eu havia separado para levar. Fez tudo com tanto carinho, guardou tudo com tanto amor... Parecia que estava ninando cada peça de roupa. Quando passei para ela uma foto de férias onde aparecia toda nossa família, minha mãe sorriu de um jeito estranho.

– Você vai levar isso na viagem?

Balancei a cabeça.

– Claro. Não posso esquecer da sua cara, né? – brinquei.

Ela mordeu o lábio e ficou olhando a foto.

– Adorei essas férias, sabia? Você ensinou Kelsey a mergulhar. Fiquei tão orgulhosa de sua irmã, mas também fiquei orgulhosa de você, por tê-la ensinado tão bem – falou, baixinho, passando o dedão sobre a foto de um jeito carinhoso.

Ao ouvir essas palavras, fiquei sem ar. Minha mãe havia acabado de dizer que sentia orgulho de mim. Nunca tinha ouvido nada parecido sair de sua boca. Ela era sempre tão formal e contida, nunca foi de demonstrar afeto ou fazer declarações de amor. Me pareceu tão estranho que tive a impressão de não ter ouvido direito.

– Kels aprende tudo rápido – falei, engasgando no caroço que não parava de crescer em minha garganta.

– E teve uma excelente professora – minha mãe completou, com um sorriso nervoso. Ela foi logo virando para o outro lado.

Guardou a foto dentro de uma camiseta para não amassar durante o voo. – E então? Você está empolgada? – perguntou.

Sorri de orelha a orelha. "Empolgada" era pouco para o que eu estava sentindo.

– Estou. Acho que não vou nem conseguir dormir.

– Eu também não.

Minha mãe me olhou com os olhos cheios de lágrimas, mas tentava controlar suas emoções ao máximo. É claro que não queria que eu percebesse que estava chateada.

– Vou ficar com saudade, Ellison. Mas sei que você vai se divertir muito com Jamie. Ele é... bom, ele te faz bem. Sei que peguei muito no pé desse rapaz, mas isso é problema meu, não seu. Só quero que você saiba que eu... eu gosto de Jamie. Gosto do jeito como ele te trata e de como você fica feliz, de como seu rosto se ilumina quando está com ele – admitiu, balançando a cabeça.

Uma única lágrima rolou por seu rosto enquanto ela falava, e minha mãe a limpou na mesma hora, como se estivesse com vergonha.

O caroço em minha garganta ficou ainda maior quando tentei pensar em algo para dizer depois dessa, mas não consegui encontrar as palavras e pus a mão sobre a sua, que estava em cima de uma camiseta, dentro da mala. Apertei sua mão de leve. Ela olhou para baixo, com uma expressão quase confusa, depois apertou meus dedos muito de leve. Foi legal. Provavelmente o momento mais legal que eu já tive com minha mãe.

Mas acabou logo, porque ela limpou a garganta e tirou a mão debaixo da minha, obviamente incomodada com a intimidade. Para mim, o fato de aquele momento ter durado apenas alguns segundos não tem a menor importância. Ficou guardado na minha memória, e nada poderia me fazer esquecê-lo.

– Você vai mesmo levar este *short*, Ellison? Olha o estado dele – debochou, mostrando um *short jeans* que eu adorava. – Minha filha não vai sair por aí com um *short* manchado de grama na parte de trás.

Dei um sorriso. Tudo havia voltado ao normal.

Apenas olhei minha mãe jogar a peça no lixo, com um impressionante arremesso que valeria três pontos no basquete e faria meu pai e Jamie gritarem de empolgação. Foi aí que me dei conta de que sentiria de verdade sua falta.

CAPÍTULO 28

Jamie

Suspirei aliviado ao ver Ellie sair de meu apartamento. O que ocorreu nas duas horas anteriores foi apavorante. Me senti muito vulnerável depois de reviver meu passado. Era a primeira vez que falava sobre aquelas coisas. Ninguém sabia da maioria dos fatos, nem mesmo minha mãe. Nunca tive vontade de conversar sobre aquilo. Sempre reprimi essas memórias, engoli e tentei enterrá-las dentro de mim. Mas, naquele momento, depois de ter contado tudo a Ellie, senti que havia tirado um peso das minhas costas.

Ellie era a última pessoa que eu queria que soubesse de meus segredos mais profundos e obscuros. Mas, agora que ela já sabia de tudo, parecíamos estar ainda mais próximos um do outro. Fiquei abismado com a aceitação, o apoio e o amor incondicional que minha namorada demonstrou. A força de seu caráter era algo que me deixava estupefato. Eu a amava tanto que chegava a ser assustador. Aquela mulher era, literalmente, a coisa mais importante do mundo para mim. Queria tanto que minha irmãzinha ainda fosse viva para conhecê-la. Tenho certeza de que Sophie idolatraria Ellie, como eu.

Quando a porta se fechou, e fiquei sozinho de novo, me dei conta de que precisava correr para não chegar atrasado. Fui para o quarto e fechei a mala, que já estava pronta há quase duas semanas. Sorri, peguei a mala de cima da cama e a deixei perto da porta, para ficar mais fácil de eu pegar no dia seguinte, antes de ir buscar Ellie para irmos ao aeroporto.

No apartamento, tirando a mala, só ficaram as coisas que já estavam lá quando eu o aluguei e uma muda de roupa para o dia seguinte. O mais importante estava na mesinha de cabeceira: o passaporte era uma das duas coisas que eu não podia esquecer de jeito nenhum. Ellie havia ficado com as passagens, porque gostava de admirá-las antes de dormir. Não precisava me preocupar com isso. Peguei a segunda coisa especial, que fiquei rolando na palma das mãos: a caixinha preta que continha o anel de noivado que eu havia comprado recentemente. Sorri. Seria uma completa surpresa para Ellie. Eu já tinha pedido permissão a seu pai, em segredo. Graças a Deus ele concedeu, com uma condição: que nosso noivado fosse longo. Então, assim que eu encontrasse um cantinho bem romântico em Roma, ficaria de joelhos na frente de Ellie. Estava torcendo para ela dizer "sim". Depois do que tinha acabado de acontecer, eu estava confiante de que minha namorada não recusaria meu pedido.

Só para garantir, chequei pela centésima vez se o anel estava mesmo lá dentro. Abri a caixinha e olhei para a joia, que levei horas para escolher. O diamante quadrado brilhava na luz à medida que eu mexia o anel, e não pude deixar de sorrir quando o imaginei brilhando no dedo de Ellie. Era perfeito.

Fechei a caixinha e me encolhi todo quando me dei conta de que Ellie poderia tê-la visto, o que estragaria a surpresa. Sem pensar, tinha pedido para ela dormir na minha casa. E o anel ficou ali, na mesinha de cabeceira, bem à mostra, aquele tempo todo.

"Que imbecil!"

Em vez de colocá-lo de volta na mesinha, guardei-o no bolso.

Gostava de andar com a joia por aí. Tinha vontade de sorrir toda vez que me abaixava, e a caixinha batia em minha perna: me fazia pensar em Ellie.

Só que, naquele momento, eu precisava parar de pensar em minha namorada. Precisava muito chegar ao galpão antes que o pessoal começasse a me ligar e a entrar em pânico, achando que eu ia me atrasar. Peguei a carteira e a jaqueta e saí correndo de casa até a picape.

O trajeto de 15 minutos passou rápido como um raio e, quando percebi, já havia chegado. Não queria ter que trabalhar naquela noite, de jeito nenhum. Tecnicamente, meu acordo com Brett tinha chegado ao fim na semana anterior. Mas, quando prometi a Ellie que viajaria com ela, não me dei conta de que não podia fazer isso. Eu ainda estava em liberdade condicional. E, de acordo com os termos da condicional, eu poderia sair do país apenas dali a seis meses. Isso nem passou pela minha cabeça quando sugeri que a gente realizasse o sonho de Ellie de viajar. Mas, por sorte, Brett tinha contatos por todos os cantos e concordou em mexer uns pauzinhos com meu oficial da condicional – pagando um suborno em dinheiro, claro. Em troca, eu tinha que fazer aquele último esquema antes de Brett me liberar de vez. Só mais aquele trabalhinho e eu ficaria livre, ele prometeu. Pelo jeito, ninguém mais trabalhava tão bem quanto eu. Ele não confiava em mais ninguém e precisava dos melhores integrantes de sua equipe.

Naquela noite, ao contrário do que eu havia dito a Ellie, não íamos roubar carros. Íamos fazer outra coisa, completamente diferente e bem pior.

Abri a porta da picape bem quando Brett saia do galpão. Ele me olhou com uma expressão séria. Olhei o relógio do painel. Eram onze e um. Tecnicamente, eu estava atrasado.

– Já não era sem tempo, caralho. Anda, Pirralho. Onde é que você estava? – disparou.

Sorri envergonhado. Achei que responder "trepando até morrer com minha namorada" não ia pegar bem.

– Fazendo as malas – menti, encolhendo os ombros. – Já cheguei. Vamos nessa?

Brett balançou a cabeça, e quase todos os seus capangas saíram do galpão. Franzi a testa. Pelo jeito, o negócio ia ser pesado. Ficou óbvio que ele não queria correr nenhum risco. Ray acenou ao me ver, mas ficou lá dentro. Ele nunca ia naquele tipo de esquema, era apenas um mecânico e não se envolvia muito quando o assunto não tinha nada a ver com carros. Senti uma pontada de inveja do meu amigo. Havia mais ou menos dez caras, que foram direto para seus respectivos carros ao saírem do galpão.

– Você vai comigo, Pirralho – Brett disse, quando comecei a ir na direção do carro de Shaun.

Soltei um suspiro, mas concordei e fui até o Bentley de Brett.

– Oi, Ed – falei ao motorista.

Ele só balançou a cabeça, parecia um pouco nervoso. Aquele tipo de coisa, uma reunião com um novo cliente, era sempre meio tenso, porque nunca se sabe o que pode acontecer. É por isso que Brett estava levando todos os seus pesos-pesados.

Sentei no banco de trás com Brett, que sorriu para mim e passou a mão no cabelo.

– Você está armado? – perguntou, de repente, quando o carro começou a andar.

Engoli em seco e sacudi a cabeça;

– Não, mas nem quero.

Ele deu uma risadinha sarcástica, pôs a mão debaixo do banco e puxou uma sacola preta. Fiquei apavorado quando ele abriu o zíper e pediu, com um gesto, que eu pegasse uma das armas que estavam lá dentro.

– Sério, Brett, não quero – protestei.

Ele sacudiu a cabeça, e seus olhos deram a entender que não era uma sugestão, mas uma ordem.

– Você vai ficar na linha de frente comigo. Precisa estar armado – exigiu.

"Como assim, na linha de frente? Droga!"

Suspirei e olhei para a sacola. Devia haver umas dez armas lá dentro, entre pistolas pequenas e revólveres. Enfiei a mão e tirei uma das menores, uma pistola preta. Eu entendia de armas, tinham me ensinado a atirar, mas nunca havia disparado em uma pessoa de verdade. Normalmente, andávamos armados só para assustar, para os outros nem pensarem em fazer jogo duplo. Tomara que, naquela reunião, as coisas não fossem diferentes.

Naquela noite, Brett ia encontrar o líder de uma facção criminosa rival, de Nova Jersey. A família Lazlo tinha conexões com a máfia e era conhecida por todo o país. Naquela reunião, tentariam fechar vários acordos: a maioria de tráfico de armas e drogas. Brett nunca havia encontrado ninguém da família Lazlo. Ele era barra-pesada e tinha bons contatos, mas Dominic Lazlo, com quem ia se reunir, estava vários degraus acima. Tomara que os dois consigam chegar a um acordo. Se desse certo, seriam meio sócios, e Brett faria parte da maior organização criminosa daquela parte dos Estados Unidos.

– Por que vou ficar na linha de frente? Não é Ed que normalmente faz isso? – perguntei.

Em geral, eu só ficava parado atrás de todo mundo, fazendo cara de mau. Mas, pelo jeito, naquela noite também participaria da conversa.

Brett revirou os olhos, como se eu tivesse dito alguma bobagem.

– Preciso impressionar esse cara. Estar com o melhor homem de minha equipe bem a meu lado pega bem. Acho que você não tem noção de como seus colegas lhe têm em alta conta, Pirralho.

Fiz uma careta. A noite nem bem tinha começado, e eu já queria que ela terminasse.

– Mas, a partir de amanhã, não vou estar mais aqui. Que sentido faz eu me envolver nessa conversa?

Ele fez cara feia.

– Não toca nesse assunto na frente do Dominic. Não contei para ninguém que você vai embora. Então, no que diz respeito a esta noite, você é um integrante permanente de minha equipe – falou. – Quero muito fechar essa parceria com ele. Se conseguir, minha renda vai praticamente dobrar da noite para o dia. Não só terei meus próprios clientes, mas também os que virão até mim por indicação de Dominic. É uma via de mão dupla. No geral, se alguém vem me pedir armas, eu falo para procurar outra pessoa, mas agora vou passar esses interessados a ele. E, em troca, ele vai me passar quem quiser comprar carros roubados. E ainda vou ter um fornecedor com desconto. Dominic movimenta mais drogas e fica com um território maior, com gente para fazer seu trabalho sujo, e eu aumento minha margem de lucro. Todo mundo sai ganhando.

Balancei a cabeça, demonstrando que tinha entendido. Tudo parecia muito bom e, sendo bem sincero, aqueles dois seriam loucos se não chegassem a um acordo. Tinha que haver um ponto negativo.

– Mas o que você vai fazer quando tiver encomendas demais sem ninguém para atendê-las?

Brett estalou a língua.

– Vou dar um jeito. Nunca se sabe. Talvez você se canse de viajar pelo mundo antes do que imagina e queira trabalhar de novo para mim. Vou te recompensar muito bem. Se fecharmos esse acordo, posso dobrar a quantia que te pago para fazer um esquema noturno. Que tal? – sugeriu em tom esperançoso.

– Recomendo que você tente contratar Vincent – sugeri. – Trabalhei com ele naquela noite, e ele arromba carros como ninguém. Fala um pouco demais para o meu gosto, mas sem dúvida recomendo.

– Que Vincent?

– Ah, é. Quis dizer, Raposa – corrigi, me dando conta de que Brett nem sabia qual era seu nome verdadeiro. – Esse deve ser o pior apelido de todos os tempos – falei, dando risada.

Brett deu um sorriso e balançou a cabeça.

– É, se tudo der certo, vou falar com ele. Quem sabe Ray pode treinar mais um pupilo para mim também – provocou, dando uma batidinha em meu joelho.

Ficamos em silêncio. Olhei pelas janelas cobertas de filme preto do carro e observei as ruas passarem por nós como um borrão. Minhas pálpebras estavam pesadas. Eu bem que poderia ter ido dormir em vez de fazer aquilo.

– Estou bem triste por você ir embora, sabia? – Brett disparou, do nada.

Virei para ele, que tinha uma expressão pensativa.

– É, só que eu nunca quis fazer nada disso – murmurei.

Ele balançou a cabeça.

– Seu pai ficaria muito orgulhoso de você por largar essa vida e recomeçar do zero. Ele nunca foi muito fã disso também – disse. Lancei um olhar curioso para Brett ao ouvir falar de meu pai. – Seu pai também queria cair fora, mas nunca ia conseguir. O cara para quem ele trabalhava jamais abriria mão dele assim, tão fácil.

– Não?

Brett sacudiu a cabeça.

– Não, seu pai era bom demais no que fazia. O cara não ia perder um talento daqueles. Definitivamente, você tem a quem puxar. Vou sentir muito sua falta, não só por causa de suas habilidades – comentou, com um sorriso afetuoso. – Vou sentir saudade, sério mesmo.

Me remexi no banco, meio sem jeito com aquela demonstração de afeto.

– Também vou sentir sua falta, Brett.

E não era mentira. Brett era um sujeito legal, sempre gostei dele.

Ele deu um sorriso melancólico e mexeu nos botões do paletó.

– Sempre pensei que você assumiria meu posto. Como nunca tive filhos, sempre pensei em você como filho. Se eu tivesse que entregar meus negócios a alguém, seria para você.

Ri nervoso.

– Sou muito bonito para ser seu filho – brinquei, tentando cortar aquela atmosfera de pura emoção.

Brett riu e revirou os olhos.

– E muito convencido também.

Dei mais uma risadinha.

– E muito inteligente, para completar.

Ele levantou a sobrancelha, ainda com um sorriso no rosto.

– Não força a barra. Não gosto *tanto* assim de você – comentou. Então pôs a mão no bolso, tirou um papel e me estendeu. – Tenho um presentinho de despedida.

Peguei o papel, meio desconfiado, imaginando o que poderia ser. Abri e dei de cara com o número de uma conta bancária e uma senha.

– O que é isso? – perguntei.

Brett sorriu e respondeu:

– Abri uma conta no exterior para você, para ajudar em sua nova vida com sua namorada. Sei que você sempre quis ter sua própria oficina. Bom, depositei o suficiente para você comprar uma.

Soltei um suspiro de surpresa.

– Brett, não posso aceitar – protestei, devolvendo o papel.

Ele sacudiu a cabeça e empurrou minha mão.

– Aceita logo, Pirralho. Espero que te traga felicidade.

– Quero ter uma vida direita. Não quero aceitar esse negócio e ficar te devendo – argumentei. Se eu ficasse com aquela grana, ele sempre teria poder sobre mim. Eu teria uma dívida eterna.

Ele deu uma risadinha debochada.

– Sem nenhum compromisso. É seu. Aceita logo e gasta como bem entender. Sei que você quer sair dessa vida, e te respeito por isso. É um presente de despedida, tipo fundo de garantia.

Cheguei a abrir a boca para protestar outra vez, mas, bem na hora, o carro parou no estacionamento de uma oficina. Fiz minha cara de negócios imediatamente. Primeiro o acordo. Eu podia discutir sobre o dinheiro com Brett depois. Enfiei o papel no bolso da calça e sorri, porque meus dedos roçaram na calcinha que eu havia roubado de Ellie.

Brett foi para a frente e pediu para Ed dar a volta e parar perto da porta, só por garantia. Olhei pelo vidro e vi que todo mundo já estava lá. Havia quatro carros caros estacionados bem direitinho, apesar de já serem onze e meia da noite. As luzes da oficina estavam acesas, lançando um brilho misterioso no estacionamento. Vi dois dos capangas de Brett saírem do carro e virem em nossa direção. Em seguida, mais um carro parou atrás de nós.

– Que tal você guardar esse negócio? – Brett perguntou, rindo e olhando minhas mãos.

Olhei para baixo, curioso, e vi que ainda estava com a arma

na mão. Me encolhi todo e balancei a cabeca. Depois fui um pouco mais para a frente, prendi a pistola na parte de trás da calça e tapei com a jaqueta. Brett saiu do carro, ajeitou o paletó e conversou baixinho com dois de seus capangas. Também saí e fiquei parado a seu lado, obrigando meu lado barra-pesada a aflorar. Não era hora de pensar que eu não queria estar ali. Era meu último trabalho como Pirralho Cole, era melhor ser convincente.

– O sr. Lazlo já está lá dentro, com uns oito homens – Wesley anunciou.

Brett balançou a cabeça.

– Então também vou entrar com oito. Fala para Ed e Enzo esperarem aqui fora – instruiu. Ele me olhou e apontou a oficina. – Vamos lá fazer o acordo do século, Pirralho.

Entramos na oficina e dei uma rápida olhada em volta, para reconhecer o terreno e medir quem eu não conhecia. Um cara de uns quarenta e poucos anos estava sentado em cima de uma bancada de madeira, bem no meio do lugar. Sua cabeça raspada brilhava naquela luz forte. Ele ficou de pé e lançou um sorriso simpático para nós. Estava de calça *jeans* e uma polo Ralph Lauren azul clara. Não era muito alto, devia medir 1,72 m, meio gordinho. Não me senti intimidado. Ele era o extremo oposto da imagem de chefe da máfia que eu tinha na cabeça.

O sujeito a seu lado só podia ser seu filho ou, pelo menos, parente, porque os dois eram exatamente iguais, tirando a diferença de idade. Atrás deles, havia mais sete homens, todos com uma expressão hostil e ameaçadora. Assim que entramos, deu para sentir a tensão no ar, a incerteza e o desconforto, já que todos se mediram com os olhos.

Foi Brett quem falou primeiro.

– Sr. Lazlo, é um prazer poder, finalmente, conhecê-lo – afirmou, se aproximando com passos confiantes. Eu também tinha que me aproximar, porque era o papagaio de pirata de Brett naquela noite. Joguei os ombros para trás, fiquei com meus olhos treinados bem atentos a qualquer sinal de perigo e entrei com meu chefe na cova dos leões.

Muito papo. Um papo chato de planejamento. Meus olhos pinicavam de tão cansados, mas não podia esfregá-los como eu queria. Fiquei sentado bem reto, com a expressão neutra, enquanto Brett e Dominic discutiam sobre territórios e porcentagens de lucro. Estava sentado em um banco, ao lado de meu chefe. Dominic e o filho estavam do outro lado. Parecia que aquela discussão já tinha durado horas. Tive que participar da conversa algumas vezes, quando o assunto foi arrombar carros, dizendo quantos veículos era possível puxar em uma noite, quantas pessoas eram necessárias e coisas do gênero. Tirando isso, só fiquei lá sentado, fazendo pose de seguro. Na verdade, a única coisa que passava pela minha cabeça era a arma que cutucava minhas costas a ponto de quase me arranhar. Eu queria desesperadamente pôr a mão para trás e tirá-la dali, mas não tinha coragem, porque os sete homens que acompanhavam Dominic podiam pensar que eu ia tentar atirar. Eles já estavam encarando todo mundo, parecia que apenas esperavam alguém se mexer. É claro que confiança não ia fazer parte daquela parceria.

Finalmente, as coisas começaram a se resolver. Tanto Brett quanto Dominic estavam sorrindo, todos os detalhes íam sendo combinados. Quanto mais eu ouvia, mais me dava conta de que aquele acordo seria muito bom para Brett. Ele ia levar muito mais grana dali para a frente.

Brett me deu um tapa nas costas, sorrindo de orelha a orelha.

– Então é isso. Acho que vai dar tudo extremamente certo, e nossa parceria será muito lucrativa – concluiu.

Dominic sorriu e balançou a cabeça, concordando.

– Sem dúvida, foi uma ótima reunião – disse. Então virou para um de seus capangas e falou: – Cadê a amostra?

Na mesma hora, o sujeito deu um passo para a frente, colocou uma pasta de couro preta na bancada e abriu o segredo. Dominic sorriu, levantou a tampa e virou a pasta para nós. Senti um frio por dentro, de desconforto, porque nunca tinha visto tanta cocaína na minha vida.

Brett sorriu e se inclinou para a frente, com os olhos brilhando.

– Ótimo. Você se importa se eu experimentar? – perguntou, tirando um canivete do bolso.

O mafioso sacudiu a mão e encolheu os ombros, dando a entender que meu chefe podia seguir em frente. Vi Brett pegar um dos pacotes retangulares e fazer um pequeno corte lateral. Em seguida, ele enfiou o dedo ali, pegou uma quantidade mínima da droga e passou na gengiva. Então balançou a cabeça, satisfeito.

– Definitivamente, é de boa qualidade – confirmou.

Ele fez um sinal com a cabeça para Shaun, que se aproximou com uma sacola preta e a entregou a Brett.

Eu já contava os minutos mentalmente. Estava quase terminado. Assim que ele pagasse, os comentários educados acabariam, e eu poderia, por fim, ir para casa e cair na cama. Olhei de relance para meu relógio: eram quase duas da manhã. Estávamos ali há tanto tempo que minha bunda tinha ficado dormente.

Brett entregou a sacola. Nem precisei perguntar para saber que estava cheia de grana, para pagar as drogas. Damien, filho de Dominic, conferiu a sacola, remexendo lá dentro, depois fez sinal com a cabeça para o pai, e os dois ficaram de pé.

– Bem, foi bom fazer negócio com você. Vou passar as informações aos interessados, para o lance dos carros engatar logo e tudo mais. Esse tipo de coisa sempre tem muita procura. Me avise quando precisar de mais mercadoria – o mafioso declarou, inclinando a cabeça na direção da pasta. Brett fechou a maleta e também ficou de pé.

Levantei, estendi o braço e apertei a mão dos dois, feliz por aquilo ter finalmente acabado.

De repente, ouvi um barulho de tiro bem alto, e pedaços de madeira e de gesso se espalharam pelo lugar. Dei um pulo, me abaixei e protegi minha cabeça instintivamente. Uma grande confusão começou, vi diversos pares de pé entrarem na oficina. Olhei na direção deles e vi vários homens vestidos de preto correndo com armas em riste.

Mal tive tempo de entender o que estava acontecendo. Logo um deles gritou:

– Polícia! Vocês estão presos.

Congelei de pânico. Fiquei observando, de olhos arregalados, os policiais entrarem por todos os lados, cada vez mais numerosos. Soltei um gemido de derrota, certo de que tudo estava perdido. Eu estava completamente fodido.

E foi aí que o tiroteio começou.

CAPÍTULO 29

Jamie

O barulho de tiros ecoava pelas paredes. Quase fiquei surdo, porque uma arma disparou bem perto de mim. Fui logo me abaixando e me escondendo debaixo da bancada, sem saber o que fazer. Fiquei só observando, de olhos arregalados, os capangas de Lazlo abrirem fogo contra a polícia.

– Caralho! – sussurrei. Acho que nunca vou ter direito a um final feliz.

Todo mundo gritava, tiros pipocavam, havia homens brigando, saindo no tapa à minha volta. Eu mal podia me mexer.

Brett passou correndo e se escondeu atrás de um armário de ferramentas gigante, de metal. Ficou com a arma em punho, olhou pelo canto do armário e atirou algumas vezes contra a polícia.

Eu sabia que devia ajudar. Normalmente, quando havia algum problema, eu reagia imediatamente, sem pensar duas vezes antes de me envolver na confusão. Só que aquilo era muito diferente. Ali não era um bando de capangas ou vagabundos que eu podia encher de porrada, eram policiais. Eu não ia puxar a arma e abrir fogo contra policiais inocentes, de jeito nenhum. Tudo bem, eu era um ladrão que tinha feito umas coisas bem ruins, mas daí a atirar em gente inocente... Sem chance.

Meus olhos vidrados foram para a direita. Vi Shaun abaixado

um pouco mais para lá, escondido atrás de uma mesa que ele havia virado para o lado. Ele estava apavorado. Tinha sacado a arma também, mas não disparava. Suas mãos tremiam, e ele acabou cruzando o olhar com o meu. Fez sinal para a sua arma, mas fui logo balançando a cabeça, dando a entender que não era para ele se envolver com aquilo. O pessoal do Lazlo havia começado aquele tiroteio e não ia sair ganhando, nem com a nossa ajuda. Os policiais usavam roupas à prova de balas, seus olhos treinados acabavam rapidinho com quem estivesse disparando contra eles. Os capangas de Lazlo estavam caindo feito moscas mortas. Já dava para ver Damien estirado no chão, com sangue saindo pelo pescoço. Dominic estava ajoelhado a seu lado, com o rosto contorcido de dor e raiva. Ele soltou um grito lancinante e começou a atirar aleatoriamente em qualquer um que se mexesse.

Parecia que tudo estava acontecendo em câmera lenta. Os tiros faziam um barulho tão alto que eu me encolhi todo atrás da mesa. Cheguei a pensar em sair correndo. A porta ficava meio para o lado. Enquanto estava todo mundo distraído, eu poderia correr até ela e tentar sair daquele inferno. Mas eu sabia que as chances de conseguir me salvar eram poucas. Uma bala me acertaria assim que eu me afastasse da mesa.

De repente, Dominic corcoveou, sua mão balançou, e ele caiu para trás de um jeito estranho. Engoli em seco e fiquei vendo o sangue escorrer bem devagar, de um buraco de bala ao lado de sua cabeça. Um cheiro de sangue e urina invadiu o ar, porque ele perdeu o controle das funções de seu corpo. Fiquei com ânsia de vômito e pus a mão sobre a boca. As coisas estavam começando a se acalmar. Só ouvia tiros vindo de um lugar.

Era Brett.

Soaram mais uns dois tiros, mas aí tudo ficou em silêncio.

Tão em silêncio que, se não fosse o zumbido em meus tímpanos, eu acharia que tinha ficado surdo. Soltei um suspiro de alívio por ele ter se rendido. Tomara que seu advogado consiga dar um jeito naquilo. Não fazia a menor ideia de como, mas torci para que ele conseguisse fazer algum tipo de acordo. Estava pensando nisso quando ouvi o som de pés se mexerem atrás de mim.

– Mãos ao alto!

Engoli em seco e levantei as mãos instantaneamente. Fiz questão de deixá-las bem visíveis, em cima da mesa, para os policiais verem que eu não representava uma ameaça. Shaun fez a mesma coisa e deslizou o revólver no chão para mostrar que estava desarmado. Pelo canto do olho, vi mais uns caras levantarem as mãos também. Três capangas de Brett e um de Dominic.

– Fique com as mãos onde eu possa vê-las. Se mexerem um centímetro sequer, vou atirar sem pensar duas vezes! – o policial berrou.

Fechei os olhos, odiando aquela situação toda. Eu estava tão encrencado... Não ia ter como me livrar daquilo. Pensei em Ellie, e a decepção tomou conta de mim, porque todos os nossos planos tinham ido por água abaixo. Não tinha a menor chance de eu viajar no dia seguinte depois disso. Eu havia estragado tudo.

Um sujeito de uniforme completo virou, meio desconfiado, me apontando a arma.

– Deite no chão! Ponha as mãos atrás da cabeça! – ordenou. Vi outro policial ir até Shaun e exigir que fizesse a mesma coisa.

Logo obedeci, deitando naquele chão empoeirado, com as mãos entrelaçadas atrás da cabeça. De repente, senti um peso pressionar minhas costas, entre as escápulas. Me encolhi todo e soltei um gemido, porque o sujeito havia se ajoelhado em cima de mim e quase quebrou minhas costelas. Então tirou a pistola que estava presa na minha calça *jeans*. Eu mal conseguia respirar.

– Você tem mais alguma arma? – perguntou.

Tentei sacudir a cabeça mas, naquela posição, foi impossível.

– Não – murmurei.

Senti algo se fechar em volta de meu pulso direito, e o clique das algemas me deu uma dor no coração. Fechei os olhos e xinguei mentalmente tudo e todos. Puxaram minhas mãos para trás, fecharam a algema em meu pulso esquerdo também e me levantaram.

Enquanto o cara apalpava meu corpo, procurando outras armas, olhei na direção em que Brett estava escondido e observei o policial que tinha ido até lá. Vi ele se abaixar e pensei que ia algemar Brett. Só que, alguns segundos depois, o policial ficou de pé e saiu de trás do armário sozinho.

Franzi a testa, confuso. Ele sacudiu a cabeça e falou:

– Este aqui está morto.

– O quê? Não! – gritei, em estado de choque.

Na mesma hora, comecei a me mexer, pegando de surpresa o policial, que me soltou um pouco. Escapei dele, e meus pés começaram a se mexer sozinhos. Dei uns cinco ou seis passos para a frente, para conseguir ver com meus próprios olhos se o homem que eu respeitava como um pai tinha mesmo morrido.

Quando dei o último passo, tive que encarar a verdade. Brett estava deitado com o rosto no chão em uma poça de sangue. Seus olhos, que eu conhecia tão bem, estavam arregalados e vazios. Fui tomado pela dor. Fiquei boquiaberto e dei um grito abafado. Morto? Brett estava morto? Isso me atingiu de uma maneira muito mais forte do que eu imaginava. Senti um aperto no peito, cerrei os punhos e fiquei ali, olhando, sem acreditar no que estava vendo.

Nem tive tempo de reagir quando três caras vieram para cima de mim pelas costas, me atirando contra a parede. O ar que estava em meus pulmões saiu de uma vez só, porque eles me grudaram ali, me imobilizando. Encostaram uma arma em minha nuca com tanta força que me machucaram, e senti meu último fio de esperança de sair daquela vida se esvair. Fechei os olhos e um dos policiais começou a fazer o discursinho sobre meus direitos. Que eu já conhecia muito bem.

CAPÍTULO 30

Jamie

"Anestesiado". Essa era a única palavra que podia descrever como eu me sentia. Parecia um estado de choque ou algo assim. Ainda ouvia um leve zumbido, e tinha um pressentimento de que continuaria ouvindo por um bom tempo. Engoli em seco, e me veio à mente a imagem de Brett deitado ali, tão imóvel, com aquela poça de sangue, que não parava de aumentar embaixo de seu corpo sem vida, manchando o chão de concreto. Minha cabeça rodopiava sem, contudo, formar um pensamento completo sequer. Eu começava a pensar em algo e, imediatamente, meu cérebro pulava para outra coisa. Brett, a cadeia, o sangue, barras de aço e outras coisas pavorosas apareciam diante de mim toda vez que fechava os olhos. Mas o pensamento predominante tinha a ver com certa líder de torcida ruiva, por quem eu estava completamente apaixonado, que ficaria muito decepcionada comigo. Como é que eu poderia começar a explicar aquilo tudo a ela?

Um policial me pegou pelo braço e me tirou da van em que eu estava. Franzi a testa e olhei para a delegacia. Um mau pressentimento tomou conta de mim quando me dei conta de que existia uma grande probabilidade de eu nem sair dali e ir direto para o presídio. Tecnicamente, eu ainda estava em liberdade condicional pelo assassinato de Ralf. Podiam me jogar na prisão por mais seis meses, que era o que restava de minha pena quando fui solto por bom comportamento.

Minha vida inteira havia ido por água abaixo em uma única noite. Uma noite que destruiu tudo, e eu teria que lidar com aquilo para sempre. O policial que me segurava pelo braço começou a andar. Deixei que me levasse com ele até a porta azul dos fundos da delegacia. Entrei, com os olhos fixos à frente, e fomos até a recepção, onde um escrivão com cara de tédio esperava para nos fichar e mandar para as celas. Os outros caras estavam em fila atrás de mim e foram algemados aos bancos para esperar sua vez de serem fichados. Seis de nós foram presos, outros três estavam feridos e foram levados para o hospital pelos policiais. Nove pessoas, incluindo Brett, morreram no galpão.

O escrivão abriu um bloco e tirou a tampa da caneta.

– Por favor, diga seu nome para os registros.

– Jamie Cole – murmurei, franzindo a testa.

Então ouvi o policial que me segurava contar quais eram as acusações, e o escrivão tomou nota.

– Você tem advogado, Jamie Cole, ou gostaria que nós providenciássemos um? – perguntou, me olhando com curiosidade.

Dei um suspiro e respondi:

– Não tenho.

O escrivão balançou a cabeça, ticou um quadradinho no formulário e olhou para o homem que estava atrás de mim.

– Ok, podem esvaziar os bolsos dele.

Gemi e fechei os olhos quando lembrei o que havia em meus bolsos. O policial que estava atrás de mim me deu um empurrão que me fez parar em cima da mesa. Depois pressionou um dos ombros contra as minhas costas para me segurar, tirou meu relógio e foi enfiando a mão em meus bolsos, um por um, e jogando o que estava lá dentro para o escrivão registrar.

– Um relógio prateado. Uma carteira de couro preta contendo... – o policial abriu minha carteira e olhou com curiosidade – 47 pratas. – disse. Jogou a carteira em um saquinho plástico, anotou no bloco e continuou: – Um molho de chaves. Um celular. Uma folha de papel com o que parece ser o número de uma conta bancária. É melhor a gente dar uma olhada nisso...

O outro policial esvaziou meu último bolso e riu. Mordi minha bochecha com tanta força que senti o gosto metálico de sangue. O escrivão também riu, pegou o objeto e sorriu maliciosamente.

– Uma calcinha fio dental azul de renda. Acho que você tem uma namorada bem vagabunda – provocou.

– Ela não é vagabunda! – disparei.

Joguei o ombro para trás, e o policial que estava me segurando teve que me apertar com mais força, porque tentei me soltar. Queria pegar aquela calcinha e pôr de volta em meu bolso, para preservar a intimidade de Ellie. Só que, com as mãos presas atrás das costas, só consegui ganhar uma dor no peito, porque o policial me jogou contra a mesa de novo.

O escrivão deu um sorrisinho debochado e brincou com a calcinha antes de guardá-la no saco plástico. Segurar minha raiva estava muito difícil. Meu maxilar doía, de tanto que eu apertava os dentes. Ele pegou o último objeto: a caixinha preta com o anel.

– Uau! Bacana. É um diamante de verdade? – perguntou, ao levantar a tampa.

Balancei a cabeça, porque não queria falar mais do que o necessário.

Ele levantou a sobrancelha e disse:

– Minha mulher ia me amar para sempre se eu lhe desse um

desses – resmungou, mostrando o anel para o policial que me segurava. Minha raiva aumentou ainda mais quando ele deu um assovio admirado.

– Então é melhor você comprar um para ela – urrei. – Pode guardar nessa porra desse saquinho porque vou precisar disso quando sair desta merda de lugar!

O escrivão riu, fechou a caixinha e a atirou no saquinho sem o menor cuidado.

– Um anel de prata com diamante – anunciou, escrevendo no bloco.

– É de ouro branco – corrigi, olhando feio para ele. Tinha um forte pressentimento de que o anel não estaria no saquinho quando eu saísse dali e fosse reclamar meus pertences.

Ele encolheu os ombros e nem se deu ao trabalho de corrigir o formulário.

– Assina aqui – instruiu, depois de me atirar o papel.

Ouvi uma movimentação atrás de mim, e as algemas saíram de meus pulsos. Peguei a caneta, assinei e risquei a palavra "prata" e escrevi "ouro branco" no lugar. O escrivão deu um urro de frustração e arrancou o papel e a caneta da minha mão.

– Leva para a cela três – mandou.

O policial que estava atrás de mim segurou meu braço e me arrastou para a frente. Olhei a fila de caras que esperavam para ser fichados. Shaun cruzou o olhar com o meu. Sua expressão era de derrota. Deu um sorriso triste, como se já soubesse que também ia voltar para a cadeia. Segui o guarda, que me atirou em uma cela pequena. Quando a porta bateu, fechei os olhos. Não precisava olhar em volta para saber que as paredes eram pintadas de cinza, que só tinha uma cama encostada na parede, de um dos lados, com um colchão azul em cima. Já conhecia muito bem aquele lugar, da minha prisão anterior.

Dei os poucos passos que me separavam da parede, encostei nela e escorreguei até o chão. Depois, trouxe os joelhos para perto do peito. Só conseguia pensar em Ellie, em como ela ia me odiar por eu ter cagado tudo. Devia ser umas quatro da manhã, e eu deveria buscá-la em menos de oito horas para irmos até o aeroporto e darmos início à nossa nova vida. Só que tudo havia mudado por causa de uma única noite imbecil. Apesar de Brett estar morto, comecei a sentir ressentimento dele, porque não era nem para eu estar ali. Se ele não tivesse me obrigado, eu não estaria naquela situação, correndo o risco de ir para a cadeia e passar a vida sem a mulher que amava. Mas não podia odiá-lo. Na verdade, até gostava dele. Por mais que Brett tenha feito coisas bem ruins, não merecia morrer em uma oficina velha e empoeirada. Eu iria sentir sua falta, de verdade.

Ouvi um clique na porta, olhei para cima e parei de mexer no zíper de meu moletom. Tinha a sensação de que estava ali há uma eternidade, que tinha andado para lá e para cá como um animal enjaulado por horas. As paredes cinzentas daquela cela de menos de três metros quadrados estavam me enlouquecendo, e eu me segurava para continuar calmo e não quebrar tudo, de tanta frustração.

A porta se abriu, e vi um policial que eu não conhecia.

– Jamie Cole, é a sua vez de ser interrogado – disse, fazendo sinal para eu sair da cela.

Suspirei aliviado por poder sair da cela e ver outra coisa que não aquelas paredes cinzentas. Até dei graças a Deus por ter que passar pelo interrogatório. Pelo menos, teria outra coisa em que pensar.

– Que horas são? – perguntei.

– Seis e pouco – ele respondeu, enquanto andávamos lado a lado.

"Uau. Sério que só passei duas horas aqui?"

Parecia que havia passado uma eternidade desde que minha vida se espatifara em mil pedaços. O policial segurou meu braço com força e indagou:

– Vou ter que pôr as algemas ou você vai se comportar?

Dei um sorriso tímido.

– Vou me comportar – respondi.

Sempre respeitei as autoridades. Eu tinha feito algo errado e fui pego. Simples assim. Os caras estava apenas fazendo seu trabalho. O policial balançou a cabeça, com um ar cansado, e me levou pelo corredor estreito. Os presos das outras celas gritaram quando passamos.

Nem prestei atenção no ambiente enquanto atravessávamos a delegacia. Por fim, chegamos a uma porta de madeira com um papel grudado, em que se lia SALA DE INTERROGATÓRIO 6. O policial abriu a porta e fez sinal para eu entrar.

Lá dentro, havi apenas uma mesa, com quatro cadeiras em volta, e um gravador, nada mais. Meus olhos se fixaram na parede que parecia ser de espelho. O policial apontou uma das cadeiras, pediu para eu me sentar e disse que o advogado que havia sido designado para meu caso chegaria logo. Me joguei na cadeira e não resisti à vontade de acenar para a parede espelhada, porque sabia que devia haver gente atrás dela.

A porta se abriu de novo poucos segundos depois, e um cara jovem, meio mirrado, com um terno barato e todo amassado, entrou, mexendo em uns papéis enquanto andava. Deixou quase todos caírem no chão. Suspirei. Será que os advogados de defesa sempre são uns bostas, e aquele era a minha única chance de sair dali? Eu estava muito fodido.

– Sr. Cole, meu nome é Darren Sanders. Sou seu defensor

público e vou representá-lo neste caso – falou, meio tropeçando pela sala e me estendendo a mão.

Balancei a cabeça e apertei sua mão.

– Que ótimo. Então o caso vai ser moleza. Imagino que vou poder tomar café da manhã em casa – respondi, com sarcarsmo.

Ele fez uma careta e ajeitou os óculos no nariz pontudo.

– Acho que não. São muitas acusações contra o senhor. Acredito que o café da manhã seja um objetivo deveras otimista – respondeu, sem entender minha ironia.

Soltei um suspiro profundo, me acomodei na cadeira e fechei os olhos.

– Certo. Vou maneirar na esperança, então. Por um instante, acreditei que o senhor me livraria de todas as acusações, e eu poderia sair daqui batendo as asas como um passarinho.

O defensor arrastou a cadeira e mexeu de novo nos papéis.

– Vamos começar recapitulando tudo. Só temos meia hora antes que os policiais entrem para interrogá-lo. Preciso que o senhor me conte o que aconteceu com suas próprias palavras.

Suspirei outra vez, pensando no que eu revelaria para aquele cara e o que manteria em segredo. Normalmente, em uma situação dessas, eu sempre respondia "sem comentários" a qualquer pergunta, para não incriminar mais ninguém. Mas, para ser bem sincero, com a morte de Brett eu não tinha mais a quem proteger. Todo mundo seria acusado dos mesmos crimes, e todo mundo ia dançar.

Abri a boca para começar a falar mas, bem nessa hora, fomos interrompidos por uma batida na porta. Um policial espiou dentro da sala, com um sorriso envergonhado.

– Desculpe interrompê-lo, sr. Sanders, mas o advogado particular do sr. Cole acabou de chegar para assumir o caso.

Como assim, meu advogado particular? Eu não tinha nenhum

advogado particular, por isso estava muito bem arranjado com aquele imbecil.

– Ah, sério? Me ligaram para defender o sr. Cole. Por que me ligaram se ele já tinha advogado? – perguntou o defensor, ficando de pé com uma cara confusa e bem irritada.

O policial encolheu os ombros.

– Não havíamos sido informados de que ele tinha um. O sr. Barrington acabou de chegar à delegacia e exige falar com o cliente.

"Sr. Barrington? Tipo assim, o advogdo fodão de Brett?"

Meu coração saiu pela boca. Quem sabe não havia mesmo a possibilidade de eu ir tomar café da manhã em casa.

O advogado que já estava lá começou a resmungar entredentes, falando de perda de tempo e de advogados fodões que se achavam superiores a todo mundo. Pegou os papéis e saiu pisando firme da sala sem nem me olhar de novo. Ele saiu, e entrou um homem que eu nunca tinha visto na vida. Seu terno preto parecia caro e feito sob medida. O cabelo loiro não tinha um fio fora do lugar, ainda que, provavelmente, ele estivesse dormindo quando ligaram para sua casa e pediram que viesse à delegacia. Tinha uma autoconfiança e uma segurança que só quem sabe que é melhor do que todo mundo à sua volta tem.

Ele se virou para o policial que havia batido na porta.

– Espero – disse, apontando para a parede espelhada – que aquela sala esteja realmente vazia. Faça o favor de ligar as luzes para eu ter certeza de que minha reunião confidencial com meu cliente não será observada.

O policial franziu a testa. Não parecia muito impressionado.

– Sem dúvida – concordou, com um tom seco e irritado. Depois saiu da sala e nos deixou a sós.

Me levantei e abri a boca de novo, mas o sr. Barrington levantou a mão, me pedindo para esperar. Alguns segundos depois, o espelho desapareceu, e dava para ver através dele como se fosse uma janela, porque alguém havia acendido as luzes do outro lado. Havia outra sala vazia, com cadeiras e equipamento de gravação apontado para a sala onde estávamos. O sr. Barrington examinou o local com os olhos, se virou para mim e deu um sorriso triste.

– Imagino que você esteja confuso ao me ver aqui – disse, dando a volta na mesa e sentando em uma das cadeiras.

Balancei a cabeça e percebi que ele não remexeu um monte de papéis como o outro cara.

– Estou. Não liguei para o senhor.

Ele também balançou a cabeça.

– Ouvi falar muito de você. Eu e Brett éramos velhos amigos, e ele mencionou seu nome algumas vezes ao longo dos anos. É um prazer conhecê-lo pessoalmente – afirmou.

Franzi a testa, porque não sabia direito o que dizer. Será que ele sabia que Brett havia morrido? Pelo jeito, o advogado adivinhou minha pergunta.

– Um velho amigo do Departamento de Polícia me ligou, informando sobre a morte de Brett. Naturalmente, perguntei quais eram as circunstâncias e, assim que ele mencionou seu nome, corri para cá. Brett tinha me pedido para cuidar de você, se algum dia precisasse. Então, cá estou eu.

Engoli em seco.

– Ah – foi tudo o que consegui falar.

O sr. Barrington deu outro sorriso triste.

– Sei que você e Brett tinham uma ótima relação. Ele o tinha em alta conta. Ficaria triste se soubesse que você está aqui agora. Pelo que entendi, você queria sair dessa vida, ia fazer uma viagem. Com a ex-namorada do meu filho, ainda por cima – falou. Ele se inclinou para a frente e cruzou as mãos.

Balancei a cabeça.

– Sim, nossa viagem estava marcada para hoje. Imagino que o senhor não tenha uma varinha de condão capaz de fazer tudo isso sumir e me tirar aqui em tempo de eu conseguir viajar.

Se o sr. Barrington conseguisse me soltar, talvez eu conseguisse sair do país, se não ficasse "sob investigação". Bom, isso se não confiscassem meu passaporte.

O advogado franziu a testa e balançou a cabeça.

– Bem que eu gostaria, Jamie. Prometi a Brett que sempre me esforçaria ao máximo por você, e é isso que vou fazer, mas essa situação não é algo de que possamos nos livrar assim, tão fácil – disse. Então suspirou, pegou uma pasta de couro que estava no chão, pôs em cima da mesa, abriu os segredos e levantou a tampa. Tirou uma pasta de papel lá de dentro e começou a folhear. – A polícia estava de olho em Brett há muito tempo, porque um dos integrantes de sua equipe foi pego por roubo de carros, como você bem sabe. Mas sei, de fontes seguras, que não estavam atrás de Brett naquele momento. Pelo jeito, tinham montado uma operação para flagrar a família Lazlo e, por acaso, Brett estava envolvido. Acho que a polícia ficou feliz quando deu de cara com ele naquela reunião. Conseguiram matar dois coelhos com uma cajadada só, como dizem.

Bufei. Então aquilo tudo tinha acontecido porque a polícia estava tentando prender a família Lazlo e nós estavamos ali, no meio do caminho? Foi só uma feliz coincidência o fato de eles terem desmantelado uma organização criminosa local ao mesmo tempo?

"Bom, os chefes dos caras vão ficar muito felizes", pensei, cheio de sarcasmo.

– É, eles são mesmo muito sortudos – falei, bufando de novo.

O sr. Barrington deu um suspiro amargo.

– Muito – concordou. – Bem, conversei com o policial responsável pela batida de hoje à noite. Cá entre nós, ele é meu parceiro de golfe de longa data, então tenho acesso a informações que não deveria ter – continuou.

– Ok. E o que isso significa? – perguntei, tentando me manter otimista. Só que os ombros encolhidos do advogado me diziam que eu não ia receber uma boa notícia.

– Bom, eles haviam instalado grampos no local. Em relação às acusações que farão contra você, há gravações suas comentando e planejando roubo de carros, presença e participação em uma transação envolvendo drogas, posse de arma de fogo e resistência a prisão. Você não precisa se preocupar demais com a parte dos carros. Eles só têm provas circunstanciais, você não deu nenhum detalhe sobre roubos anteriores nem se vangloria do passado ou menciona suas grandes conquistas. A conversa que a polícia tem em mãos é só isso: uma conversa. Não podem fazer nenhuma acusação formal com base nessa gravação – explicou, confiante. – Contudo, agora que sabem que você faz esse tipo de coisa, vão começar a investigar outros roubos que não foram solucionados e tentar atribui-los a você.

Soltei um gemido.

"Então, só porque eu toquei no assunto, os caras agora vão tentar atribuir todos os roubos de carro não solucionados a mim? Que ótimo, isso é simplesmente ótimo, porra!"

– Então, além de me investigarem por roubo de carros, eu ainda vou enfrentar acusações de tráfico, posse de arma de fogo e resistência à prisão? – perguntei, me encolhendo todo.

Ele balançou a cabeça e respondeu:

– Neste momento, sim.

– Estou tão fodido! Já estou em liberdade condicional.

Ele esticou o braço e deu uma batidinha em meu ombro.

– Vou fazer tudo o que estiver ao meu alcance para lhe ajudar. Estou confiante de que, se eu mexer alguns pauzinhos e fizer uns acordos, posso conseguir que a polícia retire as queixas relacionadas às drogas.

– Sério?

Se o sr. Barrington conseguisse mesmo, isso reduziria significativamente o montante da merda onde eu estava atolado. Bom, até a polícia conseguir me incriminar pelo roubo de milhões de dólares em carros!

Ele balançou a cabeça de novo e prosseguiu:

– Em relação à arma de fogo. Estava com você no momento de sua prisão?

Respondi que "sim" balançando a cabeça.

– Você estava com a arma em punho?

Fui logo sacudindo a cabeça e respondendo:

– Não, não apontei a arma para ninguém. Ela ficou o tempo todo escondida na parte de trás da minha calça.

O advogado levantou a sobrancelha, parecendo extremamente satisfeito.

– Então você não participou do tiroteio?

– Não.

Ele sorriu.

– Os relatórios da balística podem confirmar que você não atirou contra a polícia. A acusação de resistir à prisão também deve ser fácil de arquivar. Mas meu alcance é limitado. Terei que oferecer algo em troca.

– Como assim? – perguntei, confuso.

Uma ruga surgiu em sua testa.

– Bom, se a polícia começar a te incriminar por esses casos de roubo de carros não solucionados, a sua situação vai piorar muito. Agora que têm essa gravação em que você admite ser ladrão, a menor evidência que encontrarem será atribuída a você, e as queixas serão prestadas. Então, estou propondo um acordo – explicou.

Balancei a cabeça, para o advogando continuar falando. Estava louco para ouvir seu plano infalível. Pelo menos eu esperava que fosse infalível.

– Você se declara culpado por posse ilegal de arma de fogo, conta onde foi que a conseguiu e, em troca, mexo meus pauzinhos e faço essa investigação dos carros evaporar.

Passei a língua em meus lábios secos e pensei na proposta. Eu estava fodido de qualquer jeito. Não ia escapar da cadeia. Então, acho que era melhor ir preso por posse ilegal de arma do que por centenas de acusações de roubo de carros.

– E isso significaria o quê? – perguntei.

O advogado suspirou.

– Normalmente, de 24 a 36 meses de reclusão.

Meu corpo corcoveou ao ouvir essas palavras. Senti uma pontada no peito e não consegui respirar.

– Ah, que merda – murmurei.

O sr. Barrington balançou a cabeça, com um ar triste.

– Mais o restante de sua pena anterior, não cumprida porque você foi solto por bom comportamento – completou. – Acho que consigo reduzir isso, mas você vai ficar preso pelo menos por um ano, talvez 18 meses. Acho que, considerando a situação, é uma pena bem leve.

"Ellie. O que vou dizer a Ellie, caramba?"

Só de pensar em ir para a cadeia de novo fiquei apavorado. Não sabia o que esperar, porque, desta vez, iria para a prisão de verdade, não para o reformatório. E, ainda por cima, precisaria suportar ficar sem vê-la todos os dias.

– No mínimo um ano... – repeti, tentando absorver aquilo. Trezentos e sessenta e cinco dias sem abraçar Ellie nem lhe dar um beijo de boa noite. Isso ia acabar me matando.

O advogado balançou a cabeça e fechou a pasta de papel.

– Acho que é o melhor que posso fazer. Desculpe não poder fazer mais do que isso, mas posso conseguir que retirem todas as outras queixas. Tenho certeza. Só que, infelizmente, você vai ter que enfrentar as consequências desse crime, para eu ter o que oferecer em troca.

Engoli em seco e balancei a cabeça, sabendo que não conseguiria um acordo melhor do que aquele. Era uma pena leve. Um ano e não dez. Precisava aceitar.

– Ok – concordei.

O sr. Barrington sorriu e se levantou da cadeira.

– Então vou falar com meu amigo e negociar as outras acusações. Você precisa de alguma coisa?

"Preciso voltar no tempo, para o momento em que eu estava me amassando com Ellie pelada no sofá."

– Será que agora posso dar o telefonema a que tenho direito? Preciso contar a Ellie que não vou poder viajar com ela por um bom tempo.

O advogado balançou a cabeça, pôs a mão no bolso e tirou um celular dele.

– Toma. Liga do meu. Ninguém vai ficar sabendo. Meu número não pode ser identificado, de qualquer modo.

Então me jogou o celular caro. Consegui pegá-lo no ar antes que caísse no chão.

– Obrigado – murmurei, morrendo de medo de fazer aquela ligação. – Posso dar dois telefonemas?

– Desde que o segundo não seja nada ilegal... – brincou, piscando para mim.

Meio que ri, apesar do pavor que começava a tomar conta de mim.

– Não, só preciso ligar para um amigo. Preciso avisá-lo sobre o que aconteceu com Brett – falei. Depois suspirei e fechei os olhos. – Ellie vai me odiar.

O advogado sorriu compreensivo.

– Ellie é uma ótima menina. Se ela realmente te ama, vai esperar você sair da prisão – declarou. Então se virou e saiu pela porta, me deixando sem palavras.

Sabia que ele tinha razão. Sabia que Ellie me esperaria. Não tinha a menor dúvida de que ela bancaria a namoradinha fiel: esperaria pacientemente até me soltarem, me visitaria toda semana, mandaria cartas perfumadas. Eu sabia, sem sombra de dúvida, que Ellie ainda me amaria mesmo depois que eu jogasse essa bomba nela. Ellie era uma pessoa especial. Merecia ser tratada como uma princesa, e não ser envolvida em um escândalo com um criminoso. Ela merecia coisa melhor, muito melhor do que esse namorado fracassado e chave de cadeia.

Aquela seria a ligação mais dolorosa que já tive que fazer na vida, mas não podia me dar o direito de pensar em minhas necessidades naquele momento. Não podia ser egoísta, não em relação a Ellie. Aquilo precisava ser feito, por mais difícil que fosse.

CAPÍTULO 31

Ellie

Um barulho estridente e irritante soava ao lado de minha cabeça. Doía em meus ouvidos, e me obrigada a voltar à consciência. Dei um gemido, rolei para o lado e estiquei o braço até conseguir pegar o celular, que vibrava na mesinha de cabeceira. Pisquei meus olhos cansados e espiei o despertador. Eram 6h23. Na tela, apareciam as palavras NÚMERO PRIVADO.

Cheguei a pensar em não atender. Como eu não podia identificar o número, talvez fosse algum engano ou algo assim. Estava meio zonza, e meus olhos ardiam, porque só fazia umas duas horas que eu tinha pegado no sono, graças ao excesso de empolgação por causa da viagem. De má vontade, atendi e bocejei ao mesmo tempo.

– Alô? – murmurei, me acomodando na cama.

– Oi, Ellie.

Tive vontade de sorrir só de ouvir sua voz.

– Oooi – ronronei. – Você sabe que horas são? Por acaso você também não conseguiu dormir? – perguntei.

Jamie limpou a garganta.

– Desculpa ligar tão cedo. É que... preciso falar com você.

Sua voz estava estranha, meio tensa, mas não dei importância, achei que ele só estava cansado. Talvez tivesse acabado de chegar em casa e ainda não tivesse ido dormir.

– Ok. Que foi? – perguntei. Então virei de bruços e me apoiei nos cotovelos. Silêncio na linha. – Jamie? Está tudo bem?

– Na verdade, não – respondeu. Engoli em seco e liguei o abajur. Imediatamente, fiquei preocupada e pensei que ele podia estar doente ou ferido. – Ellie, eu não posso... Eu não vou viajar com você.

– Hein?

"Como assim, não vai viajar? Do que ele está falando?"

Ele soltou um suspiro tão grande que chegou a assoviar.

– Pensei a noite inteira em você e resolvi que viajar não é a melhor coisa para mim no momento. Eu achei que conseguiria, achei que podia abrir mão de tudo por você, mas não consigo. Sinto muito.

Aquelas palavras simplesmente não faziam sentido. Franzi a testa, tentando entender o que ele queria dizer.

– Você.. não... Jamie... quê? – gaguejei, confusa.

– Pensei no que aconteceu ontem à noite, quando você veio até a minha casa e me acusou de ter matado Sophie.

Uma onda de culpa tomou conta de mim, porque aquilo não deveria ter passado pela minha cabeça nem por um segundo. É claro que eu tinha magoado Jamie ao pensar isso dele, ele já tinha admitido que ficou chateado na noite anterior.

– Desculpa– sussurrei, me encolhendo toda.

Jamie suspirou.

– Não consegui parar de pensar nisso e, de repente, caiu a ficha: não posso ficar com alguém que duvida de mim a esse ponto.

"Não pode ficar com alguém..."

Meu corpo ficou todo tenso, porque eu estava começando a entender o que meu namorado dizia, só que meu cérebro se recusava a aceitar.

– Do que você está falando?

– Olha, Ellie. Foi muito divertido. Foi muito legal ficar com você. Eu acho mesmo que a gente se dava bem. Mas viajar com você significa que eu vou ter que abrir mão de tudo o que tenho aqui: meus amigos, meu trabalho, minha casa. Achei que não tinha problema nenhum fazer isso, que eu ficaria bem. Mas, depois de ontem à noite, me dei conta de que não é isso que eu devo fazer.

Ao ouvir aquelas palavras, senti como se Jamie tivesse enfiado uma faca em mim e ficasse retorcendo.

– Então você não quer viajar? – perguntei, porque precisava de um esclarecimento.

Eu sabia que Jamie estava abrindo mão de muita coisa por minha causa e foi por isso que fiquei tão chocada quando ele sugeriu a viagem. Aquele era o *meu* sonho, não o dele. E, mesmo assim, ele estava disposto a mudar sua vida inteira para fazer algo que eu queria.

– Não.

Balancei a cabeça. A decepção me atingiu com tudo. Eu estava superempolgada há semanas, e agora a gente não ia mais viajar. Mas eu tinha entendido o que Jamie queria dizer: não era justo eu ter esperado que ele fizesse isso por mim.

– Ok. Entendo. A gente não vai, então. Acho que não dá para pedir reembolso das passagens, mas, pelo menos, a gente não fez muitas reservas em hotéis e tal. Não tem problema – concordei. Dei uma risada triste. – Acho que meus pais vão ficar aliviados, na verdade – completei, pensando na expressão triste que minha mãe havia feito.

– Você está encarando isso muito bem – ele comentou. Sua voz tremia. Parecia até que estava decepcionado por eu não ter surtado ou coisa do gênero.

Encolhi os ombros, tentando não deixar minha decepção transparecer em minha voz.

– Tudo bem, eu entendo. Você vem aqui em casa hoje? Quem sabe você possa me ajudar a dar a notícia a meus pais? – sugeri e fechei os olhos, rezando para que Jamie não dissesse o que eu tinha certeza que iria dizer.

– Ellie, você não entendeu o que estou tentando dizer? – perguntou, incrédulo.

– Não – sussurrei. Meus olhos se encheram de lágrimas. Olhei para o teto, tentando impedir que rolassem por meu rosto.

– Sinto muito, ok? Isso simplesmente não está funcionando para mim. Depois de ontem à noite, sei como você me enxerga de verdade e não posso ficar com alguém que pense isso de mim – declarou, como se não fosse nada demais.

“Ai, meu Deus.”

– Jamie, foi um erro que cometi no calor do momento, tirei conclusões precipitadas e não deveria ter feito isso. Desculpa. Mas, por favor, não joga nosso relacionamento pela janela por causa disso. Por favor – implorei, desesperada.

– Você que jogou nosso relacionamento pela janela no instante em que pensou que eu poderia fazer mal à minha irmãzinha – disparou, com um tom seco.

– Sinto muito. Muito mesmo. Por favor, me perdoa. A gente vai dar um jeito, resolver isso, sei que a gente consegue. Não viajamos e nos acertamos, por favor?

Fechei os olhos e rezei para ele me dar mais uma chance. No fundo, bem lá no fundo, eu sabia que era o fim, porque Jamie falou de um jeito bem frio e definitivo. Ele nem ouvia minhas súplicas. Já estava na hora mesmo de ele se dar conta de que podia arranjar coisa melhor do que eu.

– Ontem, depois que você foi embora, fiquei repassando a cena em minha cabeça sem parar. Eu te amo, Ellie, amo mesmo. Mas só isso não basta. Não depois de você ter pensado isso de mim. Depois do esquema, saí com o pessoal... e conheci uma menina.

Essas palavras foram um chute em meu estômago.

“Uma menina?”

Comecei a chorar, porque meu cérebro preencheu as lacunas.

– Me dei conta, conversando com ela, que a nossa história não vai chegar a lugar nenhum. Percebi que não posso abrir mão de tudo por você, porque nosso relacionamento não dá certo, não de verdade – continuou. – É óbvio que você não me conhece se foi capaz de duvidar de mim daquele jeito. Eu deveria ter adivinhado. É isso.

– É isso? – repeti, sem acreditar no que estava ouvindo.

– É, isso é tudo. Se cuida, tá? – falou, me dispensando.

Fiquei boquiaberta, de tão chocada, porque tudo aconteceu muito rápido. Eu nem imaginava que isso podia acontecer. Foi tudo tão de repente, do nada. Uma hora estávamos fazendo planos de viver juntos e, na seguinte, ele me dizia que estava tudo acabado. Meu coração e minha cabeça simplesmente não conseguiam processar as informações.

– Caramba, Jamie! Como assim, isso é tudo? Você está de brincadeira? – perguntei, incrédula.

Passaram-se dois segundos agonizantes de silêncio, e aí ele enfiou a mão em meu peito e arrancou meu coração com as seguintes palavras:

– Eu transei com a menina ontem. E percebi que não estou preparado para ficar com uma pessoa só, especialmente se essa pessoa duvida de mim.

Meu corpo inteiro ficou tenso, porque a mágoa começou a se alastrar. Só que, por um lado, eu me recusava a acreditar naquilo. Jamie era uma pessoa incrível, muito doce e atenciosa... Ele jamais me trairia. Será?

– Não transou, não. Você não faria isso, você me ama. Você não me traiu, só está tentando me magoar – sussurrei, rezando para ter razão.

– Eu sou homem, Ellie. Homens traem. É o que fazemos de melhor – disparou.

Senti cada palavra como se fosse uma facada. Meus olhos se encheram de lágrimas, e não conseguia mais enxergar direito.

– Não, Jamie – sussurrei.

Senti uma dor no coração, um aperto no peito, e meu estômago se revirou com sua rejeição.

– Sim, Ellie. Desculpa, eu não te amo tanto assim para abrir mão da minha vida por sua causa. Achei que amava, mas o que aconteceu ontem à noite e o fato de você ter duvidado de mim me fizeram pensar em nosso relacionamento. Não está dando certo, e eu estava me iludindo, achando que sim. Acabou.

Seu tom era tão definitivo que meu sangue congelou. Fiquei sem saber o que dizer. Abri a boca, mas apenas um soluço abafado saiu. Aquela palavra não saía da minha cabeça: "acabou". Eu não queria que isso acontecesse, não podia perder Jamie. Eu era completamente louca por ele. Quando pensava em meu futuro, ele estava lá. Na verdade, ele *era* o meu futuro.

– A gente não pode conversar? – implorei. – Não vamos viajar. Ficamos aqui para resolver isso, se você não quer abrir mão de sua vida, eu entendo. Só não fala que acabou, por favor.

– Meu Deus, tenha o mínimo de dignidade! Acabei de te contar que trepei com outra ontem à noite. Acabei de sair da cama da mulher, e você ainda quer resolver as coisas? – gritou, furioso.

Suas palavras me fizeram encolher toda. Eu sabia que estava sendo ridícula, bancando o capacho, mas eu amava Jamie e queria me acertar com ele. A sensação que eu tinha quando estávamos juntos me dava vontade de perdoar sua falta. Ele tinha razão. Eu não devia estar à sua altura, mas poderia tentar. E aquela história de ele ter transado com outra não me parecia verdadeira. Não era a cada dele.

– Não acredito que você me traiu – afirmei, sacudindo a cabeça. – Eu te amo – murmurei enquanto secava as lágrimas que não paravam de rolar por meu rosto. – Eu... eu vou até a sua casa para conversarmos, tá?

Pus as pernas para fora da cama e, na mesma hora, comecei a procurar alguma coisa para vestir rápido e ir me encontrar com ele. Precisava olhar em seus olhos. Precisava pegar em sua mão, sentir seu cheiro. Eu precisava dele e pronto, não podia fazer aquilo pelo telefone, não podia implorar para um pedaço de plástico. Precisava ver Jamie pessoalmente e mostrar como eu o amava.

– Nem se dá ao trabalho. Não estou em casa – resmungou.

Choraminguei e fechei os olhos, tentando não pensar em nada daquilo. Senti uma onda de náusea.

– Jamie, desculpa se eu duvidei de você ontem à noite. Sinto muito por ter pensado aquilo. Não devia ter feito isso, devia ter acreditado em você. Eu prometo que nunca mais vou duvidar de você, nunca mais mesmo – jurei. Minhas pernas ficaram bambas. Me sentei na beirada da cama e comecei a soluçar.

– Ellie... – disse, pronunciando meu nome de um jeito bem terno e carinhoso, como costumava fazer antes. Isso me queimou por dentro. – Não teria dado certo mesmo, a gente é muito diferente, uma hora ou outra ia acabar. A gente não combina nadinha.

– Combina, sim! – protestei. – Eu te amo. Me encontra à uma no aeroporto, por favor? Eu vou te esperar lá. A gente pode viajar e se acertar – falei, quase engasgando.

– Não. Supera. Seu tempo com o *bad boy* acabou.

E então a linha ficou muda. Comecei a choramingar e fechei os olhos com força, em uma tentativa de bloquear a dor. Aquilo tudo tinha sido tão repentino que eu mal conseguia absorver. Na noite anterior, estávamos prontos para começar uma vida nova juntos e, no dia seguinte, ele mudou de ideia e transou com outra. Minha cabeça girava sem parar, e meu coração estava em mil pedaços. Deixei o telefone cair de minha mão e me atirei na cama. Fiquei em posição fetal e abracei os joelhos perto do peito. Chorei até soluçar e lamentei a perda do futuro com Jamie que eu desejava tão desesperadamente.

Tive a impressão de que fiquei lá, deitada, por horas. Parei de chorar, mas minha respiração não voltou ao normal. Fiquei olhando para o teto e repassei tudo o que havia acontecido entre a gente. Assim que consegui me controlar um pouco, mandei vários torpedos para Jamie. Pedi para ele me encontrar no aeroporto, disse que não ia desistir de nosso relacionamento e que tinha certeza de que podíamos nos acertar. É claro que Jamie não respondeu nenhum deles.

Na solidão dolorosa do meu quarto, comecei a pensar se Jamie havia mesmo me amado um dia. Ele tinha razão: éramos muito diferentes. Ele gostava de roubar carros, e eu era uma líder de torcida ridícula, que ainda estava no Ensino Médio. A gente não combinava mesmo. Talvez nosso namoro estivesse fadado ao fracasso desde o começo.

Quando a porta do meu quarto se abriu, não tive forças para me mexer. Senti o colchão balançar, porque Kelsey pulou em minha cama, sentou com as pernas cruzadas e sorriu para mim.

– O papai disse para você acordar, dorminhoca, porque estamos te esperando para tomar café da manhã – falou, cantarolando.

Dei um sorriso forçado. Não podia contar para minha família o que havia ocorrido. Eu ainda tinha um fio de esperança de que Jamie repensasse e pedisse para viajarmos umas duas semanas e recomeçarmos do zero. Não podia contar para meus pais que ele havia me traído e, resumindo, arrancado meu coração e cortado em mil pedacinhos, porque *se* Jamie mudasse mesmo de ideia, não me deixariam viajar com ele. Então, pelo menos temporariamente, eu teria que esconder o fato de que estava de coração partido. Só que era mais fácil falar do que fazer. Eu estava com a garganta dolorida, os olhos ardendo e com dor de cabeça de tanto chorar. Se me olhasse no espelho, certamente veria um caco, me veria toda inchada e vermelha.

Limpei a garganta e me segurei para não me encolher toda, porque doeu bastante.

– Desço em um minutinho, tá? Vou só tomar um banho rápido. Fala para o papai que não precisa me esperar. Não estou com fome mesmo.

Kelsey espremeu os olhos.

– Você andou chorando? – perguntou, colocando a mão em meu rosto.

Dei uma risada triste e tirei sua mão de meu rosto.

– Mais ou menos – admiti. – Só estou um pouco triste porque a gente não vai se ver por um tempo. Vou sentir saudade de vocês.

Minha irmã sorriu e balançou a cabeça, toda entusiasmada. Era óbvio que tinha caído na minha grande mentira.

– A mamãe também está chorando, mas fingiu que está tudo bem, que é só uma poerinha em seu olho.

Minha mãe estava chorando porque eu ia viajar? Não sabia

bem o que sentir depois daquele nosso momento na noite anterior, enquanto fazíamos as malas. Mas eu só podia estar me iludindo. Ela devia mesmo estar com alguma coisa no olho...

Respirei fundo e me obriguei a sentar.

– Então vai comer. Desço em meia hora.

Fiz sinal com a cabeça em direção à porta. Kelsey sorriu e se levantou em um pulo. Sorri para ela, que saiu do quarto cantarolando baixinho. Eu ia mesmo sentir saudade da minha família. Isso não era mentira. Mas existiam grandes chances de eu não viajar, então não precisaria ficar com saudade deles. Só de pensar, meu queixo começou a tremer, e eu, a choramingar. Fechei os olhos, respirei fundo e fui para o banheiro.

O café da manhã foi... esquisito. Minha mãe estava mesmo chorando, mas fingia que tinha entrado poeira em seu olho e que estava atacada de todas as suas alergias. Meu pai me olhou com um sorriso triste nos lábios. Para minha sorte, a ingenuidade deve ser de família, porque ninguém comentou sobre minha cara de acabada depois que contei minha mentira. Me forcei a engolir a comida. Quase vomitei a cada garfada, porque meu estômago estava completamente embrulhado.

Quando terminei o café, olhei para o relógio da cozinha. Eram quase dez da manhã. Será que só tinham passado menos de quatro horas desde que Jamie me ligou? Parecia que eu tinha ficado um século afogada em meu sofrimento solitário.

Como só precisava ir para o aeroporto ao meio-dia e meia, ainda tinha mais umas horinhas para matar. Só que eu não podia ficar ali, sentada. Estava enlouquecendo, porque cada minuto que passava parecia uma hora. Não parava de pensar em Jamie. Precisava vê-lo. Ele ainda não havia respondido minhas mensagens, dizendo se ia ou não ao aeroporto, se daria ou não uma segunda chance ao nosso relacionamento. Não achei mesmo que ele responderia, mas aquela espera, sem nem saber se ele tinha recebido meus torpedos, estava me matando aos poucos. Resolvi ir atrás dele. Que iria até sua casa, rezando para ele estar lá sozinho, e não com outra menina, como havia dito. Bem lá no fundo, eu ainda tinha esperança de que Jamie tivesse inventado aquilo para me magoar.

Inventei uma desculpa para meus pais. Disse que ainda precisava me despedir de uns amigos antes de viajar, peguei o carro e fui até a casa de Jamie. Minhas mãos tremeram durante todo o curto trajeto. Ao chegar, estava um caco outra vez e tinha voltado a chorar.

Me arrastei até o apartamento pisando forte e com uma dor ainda mais forte no coração. Não sabia nem se ia ter forças de olhar para Jamie se ele dissesse na minha cara que tudo havia terminado. Não queria ver seu rosto lindo quando ele me deixasse tão arrasada que não ia ter conserto. Mas tinha certeza de que precisava tentar convencê-lo a não desistir de nosso relacionamento. Levantei a mão e bati umas duas vezes na porta. Ninguém respondeu. Encostei a testa na madeira e fechei os olhos.

Será que ele tinha mesmo passado a noite fora com outra?

Remexi meu bolso, tirei minhas chaves e encontrei a de seu apartamento. Jamie havia me dado umas duas semanas depois de se mudar, quando comecei a ficar um bom tempo ali. Tinha quase certeza de que ele não ia gostar de eu usar a chave naquela circunstância, mas isso não me impediu de enfiá-la na fechadura e abrir a porta de sua casa.

Quando passei pela porta, fiquei sem ar. Tudo estava exatamente no mesmo lugar que na noite anterior. Olhei de relance para o sofá e tive que engolir o choro ao me lembrar dos momentos de intimidade que passamos ali. Jamais conseguiria esquecer aquilo. Eu quase conseguia sentir sua pele tocar a minha, ouvir nossa respiração ritmada enquanto Jamie fazia amor comigo. Tinha sido tudo muito perfeito, muito terno e íntimo. Só que, naquele momento, em que eu estava parada ali, sozinha, a lembrança me assombrava.

Parei de olhar para o sofá e examinei o apartamento. O lugar estava vazio, como eu esperava. Prendi a respiração, fui até seu quarto e dei uma espiada. A cama estava vazia, intacta, ninguém havia dormido ali. Eu tinha ido ao apartamento de Jamie para ver com meus próprios olhos se ele estava mentindo sobre ter com outra menina. Mas, quando tive certeza de que ele não havia passado a noite em casa, preferi ter ficado na dúvida.

Senti uma fraqueza no corpo de tanta dor quando comecei a aceitar o fato de que Jamie tinha me traído. Engraçado é que não o amava menos por isso. Ainda queria ficar com ele e resolver as coisas. Normalmente, eu desprezava as mulheres com essa atitude em seriados ou livros. Sempre condenei e questionava como poderiam ser tão fracas a ponto de deixarem um homem tratá-las desse jeito e ainda correrem atrás dele. Mas, naquele momento, entendi por que agiam dessa maneira. O ditado "o amor tudo pode" fez total sentido.

Soltei o ar de meus pulmões todo de uma vez ao entrar no quarto e quase tropeçar em sua mala, que estava ao lado da porta. Um de seus moletons preferidos estava jogado em cima da cama. Peguei a peça de roupa, a apertei contra meu rosto e respirei seu cheiro delicioso.

– Para de agir como uma tarada, Ellie – resmunguei e atirei o moletom na cama. – E agora começou a falar sozinha. Fala sério. Componha-se, mulher.

Sacudi a cabeça para mim mesma, dei meia-volta e fui para

a cozinha, atrás de uma coisa. Quando encontrei papel e caneta, escrevi um bilhete para Jamie.

Jamie,

Por favor, vá até o aeroporto. A gente pode ficar só umas duas semanas viajando. Por favor?

Eu te amo e sinto muito. Por favor, a gente pode começar tudo de novo?

Bj,
Ellie

Olhei para o bilhete e fiz uma careta. Havia tantas coisas que eu queria dizer para Jamie, tantas coisas que não consegui expressar direito. Torci para ele me dar a oportunidade de dizê-las um dia. Acrescentei um "s" depois do "bj", fui até o quarto e deixei o bilhete em cima da mala, esperando que ele o visse, pegasse a mala e saísse correndo pela porta. Suspirei profundamente e rezei para que as coisas acontecessem exatamente assim. Eu me recusava a aceitar que tudo tinha acabado.

Peguei meu molho de chaves, tirei a que Jamie havia me dado e pus em cima do bilhete. Dei meia-volta e já estava indo embora quando resolvi ultrapassar um pouco mais o limite. Antes de ir embora, peguei o moletom que estava em cima da cama e vesti, já a caminho da porta. Quem sabe o cheiro de Jamie me ajudaria a enfrentar as próximas duas horas e me impediria de perder a cabeça?

Fechei a porta com um soluço, porque me dei conta de que, da última vez que havia saído daquele apartamento, tinha um futuro perfeito pela frente. A última vez que saí daquele apartamento estava tão feliz que fui até meu carro praticamente aos pulos. E, naquele momento, estava com os ombros encolhidos, com dor no coração e me sentindo morta por dentro. Enquanto eu me esforçava para sair dali, rezei para que Jamie chegasse a tempo de ver meu bilhete e resolvesse me dar mais uma chance.

O moletom não ajudou muito. Eu ainda sentia um vazio por dentro. Lacrimejei o tempo todo que passei com minha família, esperando as últimas horas antes da viagem passarem. Stacey também estava lá. Ficou chorando em cima de mim sem parar, o que também não ajudou muito a controlar meus nervos em frangalhos. Não tinha contado a ninguém, o que não deixava de ser um grande feito. A verdade estava querendo explodir dentro de mim. Eu tinha vontade de contar em segredo para Stacey, ouvir minha amiga dizer que tudo ia ficar bem. Mas não podia fazer isso porque ainda esperava ter notícias de Jamie.

Meu celular tocou umas duas vezes e, nas duas, meu coração quase saiu pela boca. Pensei que era ele, mas qual não foi minha decepção ao descobrir que eram meus amigos, querendo desejar boa viagem.

Quando, finalmente, chegou a hora de ir ao aeroporto, e o taxista já havia acomodado todas as malas no carro, fiquei ali, parada no jardim, me despedindo de meus pais, de minha irmã e de Stacey, toda chorosa. Inventei que tinha acontecido alguma coisa com a família de Jamie e que ele ia me encontrar direto no aeroporto, em vez de passar para me buscar. Mais uma vez, todos acreditaram na mentira, porque não havia motivos para desconfiarem de mim ou de Jamie. Minha mãe me abraçou e perdeu a batalha contra a poeira que estava em seu olho. Chorou de soluçar e me implorou para escrever e ligar com frequência. Engoli em seco, tentando manter o controle, tentando não pensar que, se Jamie não aparecesse no aeroporto, eu teria que chamar outro táxi dentro de algumas horas e voltar para casa. Minha animação estava ofuscada pela dor, porque eu só conseguia pensar nas últimas palavras que ele havia me dito pelo telefone.

Depois de ter abraçado todo mundo um milhão de vezes e prometido, com os olhos cheios de água, que ligaria assim que o avião pousasse, finalmente entrei no táxi e enfrentei a solidão. O taxista foi se afastando de casa, e não olhei para trás. Em vez disso, peguei as passagens, que estavam em minha bagagem de mão, e olhei para os nomes impressos nelas.

– E então, para onde você vai? – o taxista perguntou.

Olhei para cima e o vi dar um sorriso educado pelo retrovisor.

– Ãhn, vários lugares. Primeiro, para Roma, mas eu e meu namorado planejamos mochilar um pouco por aí – falei, sem deixar de perceber que minha voz tremeu quando disse "namorado".

O taxista balançou a cabeça.

– Parece ótimo. Já fui a Roma...

E parei de ouvir quando ele começou a falar dos pontos turísticos que eu precisava visitar quando chegasse. Balancei a cabeça, fingindo escutar. Por sorte, era um desses taxistas que falam sem parar, sem precisar que o passageiro interaja, e não percebeu que eu não estava lhe dando ouvidos.

Paramos em frente ao aeroporto JFK, peguei minha bolsa e paguei pela corrida. Em seguida, abri a porta e saí do táxi. O pavor tomou conta de mim quando olhei para a agitação do lugar. Tinha gente entrando e saindo em um ritmo constante, mas não consegui prestar atenção em seus rostos. Nada tinha importância para mim, porque nenhuma daquelas pessoas era Jamie. Senti uma coisa bater em minha perna, olhei em volta e vi que o simpático taxista já havia colocado minhas malas em um carrinho.

Sorri agradecida e fui invadida por uma onda de solidão. Nunca tinha estado naquele tipo de lugar sozinha. Não fazia a menor ideia do que fazer ou para onde tinha que ir.

– Obrigada.

– De nada – o taxista respondeu, balançando a cabeça. – Tenha uma ótima viagem e não esqueça do que falei sobre o Coliseu – falou, voltando para o carro.

Balancei a cabeça, mas sem saber o que ele havia dito.

Fiquei parada no meio-fio por alguns segundos, tentando reunir coragem. Levantei o queixo, segurei a barra do carrinho e entrei no aeroporto. Jamie ia aparecer, eu tinha certeza. Ele era uma pessoa incrível e me daria uma segunda chance, sem dúvida.

Entrei e tive que engolir em seco. Havia esquecido que o aeroporto era enorme. Não fazia ideia de como Jamie ia fazer para me encontrar quando chegasse. Resolvi ficar perto da entrada do terminal, só para garantir. Manobrei meu carrinho para o lado e sentei em uma das duras cadeiras de metal. Olhei discretamente para os monitores e descobri que nosso voo estava no horário e que embarcaríamos no portão A3. Ainda faltava uma hora para fecharem o *check-in* de nosso voo. Tinha bastante tempo para Jamie chegar e passarmos pela segurança.

Meus olhos não paravam de procurá-lo. Toda vez que um cara de cabelo castanho passava por mim, meu coração ia a mil, mas era sempre a mesma decepção. Mordi o lábio quando um casal de meia-idade sentou ao meu lado, felizes por estarem saindo de férias. Seus sorrisos alegres me fizeram morrer um pouco por dentro, porque eu estava ali, esperando por um rapaz que talvez nem aparecesse.

Podia até imaginar a cara que meus pais fariam quando eu

voltasse para casa naquele dia. Podia praticamente ouvir as palavras de apoio e compaixão que não significariam nada, porque meu coração estava partido.

Quando deu uma da tarde, foi embora. Depois do que me pareceu uma espera eterna, em que olhei para o relógio sem parar, senti um aperto no peito, porque anunciaram que os últimos passageiros do nosso voo deviam se dirigir ao balcão para *check-in*. Caiu a ficha. Parecia que alguém tinha jogado um balde de água fria na minha cara. Jamie não viria mesmo. Eu tinha me enchido de esperança e planejado toda uma vida com ele, havia ficado ali sentada, esperando ele aparecer... Mas ele não ia. Eu era uma besta, uma besta completa e de coração partido.

Pus a cabeça entre as mãos, me inclinei para a frente e chorei como nunca havia chorado na vida. Estava tudo acabado, bem como Jamie havia dito. Eu estava sozinha. E havia estragado tudo. Minha única chance com aquele cara lindo e encantador, e eu havia estragado tudo porque não confiei nele. Eu bem que merecia, merecia ficar sozinha.

Chorei, chorei, e parecia que o mundo a meu redor tinha sumido. Ninguém veio me consolar. Se veio, não percebi, porque a dor tapou meus ouvidos. Puxei meus cabelos, e dei graças a Deus pela dor que senti no couro cabeludo, porque me ajudou a me concentrar.

Funguei bem alto. Passei a mão pelo rosto e sequei as lágrimas na frente daquelas pessoas que me olhavam descaradamente, com uma mistura de compaixão e nervosismo estampada no rosto. Meu ataque súbito de choro deve tê-las assustado ou algo assim. Eu não tinha forças para me importar com isso.

As palavras que Jamie havia me dito pelo telefone não paravam de passar pela minha cabeça. "Não te amo tanto assim para abrir mão da minha vida por você." Por que eu me permiti ter esperança de que ele apareceria no aeroporto? Por que tinha fingido para todos e carregado aquela dor sozinha? Por que tinha me apaixonado tanto por aquele cara, a ponto de achar que meu mundo inteiro estava ruindo naquele momento? Parecia que eu tinha sido engolida pela escuridão, caído em um lugar feio e sombrio onde não queria estar e do qual não tinha como fugir. Sentia um peso no peito, que me impedia de respirar. A dor, a mágoa e o sentimento de devastação não paravam de aumentar, à medida que eu pensava em tudo aquilo.

"Casa. Preciso ir para casa."

Assim que segurei a barra do carrinho, pronta para me levantar e chamar um táxi, para poder chorar até pegar no sono, senti uma mão em meu ombro.

– Ellie?

Um grande alívio tomou conta de mim. Respirei fundo e me virei na cadeira. O estresse e a tensão abandonaram meu corpo porque, se ele estava ali, era óbvio que eu teria mais uma oportunidade, uma segunda chance, que eu não perderia de jeito nenhum. Eu e Jamie fomos feitos um para o outro, e eu ia provar isso a ele.

EPÍLOGO

Ellie

O sol entrava pela janela quando comecei a acordar, lentamente. Espremi os olhos por causa da claridade, soltei um gemido, rolei para o lado e enfiei o rosto entre os travesseiros. Uma fina camada de suor cobria minha pele, por causa da umidade do quarto.

Suspirei profundamente e me levantei, ouvindo o barulho do chuveiro, o que explicava a cama vazia e o fato de eu não ter acordado com alguém roncando em minha orelha. Quando meus pés tocaram as lajotas geladas do chão, fechei os olhos, suspirei outra vez, peguei a garrafinha de água na mesa de cabeceira e me obriguei a sair da cama para dar início àquele dia.

Meu olhar se fixou na porta dupla aberta, que dava para uma sacadinha. Precisava tomar um ar, e saí, respirando fundo. Tentava curar a ressaca que queria tomar conta de mim.

Sorrindo sozinha, apoiei os cotovelos no corrimão de metal e olhei para a paisagem de Florença, que também começava a acordar e a ficar mais movimentada.

Florença era muito mais legal que Roma, na minha opinião. Mais calma, tranquila, bem menos caótica.

Quando senti o cheiro de café vindo de uma das charmosas cafeterias escondidas nas ruas secundárias, fiquei instantaneamente com água na boca e pensei em um *capuccino* grande com baunilha e espuma de leite extra. Voltei para o quarto, o chuveiro ainda estava ligado. Pus um *short jeans* e uma camiseta *pink* justinha. Escrevi um bilhete, dizendo que ia até a praça, e deixei na mesa de cabeceira. Peguei a bolsa e saí do quarto à procura de café, sem nem ligar para o fato de que não havia tomado banho ou escovado os dentes.

Andei pelo caminho conhecido até meu destino: a Piazza della Signoria, que já estava bem movimentada, apesar de o relógio do prédio imponente marcar menos de dez da manhã. Sorri e atravessei a enorme praça, passando os olhos pelas inúmeras estátuas ao redor dela.

Quando cheguei perto do café pelo qual morria de amores, porque lá tinha os docinhos mais incríveis do mundo, senti um aperto no estômago. Estava bem cheio, mas consegui pegar a última mesa na calçada, com uma vista incrível da praça e, ainda por cima, sombra garantida por um guarda-sol.

A garçonete veio me atender imediatamente e anotou meu pedido. Me acomodei na cadeira e relaxei vendo as pessoas passarem a caminho do trabalho, os turistas babando e tirando fotos de tudo.

– Mi scusi.

Virei e vi uma senhora mais velha, bem simpática, sorrir para mim.

– È libero questo posto?

Me encolhi toda e sorri envergonhada, porque não fazia ideia do que ela havia dito.

– Desculpa. Eu não... ãhn... *Non parlo italiano*?

Rezei para ter dito a frase certa porque, por mais que achasse a língua italiana linda, só sabia dizer "não, obrigada", "onde fica o banheiro?" e "quanto custa?".

A senhora riu e balançou a cabeça.

– Ah, você é americana, *sì*?

Também sorri e falei:

– *Sì*.

Ela fez sinal para a cadeira vazia na minha frente.

– Posso sentar com você? – perguntou, com um forte sotaque.

– Ah! Claro! – concordei, ficando vermelha, porque era óbvio que essa tinha sido sua pergunta. Me senti uma imbecil por não ter entendido.

A senhora sorriu em agradecimento, puxou a cadeira e se sentou.

– Está muito quente para sentar lá dentro, não?

Balancei a cabeça, concordando. Me acomodei na cadeira quando a garçonete trouxe o café e o doce e pôs em cima da mesa. A senhora sorriu e fez seu pedido, enquanto eu mexia meu café.

– Você está aqui em Florença sozinha?

Levantei a cabeça bruscamente ao ouvir a pergunta. Não sabia direito como responder. Encolhi os ombros e falei:

– Mais ou menos.

Foi a única resposta que consegui elaborar. Ela me olhou com curiosidade, obviamente esperando que eu me explicasse, mas eu não estava a fim. Era muito difícil dizer aquilo em voz alta.

– Uma *bella ragazza* como você não deveria estar sozinha – respondeu.

Sorri timidamente e voltei a observar as pessoas que passavam pela praça, na tentativa de interromper a conversa. Pensei em Jamie, apesar de ter me proibido até de lembrar de seu nome. Senti um aperto no peito, e minha respiração ficou mais curta, porque comecei a ser tomada pela emoção. Estava me esforçando tanto para não pensar nele... Aquele dia ainda estava vivo na minha memória. A dor de ter minhas esperanças despedaçadas diversas vezes ainda me consumia, mesmo depois de três semanas.

Não tive mais notícias dele. Jamie pediu a Ray, seu amigo, me encontrar no aeroporto aquele dia. Bem quando tinha recuperado a esperança de que tudo acabaria bem, de que teria um final feliz com ele, meu sonho foi despedaçado mais uma vez ao ver que não era o amor da minha vida que estava atrás de mim.

Ray fez um discurso longo e cheio de compaixão, dizendo que Jamie sempre teve medo de se comprometer com alguém, que jamais sossegaria, que não era culpa minha.

Tinha doído tanto que eu ainda conseguia sentir a pontada em meu peito quando lembrava da cara de compaixão de Ray. Ele teve que me segurar para eu não cair, porque minhas pernas ficaram bambas. Aquela expressão me fez perceber que eu ainda não estava preparada para encarar a verdade, para contar que o homem com quem eu queria passar o resto da minha vida havia me rejeitado e me deixado arrasada. Ao olhar para o sorriso compreensivo de Ray, em sua tentativa de fazer eu me sentir melhor, tive certeza de que precisava viajar por uns tempos, para espairecer. E foi exatamente o que eu fiz.

Sequei as lágrimas, dei um sorriso forçado, enfiei a passagem de Jamie no peito de Ray e mandei ele dizer ao amigo que ele era um cuzão, que merecia mesmo ficar com a vagabunda que ele tinha comido na noite anterior. Em seguida, levantei o queixo e fui até o balcão fazer meu *check-in*.

Achei que, ficando longe, conseguiria deixar minha dor e meus problemas para trás. Assim que descobriu que eu estava sozinha em outro país, meu pai gritou que era para eu voltar no primeiro voo possível. Até ameaçou de vir me buscar. Ainda bem que, até então, eu tinha conseguido evitar que isso acontecesse. A gente não estava se dando muito bem. Toda vez que falava com meus pais pelo telefone, eles diziam que era para eu voltar, que não era seguro uma menina de 18 anos viajar sozinha, que só tinham permitido que eu fosse porque Jamie ia comigo.

Não contei para os meus pais o que havia acontecido em detalhes. Só falei que a gente tinha terminado e que eu tinha resolvido viajar sozinha mesmo assim. Meu plano era ficar duas semanas fora, o período pelo qual eu e Jamie tínhamos hotel reservado em Roma. Mas minha nova amiga havia me convencido que eu precisava conhecer Florença antes de partir. Então passamos uma semana lá. Então fui convencida, não sei como, de que precisava conhecer Veneza, e era para lá que iríamos no dia seguinte. Se as coisas continuassem assim, não voltaria para casa tão cedo.

Suspirei e mexi meu café, distraída, deixando meus pensamentos vagarem por lugares perigosos, onde realmente não deviam parar. Pensei nos beijos de Jamie, em seu sorriso, em sua mão quente acariciando meu rosto, em seu corpo musculoso abraçado no meu enquanto eu dormia... Quase conseguiria sentir seu gosto em minha boca se me esforçasse o bastante.

Nas últimas três semanas, só tinha me permitido ligar para ele uma única vez, na esperança de que ele tivesse se arrependido e estivesse sentindo minha falta. Mas a ligação foi em vão, porque seu número estava desativado. Ninguém teve notícias suas. Stacey contou que meu pai foi até a casa dele, querendo "conversar" sobre mim. Mas, pelo jeito, Jamie havia se mudado, porque já tinha outro inquilino morando lá.

O barulho de uma cadeira raspando o chão de concreto me fez acordar daquele delírio. Olhei para cima e dei de cara com Natalie, minha nova companheira de viagem, sorrindo para mim. Sorri para ela também e fiz sinal com a cabeça para meu café.

– Você pediu um desses para mim? – perguntou, com a voz meio rouca. Provavelmente, de tanto a gente cantar, bêbadas, no karaokê do bar na noite anterior.

– Não. Não sabia se você ainda ia demorar no banho. Você demora horas, sabia? – brinquei.

Ela sorriu, acenou para a garçonete e fez seu pedido. Então se acomodou na cadeira e suspirou fundo enquanto ajeitava os óculos de sol pretos gigantes e estilosos e passava a mão no cabelo molhado.

– Está sofrendo muito depois de ter bebido tanto ontem? – perguntou, dando risada.

Encolhi os ombros.

– Até que não. E você?

Natalie balançou a cabeça, levantou os óculos escuros e fixou os olhos injetados nos meus.

– Não vou tirar os óculos hoje – respondeu, envergonhada.

Nós duas ignoramos a senhora italiana que estava sentada conosco. Até porque ela estava concentrada em seu livro.

Fazia pouco mais de duas semanas que eu conhecia Natalie e, nesse meio-tempo, nos tornamos ótimas amigas. Ela era um pouco mais velha do que eu, tinha 22, mas tínhamos muita coisa em comum. Ela também era americana, havia acabado de terminar a faculdade e resolvido viajar um pouco antes de arrumar um emprego. Estava viajando sozinha, como eu. Como nos demos bem em Roma, decidimos ficar juntas e explorar um pouco mais a Itália.

– Você falou tanto enquanto dormia – resmungou. – Houve um momento em que até pensei em te sufocar com o travesseiro, mas aí me dei conta de que passar uma temporada em uma prisão italiana não ia ficar muito bom no meu currículo.

Dei risada e um sorriso envergonhado. Sempre achei que Jamie debochava de mim ao dizer que eu falava dormindo.

– Desculpa. E o que eu falei desta vez? Que tinha sido abduzida por alienígenas?

Natalie suspirou e sacudiu a cabeça.

– Não, você falou dele, de novo.

Senti um nó no estômago.

– Ah...

Ela segurou minha mão e a apertou, tentando me consolar.

– Vai passar, juro – garantiu. – Além do mais, esse cara só pode ser imbecil, se deixou você escapar. Ele é que saiu perdendo. Não gosto de mulher, mas, se gostasse, bem que eu te comeria.

Dei risada porque aquele comentário era a cara de Natalie. Ela sempre dava um jeito de melhorar o clima.

– Não sei se eu encaro isso como um elogio ou se fico preocupada, já que a gente vai dormir na mesma cama – respondi, segurando as lágrimas que se acumulavam em meus olhos.

Natalie deu um sorriso de predador.

– Vou fazer de tudo para não pular em cima de você, juro por Deus – prometeu, fazendo o sinal da cruz.

Sorri para minha amiga e parei de prestar atenção no que ela dizia. Natalie tagarelou sobre o que deveríamos fazer naquele dia, o último que passaríamos em Florença. Voltei a pensar em Jamie. Olhei para a pulseira que estava usando, a que ele tinha me dado de aniversário. Bem lá no fundo, eu sabia que deveria tirá-la e jogá-la no rio, em uma espécie de gesto metafórico para simbolizar que eu tinha superado nosso rompimento e esquecido ele. Mas, toda vez que eu pensava em tirar aquela pulseira, a dor no meu coração aumentava. Talvez um dia eu conseguisse me livrar dela e esquecer tudo o que aconteceu. Talvez Natalie tivesse razão, e eu precisasse parar de pensar no que havia perdido e começar a ver beleza nas coisas de novo. Suspirei e olhei para o céu azul, rezando para esse dia chegar logo.

Jamie

Sentei na mesa e esperei. Esperar não era um de meus pontos fortes naquele momento. Suspirei profundamente e tentei controlar a apreensão que estava dando um nó em meu estômago. Só que não adiantou nada. Desde que havia sido preso, há três semanas, eu estava uma pilha de nervos.

Meus olhos ardiam, e os esfreguei com os punhos cerrados. Franzi a testa quando, sem querer, comecei a pensar em Ellie de novo. As imagens que eu tinha dela eram, ao mesmo tempo, lindas e torturantes. Lembrar de Ellie me dava uma dor no coração e fazia as palmas de minhas mãos suarem. Eu me odiava por tê-la feito sofrer, mas tinha certeza de que abrir mão dela tinha sido a escolha certa. Eu amava demais aquela menina para obrigá-la a esperar por mim.

Mas, pensando bem, eu sabia que não deveria ter sido tão duro. Contei umas mentiras de revirar o estômago aquele dia, pelo telefone. Mentiras tão grandes que quase me engasguei com elas. Aquilo ainda me assombrava. Mas tinha certeza de ter tomado a atitude certa. Não podia permitir que Ellie colocasse seus pés em um lugar como aquele para me visitar. Ela merecia coisa melhor, muito melhor. Só que saber disso não diminuía em nada minha dor. Na verdade, nunca me senti tão mal na vida, nem quando perdi Sophie.

Meus nervos estavam em frangalhos, e não conseguia parar de mexer a perna. À minha volta, outros presos, todos com o mesmo macacão laranja que eu usava, estavam sentados em suas mesas. Uma agitação chamou a atenção de todo mundo. Todos os presentes olharam na direção da porta pesada de metal no fim da sala espaçosa.

Uma expressão de esperança e de empolgação surgiu mesmo nos rostos mais duros e cansados.

Era dia de visitas. E, pela segunda vez desde que fui preso, alguém foi me visitar.

Me levantei, remexi os pés, passei a mão por meu cabelo raspado, no padrão do presídio, e olhei as pessoas entrarem na sala. Ray foi o penúltimo a entrar. Parecia bem. Um pouco cansado, talvez, mas bem. Quando me viu, relaxou, sorriu e começou a atravessar a sala com cautela.

Ao chegar em minha mesa, deu um passo para o lado e me abraçou, dando uns tapas em minhas costas que eram um pouco fortes demais para serem reconfortantes.

– Você está bem, Pirralho?

Resisti à vontade que tive de revirar os olhos. Tirando meu advogado e os guardas, ninguém mais me chamava de Jamie desde que eu tinha ido para a prisão.

Balancei a cabeça e encolhi os ombros, com um ar despreocupado.

– Estou. Você me parece bem – respondi. Me afastei e sentei na cadeira de plástico duro.

Ray sorriu timidamente e sentou na minha frente.

– É – falou, se remexendo na cadeira e girando os dedões. – Como vão as coisas?

– Tudo certo – respondi, na esperança de que aquela resposta aplacasse sua curiosidade, pelo menos por um tempo.

– E Shaun, como anda? – insistiu.

– Bem. Tem uns caras aqui dentro que ele já conhecia, então o cara anda bem de boa, tentando não se meter em confusão – respondi.

Shaun estava bem de verdade. Tinha feito umas amizades que eram boas para nós dois, porque a gente pôde se inserir em um grupinho e não ficar só os dois, sozinhos, vulneráveis, alvos fáceis. A gente cuidava um do outro. Até então, os problemas tinham sido mínimos, o que era bom. Mas eu sabia que isso não ia durar para sempre.

– E sua mulher e sua filha, como vão? Você já conseguiu arrumar emprego? – perguntei, para mudar de assunto.

Meu amigo franziu a testa.

– A família vai bem. E não, ainda não comecei a procurar emprego. Umas duas pessoas vieram falar comigo, me convidaram para trabalhar, mas resolvi dar um tempo – falou, enrugando ainda mais a testa. – O enterro de Brett foi semana passada. Ele teria ficado orgulhoso se visse quanta gente foi lá, prestar suas últimas homenagens. O lugar ficou lotado.

Dei um sorriso triste, e a dor que eu sentia no peito ficou mais aguda. Não pude ir ao enterro de Brett. Isso doeu.

– Que bom que tanta gente foi se despedir dele.

Ficamos em silêncio, e Ray me olhou de um jeito sugestivo, fixando os olhos nos meus, como se tentasse ler meus pensamentos e sintonizar minhas emoções.

– Mas como você está, de verdade?

– Levando.

O que não era mentira. De algum jeito, eu *estava* levando a vida. Não sabia direito como, mas estava conseguindo manter minha sanidade e não me deixar consumir pela depressão.

Suspirei e resolvi tocar no assunto, falar da única coisa que não saía da minha cabeça desde que tudo aquilo havia acontecido. Fui mais para a frente, cruzei as mãos e perguntei:

– Então, onde é que ela está agora?

Ray também suspirou e se acomodou na cadeira.

– Em Florença – respondeu. – Mas amanhã vai para Veneza.

Balancei a cabeça, tentando processar a informação.

– Ela está melhor ou...

Interrompi a frase no meio, porque não queria saber a resposta. Mas precisava saber.

Ray encolheu os ombros e ficou mexendo na manga do suéter.

– Está um pouquinho melhor. Natalie disse que Ellie ainda está chateada, que ainda...

Ele parou de falar de repente, engoliu em seco e sacudiu a cabeça, como se não quisesse me contar.

– Ela ainda o quê? – insisti. Precisava saber se Ellie estava bem, se estava em segurança. Era um caso de vida ou morte.

Ray me olhou, meio envergonhado, e respondeu:

– Ela ainda chora e fala de você dormindo.

Soltei um gemido, fechei os olhos e senti ódio por mim mesmo. Não era para ser assim, não era para Ellie sofrer.

– Fala para Natalie dar uma caprichada, levá-la para conhecer outros lugares, gastar mais dinheiro. Não me importa quanto tempo leve nem para quantas cidades elas tenham que ir, mas fala para Natalie ajudar Ellie – implorei.

Natalie era cunhada de Ray e estava meio perdida desde que terminou a faculdade. Estava entendiada e queria conhecer o mundo, mas não tinha dinheiro. Eu tinha mais de cem mil dólares no banco, e a mulher que eu amava estava sozinha em Roma. Tive a ideia e falei para Ray. Ele não precisou de muito para convencer a cunhada a embarcar em uma missão disfarçada para animar Ellie. A menina ia viajar, com todas as despesas pagas, e eu ficaria mais tranquilo sabendo que Ellie não estava sozinha em outro país.

É claro que Ellie não sabia de nada. Falei para Ray que precisava parecer que as duas se conheceram por acaso, que ambas precisavam de uma amiga e de uma companheira de viagem. Pelo que me contaram, Natalie tinha saído correndo por um mercado e quase derubado Ellie no chão. Até então, estava tudo dando perfeitamente certo. Pelo jeito, de acordo com os telefonemas regulares que Ray havia recebido naquelas três semanas, as duas haviam se tornado ótimas amigas.

No seu devido tempo, a cunhada de Ray ia fazer a mulher da minha vida parar de sofrer. Aquilo, para mim, valia mais do que qualquer dinheiro. E, nesse meio-tempo, eu era informado de como Ellie estava.

– Trouxe umas fotos. Nat me mandou por *e-mail* ontem. Deixei com os guardas – Ray disse, baixinho.

Sorri agradecido, já querendo voltar para minha cela, só para ver as fotos, segurá-las e olhar para o rosto lindo de Ellie. Tinha apenas duas coisas para me lembrar dela: uma foto, que Ray encontrou quando foi esvaziar o apartamento para mim, e um bilhete que ela havia escrito no dia em que devíamos ter pegado um avião e começado uma vida nova juntos. Ellie tinha deixado o bilhete em cima da minha mala, com a chave que eu havia dado a ela. O papel já estava meio amassado. Eu lia aquele bilhete várias vezes por dia, e meu coração sempre batia mais rápido.

– Valeu, Ray. Você é incrível, sabia?

Meu amigo sacudiu a mão, como se aquilo que estava fazendo por mim não fosse nada demais.

– É o mínimo que posso fazer. Já sabe quando vai ser a audiência da sentença?

Balancei a cabeça e esfreguei a nuca, porque aquele macacão áspero de prisioneiro pinicava minha pele.

– Sei. Dentro de mais ou menos um mês.

Arthur Barrington fazia pressão para ser antes. Eu já tinha me declarado culpado por posse ilegal de arma de fogo, mas os tribunais estavam ocupados com outros casos, e a audiência da minha sentença sempre era adiada. Mas, como eu sabia que ia passar pelo menos um ano lá dentro, não me importava com o dia em que o juiz resolvesse confirmar isso. O sr. Barrington tinha cumprido sua promessa: negociou com a polícia, que retirou todas as outras queixas contra mim e Shaun. Eu não fazia a menor ideia de como ele tinha feito isso, mas ele deve ter muitos amigos influentes e mexeu muitos pauzinhos. Naquele momento, estava cumprindo o restante da minha pena por ter matado Ralf e esperava que adicionassem a nova sentença.

Meu advogado também tinha feito de tudo para o menor número de pessoas possível saber de meu envolvimento naquela batida. Isso incluía, especificamente, Miles, filho dele. Ellie não podia ficar sabendo que eu tinha mentido só para ela se ver livre de mim. Pelo menos não até chegar a hora certa. A imprensa não havia divulgado nosso nome. Tinha peixe grande para eles caírem em cima: a família Lazlo. Ninguém se interessava por peixe pequeno como eu e Shaun, e isso acabou sendo bom para nós.

Ray balançou a cabeça e soltou um suspiro.

– Queria muito poder fazer alguma coisa para te ajudar, Pirralho. Você não merece estar aqui, é um sujeito legal.

O tom de sua voz foi tão carinhoso que tive vontade de sorrir.

– Você já está me ajudando. A única coisa que me importa é Ellie, então fica de olho nela, não preciso de mais nada.

A felicidade de Ellie era a única coisa que me restava neste mundo. Eu *precisava* saber se ela estava bem depois de tudo o que fiz. Limpei a garganta porque tinha mais um assunto: aqueles pensamentos eram dolorosos demais.

– E os Yankees, como vão?

Meu amigo riu baixinho, e começamos a conversar sobre temas

mais leves até tocar a campainha que marcava o fim da visita. Ray fez uma careta e olhou para o relógio pendurado na parede.

– Que merda. Passou muito rápido – resmungou.

Fiquei de pé. Para ser sincero, estava meio feliz por a visita ter terminado. Ficar de conversa mole e fingir que eu estava bem era difícil e exaustivo.

– O tempo voa quando a gente se diverte – falei.

Ray sorriu, triste, ficou de pé e se afastou da mesa, para me dar mais um abraço.

– Fica de boa e não arranja confusão – instruiu, me olhando nos olhos.

– Pode deixar – respondi.

Pelo menos, ia *tentar*. Acontece que, em lugares como aquele, a confusão às vezes é inevitável.

– Te ligo daqui a uns dois dias para saber das novidades. Fala para Natalie gastar o quanto quiser, comprar umas coisas para Ellie, deixar ela bêbada, sei lá... Fala para ela dar um jeito de animá-la, tá?

– Falo, sim. A gente se vê semana que vem, ok?

Estava todo mundo indo embora, e um guarda, sutilmente, chegou perto de nossa mesa dando a entender que estava na hora de eu sair dali também.

Encolhi os ombros e falei:

– Claro.

"Mentira."

Não ia mais ver Ray. Podia saber das novidades por telefone. Não conseguiria passar mais uma hora sentado, batendo papo e fingindo que não estava morto por dentro.

Ele sorriu, parecendo um pouco aliviado. Era óbvio que tinha acreditado em minhas mentiras.

– Se cuida – falou.

– Pode deixar. Se cuida também. E cuida de suas mulheres – mandei.

Não queria que meu amigo tivesse que saber como é perder a mulher amada. É um sofrimento que não desejo a ninguém. Virei e fui até a porta dos prisioneiros, que ficava nos fundos da sala.

Depois de mais uma revista meticulosa, para garantir que ninguém tivesse nos passado nada por baixo do pano durante a visita, finalmente pudemos ir para nossa cela. Quando o guarda me entregou um envelope pardo, um caroço se formou em minha garganta, porque eu sabia o que tinha lá dentro.

Fui correndo para minha cela. Desviei dos outros presos, sem olhar para ninguém, e ignorei Shaun, que me chamou e fez sinal para eu ir jogar cartas com ele e outros detentos. Sacudi rápido a cabeça, mostrando o envelope como desculpa. Subi os três lances da escada de metal e, finalmente, cheguei à cela que eu dividia com o homem mais magro que já tinha visto na vida.

Por sorte, meu companheiro de cela não estava. Me atirei na cama, respirei fundo, abri o envelope e tirei três fotos lá de dentro.

Quando vi a primeira, soltei um gemido. Ellie estava sentada em uma mesinha, tomando café. Com o cabelo preso, em um coque bagunçado, e os óculos de sol apoiados na testa. Por sua expressão, parecia que não tinha se dado conta de que estava sendo fotografada. Estava linda, de um jeito tão incrível que meu corpo inteiro doeu. Mas ela não sorria, e seus olhos cinzentos que eu tanto amava estavam meio fechados e tristes. Ver essa foto cortou meu coração. Só queria abracá-la e fazer tudo o que estivesse ao meu alcance para tirar aquela tristeza de seus olhos.

A próxima foto era um pouco melhor. Obviamente, outra pessoa tinha tirado, porque as duas apareciam, de braço dado, sorrindo e fazendo pose em frente a um chafariz. Ellie estava com um *shortinho jeans* e uma camiseta azul solta, caída no ombro, deixando à mostra uma tirinha *pink* que eu sabia que era de um biquíni, porque fui eu que comprei de presente.

Passei para a última foto e soltei um suspiro de surpresa. Meu corpo inteiro se contorceu involuntariamente. Ellie estava com o tal biquíni *pink*, ao lado de uma piscina, fazendo uma pose boba, com uma mão no quadril e a outra perto do rosto, e um biquinho exagerado. Óbvio que estava fazendo palhaçada para a foto. Meus olhos passaram por seu corpo, absorvendo cada centímetro daquela pele que eu conhecia como a palma da minha mão. Ela estava incrível. Tive certeza de que não ia conseguir dormir por causa daquela foto, mas amava Ray por tê-la incluído. Passei o dedo pela perna de Ellie, desejando poder sentir sua maciez e o calor de sua pele real. Daria qualquer coisa para estar naquela foto com ela.

A solidão apertou meu estômago, e rolei para o lado, sem tirar os olhos da foto. Absorvi cada pedacinho de novo, enquanto as lembranças que eu tinha de Ellie invadiam meu cérebro. Saber que ela estava tão longe era uma tortura. Saber que eram grandes as chances de Ellie me odiar por causa do que eu havia lhe dito e saber que eu tinha partido seu coração me causava uma dor física de verdade.

– É só um ano, garotinha. Em um ano, quando eu sair daqui, vou te reconquistar – sussurrei, para a foto. – Vou, sim.

Balancei a cabeça, determinado. Eu *precisava* reconquistá-la. Ellie era minha vida, nada fazia sentido sem ela. Tinha aberto mão daquela garota por uma questão de honra, para ela não ficar esperando por mim e poder viver sua vida. Mas, assim que saísse da prisão, eu faria tudo o que estivesse ao meu alcance para Ellie ser minha de novo. Nós dois nascemos um para o outro, era coisa do destino.

Até Ellie voltar para os meus braços, eu contaria os dias, planejando o que fazer para reconquistar sua confiança, para que ela fosse minha de novo. Porque, no fim das contas, a prisão não era nada. Difícil seria sobreviver sem Ellie.

AGRADECIMENTOS

Quero agradecer a tantas pessoas... Por favor, me aguentem.

Primeiro, o mais importante: minha família incrível. Vocês não têm ideia de como o apoio, o incentivo e a fé que depositam em mim me ajudam. Obrigada por sempre estarem a meu lado. Parabéns, papai, por não me ligar enquanto eu estava trabalhando. Obrigada, mamãe, por não deixar o pai me ligar enquanto eu estava trabalhando. Toni, você continua sendo uma coisinha, mas é a minha coisinha. Um salve especial para meu marido, Lee, que jamais ficou louco da vida comigo por eu passar horas sem fim no *laptop* e negligenciá-lo (ele e as tarefas de casa, mas isso não tem nada a ver com escrever, eu já negligenciava essas tarefas antes). Como falei na dedicatória, eu, definitivamente, não te mereço. Outra menção especial vai para meu filho, por ser o menino mais maravilhoso e compreensivo que há. Adoro cada um de vocês!

Em segundo lugar, agradeço à minha agente, Lorella. Muito obrigada por ter defendido Jamie e Ellie desde o começo e por ter trabalhado duro para tornar meu sonho realidade. Você é incrível, e tenho muita sorte de tê-la em minha vida. Sua paixão pelo que faz e por seus clientes é inspiradora. Abraços. Bj.

Stephany, minha agente nos Estados Unidos, obrigada por seu apoio e esforço! Eu pago as bebidas quando você vier para o lado de cá do laguinho.

Tenho que mandar um salve para minha equipe de líderes de torcida, que sempre está lá quando preciso: Chloe Meyer, Kerry Duke, Natasha Preston, Terrie Arasin, Adelaine Saira e Hilda Reyes. E também para minha equipe do Facebook, os "Minions da Moseley", um grupo sensacional de meninas (e um homem, não posso esquecer de Darrell). É um privilégio contar com todos vocês!

Obrigada a todos os blogueiros, sim, *a todos vocês*. Vocês são minhas celebridades. Obrigada pelo apoio que me deram ao longo desses anos todos. Não tenho palavras para dizer o quanto isso significa para mim. Bj.

Aos meus leitores no *Wattpad*, cujas observações e mensagens e cujos comentários me ajudaram a transformar esses textos no livro que estão lendo hoje. Vocês mandam muito bem, sempre mandaram. Bj.

Preciso fazer um agradecimento especial à equipe da Forever, especialmente aos *designers*, que arrasaram com essa capa maravilhosa. E também aos editores, formatadores e a todos que trabalham nos bastidores. Obrigada por tudo. Uma menção especial à Megha, minha editora na Forever, por ter se apaixonado por Jamie e Ellie e enxergado seu potencial. E também a Anna, da Piaktus, que publica meu livro no Reino Unido. Obrigada por amar minhas palavras.

E, por último, obrigada a você, querido leitor. Obrigada por ter escolhido este livro. Espero que você goste dele e da jornada que relata. Não se esqueça de lutar pelo que quer todos os dias, sem exceção. Bjs.

SUA OPINIÃO É MUITO IMPORTANTE

Mande um e-mail para **opiniao@vreditoras.com.br**
com o título deste livro no campo "Assunto".

1ª edição, out. 2016

FONTE Luthier 11,5/16pt e Zapfino 39/16pt
PAPEL Avena 70 g/m²
IMPRESSÃO Intergraf
LOTE I1050256